aufbau taschenbuch
AUFBAU VERLAGSGRUPPE

Robert-André Andréa de Nerciat, geboren 1739, Sohn eines Advokaten vermutlich italienischer Abstammung, widmete sich in jungen Jahren einer militärischen Karriere am Hof von Versailles, zuletzt als Angehöriger der Leibgarde Ludwigs XV., dessen aufwendiges Liebesleben er aus nächster Nähe beobachten konnte. Er starb 1800.

Als Zeitgenosse von Casanova hat Nerciat in diesem 1792 erschienenen Roman den lustvollen, sinnengeilen Tanz der französischen Aristokratie auf dem Vulkan ihres unter-gehenden Jahrhunderts beschrieben. Die Liebe war Gesellschaftsspiel, die Jagd nach wollüstigen Sensationen die Hauptbeschäftigung eines müßigen Adels. Ein Klassiker der erotischen Weltliteratur.

Robert-André Andréa
de Nerciat

Liebesfrühling

Blätter aus dem Tagebuch der Marquise de Montrevers

Aufbau Taschenbuch Verlag

Titel der Originalausgabe
Mon Noviciat ou les Joies de Lolotte

Nach einer anonymen deutschen Übersetzung
herausgegeben und durchgesehen
von Eberhard Wesemann

ISBN-10: 3-7466-2269-7
ISBN-13: 978-3-7466-2269-9

Aufbau Taschenbuch ist eine Marke
der Aufbau Verlagsgruppe GmbH.

1. Auflage 2007

Umschlaggestaltung Mediabureau Di Stefano
unter Verwendung eines Fotos von getty images
Druck und Binden CPI Moravia Books, Pohořelice
Printed in Czech Republic

www.aufbau-taschenbuch.de

Erstes Kapitel

Das man allenfalls als eine Vorrede betrachten kann

Wenn ich in blühender Jugend schön und gesund bin, obgleich ich die herrlichen Gaben, welche die gütige Natur mir verschwenderisch mitgab, bis zur Ausschweifung benutzt habe; wenn ich trotz meiner unsinnigen Verschwendungen reich und trotz häufiger und unverzeihlicher Torheiten geachtet bin, so will ich dies keineswegs meinem großen Verstande zuschreiben oder mich mit vorzüglichen Vernunftgründen brüsten. Nein, ein blindes Schicksal, das gar nicht müde ward, mir geneigt zu sein, hat alles allein bewirkt.

Ich will versuchen, einige Begebenheiten zu erzählen, die ich erlebt habe, als ich noch ledig war, das heißt vom ersten Tage meines Eintritts in die süße Laufbahn der Ausschweifungen bis zu der Zeit meiner Verheiratung. Ein Zeitraum von ungefähr drei Monaten.

Aus diesem unvollständigen Bericht wird man schon ersehen, was für ein Leben ich geführt habe, als ich mit Erfahrung in den Stand der völligen, größeren Freiheit kam; denn ich war nur kurze Zeit verheiratet und lebte während meiner Ehe gänzlich frei und ungezwungen.

Wollte ich alles übrige ebenso in aller Ausführlichkeit berichten, wie ich es für diesen kurzen Zeitraum verspreche, den ich hier schildern will, so müßte ich zehn dicke Bände schreiben. Auch verpflichte ich mich nicht, eine Fortsetzung zu liefern; denn am Ende würden immer nur dieselben Dinge vorkommen, und für einen unbefangenen Dritten läßt sich nichts Einförmigeres denken als das Leben einer Frau von meinem Schlage, die nur für Vergnügen und ausgelassenes Leben Sinn hat und den Leser nur mit etlichen Auftritten unterhalten kann, deren Wesentliches immer dasselbe bleibt und sich nur hinsichtlich der Art und Weise mehr oder weniger verändert.

Überdies bin ich nicht mehr eine so fleißige Schreiberin wie früher. In den ersten Monaten, da ich meine Freuden genoß, wachte ich mit eifersüchtigem Geiz über den kleinen Vorrat meiner Erfahrungen und führte ein genaues Tagebuch über die allerkleinsten Umstände. Seitdem habe ich es weitaus angenehmer empfunden, meine Genüsse zu vermehren, als ein Register darüber zu führen. Mit meiner Denk- und Lebensart wird man bekannt genug sein, wenn man sich die Mühe gemacht hat, diese kleine Sammlung meiner ersten Torheiten zu lesen.

Sollte jemals eine Frau dieses anstößige Werk lesen, so mag sie sich hüten, meinem Beispiel zu folgen. Keine von allen würde meine lüsterne Lebensführung auf die Dauer ertragen können, keine einem gewissen Untergange entrinnen; wenigstens würde es keiner gelingen, irgendeinen achtungsvollen Rang in der Gesellschaft zu behaupten, wenn sie auch durch ein glückliches Schicksal, gleich mir, dazu geboren wäre.

Wenn ich also meine Ausschweifungen so offenherzig erzähle, will ich dadurch weder Reue heucheln, die ich durch Stillschweigen und ein zurückgezogenes Leben viel besser beweisen könnte, noch die Schuld davon auf den Einfluß meines Gestirns schieben oder zu beweisen suchen, daß ich unbewußt fortgerissen wurde. Nein, ich will offenherziger mit meinen Lesern umgehen und gestehen, daß ich alles, was geschehen ist, aus eigenem Willen und Lust getan habe; daß ich noch jetzt alles tue, was ich vorher tat, nur daß ich mein Vermögen nicht gefährde und mehr Achtung vor dem guten Ruf habe, und endlich, daß ich es noch immer mit Vergnügen tun werde, solange ich es noch kann. Aber ich wiederhole: Man lasse sich nicht gelüsten, meinem Beispiel zu folgen!

Nur noch einen kleinen Gedanken zur Moral! – Der Hang zu den Freuden der Wollust erstirbt gemeiniglich mit dem Vermögen, sie genießen zu können; und dann kommt man wieder in das gewöhnliche Geleise. Ist man aber in den verächtlichen Stand der Dürftigkeit gesunken oder hat man sich weggeworfen, daß man nicht anders als mit Verachtung genannt werden kann, so ist keine Rettung mehr möglich.

Durch ein wahres Wunder sah ich mitten im Rausche meiner glücklichen Schwelgereien ein, wie wichtig es ist, seine Grenzen zu halten und sich vor öffentlicher Schande zu hüten. Von der Stunde an ward ich, im wahrsten Sinne des Wortes, zurückhaltend und zugleich – eine Heuchlerin.

»Schön!« ruft hier irgendein gestrenger Leser, »Madame gestehen, daß sie ganz entschieden der Wollust ergeben ist, und um ihrer Lobrede die Krone aufzusetzen, hat sie den dreisten Mut, hinzuzufügen, daß sie auch Heuchelei übt. Das heißt wahrlich, die Leser zu zwingen, viel Gutes von ihr zu denken!«

Aber, Monsieur Sittenrichter oder Madame Keuschheitspredigerin, ich habe diesen kurzen Bericht über die Geschichte meiner unzähligen Torheiten nicht für Sie und Ihresgleichen zu Papier gebracht; weniger verwunderte Leser werden wahrscheinlich Vergnügen daran finden. Nur diesen widme ich meine ergötzlichen Erlebnisse. Da diese denselben Geschmack haben wie ich, so werden wir bald miteinander bekannt sein und dann auch keine Umstände mehr miteinander machen.

Fort also mit den kalten Moralisten und mit den dummen Scheinheiligen! Zu euch, ihr Freibeuter unter Priapus'

Fahnen, zu euch, ihr geschworenen Priesterinnen der Venus, will ich mich gesellen!

Wißt, daß ich alles getan oder wenigstens zu tun gestrebt habe, was ein überschäumendes Temperament eingeben und eine bis zur höchsten Vollkommenheit gebrachte Ausübung abwechselnder Liebeskämpfe uns lehren kann.

Wer bist du, der du eben jetzt deine Augen an meinen kühnen Schilderungen weidest? Bist du etwa eine von den mehr Ausgelernten? Kannst du mich vielleicht etwas lehren, was mir noch unbekannt geblieben ist? Oh, dann komm, komm! – Aber ganz im geheimen!

Wisse, daß ich kaum vierundzwanzig Jahre alt, groß und schlank bin, ohne mager zu sein, ohne kränklich, blond, ohne fade auszusehen. Zwar hielten manche feinen Kenner mich meiner Blässe und meiner blonden Haare wegen für wenig temperamentvoll, obgleich ich doch im griechischen Feuer brenne. Komm und fühle die verliebten Bisse meiner perlenweißen Zähne! Komm und schmecke meine feurigen Küsse! Komm und laß dich in meine liebkosenden Arme drücken! Komm und urteile selbst, ob meine Hüften stramm, mein Venusberg erhaben, meine Muschel eng und feurig und mein nicht minder tätiges Hinterteil gut bei Fleische, derb und weich zugleich ist! Seist du Prinz oder Edelmann, Bürger, Mönch oder Lakai, komm, wenn die Natur dich mit der Keule eines Herkules beschenkt hat und wenn dein mit krausen Haaren bedeckter, zusammengezogener Beutel jenen köstlichen Saft verschwenderisch spenden kann, für den unsere dumme, an unbrauchbaren Worten so armselig reiche Sprache bis jetzt noch keine passende anständige Benennung hat.

Auch dann kannst du kommen, wenn du, in Ermangelung jener Steifheit und jenes Begeisterungssaftes, den ich so abgöttisch liebe, nur wenigstens zum Trillerschlagen geschickte Finger oder eine muntere und gelenkige Zunge hast. Hier hast du meine Herausforderung! Ich will dir, nach deinem Belieben, Venus oder Ganymed sein und dir, wenn du es verlangst, den Gefallen tun, dich nicht eher aus meinen Armen zu lassen, als bis du auf ein Jahr lang völlig entkräftigt sein wirst.*

Aber – verschwiegen mußt du sein! Und wenn wir einander irgendwo treffen, wir mögen nun noch in einem Liebesverhältnis stehen oder uns schon aus Überdruß getrennt haben, so müssen wir uns gegeneinander betragen, als hätten wir uns niemals von Angesicht zu Angesicht gesehen; denn obgleich ich das Abenteuer mit der Stange so heiß liebe wie nur etwas auf Erden – und obgleich ich es mir angelegen sein lasse, es zu genießen, so hüte ich mich doch sehr vor den Splitterrichtern und mag mich von den Tadlern nicht steinigen lassen.

Für wen liebt man denn? Doch wohl am meisten für sich selbst! Und ein klein wenig für seine guten Freunde! Was geht uns die übrige Welt an? Unsere Liebesgehilfen selbst müssen unsere wollüstigen Spiele verschwiegen halten, und noch weniger dürfen Fremde darum wissen.

Das Lieben tut uns keinen Schaden;
Die Art nur, wie wir's tun,
stellt uns dem Tadel bloß.

Das ist eine Moral, die zwar etwas spät kommt, aber doch, seit ich sie angenommen, mir die Ruhe wiedergegeben hat, die ich sonst so oft aufs Spiel gesetzt. Nun weiche ich nicht mehr von dieser Vorschrift ab, deren ununterbrochene Beobachtung ich meinen werten Mitschwestern freundschaftlich empfehlen will.

* Man sieht, daß ich nicht willens bin, die Katze im Sack zu kaufen. Wem dieser Anfang zu anstößig ist, der mag das Buch weglegen.
(Anm. d. Verf.)

Zweites Kapitel

Wer ich bin · Unglücksfall · Veränderung des Aufenthalts Morgenröte des Vergnügens

Obgleich die Mutter, der ich mein Dasein zu danken habe, in Klosterpension und darüber hinaus noch recht fromm und unschuldig war, als man sie in ihrem siebzehnten Jahre mit dem Baron de *** verheiratete, ist es doch so ausgemacht noch nicht, daß ich, die ich acht Monate und elf Tage nach ihrer Hochzeit zur Welt kam, ein echter Sprößling dieser Verbindung gewesen bin.

Man soll zu gegebener Zeit erfahren, was für Umstände zusammentrafen, um diese Echtheit wenigstens zweifelhaft erscheinen zu lassen.

Bin ich indessen auch nicht das wahre Werk des Mannes, der immer den Namen meines Vaters trug und es auch scheinbar war, so gehörte ich doch immer zur Familie, denn hätte mich dieser nicht gezeugt, so konnte mich nur (wie mein Vater mir oft selbst versichert hat, der doch wohl seine Gründe dazu haben mußte) sein Oheim, ein ehrwürdiger Bischof, gezeugt haben, der diese Heirat seines Neffen gestiftet hatte.

Meine Mutter, die einzige Tochter eines reichen Bürgers, der sich hatte adeln lassen – übrigens ein hübsches Mädchen –, hatte sich, wie man sagte, nicht lange bedacht, ein kleines Opfer zu bringen, um die Ehre und das Vergnügen zu haben, den Baron de *** zu heiraten, der ein liebenswürdiger Mann à la mode war und mit ihr im gleichen Alter stand.

Damals war es nicht sehr ungewöhnlich, daß ein vornehmer Mann, der nichts anderes hatte als Schulden, irgendeinen Glückspilz mit seiner Verschwägerung beehrte, der sein Töchterchen gern mit einem Titel geschmückt oder am Hofe vorgestellt sehen wollte. Man schloß einen Kontrakt; eine große Summe Geldes ward ausgezahlt, die Monsieur so schnell als möglich verschwendete und es dabei nicht unterließ, den eitlen Verwandten von Madame allen Kummer zu bereiten, währenddessen Madame ihrerseits alles tat, was sie konnte, um sich je länger, desto verhaßter und unerträglicher zu machen. Auf diese Weise hatten denn auch die lieben Urheber meines Daseins die ersten sechzehn Jahre meines Lebens hingebracht, und es erfolgte die gewöhnliche Entwicklung, nämlich ein gänzlicher Bankrott, der die Ehescheidung nach sich zog.

Bei all dieser Unordnung war aber meine Erziehung nicht vernachlässigt worden. Ich tanzte, sang, spielte die Harfe, zeichnete, stickte usw. Indessen mußte ich meiner Mutter in die Provinz folgen, wo sie sich entschlossen hatte, in einem Bernhardinerinnenkloster von einem sehr mäßigen Einkommen zu leben.

Welch eine Unbill für mich! Und doch war sie mir nicht so schmerzlich wie der Verlust meiner lieben Lehrer. Nicht etwa, daß ich den Wegfall ihres Unterrichts bedauerte, sondern ich hatte ein ganz anderes Interesse dabei: das Zusammensein mit ihnen. Denn fast alle brachten mir neben ihrem eigentlichen Unterricht kleine Grundsätze von Unabhängigkeit, nachsichtsvoller Moral und beinahe zur Ausschweifung führende Lehren bei. Indessen hatte noch keiner von ihnen den Versuch unternommen, diese Lehren in die Tat umzusetzen. Da sie aber gleichsam einmütig darauf ausgingen, mich zu einem sogenannten galanten Frauenzimmer zu erziehen, so müssen sie wohl ihre besonderen Absichten gehabt haben.

Die einen glaubten vielleicht, mich verführen zu können, wenn ich etwas reifer oder verheiratet wäre; die anderen, die praktischer dachten, rechneten schon auf den Gewinn, den sie sich dadurch zu verschaffen hofften, wenn sie mich in Liebeshändel verwickelten, um sich zu bereichern.

Obgleich man ein ziemlich wachsames Auge auf den Unterricht dieser meiner Lehrer hatte, so bekam ich doch aus ihren Händen eine Menge von Büchern, die man gewöhnlich nur unterderhand erwerben kann und die schon durch ihre verführerischen Kupferstiche Wollust verschafften, als mich die schreckliche Nachricht von dem finanziellen Ruin unserer Familie und von unserer auf die nächste Nacht festgesetzten Abreise wie ein Blitz traf. Mein italienischer Sprachlehrer hatte mir diese aufschlußreichen Bücher in die Hand gegeben, und man ließ mir nicht einmal Zeit, sie ihm zurückzugeben.

Der gute Bandini! Lange quälte mich das Gewissen, daß ich ihm weder für diese Belehrung danken noch eine gewisse Verführung ins Werk setzen konnte, die mir im Kopfe herumlief, ihn durch eine besondere Gefälligkeit für den mir geleisteten wichtigen Dienst angenehm zu belohnen. Muß ich mich deutlicher erklären? Ich brannte vor Begierde, je eher, desto lieber von der Theorie zur Praxis überzugehen, und da Bandini, ein echter Italiener, unter meinen Lehrern mir am meisten schmeichelte, folglich mein Zutrauen am meisten erworben hatte, so hätte er sich, obgleich er nicht mehr jung und ziemlich häßlich war, in kurzer Zeit in der Lage gesehen, mich in die Geheimnisse der Liebe einzuweihen. Ein Glück, das er sich gewiß nicht hätte träumen lassen, denn sein Antrag bestand immer nur aus den Worten:

»Ich hoffe, Mademoiselle, daß Sie sich dereinst erinnern werden, welch großer Gefahr Ihr Lehrer sich Ihretwegen ausgesetzt; ich rechne aber darauf, daß Sie immer meine Gönnerin bleiben werden.«

Dies war wohl nicht die Rede eines Mannes, der etwa persönliche Absichten auf mich gehabt hätte. Dessenungeachtet hätte es nur noch zweier oder dreier Tage bedurft, so hätte er mich gehabt. Nichts anderes als unsere plötzliche Abreise konnte mich von der Schande retten, für einen Bandini die ersten Schritte zu tun und die lieblichen Erstlinge meiner Gunstbezeugungen so unangenehm zu pflücken.

Nun geht die Reise fort. Bald werden wir in die Mauern der frommen Klause eingeschlossen sein.

Wenn ich bis jetzt das wollüstige Hilfsmittel, womit sich die Philosophische Thérèse wie eine Närrin so lange behalf, nicht nur vernachlässigt, sondern sogar gewissenhaft vermieden hatte, so kam das daher, daß alle meine Lehrer wie auf Verabredung die einsame Wollust in den schwärzesten Farben geschildert hatten. Dem Vergnügen dieser aufreizenden Handlung, das sie ihr nicht absprechen konnten, setzten sie mit dem größten Eifer die schrecklichen Gefahren entgegen, die mir bei ihrer Ausübung drohten. Magerkeit, Abzehrung und der gänzliche Verlust meiner aufkeimenden Schönheit, der Tod sogar, noch ehe ich die wahren Glückseligkeiten, wozu ich geschaffen wäre, genießen könnte, mußte ihnen zum Gegengift dienen, wodurch sie mich auch um so leichter davon abhielten, als nach ihrer Behauptung das vor allem meiner Schönheit sowohl als meinen Vergnügungen die höchste Vollkommenheit geben müßte, wovon sie mir den leeren und gefährlichen Schatten nicht gönnen wollten.

Sobald ich jedoch den Fuß über die Schwelle des traurigen Klosters gesetzt hatte, sobald ich mich mit Schrecken in einem Hause eingesperrt sah, von dem alle Männer ausgeschlossen waren, und ich diese interessanten Geschöpfe nur noch auf den Kupferstichen in meinen Büchern sehen konnte, begriff ich wohl, daß mich die Not zwingen würde, dem Beispiel von Thérèse zu folgen; in diesem Punkt war ich Philosophin wie sie.

Eine Kammerzofe, die unsere einzige Bedienerin war, schlief mit mir in einem Bett und war fast immer meine Gesellschafterin, wenn ich nicht gerade im Zimmer meiner Mutter war.

Eines Tages schickte meine Mutter diese meine Wächterin aus und ging selbst zu einer Nonne, mit der sie Bekanntschaft geschlossen hatte. Ich war also frei. Nun wußte ich, daß ich keine Zeugen meiner Handlungen um mich hatte. Ich brannte vor wollüstigen Begierden, und meine Nerven zitterten. Ich schmeckte schon im voraus, allein durch die Stärke meiner Einbildung, einen Teil des Vergnügens, das ich mir selbst verschaffen wollte. Ich legte also einen großen Toilettenspiegel auf den Boden und raffte mein Kleid nach oben, lasse mit gierigem Wohlgefallen meine neugierigen Blicke eine Weile auf dem lieblichen Bilde meines kleinen Venusberges ruhen, der mit seinen soeben hervorkeimenden Härchen einem Samt gleicht; zappelnd vor Freude öffne ich ein wenig die rosigen Lippen meiner niedlichen Purpurspalte ... Ich versuche, einen Finger hineinzubringen, aber der Schmerz hält mich zurück. Ein sanftes, gleichmäßiges Kitzeln gelingt mir besser. Ein entzückendes Feuer ergreift mich, läuft mir durch alle Adern und bringt mich außer mir. Der Instinkt des Vergnügens treibt mich an, der Bewegung, die mich so glücklich macht, mehr Schnelligkeit zu geben ... o Zaubermacht der Natur! Ich fühle mich wie elektrisiert ... verzehrt ... ich ... sterbe ...

Drittes Kapitel

Reden im Schlaf · Entdeckung, woraus ich großen Nutzen ziehe

Ein schäbiger Jude, der unvermutet einen wertvollen Diamanten findet, oder ein armer Fähnrich, der von der Nachricht einer ihm zugefallenen großen Erbschaft überrascht wird, kann nicht halb soviel Freude empfinden, als mir der glückselige Fortgang meiner wollüstigen Erfahrung verursachte.

Einige Wochen hindurch konnte ich diese süße Beschäftigung nur sehr selten wiederholen, dann aber öffnete mir ein zufälliger und für mich besonders glücklicher Vorfall endlich einen Weg ohne Schwierigkeiten.

Das Mädchen, mit dem ich in einem Bette schlief, war ein großes, starkes Geschöpf von zwanzig Jahren, mit schwarzem Haar und weißer Haut, von oben bis unten gesund, reinlich und so adrett gekleidet, wie es ihr Stand erlaubte; dabei lebhaft bis zum Mutwillen, auch scheute es sich nicht, sich merken zu lassen, daß es das Klosterleben von ganzem Herzen langweilig fände.

Obgleich Félicie, so hieß es, ein gutes Mädchen war und mir sehr zugetan schien, so fürchtete ich mich doch vor ihrem aufbrausenden Wesen, das ihr indessen, wie ich nachher erfuhr, nicht eigentümlich, sondern bloß eine Wirkung des Überdrusses war, den ihr ein Aufenthalt verursachte, an den sie sich gar nicht gewöhnen konnte.

Dieses leidenschaftliche Geschöpf hatte einst in der Nacht einen Traum mit sehr heftigen Bewegungen, daß ich davon erwachte. Sie lag auf dem Rücken mit auseinandergespreizten Schenkeln. Ihre Hüften hoben und senkten sich von Zeit zu Zeit, und diese Bewegungen wurden immer schneller, bis sie schließlich in ein konvulsivisches Zucken verfiel und dabei mit dem Ausdruck der heftigsten Leidenschaft ausrief:

»Stoß zu, stoß zu, mein lieber Jonas! (So hieß der Jäger meines Vaters.) Stich alles hinein ... alles ... zugleich mit mir ... zugleich fertig ... mehr noch ... tiefer ... warte noch ... jetzt ... ah, ah!«

Auf diese letzten Töne, wobei ihr die Stimme fast versagte, folgte eine vollkommene Erstarrung. Bald darauf setzte sie mit fast betrübter Stimme hinzu:

»Was haben wir getan? O mein Liebling, ich habe mich gehenlassen und nicht aufgepaßt! Diesmal hast du mir bestimmt ein Kind gemacht, denn ich fühlte deinen Liebesbalsam im Innersten meines Herzens.«

Ein so aufschlußreicher Monolog gab mir zuviel Gewalt über Félicie, als daß ich mich nicht darüber hätte freuen sollen, ihn gehört zu haben.

Die Gefühle dieses glücklichen Mädchens waren so sehr erregt, daß es am ganzen Körper in Schweiß gebadet war. Ihre Bewegungen hatten die Bettdecke so verschoben, daß sie nackt dalag. Ich erzeigte ihr dabei die Freundlichkeit, sie zuzudecken, als sie erwachte.

»Félicie«, sagte ich, »widerfährt dir es oft, daß du im Schlaf so laut sprichst?«

»Wieso, Mademoiselle?«

»Ich meine, daß du im Traume sprichst und wie eine Besessene zuckst! Sieh nur, wie zerwühlt unser Bett ist.«

»Sie scherzen; lassen Sie uns also lieber wieder schlafen!«

»Warte noch ein wenig! Laß uns noch von Jonas reden und von dem – Kinde, das er dir soeben gemacht hat!«

»Wie, Sie kleiner Grünschnabel, Sie unterstehen sich, von dergleichen Dingen zu sprechen?«

»Oho, wenn du diesen Ton anschlägst, nun wohlan, so höre weiter.«

Sogleich werfe ich mich auf den Rücken, spreize meine Schenkel auseinander, und in ebendem Ton und mit ebenden Bewegungen des Körpers wiederhole ich von Anfang bis zum Ende:

»Stoß zu, stoß zu, mein lieber Jonas! Stich alles hinein … alles … zugleich … mit mir zugleich … mehr noch … tiefer …!«

Hier wollte sie mir den Mund zuhalten, aber ich fuhr unter ihrer Hand fort, indem ich meinen Hintern noch leidenschaftlicher bewegte:

»Halt, halt doch! … Jetzt! … Ah, ah …!«

Auch war ich nicht einmal mitleidvoll genug, ihr den Rest ihres Monologes zu ersparen. Denn als sie glaubte, es wäre nun vorbei, fuhr ich fort:

»Was haben wir getan? O mein Liebling, ich habe mich gehenlassen und nicht aufgepaßt! Du hast mir gewiß ein Kind gemacht, denn ich fühlte deinen …«

Sie mußte sich wohl aller dieser Dinge erinnern und in meiner Erzählung die getreue Wahrheit erkennen, denn nun hielt sie mir den Mund so fest zu, daß ich keine Silbe mehr hervorbringen konnte.

Übrigens hätte ein Donnerschlag die arme Schlafrednerin nicht ärger niederschmettern können.

»Ich Unglückliche«, rief sie aus und verbarg ihr Gesicht in den Kissen, »hab ich denn wirklich all diese abscheulichen Dinge gesprochen?«

»Ja, Wort für Wort!«

»Und das ganz laut?«

»O ja, so laut, daß meine Mutter dich hätte hören können.« (Sie schlief im Nebenzimmer.)

»Dann bin ich ein unglückliches Mädchen.«

»Nein, Félicie«, erwiderte ich sanft. »Höre mich an, meine Freundin!«

Mit diesen Worten nahm ich sie in meine Arme und

glaubte eine Statue zu umfassen, so starr war ihr Körper. Sie hörte mir stillschweigend zu.

»Glaube mir«, fuhr ich fort, »ich meine es nicht böse mit dir und bin weit entfernt zu glauben ... Was widerfährt einem nicht oft im Traume!«

Allein hier hinderte mich eine unaufhaltsame Begierde zu lachen, weiterzusprechen; und dies stürzte die Träumerin von neuem in die Verlegenheit, sich überzeugt zu sehen, daß ich mich in der Veranlassung zu ihrem unreinen Traume keineswegs irrte.

»Ach«, sagte sie, »also gibt es heutzutage keine Kinder mehr!« Darauf fuhr sie mit den Worten fort: »Wenn Sie ein gutes Herz haben, Mademoiselle, so werden Sie schweigen.«

»Ja, Félicie, das schwör ich dir!«

»Das sind Sie mir auch schuldig, denn ich habe Ihrer Mutter auch nicht gesagt, daß ich in Ihrer Schublade zwei Bücher gefunden habe, wobei einem, schaut man hinein, vor Scham die Haare zu Berge stehen.«

Ich lächelte; denn war meine sittsame Bemerkung nicht herrlich angebracht nach dem, was soeben vorgegangen war.

»Was würde ich Sie gescholten haben, wenn ich nicht geglaubt hätte, daß Sie es selbst nicht wüßten, diese schmutzigen Schriften unter Ihren Büchern zu haben, oder wenigstens gedacht hätte, daß Sie kein Wort davon verstehen könnten.«

»Nein, so dumm bin ich nicht!« sagte ich voll Stolz, mich mit meinen Kenntnissen brüsten zu können. »Glaube nur, gutes Kind, daß ich alles weiß, was man wissen kann, und daß ich nicht einmal so viel zu wissen brauchte, um überzeugt zu sein, daß du nicht einen so ausdrucksvollen Traum hättest haben können, wenn die Sache selbst dir nicht wirklich vorher, und zwar oft, widerfahren wäre. Gesteh es mir nur!« – In diesem Augenblick wurde die Betglocke des Klosters gezogen.

»Lassen Sie uns beten!« sagte sie.

»Geh zum Teufel mit deiner Betglocke! Sollte man nicht glauben, du wärest eine Heilige. Laß uns lieber von Jonas reden, dessen Lebensbalsam bis ins Herz dringt!«

»Gott im Himmel, was soll das? Wie kann man mit sechzehn Jahren schon so verdorben sein? Nun glaube ich erst wirklich, noch zu träumen!«

Während unseres Gespräches hatte ich unablässig den molligen, aber drallen Körper des Mädchens betastet. Sie ließ mir meinen Willen, solange ich nur ihre Arme, ihre Schenkel und selbst ihre ungemein starken und strotzenden Brüste befühlte. Als aber meine neugierige Hand schließlich ihren heißen, emporragenden und mit starken krausen Haaren reichlich umbuschten Venusberg berührte, verursachte dieser rasche Angriff, daß wir beide zurückzuckten, Félicie vielleicht aus verstellter Schamhaftigkeit und ich aus plötzlicher Angst und Unerfahrenheit.

Dieser Rückzug dauerte jedoch nur einen Augenblick, denn sogleich war meine Hand wieder am Werke. Félicie sah wohl ein, daß es unnütz war, sich länger zu zieren. Sie ließ sich also ungehindert befühlen, und ich tat dies instinktiv mit einer Zärtlichkeit, die ihr wohl gefallen mußte, denn sie legte sich wieder auf den Rücken und erlaubte meinem Finger, der sich in ihre von den Wirkungen des glücklichen Traums noch schlüpfrige Liebesgrotte hineingeschlichen hatte, das schönste Spiel von der Welt. Sie klemmte ihn sogar mit Wohlgefallen darin ein, wenn ich ihn zurückziehen wollte. Und nun verließ er auch den Platz nicht eher, bis Félicie, die ihn selbst dirigierte und die sich nun gar keinen Zwang mehr antat, in vollen Flammen und unter zuckenden Bewegungen, aber diesmal ohne ein Wort zu sagen und mit etwas mehr Zurückhaltung als vorher im Traum, ihren lüsternen Geist der Entzückungen des höchsten Wollustgefühls ausgehaucht hatte.

Viertes Kapitel

Schnelle Fortschritte · Sonderbarer Grund der Freundschaft · Hilfsmittel der einsamen Nonnen

Die Erkenntlichkeit ist doch eine schöne Tugend! Félicie wollte mir beweisen, daß diese Tugend ihr nicht unbekannt war.

Kaum hatte sie sich etwas erholt, als sie sich mit ihren Beinen an mich klammerte, mich mit Küssen bedeckte und mich ihren Engel und ihren Gott nannte. Sie betastete meine jungen Reize mit soviel Hitze, wie es nur immer ein feuriger Liebhaber tut, und rieb ihren dunkel umbuschten Venusberg so stark auf den hervorkeimenden Flausch des meinigen, daß es mir beinahe weh tat.

Das Ende davon war, daß sie mit überraschender Schnelligkeit meine Schenkel auseinanderbog und ihren Mund so meiner jungfräulichen Spalte näherte, daß beide Spalten sich kreuzten.

Ich war wohl beim Lesen hin und wieder auf Stellen gestoßen, die mir eine dunkle Vorstellung von ähnlichen Dingen gegeben hatten, aber ich gestehe, daß das Bild davon über meine Einbildungskraft gegangen war, weil ich nichts Anziehendes daran gefunden hatte; denn die Narrheit der Menschen, die Werkzeuge des Vergnügens mit dem Namen Schamglieder zu brandmarken und die Kinder daran zu gewöhnen, sich dabei lediglich den unreinen Gebrauch derselben zu denken, läßt uns erst spät die wesentlichen Eigenschaften des menschlichen Körpers erkennen.

Aber wie schnell ward ich bekehrt, als die wohlunterrichtete Zunge des Mädchens zwei- oder dreimal den oberen Winkel meines Spältchens liebkosend berührt hatte! Dieses Zungenspiel, das ich für ein Wunderwerk hielt, machte mir zuviel Vergnügen, als daß ich mich dabei hätte aufhalten sollen, das Vergnügen zu berechnen, das sie etwa dabei haben könnte, doch fiel mir ihr leidenschaftliches Keuchen und der brennende Atem auf, den sie zuweilen mit Wohlgefallen mir in den Unterleib blies, um in mir Empfindungen zu erregen, die ich schlechterdings nicht beschreiben kann.

Erhabenes Spiel des weiblichen Geschlechts, das nur Toren mit ihrer Satire verfolgen können! Wie ist es möglich, daß du nicht überall auf Erden Altäre hast?

Félicie setzte dieses Spiel so lange fort, wie ich es aushalten konnte; schließlich aber stieg die übermäßige Spannung meiner Gefühle und die Hitze meines Blutes auf einen so hohen Grad, daß ich des Todes zu sein glaubte und sie bitten mußte aufzuhören.

Glückliche, ewig unvergeßliche Nacht! Ein einziger deiner Augenblicke war mehr wert als zehn Jahre jenes philosophischen Glücks, das die Moralisten so sehr erheben und das vielleicht niemals vorhanden war. Erhabener Magnetismus der Eigenschaften des Geschlechtes, du immer gleiches, allgemeines und immer neues Wunder, das unwürdige und undankbare Schwätzer herabwürdigen, wenn sie dich zu den zahlreichen Unanständigkeiten zählen, welche die Natur an den Stand des Menschen knüpfte. Wie wenig stimme ich mit der Meinung derjenigen überein, die dich verachten und beschimpfen!

Doch mein Glaubensbekenntnis mag lieber aus der Geschichte meiner Vergnügungen hervorgehen als aus müßigen Deklamationen. Wenn ich dich, mein Leser, zu dem Ausruf zwinge: »Du glückliches Menschengeschöpf«, so glaube ich, dich am besten und sichersten die Art gelehrt zu haben, glücklich zu sein.

Unsere Spiele endigten mit dem Schwur einer unverbrüchlichen Verschwiegenheit und einer Freundschaft, die jeder Veränderung trotzen sollte. Von dem Augenblick an war Félicie in meinen Augen kein Dienstmädchen mehr, sondern für mich, in Erwartung noch größerer Freuden, das Kostbarste, was ich haben konnte; mit einem Wort – meine Freundin.

Der Schlaf überfiel uns mit wechselseitig verschränkten Armen und Schenkeln. Es war bereits neun Uhr, als meine Mutter uns weckte und zum Glück nicht neugierig genug war, unseren Bettvorhang zu öffnen; sie würde sonst an unserer unanständigen Lage leicht die Wahrheit erraten haben.

Lieber Himmel, wie fade, abgeschmackt und unerträglich werden nicht die kleinen Umstände und Verpflichtungen des Lebens, wenn man erst gewisse lebhafte Empfindungen kennengelernt hat! Die Andachtsübungen, die tägliche Messe, die Beichte an jedem Sonnabend, die Kommunion aller vierzehn Tage, das Lesen der Erbauungsbücher bei meiner Mutter – o wie verhaßt ward mir das alles!

Mir brannte die Stelle, wenn ich nicht mit meiner lieben Félicie unter vier Augen war. Aber was sage ich? Auch mit ihr war ich noch nicht glücklich genug, denn sie war mir oft in meinen unersättlichen Begierden nicht zu Willen. Sie wollte nicht zugeben, sagte sie, daß ich durch täglich und stündlich wiederholte Liebesspiele den Stachel der Wollust abstumpfte und jenen kostbaren Lebenssaft verschwendete, der zu meinem Wachstume so unentbehrlich wäre. Sie ließ mich also aus Überlegung und aus Freundschaft darben.

So vergingen zwei Monate, in denen ich die meiste Zeit die Rolle der handelnden Person übernehmen mußte. Denn Félicie, die bei völlig reifen Jahren von ungemein robuster Leibesbeschaffenheit war, glaubte von den zahlreichen Wiederholungen der Entladungen nichts zu befürchten zu haben. Sie also derb zu traktieren und ihr alles zu tun, was ich ihr tun konnte, war doch immer etwas für mich. Himmel, welch Entzücken, wenn sie sich einmal herabließ, mich ebenso zu behandeln!

So war sie also unaufhörlich mein wohltätiger Genius, die Spenderin des einzigen Glücks, das ich erleben wollte, oder mein verfolgender Dämon, die Feindin meiner Freuden, das Hindernis all meiner Begierden. Bald betete ich sie an, bald grollte ich mit ihr, oft schimpfte ich sogar. Dann lachte sie immer, wenn ich ihr vorwarf, sie liebe mich nicht und bringe mich zur Verzweiflung. Denn unsere Wachsamkeit ging so weit, daß sie mir alle Gelegenheit benahm, mich ohne Zeugen für die Enthaltsamkeit zu rächen, wozu ihr Aufpassen mich nötigte.

»Ich habe dich wohl sehr nötig«, sagte ich, »um mir Vergnügen zu schaffen, und habe wahrlich viel gewonnen, daß ich dich zur Vertrauten meiner Freudengenüsse gemacht habe! Du glaubst mir einen wichtigen Dienst zu erweisen, kannst aber im Gegenteil davon überzeugt sein, daß du mich umbringst und schuld daran bist, daß ich je eher, desto lieber einen genialen Streich begehen werde, worüber du lebenslang wirst zu seufzen haben.«

Gleich darauf vergoß ich wieder Tränen, bat um Verzeihung, suchte meine ungerechten Vorwürfe wiedergutzumachen und flehte um die Erlaubnis, ihr die niedrigsten Gefälligkeiten erzeigen zu dürfen. Und so war unter zehnmal immer die Reihe an mir, die Rolle der Freudengeberin zu spielen.

Eines Tages, als wir wieder einmal im besten Einverständnis waren, drang ich mit Ungestüm in sie, ihre Geschichte zu erzählen, die, wie sie mir im allgemeinen gesagt hatte, sehr sonderbar wäre. Nach langem Weigern war sie endlich so gefällig, mir zu erzählen, was man in den folgenden Kapiteln lesen wird.

Fünftes Kapitel

Félicie erzählt ihre seltsame Geschichte

»Ich bin in einer der unfruchtbarsten Gegenden des Landes geboren, das Frankreich mit Kaminfegern und Lastträgern versorgt. Mein Vater hatte sich in diesen beiden Handwerken betätigt und in Paris meine Mutter geheiratet, die sich durch Küchenarbeiten und Leierspielen etwas erworben hatte.

Mein Vater, ein ehrlicher und arbeitsamer Mann, hatte seinerseits auch etwas erspart, und so waren sie aus der Hauptstadt fortgezogen und lebten in einem Dorf bei Saint-Jean-de-Maurienne. Eine Hütte, ein Stück Acker, ein Gärtchen und etwas Vieh war für diese genügsamen Leute ein hinlängliches Vermögen. Gleich zu Anfang zeugten sie einen Sohn, fünf Jahre später kam ich zur Welt; und das war das ganze Ergebnis ihrer Arbeit zur Hebung der Bevölkerung von Savoyen.

Ich war acht Jahre alt, als eine epidemische Krankheit, welche die ganze Gegend entvölkerte, uns unserer Eltern beraubte. Ein Oheim wurde unser Vormund.

Ich weiß nicht, aus welcher Grille mich meine Mutter, mit Einwilligung meines Vaters, wie einen Knaben erzog. Vielleicht aus Furcht, ich möchte, wenn ich mein eigentliches Geschlecht kannte, auch früh die Vorrechte genießen wollen, deren zu weit getriebenen Genuß sie sich wahrscheinlich vorzuwerfen hatte. Genug, ich galt bei allen Menschen, und sogar bei meinem Oheim, für einen Knaben und sollte in meinem zwölften Jahr einer Gruppe folgen, die, wie es dort gewöhnlich der Fall ist, aus ihrer Heimat auswanderte. So kam ich nach Paris.

Drei Jahre lang war ich dort Kaminfeger, Schuhputzer und Bedienter auf Taglohn bei einem Schmied oder einem Frauenzimmer, das sich ein möbliertes Zimmer gemietet hatte, oder einem anderen Pflastertreter und diente bald in Privathäusern, bald in Gasthäusern.

Unserer Gewohnheit nach hatte ich meine Schlafstelle unterm Dach eines Hauses von sieben Stockwerken. Da schliefen acht von unserer Gesellschaft, und zwar zwei und zwei in abscheulichen Betten, die uns gewiß nicht zur Üppigkeit reizten. Ich brachte also meine Nächte an der Seite eines männlichen Wesens zu; aber die Leute aus unserer Gegend sind so schamhaft und wir werden so einfach erzogen, unser beschränkter Geist wird so frühzeitig und so stark auf mühsame Arbeit und dadurch zu schaffenden kleinen Gewinn geleitet, daß es einem Savoyarden nie in den Sinn kommt, des Nachts lustig zu werden. Wenigstens war es mir in vier Jahren nicht ein einziges Mal begegnet, daß irgendeiner der Schlafkameraden, die doch so oft bei mir wechselten, den Versuch gemacht hätte, einen Vergleich zwischen seiner Beschaffenheit und der meinigen anzustellen.

Morgens und abends kleidete sich ein jeder mit der gewissenhaftesten Anständigkeit an und aus, und ich, wie jeder andere auch, blieb den Pflichten der Schamhaftigkeit treu, obgleich ich dazu bestimmt war, dereinst mich über alle Enthaltsamkeit hinwegzusetzen. Eine dichte und harte Schale verschloß damals noch den Keim wollüstiger Schwelgerei, die sich dann mit solcher Gewalt bei mir entwickeln sollte.

Ich mußte jeden Morgen um neun Uhr zu einem sehr hübschen Freudenmädchen gehen, das sich lieber mit Handgreiflichkeiten als mit Betrachtungen abgab. Ich fand es immer im Bette vor und selten allein. Aber in solchen Fällen haben wir Savoyarden weder Augen noch Ohren.

Da ich indessen eines Tages aus einem Kabinett, wo ich meine kleinen Arbeiten besorgte, in das Schlafzimmer trat, mußte ich mit meinen Augen sehen, wie meine saubere Demoiselle, außerhalb des Bettes und völlig nackt, von einem lüsternen Burschen mit abgestutzten Haaren zurechtgebügelt wurde, der wahrscheinlich nach mir hereingekommen, weil der Schlüssel in der Tür steckengeblieben war. Ich wollte so tun, als sähe ich diesen Liebeskampf nicht, aber das Kreuzeszeichen, das ich für mich schlagen zu müssen glaubte, kam den beiden so lächerlich vor, daß sie sich voneinander lösten, um sich ihrer Lachlust bequemer zu überlassen.

Die Stellung, in welche der Abbé zufälligerweise geriet, um sich von seiner Schönen loszumachen, zeigte meinen Neulingsblicken das gerötete Werkzeug seines unterbrochenen Freudengenusses, und in dem Augenblick fiel auch die Binde von meinen Augen, die mir bisher den Irrtum verborgen hatte, in welchem ich über mich selbst lebte. Die auffallende Veränderung, die in mir vorging, hätte mich fast meiner Sinne beraubt; mir wurden die Knie schwach, und ich konnte mich kaum auf den Beinen halten.

›Nimm dich in acht, Félix‹, sagte die Unzüchtige zu mir mit höhnischem Lachen, ›du wirst über deine eigenen Beine fallen! Steh doch fest! Hat dir dieser prächtige Eichelmast Furcht eingejagt? Wahr ist es, daß der Abbé vortrefflich ausgerüstet ist.‹

Über diesen und ähnliche faule Witze lachten die beiden aus Leibeskräften.

Ich verlor alle Fassung und besann mich nicht einmal auf das Kabinett, wohin ich hätte flüchten können. Irgendeine Antwort zu geben war ich gar nicht imstande.

›Lassen Sie den Schafskopf gehen‹, sagte der Abbé verächtlich, ›und lassen Sie uns unser Geplänkel fortsetzen! – Scher dich fort, verwünschter Lümmel!‹ sagte er zu mir.

›Wie kann man so ein Esel sein und hier hereinkommen, wenn man etwas verfrühstückt!‹

Jedes Wort dieser groben Rede war für mich schlimmer als ein Hieb mit der Peitsche.

›Nein, nein‹, fiel die Demoiselle ein, ›Félix soll nicht weggehen! Es gibt nichts Reizenderes für mich, als es mir in Gegenwart von Zeugen machen zu lassen. Komm her, mein Kleiner! Überdies muß er ja auch etwas lernen. Ich will, daß er alles recht genau sehen soll. Komm her, sage ich dir ...!‹

Jeder andere an meiner Stelle würde aus dem Zimmer hinausgegangen sein und dieses unanständige Weibsstück verwünscht haben. Aber ich – war es schon mein heimlicher Instinkt, der mich verriet? Ich gehorchte. Ich setze einen Fuß vor – das Mädchen lächelt und reicht mir die Hand – der zweite Fuß folgt nach – mein Gesicht glüht – ich zittere – aber ich nähere mich dem Bette.

In diesem Augenblick ergreift mich das Mädchen, schlingt ihren hübschen Arm um meine Hüften, ruft nun dem Abbé zu:

›Nun komm und stich deinen Degen in meine Scheide!‹

Zu gleicher Zeit hebt sie den Rücken an, spreizt die Schenkel auseinander und fordert die fürchterliche Plempe heraus, die dann auch ohne Mitleid hineinfährt, daß es mir kalt durch die Glieder läuft. Wie, dachte ich, er ist so lang und so wild, das arme Mädchen muß zerrissen werden! Aber nein! Der bedrohliche Stichel wird ganz und gar verschlungen, und auf dem Gesicht des Opfers entdecke ich nur Zeichen der Wonne. Gleich darauf begann sie sich hoch- und niederzuwerfen, als wollte sie die Bettstelle unter sich zerbrechen. Sie keucht, sie beißt, sie flucht, vergißt aber bei alledem nicht, mich festzuhalten und in alle ihre Bewegungen mit sich fortzureißen.

Und doch, auf dem höchsten Punkte dieses Ungestüms – welche Geistesgegenwart! – reißt sie sich plötzlich los, und ich sehe mit Erstaunen den feuchten Zylinder eine ganze Flut von weißem und seifenartigem Schaum weit von sich spritzen, wovon ein Teil derjenigen im Gesicht landet, die sich ihm so unsanft entzogen hatte. Sie lachte über diesen unwillkürlichen Erguß, erhob aber eine ganz andere Klage.

›Du sollst mich nicht anführen, Schatz!‹ rief sie. ›Es war wirklich höchste Zeit. Da wäre ich wirklich schön angeschmiert, wenn du mir das alles zu schlucken gegeben hättest. Aber so bist du eben! Das wäre sehr erbaulich gewesen, wenn du mir ein Kind angedreht hättest. Kannst du Lumpenhund denn eins ernähren?‹

So lernte ich also in einer einzigen Lektion auf einmal, daß ich keine Mannsperson war; daß ein Mann hat, was ich jetzt eben gesehen hatte; daß eine Frau dies Ding in ein solches Ding aufnimmt, wie ich selbst hatte; daß sie Vergnügen dabei empfindet; daß so die Kinder gemacht werden, wenn sie zuläßt, daß der Zeugungssaft sich innerlich ergießt; daß man aber, wenn man dies vermeidet, nicht Gefahr läuft, Mutter zu werden. Wieviel Entdeckungen in einem Augenblick!

Der Abbé, anstatt sich durch die Strafpredigt beleidigt zu fühlen, ließ sich ganz vergnügt von seiner Lastermilbe abwaschen und abtrocknen. Ja, er borgte ihr sogar, in einem mehr fordernden als bittenden Tone, einen Taler ab, den sie ihm gern zu bewilligen schien. Als sie sich hierauf über eine Wanne bückte und sich auch reinigte, wobei sie sich in eine Position begab, um all ihre Reize vor meinen Augen zu entfalten, ging der tonsurierte Spitzbube davon und sang, während er die Treppe hinabging, bis zur untersten Stufe:

›Ach seht doch, seht!
Wie dort mein liebes Schätzelein
Ihr kleines hübsches Löchelein
Mit weißen Händen flöht!‹«

Sechstes Kapitel

Félicies Erzählung reizt immer mehr zum Erstaunen

»Kaum war der Auftritt dieser alles andere als feinen Liebesbalgerei beendigt, als ich mit etwas anderem bedroht ward, was mich nicht weniger in Verlegenheit setzte.

Man hörte den Abbé noch trillern, als meine Messalina von ihrer Wanne nach der Zimmertür lief, sie doppelt abschloß und den Schlüssel unters Bett steckte. Darauf kommt sie, noch immer nackt wie ein Finger, auf mich zu, wirft ihren Arm um meinen Hals, drückt mich an ihre Brust und überhäuft mich mit Küssen, die sie mit allerhand ehrbaren Reden begleitet:

›Nicht wahr, mein lieber Junge, du bist nicht böse über das, was du gesehen hast? In deinem Stande wirst du dergleichen oft genug gesehen haben. Aber was ist denn Böses dabei? Die Jugend, die Jahreszeit der Liebe …‹«

»Deine Mamsell, Félicie«, unterbrach ich sie, »spricht wahrlich ganz vernünftig!«

»Oh, unterbrechen Sie mich nur nicht! Wann soll ich denn dann mit meiner Erzählung fertig werden?«

»Nein, nein, fahre nur fort! ›Die Jugend ist die Jahreszeit der Liebe‹, so weit warst du.«

Félicie drohte mir scherzend mit dem Finger und fuhr fort:

»›Fühlst du noch nichts, mein lieber Junge?‹ fragte mich die Unverschämte. ›In deinem Alter starrt einem doch nur so die Feuerspritze!‹

Und ihre Hand suchte sich davon bei mir zu überzeugen. Ich wich ihr aus; sie setzte mir zu und richtete die Heftigkeit ihres Angriffes nach meinem Widerstande ein.

›Sage mir doch, Félix, hat dich das nicht in Schwung gebracht, was du uns vorher hast tun sehen? Soll ich dir zur Belohnung eben das erlauben, was der Abbé tat?‹

›Lassen Sie mich, Mamsell, ich bitte Sie!‹

›Ei was, du mußt nicht so einfältig sein. Sieh, Félix, ich bin dir schon lange gut und habe es dir schon oft sagen wollen … Du stößt mich weg! Du wehrst dich, kleiner Gauner! Oh, das mir!‹

›Um Himmels willen, Mamsell, lassen Sie mich!‹

›Wie, findest du mich etwa nicht appetitlich genug?‹

Dabei fuhr sie mit ihren Handgreiflichkeiten fort, und ich wiederholte:

›Lassen Sie mich!‹

›Nun, Félix, sieh mich doch an!‹

Ja, wenn ich gehabt hätte, was mir fehlte!

›Küß mich! Küß mich doch, sag ich!‹

Warum sollte ich sie nicht küssen? Obwohl ich auch ihres Geschlechts war, so fand ich doch ihre Liebe so verführerisch! Und tat mir meine Herrschaft nicht immer eine Ehre damit an? Ich küßte sie also.

›Da, nimm meine Brüste und gib mir deine Hand! Ich wette, du hast noch keine Bauchspalte gefühlt. Eine hübschere wirst du auch nicht zu sehen bekommen.‹ (Sie steigt auf einen Stuhl und hält sie mir dicht vor die Augen.) ›Schau sie dir nur genau an! Greif zu! Nicht wahr, sie ist frisch und niedlich? Nun ist die Reihe an mir.‹

Sie springt herunter und faßt mich von vorn und von hinten so fest, daß ich mich nicht mehr loswinden kann. Halb aus Scham und halb wegen meiner Verkleidung fange ich an, mich teufelsmäßig zu wehren.

›Was, du willst nicht?‹

›Mamsell, noch einmal, ich kann nicht.‹

›Ich will ihn sehen.‹

Ich schreie, ich beiße, ich schlage …

›O der garstige kleine Grobian! Gib mir sofort dein Lümmelchen her.‹

Ich schlug kreuzweise meine Schenkel übereinander und wand mich von allen Seiten, um meine Widersacherin so müde zu machen, daß sie endlich ihren Vorsatz fahrenläßt – aber vergebens.

›Seht einmal den kleinen Hosenteufel! Welch ein Eigensinn! Und ich sollte mit einer langen Nase abziehen! Nein, bei allen Wettern! Ich will deinen vermaledeiten Hund von Adamsstengel sehen, und du sollst ihn mir hineinstecken oder hunderttausend Teufel ...‹

Bei diesen Worten platzt mir der Hosengurt und läßt meiner schamlosen Gegnerin freie Hand. Man stelle sich nun ihr Erstaunen vor!

›Hol dich der Teufel!‹ rief sie, indem sie ihren Zauber gelöst sieht und ruhig zu ihrem Bett zurückkehrt. ›Das war auch gerade so vieler Mühe wert, um am Ende nichts zu finden als ein schäbiges Loch.‹

Ich brachte meine Kleidung wieder in Ordnung, so gut ich konnte, und ging zur Tür; aber der Schlüssel lag in ihrem Bette, und ich hatte nicht das Herz, ihn hervorzulangen.

Der Zorn meiner Mamsell ward bald von einer ungezähmten Neugier verdrängt, um zu erfahren, aus welch seltsamen Gründen ich als Mädchen in männlicher Kleidung erschien. Ich sagte ihr ganz treuherzig die reine Wahrheit von meiner einförmigen Existenz, und sie rief einmal über das andere aus:

›Sechzehn Jahre und schön wie ein Engel! Und nicht zu wissen, was man ist! Und daß auch niemand so klug gewesen ist, sie zu unterrichten! Höre zu, meine Kleine‹, setzte sie hinzu, ›du bist nicht dazu gemacht, länger mit der Savoyardentruppe zusammen zu wohnen. Weißt du wohl, daß es nur von dir abhängt, dein Glück zu machen? Bleib bei mir, ich will für dein Fortkommen sorgen!‹

Sie sagte mir die verbindlichsten Sachen und machte mir die schmeichelhaftesten Vorschläge. Aber der schamlose Auftritt mit dem Abbé lag mir noch auf dem Herzen. Ich bedachte, daß jeden Augenblick etwas Ähnliches vorfallen könnte und mir, weil ich die Ehre hatte, zum schönen Geschlecht zu gehören, doch früher oder später ebenso mitgespielt werden würde wie meiner Mamsell; und alle Bekanntschaften, bei dem Abbé angefangen, waren meines Erachtens nicht wert, mir nahe zu kommen. Indessen bediente ich mich der kleinen List, als nähme ich scheinbar ihr Anerbieten mit Freuden an. Sie forderte mein Wort darauf, und ich gab es mit dem festen Vorsatz, es nicht zu halten. Aber für mich handelte es sich darum, aus dem Hause zu kommen, unter dem Vorwand wenigstens, meine wenigen Habseligkeiten zu holen. Ich versprach, spätestens in zwei Stunden wiederzukommen, und auf dieses Zugeständnis hin ließ man mich gehen. Himmel, wie froh war ich, mich frei zu sehen! Ich ging zu allen meinen Kunden und raffte bei denen, die bezahlen wollten oder konnten, das wenige zusammen, was ich zu fordern hatte; meine Absicht war im Ernst, Paris noch am selben Tage zu verlassen und mein Glück an irgendeinem Ort zu suchen, wo das Geheimnis meines Geschlechtes nicht Gefahr liefe, von der erstbesten Lustjungfer aufgespürt zu werden, bei der meine Reize eine wollüstige Laune erregten. Ach, wie glücklich wäre ich gewesen, wenn ich ein so vernünftiges Vorhaben auf der Stelle ausgeführt hätte! Aber dies war gerade der Tag, wo der Teufel aufwachen sollte, den ich in meinem Blute trug und von dem ich künftighin so unbarmherzig besessen sein und gepeinigt werden sollte. Den ersten Streich, den er mir spielte, war die Demütigung, die ich jetzt erzählen will und wegen der ich mich übrigens nicht über das Schicksal beschweren darf, weil ich selbst, ganz allein und von ganzem Herzen, die Urheberin dieses kleinen Unfalls war.

Siebentes Kapitel

Ungeschickter Versuch, der ein großes Unglück für die arme Félicie nach sich zieht

Der Kamerad, mit dem ich damals zusammen in einem Bett schlief, war ein großer schwarzbrauner Kerl von achtzehn bis neunzehn Jahren, der gewöhnlich schnarchte wie eine große Orgelpfeife. Das störte oft mich und die ganze Stubengesellschaft im Schlaf. Es war also kein Wunder, da ich den Kopf noch von den Dingen voll hatte, die mir diesen Morgen begegnet waren, daß ich jetzt noch mehr Mühe hatte einzuschlafen als in einer der vorigen Nächte. Mein Bettgeselle schnarchte nach seiner Gewohnheit, ich konnte kein Auge zutun; mein Blut war erhitzt. Es kam mir also ein sonderbarer Einfall, nämlich zu wissen, ob François – so hieß mein Mitschläfer – auch so etwas hätte, das dem wunderlichen Schafte des wollüstigen Abbés ähnlich wäre. Meine Hand geht auf Erkundung ... Ich finde zwar etwas, das von meiner Beschaffenheit verschieden ist: eine kleine Probe der Mannheit, aber so weich, so schlaff, daß ich in Versuchung kam, zu glauben, daß zwischen einem Freudenmädchen und einem Abbé noch zwei Klassen von Menschen stehen, nämlich Mädchen wie ich, die ganz anders beschaffen sind als meine Mamsell, und Männer wie François, die noch weniger Ähnlichkeit mit dem männlichen Geschlecht haben, dessen Beschaffenheit meine Blicke zuerst geblendet hatte.

Inzwischen fühle ich, daß unter meiner fürwitzig forschenden Hand, die sich noch immer bei ihrem Gegenstande aufhielt, etwas zu leben und sich zu bewegen anfängt. Diese Veränderung interessiert mich und schmeichelt mir. Ich werde sehr aufmerksam auf die fühlbaren

Fortschritte dieser Auferstehung, aber ohne im geringsten an den Anteil zu denken, den meine weibliche Hand an dieser Veränderung haben mochte. Stufenweise kommt das Wunder zu seiner Vollendung. François' Liebesfackel strotzt schließlich in ihrer höchstmöglichen Ausdehnung.

Aber, lieber Himmel, wie verschieden von dem mächtigen Schaft, der sich heute morgen vor meinen Augen so stolz in die Spalte meiner Mamsell versenkt hatte.

Wenn der Fuß einmal an dem steilen Abhang des Wollustweges ausgeglitten ist, dann gibt es kein Halten mehr. Mein erster Gedanke: Wie gut, daß ich den bescheidenen Ofenreiniger des braven François vor mir finde, anstatt auf einen Glockenschwengel zu stoßen, wie ihn der Abbé hat!

Dies hier zum Beispiel ist gerade so, wie es sich für mich zu passen scheint. Für meine Mamsell möchte es wohl nicht getaugt haben, wenn sie so ein Instrument nötig hat, wie ich heute früh gesehen hatte und wovon ich gewiß krumm und lahm geworden wäre. Wenn wir doch hier eine nähere Bekanntschaft machen könnten! Mochte es François auch merken, er würde doch wohl nicht so dumm sein, mir das übelzunehmen. Wir wollen es einmal versuchen!

Sein Gesicht war gegen mich gekehrt, und er schnarchte mir gerade unter die Nase. Ich war zu soviel Nachsicht gestimmt, daß ich ihm seinen Knoblauchgeruch nicht übelnahm, womit sein heißer Atem mich beräucherte. Ich trotze all dieser Unannehmlichkeit und schmiege mich so dicht wie möglich an ihn. Ich berühre ihn vom Kopf bis zu den Füßen und habe mich schon so gut zurechtgelegt, daß meine kleine Muschel sich an dem hervorragenden Degenknopf des Schnarchers reibt.

O wonniges Entzücken! Welch ein neues und ergötzendes Feuer strömt durch meine Adern! Welch ein reizender Vorgeschmack von Glückseligkeit für den überaus reizbaren Teil, dessen Lippen schon von der atlasweichen Kirsche geküßt werden, die ich ganz darin aufzunehmen vor Begierde brenne.

Wenn ich's auch nicht schon gewußt hätte, daß meine Öffnung dazu gemacht war, dereinst durchbohrt zu werden, so hätte es mir schon die Natur und unsere Lage in diesem Augenblick offenbart, daß unsere Spielsachen füreinander erschaffen wären.

Indessen war es mir doch in meiner jetzigen Lage unmöglich, meiner Scheide einen Dolch einzuverleiben, der sich eben nicht gerade durch seine Länge auszeichnete. Ich kehre mich also um und errate, daß ich glücklich sein werde, wenn ich ihn zwischen meine Schenkel nehme und mich gegen ihn niederbücke. Und in der Tat, schon beginnt unsere Vereinigung! Aber das war auch das Ende meiner Hoffnung und meiner Freuden und der Anfang meines traurigen Unfalls.

François, der tölpische und zu meinem Unglück zu keusche Junge, wachte auf. Für ihn, der älter war und mehr Erfahrung hatte als ich, war der Umstand, daß sein Zeugungsteil unter meinen Händen sich in einem glänzenden Zustand und zum Teil bereits in ein sehr enges Futteral eingezwängt befand, schon der Beweis eines beabsichtigten und schändlichen Verbrechens. Sein erster Gedanke ist, daß ihm eine Abscheulichkeit zugemutet wird. Ohne also die geringste Untersuchung anzustellen, beweist er, da er bei einem Kameraden seines Geschlechts zu liegen glaubt, durch Geschrei und Faustschläge seinen Zorn und seine Schamhaftigkeit. Ein Schlag auf den Kopf betäubt mich, und halb tot vor Furcht und Schmerzen springe ich aus dem Bette. Den Augenblick ist die ganze Kameradschaft auf den Beinen und jeder läuft nach dem Feuerzeuge, sobald man die Klage von François gehört hatte.

›Man muß den Hund totschlagen!‹ ruft der eine.

›Nein!‹ sagt der andere. ›Aber in Haft bringen und der Justiz überliefern!‹

›Er muß hängen!‹ schreit ein dritter.

›Verbrannt muß er werden!‹ war die Meinung des Ältesten unter ihnen, der das Strafregister für jede Art sündiger Ausschweifungen am besten im Kopfe hatte.

Mittlerweile verbreitet die traurige Lampe ihr kärgliches Licht im Zimmer. Man packt mich, zerrt mich hin und her, und bei den verschiedenen Bewegungen, die ich zu meiner Verteidigung zu machen genötigt werde, liegt vor den Augen aller Anwesenden – der unwiderlegliche Beweis meines Mädchenstandes. So sehr alle meine Gegner auch Savoyarden sind, so wirkt doch der Talisman schnell und sicher auf sie.

Man schweigt; man sieht einander an; man läßt mich los.

›Ein Mädchen! Ja, siehst du ... Das ist etwas anderes!‹

›Christlicher ist es darum auch nicht!‹ meint der Alte mit heroischem Ton. ›Indessen ist für solche Sünden doch noch Barmherzigkeit zu hoffen.‹

Und damit gehen alle wieder zu Bett.

Der verwünschte François saß nun in einem Winkel und biß sich auf die Finger. Indessen fand ich doch keine Vergebung; jeder beeiferte sich um die Wette, mir die gröbsten Schimpfworte an den Kopf zu werfen. Ich aber, ohne sie einer Antwort zu würdigen, ziehe mich eiligst an, schnüre mein Bündel, und da niemand ein Recht hatte, mich zu halten, verließ ich die Wohnung unter dem groben Spott und den Verwünschungen, wozu diese Kerle sich gegen mich berechtigt glaubten, weil sie Gewissensbisse und Andächtelei, aber keinen Begriff von der Eigenschaft und dem Wert des Vergnügens haben.

Achtes Kapitel

Vom Regen in die Traufe
Trauriger Strich durch die Rechnung

Da ich von den sieben Bauernlümmeln erlöst und frei war, konnte ich mich auf den ersten Augenblick für glücklich halten. Aber es war Mitternacht. Es fiel ein feiner kalter Regen. Eine Herberge war mir also unentbehrlich, und die hatte ich nicht mehr. Sollte ich die Nacht auf der Straße zubringen?

Ich hätte also besser getan, sagte ich zu mir selbst, wenn ich heute früh wieder zu meiner Mamsell gegangen wäre. Und warum sollte ich nicht noch jetzt hingehen? Bei einer so tätigen Schönen findet man zu allen Stunden Zutritt. Selbst wenn sie Gesellschaft bei sich hat, wird sie einem die Hilfe niemals versagen.

Aber nein! Da muß ich nicht hingehen, ich würde doch irgendeinen Galgenstrick dort finden, bei dessen Heldentaten sie mich zur Zuschauerin verlangte.

Während dieser Überlegungen stoße ich im Finstern auf einen Fußgänger, so daß wir beinahe beide gefallen wären. An den kräftigen Schimpfworten, womit ich sogleich überhäuft wurde, erkannte ich die Stimme eines meiner Kunden. Es war der Schauspieler A., ein Versemacher, ein Spieler, ein witziger Kopf, dabei ein lustiger Kerl, der, ohne einen einzigen rechtmäßig erworbenen Taler zu besitzen, von früh bis in die Nacht hinein sang und lachte.

Von all meinen bürgerlichen Kunden war er der, dem ich am willigsten diente, obgleich er mich ebensowenig bezahlte wie seinen Wirt, seinen Schuster, seine Wäscherin und seinen Garkoch. Alle diese Leute gaben indessen dem possierlichen Gauch gern Kredit, weil er die Leute, die ihn mahnten, wenn er ihnen auch kein Geld gab, doch mit angenehmem Geschwätz unterhielt und sie zum Lachen brachte, was bei den kleinen Gläubigern in dieser verrückten Hauptstadt immer gute Wirkung tut.

Monsieur A. ging mit mir recht brüderlich um. Wenn meine Arbeit getan war, behielt er mich noch immer bei sich und dann spielten wir zusammen wie die Kinder.

›Ei, Félix, bist du es?‹ sagte er ganz besänftigt, als er aus meinen Entschuldigungen hörte, daß ich es war, der ihn zum Zorn gereizt hatte. ›Was machst du denn auf der Straße, mein Sohn, zu so später Nacht und bei so garstigem Wetter?‹

›Nichts, Monsieur.‹

›Du wartest wahrscheinlich auf jemand! Ohne Laterne? Was, und dein Bündel geschnürt! Da steckt etwas dahinter!‹

›Ach nein, Monsieur!‹

Augenblicklich besann ich mich auf eine Lüge und sagte ihm im weinerlichen Tone, den ich nicht gerade erst zu erzwingen brauchte, daß, als ich etwas spät ins Quartier gehen wollte, wo ich für einige Monate Miete schuldig wäre, meine Kameraden, weil sie gehört hätten, daß der Wirt mir Schande antun wollte, aus Mitleid mit mir entgegengekommen wären, mir meine Sachen gebracht und mir geraten hätten, mich in ein anderes Viertel der Stadt zu begeben.

›Warum denn das?‹ unterbrach mich schnell der dienstfertige A. ›Du brauchst dieses Viertel nicht zu verlassen. Etliche Monate Miete, wie du sie zahlst, das ist sicher eine Posse! Komm, mein Junge, trockne deine Tränen und folge mir!‹

Ich machte einige Umstände.

›Komm, sage ich dir! Du brauchst hier erst einmal ein Unterkommen für diese Nacht. Morgen werde ich alle deine Angelegenheiten in Ordnung bringen. Gib mir deine

Hand, du armes Kind! Du weißt, ich habe nur ein Bett; aber eine Nacht ist bald vorbei.‹

Er schließt das Haus auf, und wir klettern im Finstern bis in sein fünftes Stockwerk. Da legen wir uns ohne lange Vorrede ins Bett, und das alles gleichfalls ohne Licht.

Diesmal nahm ich mir denn fest vor, nicht wieder auf Entdeckungsreise in den Niederlanden eines Bettgesellen zu gehen. Ja, was noch mehr; aus Furcht, daß Monsieur A. etwa der Mann sein könnte, einige Streifzüge in die meinigen vorzunehmen, kehre ich ihm den Rücken zu, packe vorn mein grobes Hemd sorgfältig zusammen und bringe sonach das Erkennungszeichen meines Geschlechts völlig in Sicherheit. ›Aber wer kann an alles denken?‹ heißt es in jenem bekannten Liede. Und wie konnte ich überdies eine Gefahr vermuten, von der ich schlechterdings keinen Begriff hatte?

Kaum war ich dabei, in den Schlaf zu sinken, als etwas Langes und Steifes sich zwischen meine Hinterbacken hineinstiehlt und sich den Weg zu jener unanständigen Öffnung zu bahnen sucht, durch die sich die Därme ihrer Unreinigkeiten entledigen. Ich erkannte im Augenblick das, was sich mir so heimlich näherte, und kann nicht gerade sagen, daß mir diese Art, im Schlaf gestört zu werden, mißfiel. Ich hatte vielmehr eine so günstige Meinung von diesem Instrument, an das ich seit heute früh dachte, daß ich mich all seinem Drang im voraus völlig nachsichtig hingab.

Ich weiß nicht, was der Bohrer von Monsieur A. gegen mich im Schilde führte, aber meines Erachtens mußte es doch immer etwas Angenehmes sein. Ich stellte mich also, als ob ich schliefe, lag unbeweglich und ließ ihm seinen Willen, voll Neugierde, das Resultat dieses seltsamen Versuchs zu erfahren.

Anfänglich nichts; denn trotz mancherlei Bemühungen war es nicht möglich, einzudringen.

Indessen steigt Monsieur A. sehr behende aus dem Bette. Ich hörte ihn sachte unter seinen Sachen tappend suchen. Kurz darauf kriecht er wieder ins Bett, nimmt sogleich die unterbrochene Operation wieder auf und diesmal mit einem Fortgange, dessen Leichtigkeit mich in Erstaunen setzte. Da ich mich aber, anstatt Vergnügen zu empfinden, so unsanft aufgespießt fühle, fange ich an mich zu rühren, zu klagen und will mich losmachen.

Es war aber zu spät. Der Verräter, der nun schon Fuß gefaßt hatte, wußte mich mit seinen Armen und Beinen zu umschlingen, sich anzuklammern und mir jede Bewegung eines Widerstandes unmöglich zu machen. Nichts konnte ihn aufhalten, er drang ohne Barmherzigkeit vorwärts, und ich wurde zersägt, zerrissen; kein Erbarmen. Ich wollte schreien, er stopfte mir den Mund mit dem Kissen und brachte mich in Gefahr zu ersticken. Außer sich vor Geilheitswut, arbeitete er aus allen Kräften und zwang mich also, bis zum Schluß zu leiden, was ihm mit mir zu machen beliebte. Wir vermischten schließlich einstimmig die Laute des höchsten Schmerzes von meiner und des höchsten Vergnügens von seiner Seite.

Endlich werde ich den verwünschten Spießer los! Ein unerträgliches Brennen ließ mich glauben, daß ich schrecklich verwundet war. Eine warme Flüssigkeit, die ich an der Hand fühlte, womit ich die vermeintliche Wunde untersucht hatte, schien mir Blut zu sein, das aus meinen zerrissenen Adern floß.

Ich sprang aus dem Bett und wollte aus dem Zimmer hinaus, um Hilfe zu rufen; dies versetzte den Verbrecher in nicht geringe Furcht, denn einige Jahre vorher hatte ein Opfer dieser widernatürlichen Leidenschaft, wie ich jetzt war, einem anderen Monsieur A. eine schimpfliche Todesstrafe zugezogen. Mein Held sah, wie wichtig es für ihn war, mich zu besänftigen. Er überhäufte mich mit Liebkosungen und Schmeicheleien und versicherte, daß er mir keinerlei Schaden getan hätte und daß mein kleiner Schmerz nur einen Augenblick dauern würde. Er bot mir alles an, was in seinem Vermögen stand, wenn ich nur schwiege und ihn nicht verraten wollte. Ich blieb bei seinen Vorstellungen taub und forderte vorerst Licht, weil ich, bevor ich verzeihen konnte, erst wissen wollte, ob ich nicht gelähmt war.

Schließlich schaffte er Licht. Ich hätte mich gern allein untersucht und den mir vorgeschlagenen Gebrauch des Spiegels abgelehnt; und man begreift leicht, aus welchen Gründen ich alle Beihilfe von seiten meines Peinigers ausschlug. Wie konnte ich den Zustand des beleidigten Teiles ins Licht setzen und nicht zugleich den Nachbarteil, den ich doch verborgen halten mußte, wenn ich meiner Mannesrolle treu bleiben wollte.

Der dienstfertige A. indessen, der seiner Sache gewiß war, daß ich nämlich nicht blutete, machte den Geschäftigen, aber ich stoße ihn zurück. Er bestand darauf, und da ich nicht so stark war wie er, zog er mir das Hemd ab, fand Brüste, die gerade im Wachsen begriffen waren, erschrak, legte mich aufs Bett, untersuchte mich und entdeckte mit noch größerem Erstaunen als meine Mamsell am vorigen Morgen ein Etwas, das er bei seiner widernatürlichen Attacke bei mir wohl nicht vermutet hatte.

›O Himmel‹, rief er, ›ein Mädchen! Welch ein sonderbares Quiproquo!‹

Inzwischen fühlte ich mich schon mehr als halb besänftigt, weil ich sah, daß ich nicht blutete und daß die Flüssigkeit, die mich so erschreckt hatte, nichts anderes war als jener Erguß, womit der unverschämte Abbé am letzten Morgen meiner Mamsell die Nase bespritzt hatte. Mein brennender Schmerz war schon nichts mehr als ein leichter, fast angenehmer Reiz; aber ich konnte doch den Schauplatz nicht verlassen und wäre kein Frauenzimmer gewesen, wenn ich nicht eine gelogene Rolle zu spielen gewußt hätte. Um mich also mit einiger Wohlanständigkeit aus dem Handel zu ziehen, stellte ich mich ohnmächtig. A. lief zu seinem Schrank und holte ein Fläschchen Ungarisch Wasser und hielt es mir unter die Nase – nichts. Er flößte mir einen Löffel voll Alikantewein ein – kein Lebenszeichen. Darauf nahm er seine Zuflucht zu einem stärkeren Mittel und fing an, mit seinem Finger meiner Muschel sehr geschickt ein kitzelndes Vergnügen zu bereiten – und nun beliebte es mir erst, ins Leben zurückzukommen. Er verschwendete Liebkosungen, Schmeicheleien, Versicherungen seiner Reue, die wahrscheinlich sehr aufrichtig sein mochte; und der tröstende Finger spielte unterdessen seine Rolle fort und verschaffte mir eine ebenso unbekannte wie entzückende Lust. Ich seufzte. Man forderte einen Kuß; ich gebe ihn; und A. schickt sich an, ein neues Spiel von anderer Art anzufangen, aber …

In demselben Augenblick war ein schrecklicher Lärm an der Tür zu hören.

›Wer da?‹

›Ich möchte Monsieur A. sprechen.‹

›Geht zum Teufel! Monsieur A. ist zu einer so unschicklichen Stunde für niemand zu Hause.‹

›Im Namen des Königs, öffnen Sie!‹

›Ach was, ich habe mit dem König nichts zu schaffen und der König nichts mit mir! Geht an den Galgen!‹

Neuntes Kapitel

Fortsetzung von Félicies Geschichte
Ich nehme das Wort wieder
Vorfall

»Auf dieses Wort«, fuhr Félicie fort, »wurde die Tür durch einen gewaltigen Tritt mit dem Fuße eingestoßen, und es erscheint – A. wird blaß – ein Polizeioffizier, ihn einer ziemlich beträchtlichen Schuld wegen in Haft zu nehmen.

Aus Furcht hatte ich vergessen, daß irgendwo meine Kleidungsstücke lagen. Ich setzte also den Blicken des Neuangekommenen nichts als einen alten durchlöcherten Vorhang von Serge entgegen, worin ich mich gewickelt hatte. Glücklicherweise hatte dieser Mann kein Gefolge bei sich; und noch glücklicher war es für mich, daß er von anständiger Denkungsart war.

›Fürchten Sie nichts, Mademoiselle‹, sagte er zu mir, nachdem er vermutlich einige von meinen Reizen bemerkt hatte, ›ich bin nicht Ihretwegen hier und sehe Sie gar nicht, doch machen Sie sich baldigst fort von hier, denn jetzt ist dieses Zimmer und in der Zeit von zehn Minuten alles, was darin ist, in meiner Gewalt.‹

Während dieses Gesprächs kleidete sich Monsieur A., kleinlaut geworden, langsam an.

›Beeilen Sie sich, Monsieur!‹ befahl ihm der Polizeioffizier.

›Nun, zum Teufel, Sie werden mich doch nicht zu einem Ball abholen; ich sehe keine Notwendigkeit, mich zu übereilen. Wenn Sie keine Zeit haben, so scheren Sie sich Ihrer Wege und kommen Sie morgen wieder; ich werde nicht verfehlen, Sie zu erwarten.‹

›Man gewinnt nichts dabei, Monsieur, wenn man mit Leuten meines Amtes spaßt.‹

›Man hat aber auch nicht viel zu fürchten, wenn man Ihnen eine lange Nase dreht.‹

›Sie sind ein Grobian.‹

›Ich sage Ihnen, was ich denke; wenn ich Ihnen Komplimente machte, so würden Sie deshalb nicht glimpflicher mit mir verfahren; denn ich bin zu arm, um Ihnen die Pfoten zu vergolden und Sie wieder nach Hause zu schicken.‹

Unter diesen Reden setzte sich A. in den Stand, anständig im Gefängnis zu erscheinen. Der Polizeioffizier untersuchte indessen mit einer wahren Inquisitorenmiene die Papiere, die nichts anderes waren als Bestellungen von liederlichen Weibspersonen, Einladungen zum Spiel, Drohungen von Gläubigern, Kreditanweisungen und dergleichen.

›Wollten Sie wohl die Mühe auf sich nehmen, Monsieur Gescheithuber, auf diese Wische zu antworten? Sie würden mir einen großen Gefallen erweisen‹, sagte der spöttische Gefangene. ›Von den Liebesbilletts aber bitte ich Ihre Hände zu lassen, denn so was liegt außer den ehrwürdigen Grenzen Ihres Amtes.‹

Während dieses Auftrittes hatte zwei- oder dreimal ein neugieriger Unbekannter mit einem sehr vertrauenerwekkenden Gesicht seine Nase in die Türe gesteckt. Auf einmal wurde er dreister, benutzte den Augenblick, wo jene nach der anderen Seite des Zimmers sehen, reichte mir die Hand, zog mich mit sich und brachte mich eiligst auf den Gang. Da ich nirgends übler aufgehoben sein konnte als bei Monsieur A., so ließ ich mich bis zur dritten Tür des Ganges führen. Dort werde ich in ein Zimmer gestoßen, und man sagt mir ganz leise: ›Legen Sie sich in das Bett!‹ und verläßt mich mit diesen Worten.

Man wird sich noch erinnern, daß mich A. unter dem Vorwande, den von ihm angerichteten Schaden zu untersuchen, splitternackt ausgezogen hatte; ich konnte also nichts Besseres tun, als ins Bett zu kriechen, das von einem Körper noch ganz warm war.

Einige Minuten später erscheint mein Beschützer mit allen meinen Habseligkeiten und schließt und riegelt die Tür zu. Ich war also nun in jeder Beziehung von Monsieur A. völlig befreit.

Ich hatte Zeit genug gehabt, um zu merken, daß derjenige, der mich so liebreich bei sich aufnahm, jung und hübsch war. Als er zurückkam, fand ich ihn schön wie einen jungen Gott und sah, daß sein Hemd sich vorn merklich durch ein Ding bewegte, mit dem ich durch die Abenteuer dieses Tages ziemlich genau bekannt geworden war, und sich beträchtlich in die Höhe hob.

›Dem Himmel sei Dank, Mademoiselle‹, sagte er, ›Sie sind aus den Klauen eines sehr schlechten Menschen gerettet. Sie mögen sein, wer Sie wollen, Sie konnten unmöglich in eine schlechtere Gesellschaft geraten. Aber Sie müssen sich geängstigt haben! Wie kann ich Ihnen behilflich sein? Befehlen Sie nur!‹

Ich antwortete nichts, und er fährt fort:

›Alles überzeugt mich, daß Ihre Erlebnisse sehr sonderbar gewesen sein müssen. Ich will nichts von Ihren Geheimnissen wissen, aber natürlich ist es doch nicht, daß eine junge Demoiselle, als Savoyarde verkleidet, zu Monsieur A. kommt. War hier eine Entführung im Spiele? Und war die für seine eigene Rechnung oder für die Rechnung eines anderen? Denn Monsieur A. ist berüchtigt. Ich bin erst seit zwei Tagen in diesem Hause, und doch weiß ich schon so manches von diesem Menschen.‹

An diesen naiven Fragen hätte eine jede andere sogleich einen aus der Provinz frisch angekommenen Menschen erkennen können, nach dem eine verschmitzte Buhlschwester gleich ihre Angel ausgeworfen und ihn geprüft hätte, aber ich war damals nur ein – Savoyard. Das Höfliche und Artige in seinen Manieren schien mir Spaß zu sein, und auf seine Fragen glaubte ich ihm ganz treuherzig die Wahrheit sagen zu müssen. Ich war also in großer Verlegenheit. Ich sollte reden und war in ungemeiner Erregung. Es dauerte nicht lange, so erzählte ich diesem Fremden meine ganze Geschichte. – Ich vergaß, vorher zu sagen, daß er sich gleich bei seiner Zurückkunft neben mich ins Bett gelegt hatte, aber anfänglich mit großer Behutsamkeit, so daß er wenigstens einen guten halben Fuß Platz zwischen uns ließ, und in dieser Lage hatte er mir all das gesagt, was ich soeben erzählt habe. In dem Maße, wie ich ihm meine Bekenntnisse ablegte, schien er sich weniger Zwang anzutun, und als die Geschichte zu Ende war, berührten wir schon einander.

›Zum Henker‹, sagte er, ›das ist ja ein richtiggehender Roman! Wie, du hast bis heute nicht gewußt, daß du ein Mädchen bist?‹

›Nein, wirklich nicht!‹

›Und du hast dich als Junge zu dem Maulaffen A. ins Bett gelegt?‹

›O ja!‹

›Indessen hat er dich doch gehabt?‹

›Was meinen Sie damit?‹

›Er hat's dir doch getan – du verstehst mich wohl?‹

›Allerdings hat er's mir getan, ja wahrhaftig! Aber das ist sehr garstig, was er mir getan hat. Wenn ich gewußt hätte …‹

›Du stellst dich dumm, mein Kind! Wenn ich's denn deutlicher sagen muß: Er hat ihn dir hineingesteckt.‹

›Aber das leugne ich ja nicht, jedoch ist es aber nicht das, was Sie vielleicht glauben. Heute morgen zum Beispiel war bei meiner Mamsell der Abbé, wie ich vorher sagte, und da haben sie mir gezeigt, wie sie das machten. – Nun, das war‹ (Und ohne Umstände ergriff ich seinen Säbel.) ›das … da!‹ (Hier führte ich ihn zu meiner kleinen Scheide.)

›Ich denke, das ist es, was man den Mädchen tut, weil sie das haben, was Sie da jetzt anfassen.‹ (Er berührte sie wirklich.) ›Aber mit Monsieur A. … sehen Sie nur … das war das …‹ (Und nun führte ich ihm mit meiner Hand die seinige zu meinem Hintern.)

Er konnte sich des Lachens nicht enthalten.

›Du bist ein allerliebstes Mädchen‹, sagte er, ›wenn du mich nicht etwa zum Narren hältst; denn trotz deines ‚das da und das' und ‚hier'‹ (Er machte meinen Ton und das Zeigen mit meinen Händen nach.) ›könntest du wohl eine abgefeimte Buhlschwester sein, die alle ‚Hiers' und ‚Das' von der Welt ganz vortrefflich kennt.‹

›O mein Gott, wie boshaft Sie sind!‹

›Antworte mir ohne Umschweife: Wußtest du, was Monsieur A. dir tat?‹

›Nein, bei Gott nicht!‹

›Dein Monsieur A. ist, was man einen Sodomiten nennt.‹

›So? Dann wundere ich mich nicht mehr, daß Sodomit ein Schimpfwort ist. Es sind garstige Leute, die Sodomiten, nicht war?‹

›Ja, aber ich bin keiner! Ich bin für das hier.‹ (Er zeigte auf das Ziel mit seinem Finger.) ›Du bist nun genug unterrichtet; komm!‹

›Vermutlich wollen Sie mir tun, was heute morgen der Abbé meiner Mamsell tat?‹

›Hier, das will ich dir tun!‹

Zu gleicher Zeit bestieg er mich, und da er meine Verlegenheit sah und sie für einen Kniff hielt, sagte er ziemlich spöttisch: ›Sollte man nicht meinen, daß es dir noch keiner getan hat!‹

›Lieber Himmel, wahrhaftig noch nicht, das kann ich mit allen Eiden beteuern!‹

Was nun geschah, erstickte meine Worte; denn er lag auf mir, stemmte mit seinen Knien meine Schenkel auseinander, senkte seine Feuerspritze und war nun nicht mehr willens zu schwatzen. Es fiel mir gar nicht ein, den geringsten Widerstand zu leisten. Er umfaßte meinen Leib, legte die Lanze ein und wollte in die Laufbahn treten. Ich gab seinen Bestrebungen instinktmäßig nach; er bereitet mir große Schmerzen und kommt nicht um eine Linie weiter.

Mit verdoppeltem Eifer ruft er aus:

›Bei meiner Seele, jetzt fange ich an zu glauben, daß sie mich nicht belogen hat!‹

Zu gleicher Zeit mißt er das Hindernis mit dem Finger, und selbst dieser Finger kann nur mit äußerster Schwierigkeit hineingebracht werden. Diese angenehme, süße Entdeckung facht seine Leidenschaft vollends an. Er nimmt etwas Spucke als Hilfsmittel zur Erleichterung der Operation und fängt sehr lebhaft von neuem an. Mein Entschluß war einmal gefaßt: Ich hielt standhaft still, obgleich ich unsägliche Schmerzen litt.

›Sehen Sie, Monsieur‹, sagte ich zu ihm, wiewohl fast mit tränenden Augen, ›das kann doch nicht das sein, was der Abbé heute morgen bei meiner Mamsell tat, denn das ging ganz von selbst. Sie erstickte fast vor Vergnügen – und ich, die ich's so gern wollte, wenn es nur möglich wäre ... Au weh!‹

Ein lauter Schrei ließ mich nicht zu Ende reden, denn ich fühlte, daß etwas, ich weiß nicht was, innerlich gleichsam zerriß, und der strotzende Belagerer hielt als Sieger seinen Einzug in die Festung. Ich glaubte zu sterben (aber wahrhaftig nicht vor Vergnügen), indessen drang mitten durch die Martern, die ich litt, der heimliche Wunsch, daß das, was man mir tat, zur wirklichen Vollendung kommen sollte. Ich empfand eine gewisse Genugtuung darin, zu fühlen, daß ich nun wirklich geöffnet war, und unerbittlich gegen mich selber, sagte ich zu mir im stillen: ›Fasse Mut! Das Übel, das man dir tut, ist für dich ein wirkliches Gut.‹

Diesmal war nun in allem Ernste Blut geflossen, aber ich war nicht im geringsten damit unzufrieden. Die Schmerzen, die ich jetzt empfand, waren von der Art, daß ich die, die mir Monsieur A. verursacht hatte, nur desto mehr verwünschte.

›Du bist ein allerliebstes Geschöpf‹, sagte mein nun glücklich gewordener zärtlicher Unbekannter zu mir und umarmte mich. ›Ich will deine Jugend und dein Zutrauen nicht mißbrauchen. Wenn es mir gelungen ist, dir eine Gunstbezeugung zu rauben, deren Wert ich dir nicht beschreiben kann, so sollst du mich wenigstens erkenntlich finden, und es soll dich nie gereuen, daß du dem zärtlichen und gefühlvollen F. deine niedliche Jungfernschaft geschenkt hast.‹

Zu gleicher Zeit verdoppelte er seine Liebkosungen, die ich treuherzig erwiderte, weil mich entzückte, was er mir soeben erklärt hatte. Die Sympathie spielte ihr Spiel, das in Erregung gesetzte Temperament tat auch das seinige dabei; mehr brauche ich wohl nicht zu sagen. Man hat keine Lehrjahre nötig, um zu lieben und seine Empfindungen auszudrücken.

Meine Küsse, der sanfte Druck meiner Arme, um den, der sich von mir jetzt getrennt hatte, fester zu halten und an mich zu drücken und tausend ebenso natürliche als auffallende Züge bewiesen meinem lieben F., daß ich in einer für ihn äußerst zärtlichen Stimmung war. Er versuchte sein Glück zum zweitenmal – anstatt mich zu weigern, übernahm ich mutig die Hälfte der Bemühungen bei dieser neuen Besitznahme und verbiß den Schmerz, den ich noch ein wenig fühlte, um die Freuden seines Genusses nicht zu stören. Kurz, ich hatte, ehe der Tag anbrach, viermal und jedesmal mit größerem Vergnügen von meiner Seite das Opfer seiner brennenden Flamme genossen!«

Hier unterbrach ich Félicie. »Anzumerken ist wohl«, sagte ich, »mein schöner Engel, daß du nicht älter warst als fünfzehn oder sechzehn Jahre. Ich bin nun schon darüber und will auch nicht länger warten. Du kannst nun machen, was du willst, aber ich muß ohne Verzug einen hübschen Kerl haben, der mich ...«

»Still, still! Ich werde es nicht zulassen, daß Sie in Ihrem Alter solche unanständigen Wünsche äußern. Einen Kerl! Pfui! Das schmeckt ja nach Wachstube; man sollte glauben, Sie könnten nichts Wichtigeres tun, als ... es sich machen zu lassen.«

»Die Worte sind mir gleich; aber die Sache selbst muß ich haben. Ich will einen Mann haben, oder um deutlicher zu sprechen: Ich will besprungen werden, liebe Félicie, und wäre es auch einer von den Reitern, dessen balsamischen Erguß man im Innern des Herzens fühlt.«

» Sie sind ein boshaftes, liederliches Geschöpf.«

»Das kannst du ruhig von mir denken, aber ...«

»Ja, ich ließe es gelten, wenn von einem kleinen, niedlichen, sanften und artigen Liebhaber die Rede und es mir möglich wäre, Ihnen dazu zu verhelfen. In diesem Falle wollte ich wohl zusehen, was sich tun ließe, um Ihnen damit zu dienen, aber in diesem elenden Kloster darf man gar nicht daran denken; die Sache ist verteufelt schwer.«

»Nicht so schwer, wie Sie sich vorstellen!« antwortete uns gedämpft eine Stimme, die uns tödlich erschreckte. »Aber lassen Sie uns nicht durch Unvorsichtigkeit unglücklich werden! – Um Himmels willen, meine lieben Nachbarinnen, lassen sie heute abend das Fenster dieses Zimmers offen und um Mitternacht – verstehen Sie mich? – um Mitternacht.«

»Nun, und dann?« fragte ich voll Freuden.

»Sorgen Sie sich um das übrige nicht.«

»Wer sind Sie denn?« fragte nun die erschrockene Félicie und horchte nach der Stelle hin, wo die Stimme herkam.

»Das sollen Sie diese Nacht erfahren!«

Zehntes Kapitel

Unnütze Furcht, worauf ein angenehmes Erstaunen folgt
Fehlgeschlagener Versuch

Es bedurfte nur weniger Augenblicke, um ein paar leichtsinnige Geschöpfe, wie wir waren, zu beruhigen. Wohl zwanzigmal fiel ich Félicie um den Hals. »Aber begreifst du nicht, liebste Freundin, das ganze Ausmaß meines Glücks? Um Mitternacht kommt ein männliches Wesen hierher! Kommt für mich! Aber auch für dich, das ist nur billig. Ja, Félicie, für uns beide! Ich liebe dich viel zu sehr, als daß ich alles für mich behalten wollte. Wenn ich nur bestie…«

»Pst, still!«

Sie hielt mir gerade zur rechten Zeit den Mund zu. Meine Mutter kam zurück und trat eben in unsere Zelle. Sie war so aufgeräumt, wie ich sie lange nicht gesehen hatte. Ein heikler Prozeß, den sie in der Stadt hatte und wegen dem wir hier unseren Aufenthalt hatten wählen müssen, nahm eine glückliche Wendung, und um mich an ihrer Freude teilhaben zu lassen, brachte sie mir einigen ziemlich geschmackvollen Aufputz mit. Dieser glückliche Umstand gab mir einen natürlichen Vorwand zu der ganz anderen Freude, die ich empfand und unmöglich verbergen konnte.

Der Abend, so lang er mir auch schien, ging vergnügt zu Ende. Das Abendessen verschlang ich, so schnell ich konnte. Meine Mutter erklärte, daß sie an diesem Abend noch viel zu schreiben hätte, und ich schwebte in tausend Ängsten, daß sie, wie es wohl zuweilen zu geschehen pflegte, einen Teil der Nacht durchwachen könnte; aber die vorsichtige Félicie hatte schon dafür gesorgt. Sie fand Mittel, sie mir mitzuteilen und eine Furcht zu überwinden, die ihr ebenso lästig war wie mir.

»Seien Sie nur beruhigt«, sagte sie, »ich habe Ihrer Mutter etwas von den Tropfen in den Wein gegossen, die sie zuweilen nimmt, um schlafen zu können. Sie wird bald mit der Nase aufs Papier fallen und gezwungen sein, sich ins Bett zu legen.«

Die kleine Spekulation gelang nach Wunsch. Meine Mutter hatte kaum eine Viertelstunde geschrieben, als sie gähnend und schlaftrunken klingelte, um sich auskleiden zu lassen.

»Ich möchte fast glauben«, sagte sie zu Félicie, »als hätte ich mir einen kleinen Spitz angetrunken; das kann aber nicht von dem sein, was ich beim Essen getrunken habe; meine Freude muß also daran schuld sein, weil diese Empfindung bei mir so selten ist.«

»Sie haben«, sagte die listige Félicie, »ohne es zu merken, heute abend mehr getrunken als gewöhnlich.«

»Das dächte ich nicht.«

»Ich habe mich selbst darüber gewundert, aber wahr ist es doch, daß Sie zwei ganze Flaschen ausgetrunken haben.« (Das war eine Lüge.)

»Ist das möglich?« rief meine Mutter.

»Das können Sie mir glauben, und nun schlafen Sie recht wohl!«

»Ich bin so müde, daß mir schon die Augen zufallen. Gute Nacht, Félicie!«

»Gute Nacht, Madame!« Sie zog die Bettvorhänge zu. »Ich wünsche Ihnen angenehme Träume. Wir hoffen auch, nach einem so glücklichen Tage eine angenehme Nacht zu verbringen.«

»Das wünsche ich euch auch, Kinder.«

»Gute Nacht, Mama!«

»Gute Nacht, Madame!«

Wir hatten noch eine gute Stunde vor uns. Himmel, wie lang erschien mir diese Zeit! Alles empfand ich als störend.

Ich wollte nicht einmal die Fortsetzung der Geschichte meiner Freundin Félicie hören, sondern ging unruhig von meinem Platz zum Fenster und zurück und machte mich dadurch noch müder und unruhiger. Abwechselnd befragte, schimpfte oder gab Félicie einen Klaps, weil sie, wiewohl scherzend, sagte, daß wir vielleicht darauf gefaßt sein müßten, statt einem Mann entgegenzusehen, den boshaften Streich irgendeiner Nonne zu erleben, die uns bei meiner Mutter oder bei der Priorin Verdruß bereiten würde.

Im Grunde aber hatte doch Félicie, die sich nur besser zu beherrschen wußte, ebenso süße Hoffnungen wie ich. Was sie sagte, sollte nur meinen Mutwillen ein wenig unterdrücken und ihr das Vergnügen machen, mir zu widersprechen.

Endlich, da ich wohl hundertmal ans Fenster gelaufen war – welche Freude! –, sah ich etwas im Garten sich bewegen. Es näherte sich, ich rufe Félicie. Wir sehen erst eine Gestalt, dann eine Leiter – es gilt uns. Wie mir das Herz schlug!

Die Leiter wird angesetzt, man tritt einen Augenblick zurück, man kommt wieder. Gerechter Himmel, es ist – eine Nonne! Mir erstarrt das Blut in den Adern. Hoffnung und Verlangen weichen meiner Wut. Kaum kann ich mich halten, diese verwegene Gestalt mit der Leiter umzuwerfen. Die klügere Félicie jedoch hält mir den Arm fest, stößt mich auf die Seite und hilft der Gestalt beim Einsteigen.

Wie ungerecht man doch ist, wenn man handelt, ehe man überlegt hat! Wie schade, wenn ich diese liebenswürdige Erscheinung der Gefahr ausgesetzt hätte, sich den Hals zu brechen.

Die Nonnenkleidung fällt augenblicklich vom Körper unseres Besuchers ab, denn es war wirklich ein Mann, und seine verwegenen Liebkosungen werden uns beiden zugleich zuteil.

»Sie begreifen wohl, meine beiden Schönen«, sagte er, »daß man sich um Mitternacht nicht in einem Nonnenkloster einfindet, um eine langatmige Romanze anzuspinnen. Zur Sache also! Ich habe mehr als einmal Ihre vertraulichen Gespräche und Ihre verliebten Tändeleien mit angehört. Ich bin also vollkommen von allem, was Sie betrifft, unterrichtet. Da ich alle Ihre Gedanken kenne, so komme ich, Ihnen zu bringen, was Ihnen fehlt.«

Mit diesen Worten hatte er uns schon unserer Fichus und unserer Röcke entledigt; denn seine Hände waren ebenso gewandt wie seine Zunge.

»Kommen Sie«, fuhr er fort, »seien Sie unverzagt und lassen Sie uns zusammen lieben. Wir wollen Fenster und Vorhänge schließen und das Licht zur Seite stellen, das zuviel Helligkeit verbreitet. Nur kein Zieren und keinen Zweifel weiter! Unsere Zeit ist kurz und kostbar.«

Kaum hatte er das gesagt, da streift er mir schon das Hemd ab, faßt mich unter den Hüften und hebt mich in die Höhe, so daß mein Venusberg mit seinem Milchhaar den sanftesten Kuß von seinem Munde empfängt. Nun läßt er mich los und läuft zu Félicie, deren prachtvoller Busen auf das lebhafteste betastet wird. Dem meinigen war diese Ehre nicht widerfahren, denn ich hatte erst wenig davon. Dann kommt er zu mir zurück und trägt mich aufs Bett. In diesem Augenblick läßt Félicie ihr Hemd fallen. Die Listige wußte wohl, wieviel Ehre ihr das vorteilhafte Auskramen ihrer tausendfachen Reize einbringen würde. Die Wirkung davon auf unseren jungen Mann war erstaunlich.

Wie Pygmalion sich vor seiner Élise niederwirft, die eben den letzten Seufzer ausgehaucht hat, stürzt er ihr zu Füßen. Félicie wird umarmt und überall – überall mit Küssen bedeckt und so neben mir aufs Bett geworfen. Fast in dem nämlichen Augenblick ist der schöne junge Mann ebenso nackt wie wir. Nur daß er keine Flügel hatte, sonst war er ein Engel; oder man stelle sich den Apollo von Belvedere vor, aber mit einem Pfeil versehen. – Ha, welch ein Pfeil! Das war der erste, den ich in meinem Leben in natura sah, und niemals, ach niemals habe ich das Glück genossen, seinesgleichen wiederzufinden.

Man stelle sich unterdessen die Verlegenheit vor, worin sich ein junger Opferpriester befinden muß, der vor Begierde brennt und auf dem Altar der Wollust zwei Opfertiere seiner Willkür überlassen sieht, wovon das eine freilich nur ein Dienstmädchen, aber völlig reif, entzückend schön und zum Genuß in jeder Hinsicht vollkommen, das andere, die Gebieterin, aber noch ein Kind ist und nur erst den Entwurf zu einem Meisterstück aufzuweisen hat, kurz, dem Reiz ihrer anziehenden Nebenbuhlerin nichts entgegensetzen kann als den phantastischen Vorteil einer Jungfernschaft.

Man weiß, daß, wenn dieser Vorzug für manchen Liebhaber eine mächtige Lockspeise ist, er hingegen für viele andere nichts Anziehendes hat und daß der Mann, der wahres Vergnügen sucht, den erkünstelten Freuden der Eigenliebe und Eitelkeit nur wenig Wert beilegt. Auch konnte ich eben nicht bemerken, daß, wenn die Wahl unter uns beiden ganz frei gewesen wäre, die Waage sich zu meinem Vorteil gesenkt haben würde.

Félicie tat wirklich gar nichts, um den Preis davonzutragen, denn ich schien, und zwar zu eifrig, danach zu ringen. Als meine Untergebene stand es ihr auch nicht zu, weder den jungen Mann noch mich zu Torheiten aufzumuntern, die sie nach dem, was zwischen uns vorgefallen war, zwar wohl dulden konnte, die aber vielleicht wohl noch zu vermeiden waren, wenn ein Überrest von Grundsätzen meine wilden Begierden hätte in Schranken halten können. Unseres Adonis Rolle brachte es mit sich, keine von uns beiden zu beleidigen. Die meinige hätte sein sollen, durch Blicke und Stellung nicht so deutlich zu fordern, daß man endlich die Flamme dämpfen möchte, die mich so mächtig verzehrte.

Indessen wollte ich – und wollte ich nicht. Ich forderte heraus und hatte kein Herz. Die naseweise Dirne, die sich die schöne Begierde, angebohrt zu werden, in den Kopf gesetzt hatte und sich dabei für fähig hielt, dem ersten besten Burschen die Hose aufzuknöpfen, diese feige Memme, sage ich, ließ nach dem Maße, wie sich die Wahl auf ihre Seite senkte, den Mut sinken.

Kurz gesagt, Félicie ward hintangesetzt. Der Engel des Vergnügens bedeckte mich mit seinem himmlischen Körper und sagte: »Wohlan, liebe Kleine, wir beide wollen den Anfang machen! Für diesmal kann ich Ihnen noch keine große Glückseligkeit versprechen, aber bald möchte ich doch und oft Ihnen die Glückseligkeit wiedergeben können, die Sie mir jetzt bereiten!«

Ein Kuß voll Feuer, den ich ihm in der höchsten Gier meiner Leidenschaft gab, war meine einzige Antwort.

»Prüfen Sie sich indessen«, setzte er hinzu, nachdem er mein Ritzchen betastet und gefunden hatte, daß es schwer zugänglich war, »werden Ihre Miniaturschönheiten den harten Angriff dieses unverhältnismäßig großen Instrumentes ertragen können?«

Ich hatte unterdessen dieses Instrument ergriffen; meine Hand konnte es kaum erfassen, dabei war es sehr lang, hart und brennend heiß.

»Wollen wir es hineinbringen?«

»Sehen Sie selbst – nur herein damit!« antwortete ich völlig außer mir. »Versuchen Sie es immer, Monsieur! Es mag kommen, was will!«

»Sie will es so«, meinte er lächelnd zu Félicie.

»Sie werden sie dabei umbringen«, antwortete das Mädchen, »aber warten Sie, ich will die Leitung dieser gefährlichen Operation übernehmen! Lieber Himmel, das ist ja ein Stück! Nein, nein, Mademoiselle, nimmer wird dieses Kamel durch Ihr sechzehnjähriges Nadelöhr gehen!«

»Ach geh, meine Liebe, und kümmere dich nicht darum!«

Der glückselige junge Mann, mit meinen Liebkosungen beschäftigt, die ihn in Flammen setzten, kommt Félicies Handreichungen auf geschickte Weise zu Hilfe. Diese hatte schon ein ganzes Glas Pomade auf unsere beiderseitigen Liebeskleinodien verwendet und richtet nun den furchtbaren Knopf gegen das enge Knopfloch; aber umsonst sucht sie dieses mit den Fingern auseinanderzuspreizen, umsonst drückt sie den Kopf des ungeheuren Schaftes in seiner Kapuze zusammen und sucht ihm eine spitzere Bildung zu geben; auch nicht eine Linie breit von seiner Länge kann sie hineinbringen. Er mochte noch soviel stoßen, und ich mich voneinander dehnen; nichts! Unsere Vereinigung blieb unmöglich.

Inzwischen kann man nicht lange ungestraft seinen Mund auf dem Mund eines jungen schönen Mädchens fest ausgestreckt halten und dabei noch seinen Stempel in der Hand einer anderen Schönheit lassen, die ihn an den Lippen einer jungfräulichen Rosamunde reibt. Mitten unter diesen reizenden Behandlungen wird der junge Mann von der Elektrizität der Wollust überwältigt und schießt einen Strom des heißesten Lebensbalsams von sich.

Beim ersten Schuß glaubt Félicie, daß eine wechselseitige Anstrengung mit Hilfe des sich ergießenden Wonnekleisters das widerspenstige Tor aufsprengen würde.

»Stoßt zu, Kinder«, sagt sie, »nun muß er hinein, oder es geht niemals!«

Wir stoßen, daß es uns fürchterlich schmerzt. Vergebliche Bemühung! Die kostbare Ausströmung vollendet sich außerhalb, und zur Sperrung meiner Pforte ist nicht einmal ein Anfang gemacht.

Elftes Kapitel

Tröstende Hoffnung · Félicies Glück
Kleine Nebenrolle, die ich dabei spiele

»Der Zufall ist grausam genug«, sagte mein junger Ritter ganz ruhig, indem er eine andere Lage einnahm, »aber aufgeschoben ist nicht aufgehoben. Ich weiß nun, liebe Kleine, was für Sie gehört; morgen komme ich unfehlbar selbander, und Sie sollen Ihr Teil haben. Ihre hartnäckige Jungfernschaft soll springen, das kann ich Ihnen versichern!«

Er sprach noch mit mir, als er schon seinen Posten auf Félicie einnahm und sie, die über einen so plötzlichen Überfall erschrocken war oder sich wenigstens so stellte, an der empfindlichsten Stelle bekriegte. Sie wollte sich mit kleinen Ziererreien verteidigen, worauf er aber gar nicht achtete.

»Wie, in Gegenwart von Mademoiselle«, sagte das heuchlerische Kammerkätzchen, als es ziemlich zu spät war, »warten Sie doch wenigstens, bis ich das Licht ... Nein, sie soll solche Dinge nicht mit ansehen!«

»Soll es doch auf öffentlichem Markte oder vor den Augen der Königin sein! Des Teufels will ich sein, wenn ich dich loslasse!«

»Recht so!« rief ich dazwischen, indem ich mich gegen mein Unglück mit Lustigkeit waffne, denn ich war im Ernst verdrießlich darüber, daß man das Spiel mit mir so bald gelassen hatte.

Um mich wenigstens in etwas zu trösten, faßte ich meine ganze Seele in den Augen zusammen und betrachtete den majestätischen Einzug dieses herrlichen Ringelstechers in die offene Laufbahn des Kammerkätzchens. Wie hätte ich dies aushalten können, ich, da ich selbst die Zähne zusammenbiß! Aber jeder Stoß, jeder Druck der Hüften entzog einen guten Zoll des furchtbaren Rüssels meinen Augen und bald sah ich meine braven Streiter Haar auf Haar in Arbeit. Dieses interessante Eintauchen war für mich ein getreues Nachbild von dem Kampf, den mir meine Freundin in ihrer Geschichte von ihrer Mamsell mit dem Abbé geschildert hatte.

Und nun sagt mir offenherzig, ihr wahren Liebhaber und gründlichen Kenner der Wollust, läßt sich wohl auf Erden etwas Bewunderungswürdigeres und Interessanteres denken als der Anblick zweier vollkommen schöner Körper, die sich durch das Eindringen einer vor Gesundheit strotzenden männlichen Genußwurzel in eine vor Wollust zappelnde Lustschnecke vereinigen? Dies Elfenbein, diese Lilien, diese Rosen, diese Rabenschwärze oder diese Goldfarbe und alles das in Bewegung, in Stoß und Gegenstoß, im Kampfe! Ein würdiges Schauspiel für Götter! Ja, sie wollten es allein genießen, und darum gaben sie den schüchternen Blicken des uneingeweihten großen Haufens jene Furchtsamkeit bei diesen Gegenständen – aber die Auserwählten unter den Sterblichen sind geschaffen, ihren erhabenen Genuß mit ihren Urhebern zu teilen. Jeder Venusritter ist ein Undankbarer, wenn ihn nicht die Leidenschaft belebt, andere mit Vergnügen das tun zu sehen, was er selbst mit so vielem Entzücken tut.

Warum, geliebter Leser, warum hast du nicht so wie ich die stolze Félicie gesehen, wie sie dumpf vor Wollust und Vergnügen keucht und mit ihren wellenförmigen und schaukelnden Bewegungen den Halbgott wiegt, der in voller Arbeit auf ihr lag? Oh, wie schwach ist meine Schilderung gegen die schönste Szene des Spiels, das der menschliche Verstand sich nur irgend denken kann!

Ich wollte nun auch nicht die geringste Kleinigkeit von

dem verpassen, was meine forschenden und lüsternen Augen fassen konnten, sondern ich konnte mich auch nicht enthalten, alles von oben, von unten und von allen Seiten zu betasten. Ich bewunderte die beiden Kugeln, die mitten in der sie umgebenden brennenden Leidenschaftlichkeit hart und in die elastischen Falten ihres Beutels eingeklemmt lagen und sich bald an dem untern Winkel der Liebesspalte rieben und bald um die ganze Länge der Liebesfackel davon entfernten, die sich nur für Augenblicke außerhalb sehen zu lassen schien, um mich auf die Geschicklichkeit aufmerksam zu machen, womit sie unverzüglich wieder bis an die Wurzel hineingetrieben ward. Welch ein Reiz, welch eine Harmonie äußerte sich in der kraftvollen Arbeit dieser erfahrenen Geschöpfe!

Ich verschaffte mir bald, wiewohl nur durch Zufall, auch eine kleine Rolle bei dieser wollüstigen Szene und der Beifall, den ich mir erwarb, machte mich ganz stolz. Meine Finger, die ich sanft über seine Schenkel, über seinen Hintern und über seine Samenkapseln hingleiten ließ, schienen ihm großes Vergnügen zu bereiten, und ich sparte also nicht mit dieser aufmunternden Gefälligkeit.

»Ja, ja, so!« stöhnte er. »Kitzle sie, mein kleiner Engel, kitzle sie nur; sie werden dir einst dafür ihre lebhafte Erkenntlichkeit bezeigen!«

Indessen begann Félicie nach und nach feuriger zu werden.

»Ha«, rief sie, »ich werde gleich fertig werden! Wenn du es mit mir zugleich wirst, so bin ich verloren! Das würden zwei Kinder werden statt eins. Kannst du dich noch etwas zurückhalten?«

»Ich stehe dafür.«

»Dein Ehrenwort?«

»Ja!«

»Nun so ... da ... da hast du es ...«

Jetzt wurden ihre Bewegungen schrecklich, und sie allein war tätig.

»Deinen Mund! Küsse, küsse, schöner Engel! Oh, oh, ich entlade!!«

Auf dieses Wort folgte ein tiefes Stillschweigen, als hätte sie mit ihrem wehmütigen Kuß den ganzen Mund ihres Ritters in dem ihrigen verschlungen. Sie schlägt die Beine über ihn zusammen und drückt ihn mit Armen und Beinen unter Zucken an sich. Diese Ekstase dauerte wohl zwei Minuten und dauerte noch, als die plötzliche Abspannung aller ihrer Glieder und Kräfte dem so Umschlungenen endlich wieder Spielraum gab. Er benutzte diese Freiheit augenblicklich, um selbst zum Ziele zu gelangen.

Einen Augenblick solcher Tätigkeit, wie Félicie vorher bewiesen hatte, bringt ihn zur Entscheidung. Sie, unbeweglich, die Arme von sich gestreckt, den Kopf auf die Schulter gelehnt und halb ohnmächtig, bekümmert sich um nichts mehr.

Der glückliche Jüngling indessen, seinem gegebenen Worte getreu, zieht im entscheidenden Augenblick seinen Speer heraus; der dichte Brunstbusch des Kammerkätzchens wird reichlich begossen; aber doch entgeht mir die Bemerkung nicht, daß der Erguß viel flüssiger und in geringerer Menge erscheint als vorher bei mir. Die Redlichkeit des schönen Jünglings wird mit den zärtlichsten Liebkosungen belohnt.

Man reinigt sich nun wieder, was wir alle drei sehr nötig hatten. Félicie bringt das Bett wieder etwas in Ordnung, und wir erwärmen uns wieder in demselben, indem wir den geliebten Jüngling zwischen uns nehmen und uns an ihn drücken, der so fleißig gewesen war, uns glücklich zu machen.

Wer war es denn? Die Begierde, dies zu wissen, brachte

uns schier um. Für diesmal konnte unsere Neugier nicht gänzlich befriedigt werden.

»Seien Sie ruhig, meine schönen Freundinnen«, sagte er, »Sie sollen zur rechten Zeit erfahren, durch welchen Zufall ich das Schoßkind dieses Klosters geworden bin, wo ich noch andere Kunden habe als Sie.«

»Ist das möglich?«

»Für jetzt kann ich Ihnen nicht mehr sagen, aber das müßt ihr wissen, meine Lieben, daß ihr hier so gut wie in einem Bordell seid und daß in diesem Augenblick vielleicht sechs oder sieben Männer in den Schlafkammern verstreut sind. Es gibt wahrscheinlich einen Heiligen für die Liebesritter, und dieser nimmt eine für ihren Dienst so eifrig eingenommene Gemeinde unter seinen besonderen Schutz. Indessen ist man auch so verwegen dabei, daß einst und vielleicht nur zu bald der ganze Liebesdienst ein schlimmes Ende nehmen kann.«

Hier hatte ich auf einmal einen Einfall: So sind hier immer sechs oder sieben Männer im Hause! Wäre es nicht möglich, einen herbeizuschaffen, der für mich passender wäre, um zu ersetzen, was …

Ich wollte Félicie meinen Einfall mitteilen, verlangte also, daß unser getreuer Diener sich aufrichten sollte, um dieser verstohlenen Vertraulichkeit hinter seinem Rücken den Durchgang zu erlauben.

»Aber Mademoiselle, Sie haben den Teufel im Leibe!« antwortete das boshafte Kammerkätzchen laut. »Denken Sie denn, daß diese Frauen von geringerem Appetit sind als Sie und daß sie aus Gefälligkeit sich den Bissen aus dem Munde nehmen werden, um ihn Ihnen zu geben? Und außerdem, denken Sie denn, daß es dem Herrn so leichtfallen würde, für Sie auf die Werbung zu gehen? Wahrhaftig, der Vorschlag wäre wirklich äußerst galant!«

Durch all dieses war ihm ein Geheimnis entdeckt.

»Sie ist allerliebst!« sagte er und drückte mich in seine Arme. »Das heiße ich einen schönen Beruf. Ha, liebe Kleine, welchen großen Namen wirst du dir bald in der Welt der Liebe machen! Ich sehe dich im voraus als bestimmt an, eine der berühmtesten Ordensschwestern zu werden und verehre dich schon jetzt unter diesem Namen. Wie schade ist es indessen«, setzte er hinzu, »daß ich es nicht sein kann« – und dabei streichelte er meine kleine Purpurschnecke –, »aber das ist nun einmal nicht möglich!«

»Ja freilich, wohl, wie schade!« erwiderte ich und faßte seine ungeheure Lanze. Ich fand sie fast abgespannt und etwa in der Stellung eines Schwanenhalses. Gleich der eingeschlafenen Schlange, die versehentlich der Fuß des Jägers berührt, empfand sie nicht so bald die Berührung der neugierigen Hand, als sie sich stolz emporrichtete und augenblicklich wieder in ihrer ersten Majestät erschien.

Dies preßte mir noch betrübtere Seufzer aus:

»Ach, wie schade!«

»Und ich«, fuhr Félicie fort, indem sie ihn gleichfalls streichelte, »ich habe ihn für mich so herrlich gefunden, daß, wenn er nicht so lang, nicht so hart und nicht so feurig wäre, ich noch williger als ihr beiden ausrufen würde: ›Ach, wie schade!‹«

»Ich hätte wohl einen vorzüglichen Vorschlag zu machen«, sagte der liebe Freund, den unsere Liebkosungen von neuem erhitzt hatten.

»Wenn ihr mir folgen wollt, meine Schönen, so könnt ihr beide ein angenehmes Viertelstündchen haben.«

»Alle beide?« rief ich. »Oh, erzähle, mein Lieber, wie?«

»Ich müßte in dieser Stellung bleiben« (Er lag auf dem Rücken.); »das schöne Kind hier« (Er meinte Félicie.) »müßte so gefällig sein und sich rücklings auf mich setzen, mit dem Gesicht nach dem Fußende des Bettes gekehrt. Ja, so ist es recht!« (Denn Félicie nahm schon die verlangte Stellung ein.) »Sie wird so lieb sein, meinen Pflanzstock in das gehörige Loch ihrer Spielwiese aufzunehmen. So. Die Kleine hier setzt sich gleichfalls in dieser Richtung rücklings auf mich (So ist es gut!) und überläßt ihren reizenden Kürbis und ihr kleines Liebesblümchen meinen Küssen …«

Alles dies ward vollzogen, so wie er es vorgeschlagen. Wie schnell wird man doch fügsam, wenn die Wollust gebietet!

Félicie hatte schon den Liebespfeil bis ans Gefieder aufgenommen. Meine kleine Muschel, um so empfindlicher, da sie von unserem fruchtlosen Versuch aufgerieben war, zuckte vor Vergnügen auf der verliebten Zunge unseres Adonis. Himmel, welchen Reiz verbreitete das Anziehende des verschiedenen Geschlechts über diese Zungensünde, an die ich übrigens mit Félicie schon gewöhnt war! Wieviel mehr Vergnügen genoß ich dadurch, daß meine Hände die schönen Globen und Hüften des Kammerkätzchens streicheln konnten; daß ich sehen konnte, wie sie im Rhythmus sich hob und senkte, um auch von dem kleinsten Teile dieses herrlichen Speeres nicht unberührt zu bleiben! Und was war das für ein Augenblick, als wir beide, bis in alle Fibern unseres Körpers von aufloderndem Feuer durchdrungen, die lustvollen Laute unserer wollüstigen Ekstase untereinander mischten!

Aber welche eigentümliche Abwechslung brachte erst vor allen Dingen ein Einfall von Félicie, die, weil sie zuerst fertig ward und nicht ihre eigene Glückseligkeit allein suchte, den geliebten Gefangenen, den sie soeben mit einer Welle von Begeisterungssaft überströmt hatte, auf einen Augenblick in Freiheit setzte und ihn gleich wieder etwa zwei Finger breit davon in eine noch engere Gefangenschaft versetzte, wo der Rücken seinen anständigen Namen verliert.

Ungeachtet seiner Dicke dringt der Kaminfeger mit dem ersten Druck ziemlich tief in sein neues Gelaß ein.

»Komm, mein lieber Platzhengst«, ruft sie leidenschaftlich aus, »komm und stippe in deine Félicie auf diese neue Weise! Spüle sie voll durch, denn hier ist wenigstens nichts zu befürchten! Laß einen so herrlichen Balsam nicht immer für deinen eigenen Genuß verloren sein!«

Und nun sah ich, wie sie sich anstrengte, ihm einen tieferen Eingang zu verschaffen, und wie der glückliche Erfolg das Werk dieser plötzlichen Laune krönte.

Unser junger Kämpfer mußte kein Feind von dieser Art des Genusses sein, denn er verdoppelte seine Bewegungen in der Hinterpforte, und ich selbst fühlte, wie sein Zungenspiel immer lebhafter wurde. Wir verloren endlich beide die Besinnung. Félicie, durch und durch aufgeputscht und ermattet, war mit dem Gesicht vornüber auf die Füße ihres Hintersassen gefallen, so daß seine noch im Keller steckende Spritze den letzten Rest ihres Abwassers verschoß.

Und nun hatte dieser so stolze Pfeil seine edle Spannung verloren. Ich nahm ihn und zog ihn aus dem Hintertürchen. Gleich der Blume, die ein leichter Westwind auf ihrem biegsamen Stengel hin- und herschaukelt, fällt ihm der Kopf auf die eine und die andere Seite; indessen hat er noch immer Interesse für mich.

»Ach, wenn er nicht aus einem so schlimmen Orte käme, mit welchem Entzücken wollte ich ihn küssen!«

Einem Manne, der auf dergleichen Abenteuer Ansprüche erhebt, erlaubt die Eigenliebe nicht, einen Auftritt, der seine Schwäche sichtbar macht, lange dauern zu lassen. Unser Held, der es aber nun nicht mehr war, steht rasch auf und legt sein Nonnenkleid wieder an, verspricht nochmals, morgen unfehlbar in Gesellschaft eines für mich passenden Freundes wiederzukommen, kehrt zu seiner Leiter zurück und verläßt uns glücklich.

Wir wünschen uns wegen so vieler ungestört genossener Freuden wechselseitig Glück, aber unsere Sinne sind abgestumpft, uns fallen bald die Augen zu und sind schnell in tiefen Schlaf versunken.

Zwölftes Kapitel

Aufmunterndes Beispiel · Heuchlerische Mutter
Nächtliche Besucher

Es war bereits zehn Uhr; wir waren schon erwacht, und meine Mutter hatte noch nicht geklingelt. Eine kindliche Besorgnis beunruhigte mich; sollten wir wohl durch Übertreibung unserer unehrerbietigen Vorsichtigkeit das schreckliche Verbrechen begangen und diejenige vergiftet haben, der ich das Leben verdankte!

Ich springe aus dem Bett und schleiche barfuß an die Mitteltür. Ich sehe einen Lichtstrahl durch das Loch eines ehemaligen, jetzt weiter unten angebrachten Schlosses fallen und sehe hindurch …

Himmel, welch ein Anblick! Meine Mutter, deren Fenster offenstand (ein Beweis, daß sie schon aufgestanden war), meine Mutter also sehe ich oben auf der Bettdecke auf dem Rücken liegend, die Schenkel zur Brust zurückgebogen und die Füße in die Höhe haltend, aufgedeckt bis über den Nabel, in der einen Hand ein Buch und mit der anderen – könnt ihr raten …? Nein! – Nun, mit der anderen machte sie sich so lebhaft und so schnell als möglich eine Phantasie mit Schneegestöber. Die Sonne, die durch das Fenster schräg auf das Bett fiel, erhellte den ganzen Unterteil des Leibes so gut, daß man, als wenn sie sich mit Fleiß diese Stellung ausgesucht hätte, die ganze Arbeit des Fingers betrachten konnte, weil sie mit der Hand unter dem Winkel durchgefaßt hatte, den der Fuß mit dem Schenkel machte.

Eine solche Entdeckung war wohl der Mühe wert, daß ich meine Freundin durch ein stummes Zeichen aufforderte, an dem Schauspiel teilzunehmen. Félicie kommt aus dem Bett gelaufen, ich trete ihr meinen Platz ab und sie schaut selbst nach: Wir sehen abwechselnd, und als ich wieder schaue, ist sie auf dem Höhepunkt und hat ihre Entladung. Ich hatte das Vergnügen, zu sehen, wie meine liebe Mama mit den Lenden wackelt, keucht und unter ekstatischer Atemnot und tiefen Stoßseufzern die Seele auszuhauchen scheint. Sie streckt sich hernach aus, küßt das Buch und kriecht wieder unter die Decke.

Wir eilten nun, uns anzukleiden. Kaum hatten wir unter tausend Schäkereien unsere Morgentoilette getan, als wir die Klingel der Mutter hörten.

Ich war heiter und überaus lustig, als ich bei ihr eintrat.

»Aber Mama, gütiger Himmel, welch ein kaltsinniges und strenges Gesicht!«

Nach dem Frühstück befahl sie Félicie ganz trocken, uns allein zu lassen.

»Meine Tochter«, fing sie mit einem ernsthaften Tone an, ohne jedoch Unwillen zu verraten und ohne mich dabei recht anzusehen, »sage mir doch, durch welchen Zufall sich bei dir zwei abscheuliche Bücher gefunden haben?«

Ich hätte beinahe Bestürzung verraten, aber ich faßte mich gleich wieder und überlegte in aller Geschwindigkeit: Das Buch, das ich in ihrer Hand sah, war eines jener, von denen sie spricht; sie hat diese schon länger als seit gestern abend, und beim Schlafengehen war sie doch noch ganz freundlich. Ihre jetzige Miene ist also nur angenommen und dann – habe ich nicht gesehen, was sie vor einer Viertelstunde getrieben hat? Also, Mut gefaßt!

»Bücher, Mama?« antwortete ich entschlossen. »Ich glaube zu erraten, was Sie meinen. Sind es nicht die beiden gehefteten Bändchen, die voll lächerlicher Kupferstiche sind?«

»Ganz recht! Und?«

»Nun, Mama, die ließ Monsieur Bandini am letzten Tag

seines Unterrichtes zurück. Er hatte sie auf den Tisch gelegt und beim Weggehen steckte er statt seiner Scharteken zwei von meinen Grammatiken in die Tasche. Als ich den Irrtum erkannte und die Augen auf diese garstigen Bücher warf – oh, Mama, wie fand ich mich betrogen!«

»Du hast in diesen Abscheulichkeiten geblättert?«

»Sind das Abscheulichkeiten, Mama? Oh, das wußte ich nicht, und ich habe von den Stellen, die ich hier und da lesen wollte, kein Wort verstanden.«

»Und die niederträchtigen Kupferstiche, hast du dir die auch angesehen?«

»Pfui, Mama, da ist ja nichts anderes zu sehen als Nakkedeis. Ich habe es für medizinische Abhandlungen gehalten.«

Meine Mutter, die sich von meiner geheuchelten Unschuld täuschen ließ, konnte sich nicht enthalten zu lächeln. Der Frieden zwischen uns war also wiederhergestellt.

»Nun wohl«, sagte sie, »ich freue mich über den Erfolg der kleinen Probe, auf die ich dich gestellt habe, ohne daß du es wußtest. Diese Bücher, meine Tochter, enthalten die Darstellungen der verderblichsten, abgefeimtesten Laster. Die Schilderungen, die Moral, alles das ist abscheulich! Ich schätze mich glücklich, daß deine unschuldige Seele der Pest dieser strafbaren Bücher nicht erlegen ist. Sehr ehrenwerte Richter haben sie zum Feuer verurteilt und ihre unzüchtigen Verfasser der Schande und der öffentlichen Verwünschung preisgegeben.«

Hier fing sie förmlich an zu predigen und fuhr mit dem salbungsvollsten Tone fort:

»Oh, wie sehr empfinde ich jetzt, wie wichtig meine unermüdliche Sorgfalt war, die ich auf deine Erziehung gewandt habe! Welch ein Glück für mich, daß du nach meinem dir gegebenen guten Vorbild, ohne irgendwelche Gefahr zu laufen, die tugendhaften Grundsätze angenommen hast, die, wie ich wohl behaupten darf, mein ganzes Leben hindurch die Grundlage meines eigenen Verhaltens gewesen sind!«

»Teure Mutter«, rief ich ebenso theatralisch und küßte ihr die Hand, »ja, ich will zeitlebens meinen Ruhm darin sehen, Ihnen zu gleichen, ja, wenn möglich, Sie noch zu übertreffen! Oh, wie sehr fühle ich den ganzen Wert der vortrefflichen Erziehung, die ich genossen habe! Wie groß ist meine Ungeduld, die verehrenswerten Lehren, die ich Ihrem mütterlichen Vorbild verdanke, in die Tat umzusetzen! Seien Sie dafür meiner ewigen Erkenntlichkeit versichert!«

»Es ist mir doch nicht lieb«, unterbrach sie mich, »daß ich in meiner ersten Anwandlung von Empörung diese höllischen Bücher verbrannt habe; sonst könnte ich, da ich nun weiß, daß sie dem nichtswürdigen Bandini gehören, dessen geheuchelte Biederkeit mich so sehr getäuscht hat, sie ihm zurückschicken und ihm den Mangel der Achtung für ein Haus, wie das meinige, bezeigen. Geh nun, meine Tochter, ich wiederhole, daß ich über die Reinheit deines Herzens zufrieden und sicher bin. Aber mißbrauche meine Lobsprüche nicht und wisse, daß der Stolz auf eigene Tugend ein verborgenes Laster ist, welches mit dem Schlüssel der Heuchelei allen übrigen Lastern Tür und Tor zu öffnen imstande ist!«

Sie küßte mich darauf in theatralischer Weise, und ich eile, was ich kann, um mit Félicie über die Moralpredigt meiner Mutter zu lachen, die, nach dem kleinen Anfall von Fleischeslust, wobei wir sie beobachtet hatten, um so lächerlicher war.

»Nun, wohlan denn«, meinte Félicie, »so wollen wir denn auch das im Ernste sein, wozu uns das Vorbild Ihrer Mutter berechtigt, und um uns desto besser nach ihr zu richten, wollen wir ihre kleinen heimlichen Liebeslüste zu beobachten suchen.«

Dies häusliche Lustspiel hielt uns den ganzen Tag bei guter Laune. Was wir von dem kleinen Zeitvertreib meiner Mutter wußten, half uns, die Begebenheiten der bevorstehenden Nacht mit mehr Heiterkeit zu erwarten. Wieviel Entzücken versprach uns nicht von nun an unsere Lustpartie im Quartett, die wir mit so großer Gewißheit erwarten konnten!

Endlich kommt Mitternacht heran; wir hören das nämliche Geräusch wie in der vorigen Nacht. Die Leiter wird angesetzt, der Garten rundherum durchsucht und dann leicht und rasch heraufgestiegen. Wir sehen zum Fenster hereinkommen einen, zwei, drei Besucher ...

»Gott bewahre, drei Männer!« rief Félicie, die darüber verwundert war. »Was hat das zu bedeuten?«

»Nichts anderes«, antwortete unser Freund von voriger Nacht, »als daß ich für die bewußte Dame jemanden mitbringe und Ihnen selbst, da ich heute nacht nicht bei Ihnen bleiben kann, einen liebenswürdigen und gut beschlagenen Bauchschwager zuführe, der in jeder Beziehung ebensoviel wert ist wie ich.«

Félicie war nicht von der Art, diesen Tausch beleidigend zu finden. Sie hatte also nicht den geringsten Einwand dagegen.

Das seltsamste dabei war ein Einfall, den unser dienstfertiger Aushilfsreiter gehabt hatte, ehe er seine Freunde vor sich her heraufsteigen hieß: nämlich von ihnen zu fordern, daß sie sich die Augen zubänden und ohne ihn in unserem Zimmer nicht das geringste sprechen oder tun sollten. Das Einsteigen der beiden »Blinden« mochte etwas beschwerlich sein, weil sie nichts sehen konnten, aber Gefahr war nicht dabei, und sie waren damit recht gut fertig geworden.

»Sie erraten ohne Zweifel«, sagte unser Freund, »in welcher Absicht ich bei diesen Herrschaften diese Vorsicht gebraucht habe. Wenn meine getroffene Einrichtung Ihnen gefällt, so bleiben sie hier, wo nicht, so führe ich sie sogleich wieder zurück, denn so sind unsere Bedingungen vereinbart, und sie haben mir ihr Wort gegeben, daß sie sich allem unterwerfen, was Sie vorschreiben. – Sie wissen weiter nichts, als daß sie in einem Frauenkloster sind, aber Ihre Namen, Ihr Alter und Ihr Stand ist ihnen unbekannt. Kurz, ich habe mich zu nichts anheischig gemacht, als sie auf gut Glück Ihnen vorzustellen. Indessen habe ich freilich so ganz nebenbei ein Wörtchen fallenlassen von Ihren Gebrechlichkeiten und daß bei Ihren Jahren nicht alles mehr so frisch und prall sein kann, daß also gewisse Schönheiten im Welken sind …« Dabei setzte der Schalk die lächerlichste Miene auf. »Mit einem Wort, ich habe sie auf alles vorbereitet.«

Bei diesen Worten nickten die beiden »Blinden« mit dem Kopf, als wollten sie sagen: Das tut nichts, selbst auf diese Gefahr hin wollen wir's wagen! Aber Félicie mit ihrer närrischen und zuweilen mit ihrem sehr originellen Schalk im Nacken wollte die Schäkerei unseres Freundes noch weiter treiben. Sie tritt also zurück, nimmt die zitternde Sprache eines alten Mütterchens an und sagt:

»So, so, meine keuschen Schwestern! Ei denkt doch, ich schlafe nicht, ich sehe alles, ich habe alles mit angehört und kann in eure Zusammenkunft nicht anders als einwilligen, unter der Voraussetzung, daß man bei mir den Anfang macht. Wenn einfache Nonnen von vierzig bis fünfzig Jahren sich erlauben, des Nachts Galane in den Schafstall des Herrn einzulassen, so kann eine Oberin, die noch nicht über sechzig ist, auch wohl die Ansicht haben, sich ihr Stillschweigen bezahlen zu lassen. Kommt, kommt, meine schönen Ritter, Ihr habt es zuerst mit mir zu tun, oder sonst …!«

Es war lustig anzusehen, wie bei dieser Anrede einer

von unseren armen »Blinden« seinen Freund anstieß und ihm leise sagte:

»Ich denke, wir empfehlen uns.«

Aber es war schon zu spät. Der Zeremonienmeister war schon aus dem Fenster und auf der Leiter, wünschte ihnen gute Verrichtung und versprach, sie wieder abzuholen. Jede von uns eilte nun, jedem der Gefangenen die Binde von den Augen zu nehmen.

Dreizehntes Kapitel

Angenehme Überraschung · Ersatz für den vorigen Abend Vollkommenes Glück

Ihr Staunen bei unserem Anblick läßt sich nicht beschreiben. Sie erwarteten bejahrte Nonnen zu sehen, und es standen zwei junge bezaubernde weltliche Mädchen vor ihnen. Welch entzückender Streich!

»Himmel!« rief der, der zum Abmarsch geraten hatte und dem Félicie die Binde abnahm.

»Wie, das ist ja ein himmlisches Mädchen!« sagte sein Begleiter mit gleichem Entzücken, als er mich erblickte. Uns so dankten sie einstimmig ihrem Schicksal.

»Was doch der Graf für ein herrlicher Kerl ist! Er ist der König aller Freuden!« Dabei wurden wir umarmt, gedrückt, umschlungen.

»Mit wieviel Raffinesse er seine Gefälligkeiten würzt!« setzte er hinzu.

»Wie geschickt, unser Glück hundertfach zu vermehren!« erwiderte der andere.

Diese Messieurs schienen übrigens über die Regeln bei solchen nächtlichen Liebesmetten vollkommen unterrichtet zu sein. Jeder von ihnen fing gleich an, seine Bauchschwester auf das behendeste zu entkleiden. Sie taten das freilich nicht mit soviel verwegener Selbstverständlichkeit wie der Graf, aber dafür verfuhren sie auch mit ungleich großer Feinheit. Besonders behandelte mich der, in dessen Hände ich gefallen war, wie ein zerbrechliches Kleinod von hohem Werte. Félicie wurde, obgleich Ihr Stand als Kammermädchen zu erkennen war, dennoch mit nicht minderer Achtung behandelt.

Das Bett war indessen zu der doppelten Verhandlung

schlechterdings nicht bequem. Félicie erinnerte sich recht gut, daß wir den Abend zuvor zu dreien schon unter Platzmangel zu leiden hatten. Als Quartett konnten wir unmöglich auf so geringem Raume agieren.

»Wir können«, sagte sie zu ihrem Schmachthahn, »diesen guten Kindern wohl das Ehrenplätzchen einräumen. Wir hingegen werden auf dem Fußboden mit Hilfe einer guten Matratze unsere Zeit trotzdem nicht schlimmer verbringen. Was meinen Sie dazu, mein lieber Unbekannter, den ich, will's Gott, bald näher werde kennenlernen?«

»Mit Ihnen«, antwortete jener sehr galant, »würde ich die Pritsche einer Wachstube allen Eiderdaunen eines Prälaten vorziehen.«

»Bravo«, erwiderte sie und schlug die Hand in die seinige, »ein richtiger Draufgänger braucht es nicht so bequem! Wir passen zueinander, wie ich sehe, und es wird uns nicht schwerfallen, die besten Matratzenfreunde der Welt zu werden.«

Während dieses Gespräches wurden die Betten geteilt und der mir zugewiesene Buhle streifte mir die Röcke und das Hemd ab. Kurz, ich sah mich nackt und geküßt vom Scheitel bis zur Sohle, als das, was man uns vom Bette übriggelassen hatte, imstande war, uns aufzunehmen.

Wie wird das übrige für mich ablaufen? Noch kann ich's nicht erraten. Zum Glück ist der schöne Jüngling, der mir zuteil ward, zum Entzücken gebaut; schlank, voll Anmut und noch ohne Bart. Durch sein kastanienbraunes Haar, seinen schmachtenden Blick und sein zärtliches Lächeln hätte er, als Frauenzimmer verkleidet, die Männer verliebt machen und selbst ohne diese Verkleidung bei Liebhabern sehr wollüstige Gefühle erregen können.

Indessen wäre dieser Galan trotz all dieser Vorzüge nur ein Ungeheuer für mich gewesen, wenn er mir eine so übertrieben riesenmäßige Vorderachse vorgezeigt hätte wie unser Aushilfsreiter. Das waren so ungefähr meine Gedanken in diesem Augenblick, aber meine Furcht war nur gering, meine Hoffnung dagegen unermeßlich. Ja, alles kündigte mir an, daß ich endlich vor der Gelegenheit stand, auf die angenehmste Weise angezapft zu werden.

Félicies Matratzentänzer war schön, groß, jung und blond, hatte einen stolzen Blick und ein kriegerisches Aussehen, war gut bei Fleische und trotzdem dabei gut gebaut. Seine Manieren waren nicht die allerfeinsten: Er hatte nicht die gefällige Unverfrorenheit des Grafen, war aber ebenso feurig und ein ebenso geübter Kämpe. Zärtlich und auf die kleinsten Einzelheiten eingehend und beachtend war die Huldigung, die er den zahlreichen Reizen seiner Kämpferin darbrachte. Mit einem Wort, wir hätten beide nicht besser bedient werden können.

Wahrscheinlich wird dir die Zeit lang, lieber Leser, uns in ihren Armen zu sehen, aber glaube mir, wir waren nicht minder ungeduldig, unsere Kampfbahn zu durchlaufen.

»Mein schöner Freund«, sagte Félicie zu meinem Reiter, »vielleicht wissen Sie noch nicht, daß Sie einen eisernen Vorhang zu durchbrechen haben werden? Es ist ein seltener Fall, einen solchen zu finden und eine solche anzutreffen, die so gutwillig ist, ihn sich mit freudigem Herzen knacken zu lassen. Gewöhnlich sind die damit Versehenen etwas wild, man lauert ihnen sorgfältig auf, man lockt sie, sie sind schlau und verteidigen sich, und man glaubt, eine gute Jagd gemacht zu haben, wenn man nach tausend Schwierigkeiten eine beim Wickel hat. Diese ist aber von anderer Art. Sie ist zahm und kommt dem Jäger gutwillig entgegen. Übrigens genießen Sie dieselbe, wie sie ist, nur um alles in der Welt willen kein Kind. Dies ist die einzige Schonung, die man von Ihnen verlangt.«

»Ein Mann von Ehre«, antwortete der Jüngling mit einem Akzent, der, wiewohl nur sehr wenig, verriet, daß er kein geborener Franzose war, »läßt sich an diese Schuldigkeit erst gar nicht erinnern. Daß Mademoiselle noch durch die Jungfernschaft versiegelt ist, bereitet mir keinen Kummer. Hat man bei so blühender Jugend und mit soviel Reizen nötig, eine Jungfrau zu sein, um die heftigsten Begierden einzuflößen?«

»Aber sie hat im Ernst noch eine unaufgeschlossene Schublade, mein Lieber, und Sie müssen Ihren Einbruch darnach einrichten. Dabei ist sie so zart! Sehen Sie nur selbst!«

Und so breitete das ausgelassene Mädchen meine Schenkel auseinander und legte mein kleines Rosenknöspchen aufs beste zur Schau. Mein schöner Reiter huldigte dies mit Blick und Kuß zugleich.

»Fühlen Sie einmal«, setzte Félicie hinzu, »und versuchen Sie nur probeweise, einen Finger hineinzubringen!«

Er tat es, und sein Finger konnte nur mit Mühe das Schlüsselloch finden.

»Ja, ja, Sie werden ein Stück Arbeit vor sich haben; aber ich bitte, fein säuberlich zu verfahren!«

Alles dies sagte sie, über das Bett gebückt. Mein schöner Kämpfer, im Begriff, seinen Dietrich anzusetzen, und zwischen meinen Schenkeln kniend, wartete nur auf das Ende dieser langen Vorrede. Zu gleicher Zeit machte sein Begleiter, der seine Begierden nicht mehr zurückhalten konnte, sich vorläufig mit den hinteren Schönheiten des Kammerkätzchens bekannt, das sich demungeachtet so ausschließlich mit mir beschäftigte, daß es kaum den Mund, die Finger oder gar den Lausewenzel zu bemerken schien, die alle ihr Huldigung leisteten. Denn da letzterer keine Hindernisse vorfand, mischte er sich mit ins Spiel und suchte sein Glück auf hintergründige Art zu machen, aber kleine Wendungen mit dem Hintern, die ohne Absicht gemacht zu sein schienen, trieben ihn immer wieder aus seinem Vorteil heraus, denn Félicie wollte sich jetzt bloß mit dem beschäftigen, was meine Person anging.

Mein kleiner Buhler trug in der Tat eine wahre Kadettenflöte, rund, lang und schlank, zur Schau.

»Schön«, rief die Zeremonienmeisterin, »das ist ja ein Ding, als wenn wir es eigens zu diesem Zwecke bestellt hätten … oh, liebe Mademoiselle, wie wohl wird Ihnen dieses niedlich kleine Instrument behagen!«

Sie bückt sich mit diesen Worten auf ihn herab, benetzt ihn mit Speichel und bringt es an den Eingang meines brennenden, nach Vergnügen lechzenden Lustspielhauses. Sie quartiert es selber ein, lenkt es und behält es beständig in ihrer Gewalt. Er dringt ein, mit großer Schwierigkeit zwar, aber doch mit Erfolg, ohne mir gerade sehr viel Schmerzen zu verursachen.

Schon habe ich ungefähr zwei Drittel seiner Länge in mir aufgenommen und die süßen Bewegungen meines Betthupferls mochten etwa eine Minute gedauert haben, als die erfahrene Félicie die Vorboten eines sehr nahen Ergusses zu bemerken glaubt. Ohne Erbarmen reißt sie uns auseinander und das so genau zur rechten Zeit, daß der kleine Pumpenschwengel im Augenblick seiner Befreiung den Wonnekleister von sich spritzt, der ohne Félicies Vorsorge und trotz seines Eides wahrscheinlich mein Inneres besalbt hätte, es mochte nun aus Unerfahrenheit oder Eigenliebe oder Ungeschicklichkeit meines jungen Reiters herrühren.

Soviel Vorsorge von seiten meiner aufmerksamen Freundin wird von mir mit wahrem Undank gelohnt.

»O Félicie«, sagte ich traurig, »was hast du mir da für einen törichten Dienst erwiesen!«

Mir mit einer scherzhaften Drohung die Rute zeigend, sagte sie:

»Ich hätte Ihnen wohl ein Kind machen lassen sollen!

Dann würden Sie mir erst recht gedankt haben! Merken Sie sich eines, Mademoiselle: Unter keinen Umständen niemals beim erstenmal einen Schuß Pulver aufnehmen! Die folgenden Schüsse taugen bei einigen Männern wohl noch etwas, sind aber doch viel weniger gefährlich, und bei den meisten sind sie ganz und gar nichts wert.«

Während dieser lehrreichen Unterweisung reinigte sie uns und belustigte uns zugleich damit, daß sie durch die Wendungen ihrer Hüften ihrem ungeduldigen Kämpfer immer das Spiel verdarb. Sie schien gar nicht auf ihn achtzugeben, aber er durfte seinen Schlüssel keinen Zoll tief in das Schloß stecken, ohne sogleich aus dem Sattel gehoben zu werden. Als er indessen dieser beständigen Hindernisse überdrüssig wurde und endlich seinen Posten behaupten zu wollen schien, rief sie ihm zu:

»Nun warten Sie doch noch einen Augenblick! Ich möchte gern dabeisein, wenn man so etwas Schönes mit mir vornimmt. Erhitzen Sie sich vorher nicht unnötig, ich bitte Sie, denn wenn Sie sich die Mühe geben sollten, fertig zu werden, so sage ich Ihnen vorher, daß das nicht mitgezählt wird.«

Die scherzhafte Wendung dieser Aufforderung schmeichelte dem Liebessöldner; er zog sich sogleich zurück, und wir erblickten bei dieser Gelegenheit einen allerliebsten, wohlbeschlagenen, frischen und anmutvollen Pfannenputzer, der stolz um sich her schlug, aber doch blieb er weit hinter der Herkuleskeule des Grafen zurück. Indessen schien Félicie das, was man für sie bestimmt hatte, gar nicht zu verschmähen.

»Nun, nun, mein kleiner Feuerquirl«, sagte sie und gab ihm zwei kleine liebevolle Stupser mit den Fingern, »sogleich sollst du deinen Gegner finden!«

Und dann zu uns: »Ich verlasse euch nun, meine lieben Kinder, aber begeht mir nur keine Unvorsichtigkeit!«

Und dann mit einem Lächeln zu ihrem Liebesritter: »Da bin ich!«

Zugleich wirft sie sich auf die Matratze nieder, stützt sich sozusagen im Hochrelief auf die Hacken und die Schultern, so daß ihr Rücken hohl wie ein Brückenjoch emporsteht und ihre Nudeltasche die ausgesuchteste Lage bekommt. Darauf faßt sie prahlerisch mit der Hand den Pfeil, der sie bedroht, und reizt ihn noch mehr durch die Worte:

»Vorher schnapptest du verräterisch nach der Muschel; jetzt bietet sie dir Trotz. Laß doch sehen, wer von beiden schärfer auf den anderen ist und den Kampf am besten aushält!«

Schon ist der stolze Spieß aus unserem Blickfeld verschwunden. Mit einem zweiten Ruck ihrer Hüften hat sie ihn bis ans Schaftende in sich vergraben. Ihre tollkühnen Bewegungen, ihre Küsse, ihre Töne, mit einem Wort, ihr vollkommenes Glück vermehrten unseren Taumel. Ich brenne für meinen Adonis, er brennt für mich. Ich schließe ihn wieder in meine Arme, und er spießt mich von neuem. Ich ahme Félicie in allen Stücken nach, ohne mich nur im geringsten zu schonen. Ich küsse, ich beiße, ich stöhne laut, ich zapple – und diesmal endlich erfahre ich, was für unaussprechliche Wonne es verschafft, vollständig gerammt zu werden: jawohl vollständig. Félicie hätte dabei gezittert, aber ich wollte die Wurst gänzlich verschlingen, und mein allerliebster Buhler hätte sich wohl selbst nicht enthalten, trotz seiner vorgeblichen Grundsätze, mir die volle Ladung zu geben.

Welch ein Wendepunkt in meinem Leben! Zauberische Wollust! Unbegreifliche Wohltat der Götter! Nein, dich hat noch kein Sterblicher beschrieben! Das glückliche Geschöpf, das dich am besten zu genießen versteht, wird auch immer das ärmste an Ausdrücken sein, deine himmlischen Entzückungen zu schildern!

Vierzehntes Kapitel

Vorschnelle Laune · Unterbrochene Vergnügungen
Die mütterliche Würde läuft Gefahr

Ich habe es dir im voraus gesagt, lieber Leser, daß ich ein verteufeltes Weibsstück in der wahrsten Bedeutung des Wortes bin; im übrigen bin ich aber eine sehr ehrliche Haut. Dies wird die Folge meiner Geschichte beweisen. Ich kann mich einiger guter Eigenschaften und vieler Erfahrungen in der Gesellschaft rühmen, und niemand weiß besser als ich den guten Schein zu wahren; und das wiederhole ich beizeiten, damit nichts von meiner Seite dich befremden möge, was auf Wollust und Liebesspiel Bezug hat, ich bin in diesem Stücke die allerentschlossenste Kreatur, die vielleicht in diesem Jahrhundert geboren wurde.

Der Keim dieser Leidenschaft, dieses Lasters, dieser Sünde, wenn es deinem Vorurteile belieben sollte, den rasenden Hang dazu, der einen Teil meines Charakters ausmacht, so zu benennen, dieser Keim lag wahrscheinlich schon bei meiner Geburt in mir. Denn kaum fing ich an, mich kennenzulernen, als ich schon, wie du weißt, sinnliche Begierden fühlte; und auch, kaum fing ich an zu genießen, als ich gerade dies Außergewöhnliche in meinem Verhalten bemerkte.

Ich fordere die empfindsamste und gefühlvollste Schöne auf, die unsterblich verliebt ist, lange wider ihre Neigung gekämpft hat und endlich nachgibt und den Gegenstand ihrer Liebe begünstigt – ich fordere sie auf, sage ich, ein stärkeres Vergnügen zu empfinden, als ich soeben bei der zweiten Umarmung meines reizenden jungen Liebesreiters genossen hatte. Und doch trotz alledem – habe

Nachsicht mit mir, lieber Leser, und wirf wegen der Schelmerei, die ich dir entdecken will, keinen Stein auf mich. Und doch war ich kaum aus seinen Armen entlassen, als ich schon Félicies Glück beneidete, die mir ein noch besseres Los gezogen zu haben schien.

Sobald ich nicht mehr beschäftigt war, machte ich mir das Vergnügen, die Freuden des anderen Paares zu beobachten. Der blonde Matratzenschwager war ein wahrer Teufel in seiner Arbeit. Viermal, fast ohne innezuhalten, hatte er dem glücklichen Mädchen sein Feuer bewiesen, und er war eben dabei, erneut loszulegen, als ...

Welch ein Strich durch die Rechnung! Welche Störung der Freuden! Unsere Türe geht auf; nicht etwa jene verräterische inwendige Tür, die mir heute erlaubt hatte, bei meiner lieben Mutter so auffallende Dinge zu erblicken, denn von dieser hatten wir uns sorgfältig des Schlüssels bemächtigt, sondern die Tür des Hauptganges, der zu allen Schlafzimmern führt. Kurz, die eigentliche Kammertür, die nach Klostersitte keinen Riegel hatte und wozu der Teufel meiner Mutter einen zweiten Schlüssel gebracht haben mußte, da der einzige, von dessen Vorhandensein wir wußten, doch nur in den Händen der Äbtissin sein mußte. Mit einem Worte, meine Mutter war's, die zu uns hereintrat. Ihr Eintreten wirkte wie ein Donnerschlag auf uns.

Wir beide, Félicie und ich, waren, wie man sich noch erinnern wird, splitternackt. Unsere gelösten Haare waren in großer Unordnung; und unsere Bauchbrüder sahen so zerzaust aus wie wir und hatten nichts auf dem Leibe als ihre Hemden und seidenen Pantalons, die dicht auf der Haut klebten und jetzt überhaupt, als Kleidungsstück betrachtet, von gar keinem Nutzen waren. Denn Félicie, die, wie man weiß, auf ihrer Matratze nahe an der Tür lag, hatte sich soeben dasjenige in ihr Liebesgärtchen eingepflanzt, dessen Benennung ich nicht so oft wiederholen mag.

Der Degen war in seiner Scheide, und diese Gruppe war die erste, die meiner neugierigen Mutter in die Augen fiel.

Ich für meinen Teil war im Begriff, einen ebenso anstößigen Anblick zu gewähren, denn mein kleiner Hahnemann fing nach einigen Augenblicken der Ruhe wieder an, seinen Kamm zu erheben. Da ich nun den Einfall des Tausches nicht ausführen konnte, der mir vorher in den Sinn gekommen war, so wollte ich, nach reiferer Überlegung, wenigstens das noch einmal benutzen, was ich in Händen hatte.

Félicies Kämpfer, der viel Geistesgegenwart zu haben schien und nicht nötig zu haben glaubte, seine angefangene Arbeit zu unterbrechen, begnügte sich mit der trokkenen Frage:

»Was ist denn das für eine Frau?«

»Himmel«, rief ich, »meine Mutter!«

Auf diesen Ruf hin trennten sie sich.

Ich hatte mit der größten Eile die Bettvorhänge zugezogen, um womöglich den Augen meiner Mutter meine eigene und meines jungen Kämpfers Nacktheit und zugleich die gar eindeutigen Anstalten zu entziehen, worin man uns überrascht hatte. Meine Mutter schien entweder aus heftigem Zorn oder aus Furcht oder vielleicht aus Ziererei plötzlich Stimme und Bewußtsein verloren zu haben. Sie fiel auf den nächsten Stuhl und schien ohnmächtig zu sein.

In diesem Augenblick siegte bei mir die Mutterliebe über meine Scham und über meinen Schreck. Nackt wie ich bin, eile ich meiner Mutter zu Hilfe. Félicie wirft sich schnell ein Hemd über. Ich hatte zwei wichtige Sorgen, die mich vergessen ließen, wie unanständig nackt ich war. Die eine war, meine Mutter wieder zu Bewußtsein zu bringen, die andere, zu verhindern, daß sie nicht sogleich in ihr Zimmer zurückkehrte, sich ankleidete und dabei Lärm im ganzen Haus schlug.

Mama kam bald wieder zu sich oder stellte sich wenigstens so. Und nun entwand sie sich meinen Armen, mit denen ich sie umschlungen hielt, sie stößt mich von sich, kehrt sich gegen die Lehne des Stuhles und scheint in Schmerz versunken. Unsere jungen Helden hatten sich inzwischen wieder angekleidet, und da sie nun wieder imstande waren, statt meiner die Türe zu bewachen, aus welcher wir meine Mutter in ihrer ersten Aufregung nicht herauslassen durften, so konnte ich wieder in meine Kleider schlüpfen. Aber wie sollte dieser seltsame Auftritt schließlich enden?

Was bedeutet zuvörderst die stumme Unbeweglichkeit meiner Mutter und ihre eigene Verlegenheit bei einer Begebenheit, die ihr einen so berechtigten Anlaß gab, ihrem Zorn freien Lauf zu lassen. Oder, wir wollen lieber auf ihren ersten Gedanken zurückkommen und sehen, ob ihr Benehmen bei dieser Geschichte wohl natürlich war.

In unserem Zimmer waren Geräusche gewesen, und das hatte sie gehört. Die Schuld lag an uns, daß wir uns so wenig Zwang angetan hatten, gerade so, als wenn wir auf der Welt allein gewesen wären. Aber was hatte sich meine Mutter dabei denken können? Doch nichts anderes etwa, als daß wir ein wenig unsere Mäuschen melkten! Warum also kam sie denn zu uns? Wollte sie dadurch irgendeiner Unanständigkeit vorbeugen? Sie konnte sich doch wohl denken, daß dies zu spät war. Geschah es, um den Urhebern dessen, was bei uns vorgehen mochte, den Prozeß zu machen? Auch in diesem Falle wäre es unschicklich für sie gewesen, selbst und noch dazu allein zu kommen. Es wäre mehr in der Ordnung und sicherer gewesen, zur Äbtissin zu gehen und uns auf diese Weise anzugreifen. Aber vielleicht fürchtete sie auch, Aufsehen zu erregen und mich Schimpf und Schande auszusetzen? Das wäre verständlich.

Hier nun wieder eine andere Vermutung! Meine Mutter war eben diejenige Frau, die am heutigen Vormittag sich die Phantasie mit wollüstigen Bildern angefüllt hatte usw. War es denn dann nicht sehr wahrscheinlich, daß der Gedanke an irgendeinen wollüstigen Auftritt, wobei sie uns zu ertappen gedachte, für sie viel Erregendes hatte, wobei sie sich übrigens vorbehielt, wenn es nötig wäre, viel Lärm, wenn auch nur zum Schein, zu schlagen. Überdies konnte sie wohl nicht auf den Einfall kommen, jede von uns mit einem Manne im wirklichen Liebeskampf anzutreffen! Sie konnte wohl nur ein kleines Scharmützel von Fingertrillern erwarten, womit wir beide uns die Zeit zu vertreiben suchten. Nur der wirkliche Ernst unseres verliebten Kampfes hatte sie versteinert.

Wenn wir und meine Mutter jede ihre eigene Verlegenheit hatten, so fehlte es unseren jungen Galanen auch nicht an der ihrigen. Ihrer Wege zu gehen, wie sie gekommen waren, hatte zwar keine Schwierigkeiten, aber mit dem Herabsteigen in den Garten war es noch nicht getan, denn ohne den Grafen konnten sie nicht aus dem Kloster kommen. Er allein kannte die Mittel und Wege, sie durch einen Ort zu bringen, wovon ich in der Folge zu reden Gelegenheit haben werde und durch welchen sie hereingekommen waren.

Für sich selbst hatten sie gerade nicht viel zu fürchten. Aber welcher Gefahr blieben wir nicht ausgesetzt, wenn sie sich zurückzogen? Dieser Punkt allein beunruhigte sie. Meine Mutter ihrerseits wartete darauf, daß diese Leute ihren Rückzug anträten. Ihre Geduld ließ sich gar nicht anders erklären, jene indessen blieben noch immer da. Diese Verwirrung und Verlegenheit dauerte beinahe eine Viertelstunde, als endlich der ersehnte Graf erschien.

Fünfzehntes Kapitel

Glückliche Wiedererkennung
Der Richter ist Mitverbrecher · Allgemeine Aussöhnung

»Nun, Kinder«, sagte der Nichtsahnende, sobald er nur zur Hälfte durchs Fenster gekrochen war, »wie geht es hier? Hat jeder sein Vergnügen gehabt?«

Vier lange Gesichter, niedergeschlagene Augen und ein tiefes Stillschweigen gaben ihm bald zu erkennen, daß uns etwas Außerordentliches begegnet war. Er trat vollends herein und bemerkte eine fünfte Person.

»Wer ist das?« fragte er den blonden Jüngling, der ihm in einer fremden Sprache antwortete. Der Graf, nun unterrichtet, sinnt einen Augenblick nach.

»Ja, da hilft nichts anderes!« sagte er zu sich selbst nach kurzem Besinnen und geht gerade auf meine Mutter zu, die sich wahrscheinlich in alles, was diese seltsame Nacht weiter bringen konnte, ergeben und beim Eintritt einer sechsten Person nicht einmal die geringste Bewegung gemacht hatte, sich darnach umzusehen. Der dreiste Graf fällt ihr also zu Füßen.

Sie hat nichts an als ihr Hemd, ein dünnes Nachtkamisölchen und ein nachlässig übergeworfenes Halstuch. Dies hindert ihn nicht; er drückt sie dreist an sich, umfaßt ihre Hüften und sagt:

»O verehrungswürdige Frau, wie strafbar haben wir gegen Sie gehandelt!«

Die noch größere Beleidigung, die sie in dieser erkünstelten Reue zu hören glaubt, bringt sie in Wut. Sie schaut ihn mit den Blicken einer Furie an. Ihre Blicke begegnen sich – sie starren einander an.

Welch ein unerwartet ausgefallener Theaterstreich! Eine

sichtbare Unruhe, die Wirkung irgendeines heftigen Gefühls, erschütterte meine Mutter, und Zufriedenheit verbreitete sich auf dem Gesicht des schlauen Grafen. Beide hatten in nur einem Augenblick ihre Rollen vertauscht.

»Wie, ist es denn möglich? Sie sind es, Séraphine?« (Einer von den Taufnamen meiner Mutter.) »Sie sind hier? Durch welchen Zufall?«

Statt aller Antwort verbarg meine Mutter ihr trauriges Antlitz von neuem. Sie stampfte vor Unmut mit dem Fuße auf und schien verzweifelt.

»Schauen Sie mich nur noch einmal an, ich bitte Sie darum, damit ich mich überzeugen kann, daß ich die geliebteste, die bedauernswerteste meiner Freundinnen wiedersehe und daß dieses Glück kein Traum ist.«

Da meine Mutter hartnäckig in ihrer ablehnenden Haltung blieb, so hatte der Graf Zeit genug, uns durch heimliche, äußerst komische Gebärden Andeutung zu machen, daß er mit der Richterin unseres Schicksals auf einem solchen Fuß stände, daß er hoffen konnte, alles zu unserem Vorteil beizulegen.

»Wenden Sie mir doch bitte Ihr Gesicht zu!« fährt er im besten theatralischen Ton fort. »Können Sie nicht erkennen oder gar verleugnen, was noch viel schlimmer wäre, jenen alten Freund, der ...«

Meine Mutter stößt ihn ohne Antwort von sich und will sich von ihm losmachen.

»Undankbare! Nach so vielen Liebesbeweisen!«

Zu Recht fürchtete hier das arme Weib, daß alte Dinge zur Sprache kommen könnten, also wandte sie sich plötzlich um, hielt ihm die Hand vor den Mund und sagte ihm im Tone stolzen Zornes, der sie in dem Augenblick ungemein verschönerte:

»Fülle nur das Maß, Verräter, und laß kein Mittel unversucht, uns zu entehren!«

Damit war alles gesagt, aber das Wort konnte nicht zurückgenommen werden.

»O zum Teufel«, erwiderte der erschrockene Graf und stand auf, aber ohne meine Mutter aus den Armen zu lassen, »hier ist keine Schonung mehr am Platze! Sie würden zu gefährliche Waffen gegen uns in den Händen haben; die kann ich Ihnen nicht lassen. Ja, meine Freunde und meine Schönen, was Sie sich auch miteinander mögen erlaubt haben, so kann ich Ihnen sagen, daß Madame es Ihnen in dieser Angelegenheit allen zuvor genauso getrieben hat, und das sage ich aus eigener Erfahrung. Können Sie wohl unsere zahlreichen verliebten Zusammenkünfte in Paris vergessen haben, Madame?«

Mit diesen Worten sah er ihr fest in die Augen.

»Und jene berüchtigte Straße? Und die gute ehrbare Frau, in deren Hause ...«

Hier erhoben wir einmütig unsere Stimmen, um Schonung von ihm für meine Mutter zu erbitten, die ganz außer sich war und sich stellte, als wolle sie sich die Augen auskratzen und ihre schönen Haare ausraufen, die sie doch so übertrieben liebte, hegte und pflegte. Der Graf verhinderte dies mit viel Geschicklichkeit.

»Nun, so muß sie auch der Vernunft Gehör geben«, sagte er, »und sich selbst Gerechtigkeit widerfahren lassen, vor allen Dingen aber versprechen, uns allen zu verzeihen.«

»Dir, Ungeheuer, verzeihen! Meine und meiner Tochter Entehrung! Dir deine niederträchtige Kuppelei verzeihen! Denn ich sehe wohl, daß du der Urheber all dieser Fehltritte bist! Ich, dem unverschämten Dämon verzeihen, der den Galgen verdient und mein einer treulosen Kammerfrau zur Aufsicht zu sorglos übergebenes unschuldiges Geschöpf ins Verderben geführt hat! Nein, nein, ihr Bösewichter! Ihr gehört alle an den Galgen!«

Dieser heftige Auftritt brachte in unserem kleinen Kreis weder Furcht noch Reue hervor.

»Seht doch«, erwiderte Félicie, »was Madame da für einen Lärm macht! Sollte man nicht meinen, sie wüßte sich so rein wie ein neugeborenes Kind, und wir wären nicht wert, den Staub von ihren Füßen zu küssen? Was meinen Sie, Madame, als Sie heute früh das unzüchtige Buch mit den schändlichen Kupferstichen in der einen Hand hielten und mit der anderen Hand wacker in Ihrem Fleischtopf unten rührten, was meinen Sie, wenn da eine dieser Mannspersonen Ihnen in die Hände gefallen wäre, was hätten Sie wohl mit ihm gemacht? Nicht wahr, Sie hätten ein anderes Werkzeug zu dem bewußten Eingang genommen als Ihren Finger!«

Nun war meine Mutter rettungslos niedergeschmettert.

»Ist es nicht erbarmungslos«, fuhr das grausame Dienstmädchen mit steigender Verwegenheit fort, »einen solchen Ton anzunehmen? Mag sie doch hurerisch sein wie andere, aber ist es dann recht, daß ein Wolf den anderen frißt? Hol doch der Teufel alle die verfluchten Heuchlerinnen!«

Hier gebot ich dem unehrerbietigen Kammermädchen streng Stillschweigen, und alle stimmten mir bei. Meine Mutter stand stumm und wie versteinert.

Der Graf, der seine eigenen Ziele verfolgte, ergriff während dieses Wortwechsels das Mittel, das ihm zu seinem Vorhaben das dienlichste schien.

»Wie, schönes Mütterchen«, sagte er mit anteilnehmender Zärtlichkeit, »Sie sind dahingekommen, sich selbst zu helfen, da ich doch noch da bin? Ach, das wird nun meine Sache sein! Nein, ich kann nicht zulassen, daß Sie dasjenige so grausam entbehren, was Ihnen, wie ich am besten weiß, die höchste Freude bereitet. Warum mußte ich auch nicht wissen, daß Sie diesen traurigen Aufenthalt hier nahmen? Aber unter welchem Namen sind Sie denn hier? Doch das tut nichts zur Sache! Wir haben uns nun wiedergefunden, und ich stehe wie vorher, so auch jetzt und immer, zu Ihren Diensten. Der Himmel ist mein Zeuge, daß mich eine Reihe von außerordentlichen Umständen so lange entfernt gehalten hat, denn sonst hätte ich meine Dienstleistungen nicht unterbrochen, worin ich, wie Sie wissen, nie müde geworden bin.«

Diese ziemlich soldatischen Galanterien begleitete er mit Handgriffen, die meine Mutter nur mit äußerster Anstrengung so in Schranken halten konnte, daß sie nicht im allerhöchsten Grade unverschämt wurden.

Wenn sie den Busen mit Geschicklichkeit und Vorteil verteidigte, so lief ihre Muschel Gefahr, ins Handgemenge zu kommen. Sie wand sich bis zum Verrenken, und jede Bewegung ihres Körpers legte ein Pröbchen ihrer reifen Reize zur Schau. Zu ihrem Ruhme muß ich gestehen, daß sie trotz ihrer sechsunddreißig Jahre noch sehr anziehend war. Blond wie ich und mit jener offenen treuherzigen Physiognomie, die man dieser Art von Schönheiten nachsagt, gut bei Fleische, ohne dick zu sein, und mit einem reizenden Busen von blendender Weiße versehen. Dabei war ihr Bauch noch glatt und straff und ihr Hintern kein Zitterpudding, sondern prall wie ein Kürbis.

Sie verlor also nichts, sondern gewann vielmehr dabei, daß alles dies in die Augen fiel, was der Graf aus den Hüllen hervorzog. Er selbst fing Feuer dabei und mit einer ganz anderen Herzhaftigkeit, als wenn er bloß aus Berechnung meine Mutter hätte zu einem dummen Streiche verleiten wollen, der sie hindern sollte, die unsrigen bekanntzumachen, trotz dem Schlagen, dem Kratzen und dem Beißen.

Mehr will ich dir, mein lieber Leser, von diesem mehr komischen als wollüstigen Auftritt nicht erzählen. Zur Sache also! Meine Mutter sieht sich bei den Hüften und

Schenkeln vom Stuhl gehoben und quer über die Mitte des Bettes gelegt, in welchem ich so schön zurechtgemacht worden war. Die Reihe war nun an meiner Mutter, und der wie vom Teufel angetriebene Graf walkte nun mit seiner Herkuleskeule nach allen Kräften in ihr.

Am Anfang zwar schien uns seine Männlichkeit etwas müde, aber gleich den steifgerittenen Pferden, die erst dann in Atem kommen, wenn sie eine kleine Strecke gelaufen sind, hatte sein Klöppel kaum den Rand dieser mächtigen Schlitztrommel berührt, als dieser sich ganz in dieselbe versenkte und ihre Laufbahn ohne Anstoß antrat.

Nach der strengen Moral hätte dieses Einsinken freilich wohl etwas mehr Hindernisse finden sollen, nachdem sich meine Mutter anfänglich den Anschein gab, sie recht mutig verteidigen zu wollen. Aber es war ja eine Notzüchtigung; mithin war ihre Schamhaftigkeit gedeckt, und der Umstand, daß sie ihrerseits nichts begünstigte, vertrat die Stelle eines Protestes gegen die Gewalt, deren Opfer sie durch die Bemühungen eines Bösewichtes werden mußte.

Sobald der Graf den wichtigsten Punkt des Prozesses gewonnen hatte, dachte er auch an uns.

»Frisch, Kinder«, rief er seinen Kameraden zu, »ich feiere hier ein Hochamt, und damit es um so feierlicher ist, muß ich einen Diakon und einen Unterdiakon haben. Jeder von euch fasse also eine von den Sünderinnen! So ist's recht! Ich erwarte euch zu meiner Rechten und zu meiner Linken und fordere euch auf, mir zu sekundieren.«

Durch einen Zufall befand ich mich dem blonden Ritter am nächsten.

»Greif zu, Baron!« rief der Graf.

Ich gelangte ohne mein Zutun zu dem gewünschten Tausch.

»Und auch Sie, Monsieur!« sagte er mit etwas mehr Zurückhaltung zu dem anderen, der folgsam den unbesetzten Posten der ganz bereitwilligen Félicie ergriff. Wir wurden also auch quer übers Bett gelegt, ganz dicht neben meiner höchst mißtrauischen Mutter, die, aus bloßem Widerspruch, noch immer diesen neuen Auftritt und unsere drängende Nachbarschaft für eine neue Beleidigung empfindet.

Aber wo ist die Frau, die im Ernste zürnen kann, wenn sie von einer acht bis neun Zoll langen Stange gespießt wird, die dem reizendsten Jüngling gehört, und wenn zwei Personen, die gleiche Beleidigung erfahrend, ihr Schicksal mit Freuden ertragen! Die Länge des Bettes gab gerade den Platz zu unserem Sexspänner.

Indessen fürchtete ich doch den Augenblick, wo mein neuer Spießer mir seinen furchtbaren Spaltpilz in den Leib stoßen würde. Aber ich faßte Mut. Er war hart wie Eisen und glühend wie ein Brand. Mag's seinen Lauf gehen! Der schöne Blonde liebkost mich, küßt mich und öffnet mir das Etui zur Hälfte. Er stößt, ich stoße gegen und unterziehe mich wenigstens der Hälfte der Arbeit. Mein über alle Erwartung gelehriges Schneckchen hält den Angriff aus, öffnet sich und empfängt endlich das Ganze. Jawohl, das Ganze! Dank sei der Göttin der Liebe! Und nun wurde aus allen Kräften gestoßen.

Anfänglich beschäftigte ich mich mit innerem Wohlbehagen bloß mit dem, was mich persönlich betraf. Dann aber wurde ich auch durch die Nachbarschaft meiner Mutter in Feuer gesetzt, die bald, von Wollust überwältigt, vergaß, daß sie genotzüchtigt wurde und erst noch mit Widerwillen, bald aber mit innigem Entzücken den Hintern rührte und endlich, bei Hintansetzung allen Anstandes, die Schenkel emporhob, wie eine Wilde gegenstieß und das Bett unter sich erschütterte, das vor uns wohl wenig zu solchen Kämpfen gedient hatte.

›Ja, zum Teufel‹, dachte ich, ›wenn meine Mutter unter meinen Augen und an meiner Seite so weit gebracht ist, so ist es mir ja wohl auch erlaubt, meinen Pudel laufen zu lassen.‹

Und nun hättet ihr sehen sollen, mit welcher Ausgelassenheit ich meinen blonden Reiter wippte, der sich dabei des Lachens nicht erwehren konnte. Dabei war ich schelmisch genug, weil noch keine Ekstase der Wollust meine Zunge fesselte, ihm zuzurufen:

»Wundern Sie sich nicht über meine Herzhaftigkeit!
Jung bin ich, das ist wahr, doch dürfen edle Seelen
Den Mut zur Liebe nicht erst nach Jahren zählen.«

Meine Mutter, ohne jedoch das geringste Tempo ihres fesselnden Kampfes zu verpassen, hatte Geistesgegenwart genug, diesen Ausbruch meiner schamlosen Ausgelassenheit mit einem Schlag der flachen Hand auf meinen Hintern zu bestrafen. Unterdessen war Félicie mit ihrem liebenswürdigen Grünschnabel auch nicht müßig. Sie wippte ihn in allen möglichen Variationen und gab ihm als wahre Meisterin eine aufschlußreiche Lektion.

Und so lagen nun hier drei der ausschweifendsten Wonneproppen unter drei rüstigen Wippsterzen, hoben und senkten den Hintern, ächzten und gaben ein passen des Bild von den Meereswogen, die von einem Gewittersturm gepeitscht werden.

Da unsere drei Helden schon ein wenig ermattet waren, denn der Graf hatte diese Nacht auf anderen Zimmern auch schon seine Aufwartung gemacht, so dauerte dieser Auftritt zum Vergnügen aller Teilnehmer etwas lange. Niemand tat sich Zwang an, ohne sich darum bitten zu lassen, alles ging seinen geraden Gang ungestört; und Mutter, Tochter, Kammermädchen, Graf, Baron und Monsieur, alles erstarb zugleich in gemeinschaftlichem wollüstigem Entzücken.

Sobald dieses herrliche Kammerkonzert beendet war, konnte keiner von uns den anderen ohne Lachen ansehen, und der Graf brauchte uns nicht erst aufzufordern, uns einander mit der freimütigsten Zärtlichkeit zu umarmen. Man schwur einander Frieden und Verschwiegenheit und verabredete sich, daß die Aussöhnung mit meiner Mutter durch ein Mittagsmahl auf dem Lande gefeiert werden sollte, das der Chevalier in Vorschlag brachte und welches er gleich für diesen Tag selbst veranstalten wollte.

Meine Mutter hatte, wie ich hier gleich erinnern muß, ihres Prozesses wegen vollkommene Freiheit und konnte uns also überall mit hinnehmen. Zu unserem Feste wurde der Gasthof eines königlichen Lustschlosses, eine Meile von der Stadt entfernt, gewählt. Man versprach, daß der Wagen um zwölf Uhr vor unserer Tür sein sollte.

Unsere Galane empfahlen sich endlich und kamen ohne widrigen Zwischenfall aus dem Garten. Meine Mutter befahl, daß ich in ihr Zimmer folgen sollte, um mir einige Aufschlüsse zu geben. Félicie blieb also an einem Orte, den ich ganz füglich unsere Freudenkammer nennen könnte, und konnte also ihre abgearbeiteten Reize nach aller Bequemlichkeit ausruhen lassen. Und ich – ich will auch erst Atem schöpfen, bevor ich fortfahre.

Sechzehntes Kapitel

Überflüssige Moral · Mißliche Vertraulichkeiten Wichtige Eröffnungen · Angenehmer Spaziergang

Im Bette, an der Seite meiner Mutter, mußte ich folgende Rede anhören:

»Durch das, was eben mit dir vorgenommen worden ist, meine Tochter, und hauptsächlich durch meine Fehltritte, die nun an den Tag gekommen sind, bin ich aller meiner mütterlichen Rechte verlustig gegangen. Überdies habe ich versprochen, dir nicht den geringsten Vorwurf zu machen, aber einen guten Rat darf ich dir nicht vorenthalten, zu dessen Erteilung mich mein Alter und meine Erfahrung berechtigt; und wenn dein Herz nicht von Grund auf verdorben ist, so wirst du dir meinen guten Rat zunutze machen. – Dich den ungestümen Stürmen deiner Sinne preiszugeben ist nicht das rechte Mittel, um glücklich zu werden. Ich bin von Natur aus temperamentvoll; ich habe geliebt und habe, ich gestehe es zu meiner Schande, allzu viel von der Liebe genossen; bei alledem aber bin ich immerzu unglücklich gewesen. Ich ward mit deinem Vater verheiratet und widmete ihm mit Vergnügen meine eheliche Liebe, weil er liebenswürdig war. Deshalb hielt ich auch lange an dem Vorsatz, ihm treu zu bleiben, aber er wußte mir keinen Dank dafür. Meine Zärtlichkeit war ihm vielmehr lästig, und er spottete entweder meiner oder begegnete mir mit Verachtung. Seine eigenen Freuden lehrten mich, Rache an ihm zu üben. Ich fand Vergnügen dabei – aber ach! –, niemals das gesuchte Glück. – Durch die vielfache Abwechslung meiner sogenannten Rache verlor ich meine eigene Achtung, und um mich gegen dieses Unglück, das weit härter war als jenes, dem ich mich dadurch entziehen wollte, gefühllos zu machen, mißbrauchte und übertrieb ich die Mittel, in denen ich Trost suchte. Der Geschmack an grober sinnlicher Wollust artete bald bei mir in Gewohnheit und Ausschweifung aus. Unter der Herrschaft dieses gebieterischen Bedürfnisses habe ich vierzehn Jahre meines Lebens im Taumel der Verirrungen, der Furcht und der Gewissensbisse verlebt. – Als wir den unglücklichen Fall unseres Hauses erleben mußten, ließ ich von meinen Ausschweifungen ab. Ach, ein einziger Tag raubte mir die Frucht eines sechsmonatigen Kampfes gegen mich selbst. Ein verführerisches, sinnerregendes schreckliches Buch hat alles Feuer in mir wieder entzündet, das meine strenge Lebensart unterdrückt hatte. Eine fatale – ja, in aller Absicht fatale Zusammenkunft hat mich von neuem zu einer Tat hingerissen, die ich mir nie in meinem Leben wieder zu erlauben geschworen hatte. Sieh, mein liebes Kind, das ist die traurige, die schreckliche Schilderung meines ausschweifenden Lebenslaufes und die Verirrung, der ich dich so frühzeitig mit wahrem Herzenskummer preisgegeben sehe, bedroht von eben demselben Zustande und mit der täglichen Qual, die mich unglücklich macht.«

Ich gestehe, daß diese Moralpredigt mir viel Langeweile verursachte, und ich würde es niemandem verdenken, daß er, wenn er dieselbe liest, laut gähnen muß.

»Aber«, fuhr sie fort, »wie kannst du mit sechzehn Jahren schon so weit in Ausschweifungen verstrickt sein, daß du dich in Gegenwart von anderen besteigen ließest? Dich Fickfack auf Fickfack zwei verschiedenen Männern preisgabst und dann selbst unter den Augen deiner Mutter solche wollüstigen Kapriolen beginnst?«

An dieser Stelle riß mir der Geduldsfaden.

»Aber Mama«, erwiderte ich, »ich finde das nur allzu leicht begreiflich. Ich habe frühzeitig unzüchtige Bücher gelesen und Zeitvertreib, Unterricht und Reiz darin gefunden. Ich habe davon auch ein wenig versuchen wollen. Das ist doch ganz natürlich! Wir sind hier im Kloster, und zwei Männer – daß sie liebenswürdig sind, werden Sie selbst nicht leugnen können! – kommen uns wie vom Himmel. Da sie ihrer zwei sind und wir unser zwei und wir nur ein Zimmer haben, so mußten wir uns wohl in die Umstände schicken, die allein die Art unseres Abenteuers bestimmten. Währenddem dies geschah, überraschten Sie uns. Ebenso unerwartet erschien der Graf. Sie sahen sich gezwungen, den Liebeskampf mit ihm zu bestehen; wir konnten also mit gutem Gewissen Ihrem Beispiel folgen. Hätten wir uns geweigert, so würde das den Anschein erweckt haben, als wollten wir uns zu schnöden Tadlerinnen Ihres Vergnügens aufwerfen. Kurz, liebste Mutter, haben Sie denn kein Vergnügen daran genossen? Und das in reichem Maße? Und das trotz Ihres erzwungenen Ekels gegen fleischliche Wollust? Glauben Sie mir, es ist unnütz, lang und breit gegen die Liebeslust zu deklamieren, und gestehen Sie nur, daß, wenn man von der einen Seite dadurch in manche unangenehme Verlegenheit geraten kann, sie wenigstens an und für sich das Herrlichste ist, was man hienieden genießen kann. Behalten Sie Ihre Grundsätze für sich und lassen Sie mir die meinen! Seien Sie aber überzeugt, daß ich kein verworfenes Mädchen bin, sondern daß ich vollkommen alles Erforderliche beachten werde, um meinen öffentlichen Ruf zu schonen.«

»Aber wer steht mir dafür, unglückliches Kind, daß du diesen nicht schon verloren hast? Kennst du denn den nur zu liebenswürdigen, aber doch in Wahrheit boshaften Lebemann und Lüstling, der mir so verhängnisvoll geworden ist?«

»Oh, liebe Mutter, sagen Sie lieber, der Ihnen soviel Vergnügen bereitet hat! Seien Sie nicht undankbar! Er ist

Ihr alter Freund und hat sich heute gegen Sie in Wort und Werk sehr artig betragen. Wie können Sie es wagen, ihm Böses nachzureden!«

»Gott bewahre dich, meine Tochter, daß du nie seinen schlechten Charakter kennenlernst!«

»Aber du selbst, solltest du nicht seine Niederträchtigkeit verwünschen?«

»Das gebe ich zu. Er hat hier geheime Verbindungen im Kloster, und zwar mehr als eine, wie er sagt. Der Zufall hat uns miteinander bekannt gemacht.«

»Der Zufall? In einem Kloster? Hat er dich gehabt?«

»Nein, dies Glück habe ich nicht genossen; nicht jede ist solchermaßen beschaffen, sich mit einem so starken Spreizer einzulassen.«

Ich verbiß mir das Lachen.

»Eine dumme Bemerkung!« fiel mir meine Mutter in die Rede und ließ sich, indem sie unglücklich tat, schätzen, wenn sie in ihren Jahren noch jemand finde, der sich mit ihr in ein Spiel einlassen wollte. »Im übrigen kenne ich Leute, denen es, obwohl noch jünger, an Mitspielern fehlen wird.«

»Mein Gott, Mama, müssen Sie gleich böse werden! Hab ich Sie denn gemeint?«

»Kein Wort mehr davon! Da er dich also nicht besessen hat, so hat sich dieser elende Mensch zu deiner Kammerzofe herabgelassen?«

»Mama, ich bin nicht bekannt mit den Geheimnissen anderer Leute. Fragen Sie Félicie, wenn Sie das Recht dazu zu haben glauben!«

»Ich sollte mich erniedrigen, dieses Weibsstück zu fragen? Ich bin so aufgebracht gegen sie.«

»Mama, Sie haben Verzeihung versprochen.«

»Ja, verziehen habe ich, aber noch heute jage ich sie fort.«

»Das wäre schade! Sie dient uns mit so treuer Anhänglichkeit.«

»Das kann wohl sein, aber ihre Sitten ...!«

»Und die unseren, Mama?«

»Laß uns von anderen Dingen sprechen. Weißt du wohl, was dein unwürdiges Benehmen dir für einen Verlust einbringen wird?«

»Nein, Mama.«

»Nun, so wisse denn, daß ich dir gerade heute einen Vorschlag zu machen hatte ..., aber nun läßt mein Gewissen nicht zu, das anzunehmen, was sich dir darbietet.«

»Oh, reden Sie doch, liebe Mutter, was war es? Erzählen Sie doch, ich bitte Sie!«

»Nichts Geringeres, als dein Glück zu machen.«

»Mein Glück, Mama, und Sie wollten es ausschlagen?«

»Allerdings! Denn die Rede war von einer reichen Heirat, doch nun taugst du nichts mehr für einen so ehrbaren Stand.«

»Na, Mutter, das ist ein wenig stark! Und warum sollte ich mich denn nicht verheiraten wie jede andere?«

»Soll ich denn einen ehrbaren Mann und eine völlig unbescholtene Familie betrügen und ihnen ein entehrtes Mädchen geben?«

»Entehrt, Mama? Wählen Sie doch, ich bitte Sie, Ihre Ausdrücke gemessener! Ich bin trotz all der großen Worte das, was dreiviertel der Mädchen sind, wenn man sie verheiratet.«

Ich hatte nichts Arges im Sinn, als ich dies sagte, indessen glaubte ich eine plötzliche Verlegenheit in den Augen meiner Mutter zu entdecken und setzte gleich hinzu:

»Wenn ich mich durch die Ehe binde, die ich zu respektieren wissen werde, so kann ich vielleicht die Schwachheit begehen, für mein persönliches Vergnügen zu sorgen; aber dafür stehe ich wenigstens, daß ich meinen Gemahl glücklich machen werde, wenn er mich gut behandelt. Ist es nicht so, nun, Mama, dann mache ich es wie Sie, wenn es mich auch nachher gereuen sollte. Aber nein, ich würde meinem Charakter treu bleiben, und wenn ich in Ihren Jahren alsdann auch Töchter hätte, so würde ich es recht gern sehen, wenn sie ebenso dächten und handelten, wie ich jetzt tue. – Aber lassen Sie uns auf die Heirat zurückkommen! Erzählen Sie mir wenigstens von dieser Angelegenheit!«

»Oh, diese Heirat kann nun nicht mehr stattfinden. Ich schwöre dir, daß ich dazu nicht meine Einwilligung gebe. Aber zu deiner Strafe und damit du in dich gehst, will ich dir doch von den Vorteilen berichten, die du dir durch deine eigene Schuld entgehen läßt.«

»Und wenn schon, Mama, ich höre!«

»Mein Sachwalter, ein Witwer ohne Kinder und sehr reich ...«

»Ein Sachwalter, Mama? Nun bin ich schon getröstet. Nur weiter!«

»Was du für ein Hitzkopf bist! Läßt du mich wohl zu Worte kommen! Dieser Mann hat, wie gesagt, einen liebenswürdigen Neffen, den er gern durch Verheiratung mit einem ehrbaren Mädchen aus einer guten Familie aus dem Taumel einer wüsten Lebensart herausreißen möchte.«

»Ah, das ändert die Sache!«

»Da nun dieser geschickte Rechtsanwalt vorhersieht, daß ich meinen Prozeß um das Gut Montrevers notwendigerweise gewinnen und folglich die Besitzerin eines recht ansehnlichen Grundbesitzes sein werde, an welchem die Gläubiger deines Vaters keinen Anspruch haben, so wünscht er deine Verheiratung mit seinem Neffen. Der Prozeß wird noch in dieser Woche abgeschlossen und gewonnen, und tags darauf wollten wir uns mit unserem Wohltäter verabreden.«

»Genug, Mama, ich heirate!«

»Ganz gewiß nicht!«

»Ich heirate, sage ich! Wir wollen doch sehen, ob Sie mich an einem solchen Glück hindern werden!«

»Ich werde mich mit meinem ganzen Einfluß dem widersetzen und lieber alles entdecken, wozu du fähig bist.«

»Und ich, Mama, ich sage dann dem Sachwalter, dem ganzen Parlament, allen Advokaten, Kanzlisten und Boten alles, was Sie mir von Ihrem sauberen Lebenslauf erzählt haben.«

»Geh, du gottloses Kind«, versetzte sie und stieß mich fast wütend von sich, »du zeigst mir ein verderbtes Herz und wirst ein schlechtes Ende nehmen! Geh mir aus den Augen! Verflucht sollst du von mir sein!«

»Aber merken Sie denn nicht, Mama, daß ich scherze!« antwortete ich in einem aufgeräumten Ton und liebkoste sie sehr zärtlich, denn ich vergaß beinahe, daß ich nicht Félicie vor mir hatte. Kurz, mein Schmeicheln besänftigte ihren Zorn so vollkommen, daß sie anfing mitzuscherzen und damit endgültig aufhörte, ihre mütterliche Predigt fortzusetzen.

Wir schliefen endlich ein. Am Morgen ward zwischen ihr und Félicie Friede geschlossen, nachdem diese sich gleich, sobald sie ins Zimmer getreten war, ihr zu Füßen geworfen hatte. Unter wechselseitiger Rührung, woran ich selbst großen Anteil nahm, versprach man einander Eintracht, Freundschaft, Verschwiegenheit und alle möglichen Liebesdienste. Es ward wieder von meiner Heirat gesprochen, und Félicie war der Meinung, man müßte das Eisen eifrigst schmieden, solange man es unter dem Hammer hätte.

»Ja, Madame«, sagte sie, »ich kenne Ihre liebe Tochter, sie wird heiraten, und sollte es auch der Sachwalter selbst sein.«

»Du hast recht«, unterbrach ich sie, »und ich weiß nicht, ob ich nicht nach reiflicher Überlegung Lust hätte, anstatt um den Neffen lieber um den Oheim anzuhalten, auch wenn er der älteste vom ganzen Parlament wäre.«

Dies scherzhafte Gespräch unterhielt uns die ganze Zeit über, die wir bei der Toilette zubrachten. Félicie kleidete sich als Dame, weil sie bei unserer Lustbarkeit wie unseresgleichen erscheinen sollte, und sah allerliebst aus. Meine Mutter vertuschte durch ihren Aufputz mindestens sechs bis sieben Jahre von ihrem Alter. Was mich betrifft, so war ich nicht davon abzubringen, mich wie eine Operntänzerin zu kleiden.

Kaum hatten wir unseren Putz beendet, als der Wagen gemeldet wurde. Wir eilten hinunter, aus Furcht, von irgendeiner alten verwünschten Begine gesehen zu werden, die aus unseren weltlichen Kleidern leicht auf Werke des Satans hätte schließen können. Im Wagen fanden wir drei niedliche Blumensträuße, womit wir unsere Busen schmückten, und so fuhren wir flugs unserem Versammlungsort zu, wo unsere Helden, ebenso verführerisch ausgestattet wie wir, uns mit edler Unerschrockenheit erwarteten.

Siebzehntes Kapitel

Vergnügen · Wiedereinnahme des Lehngutes
Ich erhalte die Doktorwürde

»Als ich euch sagte, daß sie ihrer himmlischen Tochter den Vorzug streitig machen könnte«, sagte mein kleiner Schlitzsprenger mit dem drolligsten Ton der Welt, indem er zuerst herantrat und meiner Mutter die Hand reichte, »war sie zum Erstaunen reizend.«

»Meinetwegen!« erwiderte der Graf, dem ich mich in die Arme warf und der mich auffing. »Ich sehe wohl, daß hier Sympathie im Spiel ist; ich stehe also zurück und gebe zu, daß Venus von jeher auch über eine Hebe den Vorzug behauptet hat.«

Bei diesen Gesprächen und den gewöhnlichen Komplimenten des Empfanges kamen wir, meine Mutter an der Hand des schönen Jünglings, Félicie von dem Baron und ich von dem Grafen geführt, in einen kleinen einfachen, aber angenehm kühlen und mit Blumen geschmückten Saal. Einen Augenblick nachher traten wir in ein anstoßendes Zimmer, wo ein herrliches Mittagsmahl Wohlgerüche anderer Art verbreitete.

Unser Appetit machte der Bewirtung alle Ehre und dem Bordeaux sowie dem Burgunder und dem Champagner wurde in Fülle zugesprochen; auch fehlte es nicht an Tokayer, womit uns die Galanterie unserer höflichen Fremdlinge beehrte, die sich auf ihrer Reise mit einem Vorrat von diesem Nektar versehen hatten. Während der Mahlzeit waren wir lustig und beinahe ausgelassen. Unsere deutschen Galane maßten sich zwar nicht an, den Grafen ganz nachzuahmen, der mit Leib und Seele Franzose und ein lustiger Gesellschafter von Natur war, besonders aber bei dieser

Gelegenheit sichtbarlich den Auftrag erhalten und angenommen hatte, eine scherzhafte Unterhaltung in Gang zu bringen und aufrechtzuerhalten; indessen waren doch die beiden Fremden recht von Herzen aufgeräumt. Vorzüglich war der Scherz über den launigen Einfall des jüngsten der Gesellschaft, sich an die ältere Dame zu machen, mit viel Pikanterie und mit dem ungezwungensten Witze durchgeführt.

Unterwegs hatten wir erfahren, daß mein erster Buhler vom vorigen Abend, den der Graf in der Zerstreuung Hoheit genannt hatte, der Sohn eines regierenden deutschen Reichsfürsten war, und meine Mutter konnte sich nicht enthalten, ihren Stolz über eine so durchlauchtige Eroberung bis ins Lächerliche zu treiben. Der Gedanke, von einem überaus hübschen jungen Menschen solchergestalt vorgezogen zu sein, das üppige Gastmahl, die verschiedenen Weine, die ansteckende Fröhlichkeit, alles das machte sie so verliebt in den kleinen Prinzen, daß sie schon sehr ungeduldig war, irgendwo mit ihm unter vier Augen zu sein, als es uns noch allen bei Tisch sehr wohl gefiel.

Endlich, nach einem Mahl von zwei Stunden und nach eingenommenem Kaffee spazierten wir paarweise unter dem dichten Schatten von Kastanienbäumen, die einen großen Platz einfaßten, der rundherum mit kleinen, zu den Geheimnissen der Liebe bestimmten Pavillons versehen war, und glaubten durch diesen Zwischenakt uns nach dem Dienst des Bacchus dem Dienste des Priapus weihen zu müssen.

Meine Mutter war die erste, welche sich unter Dach und Fach begab, versteht sich, in Gesellschaft der jungen Durchlauchtigkeit, und die gehörige Vorsicht gebrauchte, um nicht gestört zu werden. Sie schmeichelte sich im stillen, daß ihr Verschwinden nicht würde bemerkt werden, aber gerade wir, der Graf und ich, hatten uns diesen Pavillon ausersehen. Als das glückliche Paar hineintrat, waren wir schon nahe dabei, aber von einigen Bäumen verdeckt, so daß man uns nicht bemerkte.

»Zum Henker«, sagte der Graf leise zu mir, »es wäre doch hübsch, wenn wir hier durch irgendeine Öffnung zusehen könnten, wie unser Grünschnabel Ihrer ehrwürdigen Mutter die Uhr aufzieht!«

»Ich glaube, es würde mehr Ihre Pflicht sein«, erwiderte ich nicht ohne Bitterkeit, »mir Revanche zu geben.«

»Wie, ist das Ihr Ernst? Wollten Sie das aushalten, kleine Heldin?« Und dabei umfaßte er meine Hüften mit einem Blick des höchsten Erstaunens und sah mich feurig an. »Hat dich denn der Versuch neulich nicht von der Unmöglichkeit überzeugt?«

»Ja, neulich, das war wohl so, aber heute – wer weiß?«

Statt aller Antwort hob er mich hoch und trug mich in vollem Lauf zu einem anderen nicht weit entfernten Pavillon, dessen Tür halb offenstand. Konnten wir wohl jemanden in demselben vermuten? Und doch fanden wir Félicie vor, die rittlings auf dem Baron saß und seinen Löffel in ihrem Topf rühren ließ. Dies konnten wir zwar nicht sehen, weil ihre Kleider den Rührkübel bedeckten, aber daß sie sich unter tausend Schäkereien liebten, war deutlich genug. Wir baten um Verzeihung und liefen nach einem anderen Häuschen, wo wir uns, durch dieses Beispiel gewarnt, einschlossen. Ein Kanapee von Binsen bot uns eine elastische Unterlage, aber der Graf behauptete, daß es für unsere Absicht nicht bequem genug wäre. Die Stellung, worin wir eben Félicie überrascht hatten, schien ihm unserem Endzweck angemessener.

»Auf die Art«, sagte er, »wirst du, liebe Kleine, vollkommen Meisterin sein und das Ganze nach deinem Gefallen lenken. Ich werde dir ganz deinen Willen lassen, und wenn es dir zu meinem Unglück nicht gelingt, meinen Stammbaum in deinen Trichter einzubringen, so werde ich mir denn doch den Schmerz erspart haben, dich zum zweiten Mal zu martern.«

Er setzte sich also zurecht und machte sich frei. Nicht ohne ein klein wenig Bange sah ich die furchtbare Lustnudel, die gar nicht das Aussehen hatte, so biegsam zu sein wie am vorigen Abend, da er meine Mutter bediente, sondern vielmehr all die Ungeduld und das Feuer verriet, das ich in der ersten Nacht unserer Bekanntschaft an ihm bemerkt hatte.

Indessen erinnerte ich mich sogleich der Vorsicht, welche Félicie gebraucht hatte, als der kleine Prinz Anstalt machte, meine Jungfernschaft zu kapern. Ich beugte also meinen Mund auf die stolze Krone dieses Königs aller Freudengeber nieder, und im Augenblick empfinde ich eine Art von Bezauberung, die mich an diesen Gegenstand fesselt und mich gleichsam zwingt, ihn soweit in die Höhlung meines Mundes aufzunehmen, ihn zu saugen und ihn mit meiner Zunge zu liebkosen. – Und warum auch nicht? Er ist so blühend rot! So gesund! So rein! So weich, da mein Mund ihn an allen seinen Stellen berührt! Ich befeuchte ihn, ich sauge an ihm, ich finde Behagen daran, ich vergesse mich ganz dabei!

»Aber so hör doch auf!« ruft mir der Graf vergebens zu, der voraussah, wie das ablaufen würde. »Laß doch, laß doch sein, kleiner Engel! Du weißt nicht, wie wichtig es für dich selbst ist, daß du diesen übermäßigen Kitzel nicht zu weit treibst. Hör auf, ich bitte dich, sonst …«

Aber ich habe nun mal meinen Mund voll, und ich stelle mir die Folge, die meine eigenwillige Zungenfertigkeit haben kann, so wenig vor, daß ich, statt aufzuhören, mein Spiel immer ausgelassener fortsetze.

»Was für eine Torheit!« meinte der Graf mit bewegter Stimme, indem er sich seinem Schicksal zu überlassen schien, sich mehr nach vorn auf seinem Sitz ausdehnt und einige kleine Bewegungen macht. »Du hast es so gewollt, wohlan! Da – da hast du es, kleine Närrin!«

Mit diesen Worten spritzt in verschwenderischer Fülle ein ganzer Strom von sahnigem Saft mir in den Mund, der mich beinahe erstickt hätte. Aber das macht nichts; kaum hatte ich wieder Atem geschöpft, als ich, ohne etwas von dem Empfangenen herauszugeben, mich von neuem auf die Röhre stürze, die noch den kostbaren Begeisterungssaft tropfenweise von sich gibt und in einer Art von lüstigem Durst auch das letzte Tröpfchen mit innigem Wohlbehagen einschlürfe.

Erkläre mir, wenn du kannst, lieber Leser, die Lust, die mich zu diesem Genusse trieb? Ich fühlte indessen ungefähr dasselbe Entzücken, als wenn diese Entladung in meinem Schoß erfolgt wäre. Nun aber eilte ich, mich aufs Kanapee zu werfen und blieb wohl eine Minute lang wie besinnungslos liegen, halb ohnmächtig und wie zwischen Leben und Tod schwebend. Der Graf trat zu mir, hob mich auf, trug mich behutsam zu der vorigen Stelle und setzte mich rittlings gerade auf die Spitze seines brennendheißen Keils, den er meisterhaft gegen die enge Öffnung meiner heißhungrigen Spalte lenkt.

Ein Überbleibsel von der Feuchtigkeit meines Mundes und die letzte Träne seines eigenen Ergusses, die vorteilhafte Stellung und meine Geschicklichkeit im Nachhelfen, alles trifft zusammen, um unser beiderseitiges Verlangen zu begünstigen. Welch ein Glück für mich! Meine Spalte gibt nach, der Keil dringt ein, aber mit großer Schwierigkeit und mit den Schmerzen grausamer Zerreißung von meiner Seite. Doch was macht das schon, die Hauptsache ist doch, daß ich endlich den Riesenrüssel in meinen Brunstwinkel aufnehme. Ich hatte kaum dreiviertel davon in mich aufgenommen, als schon die Vorboten des höchsten Entzückens über das unerquickliche Gefühl des Schmerzes siegten. Wahrscheinlich war ich bei meinem Zungenspiel unten etwas übergelaufen, dadurch, und daß ich an seiner Zuckerstange gelutscht hatte, wurde das nunmehrige Eindringen ungemein erleichtert; kurz, ich genoß endlich das Glück, zu fühlen, daß mein hervorkeimender Flausch sich mit seinem stolz gekräuselten Lustgebüsch vermischte, auf welchem jetzt die Last meines ganzen Körpers ruhte.

So blieben wir einige Minuten in stiller Vereinigung und schöpften Atem. Unsere Lippen sogen wechselseitig aneinander, unsere Zungen liebkosten sich, und wir schauten uns zärtlich in die Augen. Nach dieser wonnevollen Ruhe, dieser Art von Morgenröte des Genusses gingen wir endlich zum vollen Tageswerk über. Der Graf hebt meine Schenkel in die Höhe, gibt mir den ersten Druck des Rhythmus an, der unser Vorhaben jetzt erfordert. Ich weiß mich in diese regelmäßige Bewegung vortrefflich zu finden, weiß sie zu halten und zu beschleunigen, und nach und nach kündigt sich die unfehlbare, die zauberische Wirkung unserer kraftvollen Anstrengungen an.

»Ach, ach, kleiner Engel!«

»Ach, himmlischer Freund!«

»Ich bin gleich soweit!«

»Ich auch, mein Bester!«

»Ich glaube, liebes Kind, wir täten klug ...« Er suchte sich loszumachen.

»O nein, nein, stielvoller Freund!« Indem ich ihn daran hindere. »Es ist der zweite Regen. Es ist nichts dabei zu fürchten. Nein! Alles, alles, liebster Graf.«

»Nun denn, dann die volle Ladung, meine kleine Königin!«

»Oh, schöner Engel! oh!«

Wie vom Blitze gerührt, verging uns Hören, Sehen, Sprache und Bewegung .

Achtzehntes Kapitel

Die Mütter geben oft ihren Töchtern nichts nach
Ein Pröbchen von der Fähigkeit der meinigen

Solltest du dir wohl vorstellen, lieber Leser, welches der erste Gedanke war, den ich hatte, als ich meiner Sinne wieder mächtig ward? So bin ich denn endlich zur Frau geworden! sagte ich zu mir selbst mit unaussprechlichem Wohlbehagen. Nun kann ich also sagen, was es heißt, sich ordentlich vollaufen zu lassen! Und das ist es, was meine heuchlerische Mutter zu bereuen vorgibt? Wie lächerlich kommt mir jetzt ihre Moral vor.

Tausend Küsse belohnten den glücklichen Lehrmeister, der mich jetzt so herrlich unterrichtet hatte. Ich machte eine ziemlich reich verzierte Repetieruhr von meinem Gürtel los und bat ihn, dieses schwache Unterpfand meiner ewigen Erkenntlichkeit willig anzunehmen. Anfänglich glaubte er, ich wollte ihn zum besten halten, aber es war mein voller Ernst. Er schlug sie aus; aber ich bestand darauf, und wir stritten miteinander. Endlich nahm er mein Geschenk an, aber unter der Bedingung, daß ich meinerseits mir gefallen ließe, einen schönen Diamanten anzunehmen, womit der Schelm gewiß von einer seiner Buhlerinnen beschenkt worden war, denn es war ein Damenring, den ich jedoch nur auf meinem Mittelfinger tragen konnte.

Wir verließen nun den uns teuren Pavillon. Das erste, was uns wieder begegnete, war der Baron und seine vollbusige Félicie, die einander umschlungen hielten und in einer Allee hin und her spazierten.

Die Sitzung meiner Mutter mit ihrer kleinen Durchlaucht war noch nicht beendigt. Wir schlichen alle vier auf den Zehen an ihren Pavillon. Er hatte keine dicken Wände, sondern bloß Bretter mit Baumrinde übernagelt. Es ward uns also leicht, obwohl wir sie nicht sehen konnten, ihr interessantes Gespräch Wort für Wort zu belauschen.

»Ich muß gestehen«, sagte meine Mutter, »daß es mir unbegreiflich ist, wie man in Ihren Jahren die Augen auf eine Frau von meinem Alter werfen kann.«

»Wieso, Madame?« war die Antwort. »Denken Sie doch nur an Diane de Poitiers, an Ninon de Lenclos, mit deren Alter Sie doch das Ihre noch gar nicht vergleichen können!«

»Oh, da übertreiben Sie aber mit Ihrem Lob! Wie könnte ich mir schmeicheln, den Zauber dieser außergewöhnlichen Damen zu besitzen?«

»Auch ich will gestehen, daß ich bei Ihnen den unerklärlichen Taumel nicht fühle, der an jene Damen ihre besonderen Liebhaber kettete; aber außerdem, daß Jahre nicht verderben, wo so viele Reize noch vorhanden sind, sind Sie ja auch noch kaum in dem Alter, in welchem nach Ovids Ausspruch die Damen besser als im fünfzehnten und sechzehnten Jahre verstehen, die Freuden der Liebe zu schmecken und schmecken zu lassen.«

So bekam ich also gelegentlich meinen Text dafür, daß ich hier stand und horchte!

»Sie sind schön«, fuhr der galante Lobredner fort, »und ungezwungen; Ihre Liebkosungen sind entzückend, und Ihr Umgang ist anziehend. Kurz, ich wundere mich bei Ihnen über nichts als über das unschickliche Vorhaben von Ihrer Seite, auf Vergnügungen zu verzichten, für die Sie eigentlich geschaffen sind.«

»Vielleicht«, antwortete meine Mutter halb lachend, »ist es mit dieser angeblichen völligen Bekehrung noch nicht so klar, wie Sie denken. Hätte ich das Glück, öfter einen so liebenswürdigen Jüngling, wie Sie sind, anzutreffen, so würde ich sehr fürchten, daß mein Entsagungseid ohne viele Gewissensskrupel gebrochen würde.«

Hier folgte ein kurzes Stillschweigen unter sehr feurigen Küssen.

»Himmlische Frau!«

»Mein schöner, lieber Jüngling! Nein, es ist nun genug, mein Engel!«

»Nur noch einmal!«

»Nein, sage ich!«

»Ein einziges kleines Mal nur, dann laß ich dich gehen.«

»Was für ein Einfall! Jetzt laß ich dir deinen Willen, und dann abgemattet, übersättigt von meiner alten Figur, voll Reue vielleicht, daß du mir zu Gefallen so verschwenderisch gewesen, würdest du mich verwünschen, daß ich deinen liebenswürdigen Eigensinn ohne Rückhalt benutzt hätte.«

»Dann wäre ich sehr undankbar und der Verachtung wert.«

»Oh, nimm deine Hand weg, mein Junge! Ich bitte dich – nein, nein! Darum sage ich das nicht, um etwas anderes da zu dulden. Zieh doch zurück! Höre nun auf, mein Kind! Was für ein Eigensinn!«

»Laß mich doch, mein Mütterchen! Sieh doch, fühle nur! Du siehst doch, daß es keine leere Prahlerei ist.«

»Nun, meinetwegen; ich will wohl noch einmal dieser anbetungswürdigen Reliquie die schuldige Ehre antun.«

Hier hörten wir verschiedene Küsse; dabei verhielten wir uns mucksmäuschenstill.

»Nicht so, schönste Mama! Soll ich dich denn durchaus mit Gewalt notzüchtigen?«

»Was das für eine Quälerei ist! Wenn du denn durchaus deinen unartigen Willen haben mußt, so laß mich wenigstens eine bequemere Stellung einnehmen als die vorige! Siehst du? So, wenn du willst, mein Sohn!«

Wir konnten leicht merken, daß Mama ihm den Rükken zugewendet hatte, wie die Folge noch deutlicher bewies.

»Ich hatte nicht den Mut, dich darum zu bitten«, fuhr der unternehmungslustige Kleine in einem sehr fröhlichen Tone fort, »weil ich fürchtete, du könntest den Vorschlag übelnehmen; aber ich starb wirklich fast vor Sehnsucht, deinen alabasternen Hintern ganz zu betrachten, den ich gestern nur so halb erblickte und der mir seitdem nicht aus dem Sinn gekommen ist.«

»Nun wohl, mein lieber Kleiner, so genieße denn das Vergnügen, ihn mit aller Bequemlichkeit zu betrachten.«

»Was das für Formen sind! Welche blendende Weiße!«

»Wie, du küßt ihn! Das heißt, die Galanterie ein wenig zu weit treiben. Aber was machst du denn? Sieh dich doch vor! Du irrst dich, lieber Freund!«

»Nein, wahrhaftig nicht!«

»Was machst du mir denn da? Wo glaubst du denn ...«

»Sei doch nur ein wenig gefällig!«

»Deine Absicht war doch gewiß nicht, dich dahinein zu verkriechen?«

»Absicht oder nicht, genug, ich befinde mich da sehr gut. Wenn du nur nicht böse wirst!«

»Ja, nun wäre es auch Zeit dazu. Das lustigste bei der Sache wäre es, wenn du nun glaubtest, daß ich selbst diesen launigen Einfall gehabt hätte.«

»Mir das zu versichern, würde mein Vergnügen vollkommen machen.«

»Nun, so will ich dein Vergnügen wenigstens nicht stören. Wir hatten ja keine Bedingungen festgesetzt. Ich habe mich dir nun einmal überlassen. Du hast mich belauert, und die Schuld ist mein. Aber geh wenigstens schonungsvoll zu Werke, Liebster, denn auf diese Weise habe ich seit langer Zeit nicht ... Aber im Grunde ist es doch eine richtige Schweinerei! Kannst du mir nicht zu gleicher Zeit deine Hand hierher geben? Schön so, und mich kitzeln, aber mit Zärtlichkeit! Hier! Ein klein wenig höher! Vortrefflich! Ach der Daus, du machst das wie ein Gott! Nun mach deinen Ritt nach Gefallen! Siehst du, wie weit ich die Gefälligkeit treibe, um dir recht viel Vergnügen zu bereiten!? Wie gefällt dir diese Bewegung mit dem Rücken? Oh, du lieber kleiner Schlotkehrer, ich fühle, daß dir die Knie zittern. Kommt es schon? Warte, bis ich – rühre den Finger schneller und halt mit dem übrigen etwas ein! Halt noch zurück, lieber Herzensjunge! Ich, ich fühle auch, nun rasch! Zu – – – zu – – – gleich! Lieber Kleiner, ja, ja, so ist's recht! Das ist ein herrlicher Einfall! Da, vollende es ganz! Es scheint, daß Ihro Durchlauchten sich nun nach vollendetem Klistierritt in den gewöhnlichen Fahrweg begeben haben. Wie zärtlich er zu Werke geht! Du tust Wunder! Du hast den glücklichsten Zeitpunkt gewählt. Ich empfinde alles doppelt. Ich fühle, daß ich noch einmal fertig werde. Reit, solange du nur immer kannst! Eine ganze Stunde lang, wenn es dir Vergnügen macht.«

»Kann ich bei soviel Reizen und bei solcher Gefälligkeit weniger tun?«

Da uns eigentlich nur das malerische, das darstellende Geschwätz meiner entzückten Mutter hier so lange festgehalten hatte, so bekümmerten wir uns nicht um das, was jetzt stillschweigend vorging, sondern promenierten im Garten umher. Bald nachher sahen wir unser Liebespaar zu uns kommen: meine Mutter strahlend vor Vergnügen und rot wie ein Zinshahn, den armen Kleinen etwas blaß und abgemattet, der sich indessen zwang, sich nichts anmerken zu lassen.

»Nun«, rief ihm der ausgelassene Graf zu, »ist die Stichprobe vollzogen? Kann man gratulieren?«

»Fordern wir doch nicht Rechenschaft von Eurem Tun und Lassen«, erwiderte lustig der kleine Doktor in utroque; »behaltet Eure Geheimnisse für Euch und laßt uns die unsrigen!«

»Nur eine Frage sei mir erlaubt!« setzte meine Mutter hinzu. »Ist der Herr Graf die ganze Zeit über bei meiner Tochter gewesen?«

»Ach, lieber Gott, ja, Mama!« gab ich eilig zur Antwort, aber leise mit einer verneinenden Miene. »Sie wissen ja, daß das nicht angehen kann.«

»Das ist recht gut«, versetzte sie, »denn du würdest den Tod davon haben.«

»Ja, und dann – fahre wohl, meine schöne Heirat!«

Wie man doch die arme Mutter zum besten hält!!

Neunzehntes Kapitel

Welches große Begebenheiten vorbereitet

Der Abend kam heran, und wir aßen Gefrorenes, ehe wir abfuhren, als ein Bedienter des Grafen eintrat und mit geheimnisvoller Miene lächelnd seinen Herrn beiseite rief. Die Nachricht war witzig, denn der Graf kam unter lautem Lachen zu uns.

»Ha, zum Teufel, meine Freunde«, sagte er, »die Begebenheit ist einzig in ihrer Art. Ich erfahre soeben, daß mein würdiger Oheim, gleich einem fahrenden Ritter, der auf Abenteuer ausgeht, mit einem seiner ehrbaren Kumpanen hier ankommt. Diese Herrschaften haben das Souterrain in Beschlag genommen. Dazu muß ich Ihnen sagen, daß dies ein geheimer und bevorzugter Ort ist, der teuer bezahlt werden muß und in dem sich nur die lichtscheuen Elemente verkriechen, die ihre Schändlichkeiten dem Tadel oder dem Spott der Welt entziehen wollen oder die törichte Eitelkeit besitzen, zu glauben, daß die Welt nur auf sie blickt und sie sich auch die kleinste Sünde nicht erlauben, weil sie voraussetzen, daß die Welt überall davon widertönen wird, welche oft nicht einmal weiß, daß sie existieren. – Ei, ei, mein lieber Onkel, Sie Arakus unserer Zeiten! Sie fühlen also nach Ihrem sechzigsten Jahre noch den Kitzel des Fleisches? Wir wollen doch ein wenig zusehen, wie Sie die Strenge Ihres richterlichen Amtes zu erheitern wissen. Ja, ja, das wollen wir mit ansehen, meine lieben Freunde; denn ich bin gewissermaßen hier Herr im Hause, dessen Besitzerin eine geraume Zeit in mich verliebt gewesen ist und noch, wiewohl nur selten, einige Beweise von dem guten Andenken empfängt, worin unsere ehemalige Vertraulichkeit bei mir besteht. Wir wollen also die verläßlichen Zeugen der verliebten Katzbalgereien unserer Parlamentsherren sein. Ich glaube, das wird uns großen Spaß bereiten.«

»Aber wie?« unterbrach ihn meine Mutter. »Im Souterrain? An einem Orte, der so geheim ist, wie Sie sagen, und der eigentlich darum gewählt wird, damit sogar jeglicher Verdacht vermieden werde? Wie können wir sie da sehen?«

»Gerade um besser gesehen zu werden, wiewohl ohne es zu wissen, wird der Schauplatz der Unzucht gewählt. Denn obgleich man ihn teuer bezahlen muß, so hat doch unsere Wirtin, um die Seltenheit der Kämpfe, die da vorgenommen werden, doppelt bezahlt zu bekommen, wohlweislich einen kleinen Gang mit Logen rund um diesen Kampfplatz anlegen lassen, von wo aus mittels kleiner Öffnungen, die unter der Dekoration im Innern nicht sichtbar sind, die handelnden Personen beobachtet werden können, als wenn man sie in einer Laterna magica sehen würde.

Eigentlich wurden diese verräterischen Verschläge für Leute angelegt, die in ihrer Art ebenso ausschweifend sind wie die handelnden Personen selbst. Mehr als einmal führte irgendeine alte Schrumpel ihren kaltsinnigen Pappenstiel dahin, um im Finstern eifriger bedient zu werden, wenn sich die Phantasie des jungen Buhlers bei dem Anblick einer unzüchtigen oder eingebildeten Üppigkeitsszene erhitzt hat. Oft kommt ein scheinheiliger Prälat oder Klosterbruder und schweift hier mit Hilfe irgendeiner bestellten oder durch den Zufall herbeigeführten Lustdirne seinen Liebestrichter aus. Noch öfter auch, aber da muß man hier bekannt sein wie ich, kommt man hierher, um sich an den lächerlichen Auftritten zu belustigen, denn es trifft sich beinahe niemals, daß sich Jugend und Schönheit oder Wollust und guter Geschmack in diesem Sündenkeller paaren; er ist vielmehr der eigentliche Schauplatz, wo nur schwelgende Häßlichkeit und schmutzige Ausschweifung auftreten und sich von nachgiebiger Habsucht frönen lassen.«

»Was mich betrifft«, sagte der Baron und klammerte sich an Félicie, »so gehe ich nicht in diese unterirdische Grotte.«

»Ich auch nicht«, versetzte das Kammermädchen sehr lebhaft.

»Ich auch nicht«, sagte Mama, jedoch mit weniger Entschlossenheit und mit einem Tone, der hinzuzusetzen schien: ›Man müßte mich denn sehr bitten.‹

Und das tat der Graf auch mit der größten Artigkeit.

»Ich meinerseits«, erklärte sich die kleine Durchlaucht galant, »bin willens, mich nicht von diesen Damen zu trennen.«

Ungeachtet eines zärtlichen Blicks, den er dabei auf meine Mutter warf und der sie zu dem Entschluß, mitzugehen, bestimmte, drückte der kleine Spitzbube auch mir die Hand, aber so, daß es auch der Graf, der uns zu beobachten schien, nicht merken konnte. Ich wandelte zuerst mit entschlossener Miene dem Orte zu, den uns der Graf bezeichnete. Wir bekamen alle vier gleich sehr bequeme Plätze, wir Frauen in der Mitte, der Graf zur Rechten meiner Mutter und der kleine Prinz zu meiner Linken, in einer Loge, die durch Seitenlehnen, so daß man sich darauf stützen konnte, in einzelne Sitze abgeteilt war, die sich jederzeit ganz von den anderen absondern ließen, wenn jemand die Laune anwandelte, die Seitenschirme in die Höhe zu ziehen, welche wie die Glasfenster in einer Kutsche aufgezogen und niedergelassen werden konnten.

Jeder Sitz, etwa von der Breite eines Tragsessels, war, aus leicht zu erratendem Grund, tief genug, daß man noch eine Person vor sich auf dem Schoß haben konnte. Der Boden, die Decke und die Seitenwände waren so sorgfältig verkleidet, daß es gar nicht möglich war, daß in diesem geheimnisvollen Schlupfwinkel Geräusche nach draußen drangen, auch wenn sie ohne Absicht erregt wurden.

Das unterirdische Gewölbe selbst mochte zwölf bis vierzehn Fuß im Durchmesser haben und neun bis zehn Fuß hoch sein. Ein Kronleuchter mit verschleierten Lampen, der von der sehr flach gewölbten Decke herabhing, gab dem ganzen Zimmer ein sanftes, aber im Grunde mehr trauriges als aufreizendes Licht.

Innen standen auf der Seite, wo die Logen lagen, lauter gewöhnliche Stühle, die zum Liebeskampfe nicht gerade eine sonderliche Bequemlichkeit boten; aber uns gegenüber nahm ein langes und breites Ruhebett ein Drittel des ganzen Saales ein. Dieses reich verzierte Möbel war außer seiner ihm eigentümlichen niet- und nagelfesten Polsterung mit einer Menge Kissen verschiedener Breite und Dicke versehen, welche die Kämpfer je nach Laune und eigenem Gutdünken zusammenlegen konnten. Diese Art von Sofa stand zur Hälfte in einer Art Nische, die nach oben zu einen sehr geschmackvollen Baldachin bildete, dessen in malerische Falten zurückgeschlagene Vorhänge rechts und links auf dem Fußboden von Frauenfiguren und in der Luft mit zierlich geschnitzten und mit natürlichen Farben bemalten Liebesgöttern gehalten wurden. Im Hintergrund dieser Nische hing ein sehr großer und breiter, etwas nach vorn gebogener Spiegel, den gleichfalls geflügelte Putten zu halten schienen.

Der ganze Umfang des Saales war mit Gemälden von bekannten Künstlern geziert, die alle einen frivolen oder lüsternen Auftritt zwischen Sirenen, Bacchanten, Satyrn und Lustjünglingen vorstellten. Auf dem Bild, das ich am genauesten betrachten konnte, war mit kraftvollem Pinsel ein Aegypan gemalt, der eine Ziege mit Blumen schmückte. Ein kleiner Pan hängte mit der einen Hand dem Tiere ein reiches Halsband von Perlen um und reichte ihm mit der anderen Hand Blumensträuße zum Fressen dar.

Unter dem Kronleuchter stand ein sehr niedriger antiker Tisch von grünem Marmor, von einigen dazu passenden Tabouretten umgeben, die wie fast alle Verzierungen von grüner Farbe waren, und mit einer wohlgeordneten Mahlzeit von kalten Speisen, Crèmes, Obst und Konfekt, auch mehreren Flaschen verschiedener Weine und Liköre besetzt. Alle diese Vorbereitungen, so sorgfältig und ausgeklügelt sie auch waren, hatten doch, ich weiß selbst nicht, woran das lag, etwas Frostiges. Es ist erstaunlich, wie weit gewisse Leute die Kunst gebracht haben, der Wollust die Flügel zu lähmen.

Wir hatten noch nichts von einer Tür entdecken können, als plötzlich eine von der Tapete versteckte sich öffnete und die Wirtin mit den beiden Justizbeamten hereintrat, einem Paar alter Knaben, wovon der eine lang und dürr mit einer abgezehrten Miene und der andere klein, dick und finnig im Gesicht war. Ihre Führerin, die Frau, die der Graf zuweilen glücklich zu machen nicht verschmäht hatte, war ein Geschöpf, dessen Anblick gleich ihren Charakter und ihre Talente verriet; angenehm häßlich, mit verschmitzten feurigen und blinzelnden Augen, von bräunlicher, aber glänzender Gesichtsfarbe und mit einem feinen und etwas gezierten Lächeln. Kurz, ihre Physiognomie konnte auf einen Mann von gewissen dringenden Bedürfnissen wohl die Wirkung erzeugen, welche eine gut gekochte Hausmannskost auf einen Vielfraß ausübt, der nicht nach Delikatessen lüstern ist. Diese Art von Teufelin führte mit wahrem theatralischem Anstande unsere alten Verdammten in die Hölle ein, wo sie willens waren, ihre schüchternen Seelen mit wissentlichen Sünden zu beflecken.

Als sie sich von dem kleinen Schauder erholt hatten, den die Einsamkeit und Stille des Ortes in ihnen hervorzubringen schien, verabschiedete sie sich mit Gebärden und legte den Finger auf den Mund, denn bei der ganzen komischen Einführungszeremonie war auch nicht ein Wort gesprochen worden.

Ich kann bis heute noch nicht begreifen, wie meine Mutter sich hat ruhig verhalten können, da sie die beiden Themispriester erscheinen sah, wovon der magere der Oheim des Grafen und zugleich der Sachwalter in unserem Prozesse war.

Welch ein Licht ging für sie und für mich selbst auf, so daß sie mir ganz leise ihr Erstaunen offenbarte. Es war also unser Graf, von dessen Verheiratung mit mir die Rede war! Hatten wir heute nachmittag nicht schon vor unserem Ehestand ganz artig den Tribut gezollt? Mama hatte mich mit einem Händedruck gebeten, mir nichts anmerken zu lassen, und ich hatte ihr mit einem Zeichen Gehorsam versprochen. Das unbefangene Wesen des Grafen bewies uns, daß er bis jetzt von dieser Verheiratung nichts ahnte; aber es sollte ihm nun bald klarwerden.

Zwanzigstes Kapitel

Greise in der Brunst · Sonderbare Freundschaft

Nicht wahr, lieber Leser, du bist ungehalten, daß du hin und wieder solche Kapitel antriffst wie das vorhergehende, die dir keine Auftritte von Liebesspielen und Schinkenreitereien schildern? Ich habe dich da in eine Art von Kerker geführt, in welchem du vielleicht schon ebensoviel Langeweile hast wie ich selbst. Aber wenn ich eine Geschichte schreibe, so bin ich dir Wahrheit schuldig: Hier ist sie. Überdies ist ja wohl jedermann der tausendundeiner Art zu lieben schon übersatt, wovon jedem Jahrhundert die wärmsten Schilderungen immer wieder von neuem vorgemalt werden. Aber seltener und interessanter ist doch der lächerliche Auftritt zweier Gerechtigkeitswürmer, wie du sie hier siehst: voll Arglist, Laster und Heuchelei, die ihre unordentlichen Leidenschaften mit dem Mantel der Justiz bedecken und …

Schläft aber deine Einbildungskraft ein, wenn sich ihr nicht unaufhörlich Luststengel, Venusmuscheln und Hintern darstellen, so fasse nur Mut und lies weiter; du wirst sie bald wieder die Bühne betreten sehen.

»Soll mich der Henker holen«, sagte der, welcher nicht des Grafen Oheim war, nach einem kleinen Stillschweigen mit einer groben Stimme, »wenn ich nicht im kommenden Jahr endgültig die verfluchte Präsidentenstelle dem Teufel übergebe! Wie geheimnisvoll und vorsichtig muß man nicht zu Werke gehen, um sich eine kleine Erholungsstunde zu verschaffen! Ist es nicht genug, daß ich fünfunddreißig tödliche Jahre hindurch meine Neigungen aufgeopfert, meine schönsten Tage auf dem langweiligen

Parlament zugebracht, eine mir gar nicht natürliche pedantische Ernsthaftigkeit geheuchelt und mich zu einer ermüdenden Andächtigkeit gezwungen habe, deren ganze Lächerlichkeit ich fühle, deren Ausübung aber mein obrigkeitliches Ansehen unterstützen mußte? Jawohl, es ist genug, und übers Jahr will ich, von meinen Ketten befreit, bald auf meinem Gute, bald in Paris und bald in dieser Stadt sein und den Rest meines Lebens genießen.«

Alles dies ward bei dem Verschlingen eines ungeheuren Stücks von der Pastete gesprochen. Während der Präsident darauf trank, ein Projekt auszuführen, meinte der andere:

»Ich würde Ihrem Beispiel folgen. Ich bin unseres Parlaments ebenso überdrüssig, wo junge Windbeutel große Rollen spielen und keiner mehr eigentlich weiß, was er sein oder vorstellen will; mit einem Worte, wo man nichts als dumme Streiche macht. Es wird einmal mit uns allen ein schlechtes Ende nehmen. Unser Maß ist voll und, wie ich glaube, schon am Überlaufen.«

»Ich bin ganz verteufelt begierig«, versetzte der Präsident, »meine Stelle zu verkaufen. Ich will nur noch so lange warten, bis ich meinen Tollkopf von Neffen verheiratet habe, den ich übrigens lieber seinem bösen Schicksal überlassen sollte. Indessen schmeichle ich ihm zu Gefallen der Mutter eines jungen Frauenzimmers, deren Glück und Vermögen ich nach Willkür wiederherstellen oder auf immer vernichten kann. Mein lächerlicher Neffe ist ein wahrer Taugenichts, der, wenn er unverheiratet ist, nie eine anständige Rolle in der Welt spielen kann. Auch ist das, was ich jetzt noch für ihn tun will, das letzte, auf das er von meiner Seite rechnen kann.«

Urteile, lieber Leser, ob der arme Graf sich in einer glücklichen Lage befand, als er sich mit einer solchen Lobrede beehrt sah!

»Er stürzt sich in ungeheure Schulden« – es ist immer noch sein Oheim, der spricht –, »seit langer Zeit schon läßt er sich im Glücksspiel betrügen und wird vielleicht am Ende noch ein Betrüger. Seinen Hang zum weiblichen Geschlecht will ich ihm verzeihen; Alter und Unvermögen wird ihn wohl davon zurückbringen. Aber unterdessen läuft er Gefahr, sich in das größte Unglück zu stürzen; denn wenn ich nicht wäre, so hätte der Generalfiskal schon die Ausschweifungen untersucht, die in unserem Kloster vorgehen.«

»Also ist an dem Gerücht doch etwas Wahres?«

»Jawohl, beim Teufel! Aber ich habe um vierzehn Tage Aufschub gebeten. In dieser Zeit hoffe ich den Prozeß von Madame de Montrevers glücklich zu Ende zu bringen, deren wahrer Name Pinange ist.«

Hier ging nun dem Grafen ein Licht auf.

»Pinange!« unterbrach ihn der Präsident, immer mit vollem Maule kauend, »die kenne ich. Sollte sie wohl in verwandtschaftlicher Beziehung mit einem gewissen Marquis de Pinange stehen, der nicht gerade viel taugt?«

»Sie ist seine Frau.«

»Da stiften Sie keine sonderliche Heirat, mein Freund!«

»Sagen Sie das nicht; man hat Beziehungen bei Hofe, und ich rette ihnen ein hübsches Vermögen. Wegen des guten Prozeßverlaufes kann ich mich doch auf Sie verlassen?«

»Das versteht sich! Eine Hand wäscht die andere. Wie oft haben Sie mir nicht ähnliche Dienste geleistet! Sie können auf mich rechnen wie auf sich selbst.«

»Gut! Die ins Auge gefaßte Heirat wird zustande gebracht. Die Mutter ist auch die Sünde wert! Laut Nachrichten aus Paris ist sie eine ausgemachte Buhlschwester. Wie belustigend die Gespräche für die Galerie sein müßten, läßt sich leicht denken! Aber ich habe es doch nicht dahin bringen können, daß sie mich gelassen hätte; freilich bin ich mir auch, wenn ich mit ihr unter vier Augen war, meiner Sache niemals gewiß genug gewesen, um mehr als einige Liebkosungen zu wagen.«

»Ja, ja, ich glaube es wohl, mein lieber Freund, daß es bei Ihnen schwach steht. Ihr alter Brunststengel braucht mächtig Hilfe, wenn er seine Blüte emporheben soll. Nur weiter!«

»Ich bin beinahe fertig. Diese Frau hat mich nicht in den Glauben versetzt, darauf zu schwören, daß sie so leicht zu haben ist. Wenn die Sache, die ich vorhabe, durchgefochten ist, so werde ich der Sündenhenne vorschlagen, mit mir in wilder Ehe zu leben. Ihr Gesicht gefällt mir, und zweitausend Taler Nadelgeld jährlich bei ganz freier Kost und Logis werden sie, denke ich, wohl zum Einlenken bringen.«

»Gewiß, gewiß«, antwortete gähnend der schon angetrunkene Vertraute, der noch gar nicht aufgehört hatte zu essen und zu trinken, »aber mir kommt es vor, als ließe man uns grausam lange warten!«

»Ja, auch ich fange an zu fürchten, daß heute gar nichts zu haben sein und unser Geld weggeworfen sein wird. In der Provinz ist es immer schwer, vollkommen schamlose Weiber und besonders junge Männer zu finden, die sich für unsere Art Liebe hergeben. Einzeln bringt man sie wohl dazu, aber in Gesellschaft … Doch mir wird heute das Reden sauer.«

»Und unsere Seminaristen von neulich mit den beiden grauen Schwestern?«

»Die einen wollen nicht wieder, und die anderen sind nicht frei. Mein Jacques suchte um vier Uhr noch herum, um uns anderes Wildbret aufzustöbern.«

»Oh, Ihr Jacques ist auch der ungeschickteste Bursche, den ich kenne; er betreibt unsere Schwelgereien so schlecht wie Ihre Berichte. Und was weiß er denn schon anzuschaffen? Nichts als Aktenschreiber.«

»Ja, ja, ich habe noch heute mit ihm deshalb geschimpft. Die meisten dieses Lumpengesindels sind so spindeldürre! Sie haben nicht viel zu beißen.«

»Das ist nicht der eigentliche Grund dafür, sondern daß die verwünschten Kupplerinnen, die ganz unersättlich sind, ihnen alles Mark aus den Knochen saugen. Wenn es dann darauf ankommt, daß sie bei einem wackeren Manne, der sehr gut bezahlt, den Schinkenspießer machen sollen, so machen sie ihre Sachen auch beim besten Willen von der Welt zum Erbarmen elend. Da lob ich mir einen tüchtigen Savoyarden oder einen Bauernknecht!«

»Alles gut und schön, aber dies Pack hat dagegen wieder moralische Vorurteile. Ein Schreiber bei einem Justizamtmanne hingegen, der kennt weder Scham noch Ehre. Von dem kann man für ein Spottgeld alles erlangen, was man haben will. Überdies hat mir Jacques für heute vier Geschöpfe beiderlei Geschlechts versprochen, und zwar, wenn ich richtig verstanden habe, Italiener, die hier nur auf der Durchreise sind. Wir werden ja sehen, ob sie etwas taugen; übermorgen reisen alle wieder ab, und also werden wir diesmal, wenn die Partie zustande kommt, unser Vergnügen ohne Unruhe genießen.«

»Lassen Sie uns, lieber Kollege, auf diese angenehme Hoffnung eins trinken! Ich bringe es Ihnen!«

Sie stießen mit den Gläsern an wie besoffene Handwerksburschen und leerten auf diese Weise ihre dritte Flasche.

»Ich komme wieder auf Ihre Dame Pinange zurück«, fuhr der Präsident fort, dem der Wein anfing in den Kopf zu steigen. »Warum heiraten Sie denn diese Frau nicht selber?«

»Sie vergessen, daß der Mann noch lebt.«

»Ja, das ist freilich ein kleines Hindernis! Aber warum nehmen Sie denn nicht die Tochter?«

»Zum Henker, Sie bringen mich da auf einen Gedanken, der gar nicht übel ist.«

»›Junge Pferde für alte Reiter!‹ sagt das Sprichwort. Wie alt?«

»Fünfzehn oder sechzehn Jahre höchstens.«

»Das ist gerade das rechte Alter. Hübsch?«

»Die Mutter sagt's; ich selbst habe sie noch nicht gesehen.«

»Dann wird sie wohl häßlich sein. Eine Mutter lobt allemal ihre Tochter.«

»Sehr wahrscheinlich!«

Die alten Schurken! Wäre ich unten gewesen, sie hätten mir diesen Zweifel an meinen Reizen teuer bezahlen sollen!

»Auf jeden Fall«, sagte der Präsident, »würde ich doch lieber die Tochter nehmen als die Mutter, die in Paris schon ihre Bauchrutscher Gott weiß wie oft gemacht hat.«

»Da hast du wenigstens die Mutter!«

»In Ihren Jahren bringt man zwar den Ladestock nicht mehr in ein junges Mädchen hinein, aber man betastet doch ein Paar niedliche Brüste, ein niedliches Liebesblümchen, ein Paar dralle Hinterbäckchen; man macht ein Fingerspiel und läßt sich wieder eins machen, man schlägt einen Zungentriller in der Muschel: Das ist doch immer ein lieblicher Zeitvertreib.«

»Zum Henker, Sie entflammen mich ganz schön für das Mädchen. Mein Entschluß ist gefaßt. Wenn mein Galgenstrick von Neffe nur aufmuckt, so halte ich um die kleine Pinange für mich selber an und vermache ihr mein gesamtes Vermögen. Ich will mir ohnehin meine verhaßte Haushälterin und ihren ganzen Anhang vom Halse schaffen.

Das Aas hat nach und nach mein Haus und mein Landgut mit ihrer ganzen Lumpenverwandtschaft angefüllt. Lauter Ungeziefer! Weil der Sodomsbalg vor fünfundzwanzig Jahren erträglich war und ich sie gebraucht habe, und weil die törichte Furcht vor ihrem Ausplaudern in der Öffentlichkeit, wenn ich sie entließe, mich veranlaßt hat, sie von Jahr zu Jahr zu behalten, sollte ich darum ein Narr sein, der Sklave einer Bande von Schurken zu bleiben, die mich unter ihrem Schutze ausplündern! Nein, bei allen Teufeln, nein! Ich werde mich also verheiraten! Sie haben wahrlich recht! Es geht doch nichts über einen wahren Freund!«

»Ja, mein Bester«, versetzte der Präsident mit aller Offenherzigkeit eines Zechers und setzte sogar das Glas ab, das er schon zum Munde führte, »seit der Sexta in der Schule bin ich schon dein Freund. Wir waren zusammen Schüler, Juristen und obrigkeitliche Personen, ohne jemals getrennt gewesen zu sein; wie sollten wir da nicht Freunde sein wie einst Orest und Pylades? Komm, laß uns auf unsere alte Freundschaft trinken ..., die mich denn doch nicht abgehalten hat, dich bei deinen lieben Weibern zum Hahnrei zu machen und mehr als einmal deine Haushälterin zu stemmen, über die du dich jetzt beschwerst. Aber damals war sie auch noch der Sünde wert!«

»Gut, mein Teuerster, eine Aufrichtigkeit ist die andere wert! Ich muß dir also, wenn wir schon einmal dieser engen Freundschaft gedenken, worüber wir uns Glück wünschen, sagen, daß ich vor zehn Jahren – ja, so lange wird's ungefähr her sein – im Sommer auf deinem Gute die Ehre hatte, bei deiner Gemahlin die Hälfte deiner Dienste zu verrichten.«

»He, Monsieur, Monsieur, sachte – das ist nicht möglich!«

»Und warum, mit Ihrer Erlaubnis, sollte das nicht ebenso möglich sein als Ihr gutes Glück in meinem Hause? Ich führe den Beweis. Hat die Präsidentin nicht an ihren Schambeffchen kleine hervorstehende Auswüchse wie Hahnenkämme? Und ist ihr Haar dort nicht rot wie der Schwanz eines Eichhörnchens?«

»Ha, der Teufel, der er ist! Ja, nun bin ich überzeugt, du hast sie gehabt, mein Freund. Ich habe sie nie dahin bringen können, daß sie diese Fuchsfrisur wie ihre übrigen Haare schwarz gefärbt hätte. Ich muß nun aber auch beweisen, daß ich kein Betrüger bin. Hatte deine erste Frau nicht eine Warze am Protzkasten? Na?«

»Ja, dessen erinnere ich mich.«

»Und hing der zweiten nicht der Bauch fast eine Handbreit über den Brunstwinkel herunter? Du siehst, daß ich mich darin auskenne! Komm, wir wollen auf die Gesundheit trinken, auch wenn wir uns nur sehr wenig darum scheren:

Was, der Sterblichkeit zum Trotze,
Die gesamte Welt erhält –
Vivat, was sich darauf reimet,
Und uns allen wohlgefällt!«

Nachdem sie getrunken hatten, sagte der Oheim mit einem tiefen Seufzer:

»Die Weiber, sie sind doch schändliche Kreaturen! Ja, aber sind wir besser? Wie konntest du zum Beispiel von deiner armen verstorbenen Frau, die du damals übel zugerichtet hattest, Enthaltsamkeit verlangen? Mit Tränen in den Augen zeigte sie mir damals eine Geschwulst, die sie am Hintern hatte, weil du die teuflische Gewohnheit hattest, ihr die Müllkute ohne Pomade zu kehren.«

»Nun, nun ... wird es aber zuviel! Machen wir diesen Eröffnungen ein Ende!«

»Meinetwegen, lieber Kollege! Aber was können wir für einen anderen Schluß daraus ziehen als diesen, daß, da wir einmal Hörner tragen müssen, es doch immer besser ist, daß unsere Freunde sie uns aufsetzen als ... Still, Präsident! Ich höre ... Schlüssel. Es wird aufgeschlossen. Man kommt zu uns. Unsere Gesellschaft ohne Zweifel.«

»Nur Mut gefaßt, lieber Präsident! Vor allen Dingen machen Sie nicht wieder einen Stich wie neulich bei dem jungen Mädchen!«

»Damals ahnte ich gleich nichts Gutes, und dann brachte mir mein ungeschliffener Besteiger sein Instrument so ungeschickt bei, daß ich mich wohl verletzen mußte. Aber sorgen Sie nur für sich, daß Sie sich tapfer halten; sonst nehmen Sie sich in acht.«

In diesem Augenblick trat die Gesellschaft in den Saal.

Einundzwanzigstes Kapitel

Seltsame Gestalten
Auftritte, wie sie nicht alle Tage vorkommen

Es war die Wirtin, die vier so komische Gestalten hereinführte, daß wir im Begriff waren, unsere versteckte Anwesenheit zu vergessen und einstimmig ein lautes Gelächter anzuschlagen. Zum Glück wurde die Heiterkeit, in die auszubrechen wir uns gar nicht enthalten konnten, in dem nämlichen Augenblick von dem Lärm eines kreischenden Chores überstimmt, der mit plötzlichem Knall und Schall unsere Ohren betäubte, denn die Neuangekommenen waren zwei italienische Straßenmusikanten mit ihren Geigen und zwei singende Weibsbilder mit ihrem Triangel und der Handtrommel.

Da die ganze Meute auf einmal anfing, zugleich zu blöken, zu fiedeln und zu trommeln, so erriet ich gleich, daß die Wirtin aus begründetem Mißtrauen gegen die Klugheit der unsichtbaren Galerie diesem musikalischen Gesindel empfohlen hatte, ihren Eintritt sogleich mit solchem höllischen Gelärme zu begleiten.

Diese vier Straßenmusikanten traten übrigens mit verbundenen Augen auf. Wir hatten also bis jetzt über ihre eigentliche Gestalt noch kein treffendes Urteil fällen können. Die Signorinas, die beide braun und ziemlich gut gewachsen waren, zeigten wenigstens ganz artige Brüste, die viel zu versprechen schienen, und sehr kurze Röcke gaben ihre hübschen Füße den Blicken der Zuschauer preis. Einer der Männer war als Cavalliero in ein sehr abgetragenes seidenes Kleid mit großen Blumen gehüllt, das nach dem lächerlichsten Schnitte gemacht war. Über seiner abenteuerlichen Frisur schwebte ein kleiner, mit unechten Tressen eingefaßter Hut mit einer roten Feder. Der andere, im Kostüm eines Harlekins, trug seine Karikaturenkleidung, eine schlecht ausgekämmte Perücke und eine ungeheure Doktorbrille.

Die Erscheinung dieses Aufzuges löste in dem Saale sehr verschiedene Gefühle aus. Der lustige Präsident fühlte sich gleich von einer so ungestümen Begierde zum Lachen hingerissen, daß ihm ein Teil des Weines, den er gerade hinuntergießen wollte, in die Nase stieg. Er wäre beinahe erstickt, verlor das Gleichgewicht auf seinem Taburett und fiel zu Boden wie ein Sack. Der Sachwalter hingegen, von plötzlicher Wut ergriffen, war im Begriff, die armen Blinden zu verprügeln. Die Wirtin konnte gerade noch dazwischenspringen und mit angenommener Würde den cholerischen Parlamentsherrn zur Vernunft zurückbringen, wobei sie ihn zu seinem Platz zurückführte. Die so gestörte Musik konnte nicht anders, als augenblicklich zu verstummen. Der zu Fall gekommene Präsident raffte sich auf, so gut er konnte.

»Was denken Sie sich denn, in drei Teufels Namen!« schrie der noch immer ergrimmte Sachwalter. »Sie wissen, was wir verlangt haben, und bringen uns ein Orchester! Mir, der ich alles verabscheue, was Musik heißt, und deshalb nicht einmal in Paris in die Oper gehe! Potz Dolch und Muschel, denken Sie denn, daß wir hier sind, um uns mit Dur und Moll wohl die Zeit zu vertreiben?«

Die verschmitzte Kupplerin biß sich auf die Zunge, um diesem Feind der Tonkunst nicht ins Gesicht zu lachen. Die italienische Truppe, immer noch mit einer Binde vor den Augen, drängte sich dicht zu einem Häuflein zusammen und wünschte wahrscheinlich, weit weg von hier zu sein.

Unterdessen beruhigten einige Worte der Wirtin, die wir nicht hören konnten, den alten Narren auf der Stelle. Ebenso flüsterte sie den Musikanten etwas ins Ohr, so daß einer nach dem andern durch eine tiefe Verbeugung Gehorsam zu versprechen schien; worauf sie sich entfernte. Sobald sie weg war, nahmen die alten Rechtsklempner ihre Perücken ab und bedeckten sich den Oberteil des Gesichts mit schwarzen venezianischen Halbmasken. Wir konnten nicht gerade sagen, daß sie dadurch ansehnlicher wurden. Auch legten sie ihre schwarzen Talare ab, unter welchen sie Nachtkamisöler mit Ärmeln trugen. Das Kamisol des Präsidenten war von feuerfarbenem Atlas, das des Sachwalters war zwar auch von Atlas, aber von stumpfer Gänsedrecksfarbe, daß man hätte meinen sollen, der Färber hätte die Farbmischung von dem Gesicht des Besitzers entlehnt. Jeder setzte schließlich noch über ein kleines Käppchen von Kreppapier eine schöne Mütze von schwarzem Samt auf, die mit goldenen Fransen und Schnüren besetzt war.

So lächerlich ausstaffiert, näherten sie sich der italienischen Truppe, um diesen armen »Blinden« das Gesicht wiederzugeben. Kaum konnte diese ausgelassene Jugend wieder sehen, als sie beim Anblick dieser beiden grotesken Figuren den Respekt ganz vergaßen, den man ihnen ohne Zweifel anempfohlen hatte. Die Frauen vornehmlich brachen in so lautes Gelächter aus, daß das Gewölbe dröhnte und sie vor Lachen auf die Bank niederfielen. Es war eine Art von Wunder, daß die abscheulichen Masken da vor ihnen durch diese Unehrerbietigkeit weniger beleidigt als vielmehr durch den Umstand in ein angenehmes Staunen versetzt zu sein schienen, daß sie unter den Tüchern so reizende Gesichter erblickten. Sie boten daher den Signorinas sehr aufgeräumt Erfrischungen an und baten auch die jungen Burschen, sich zu bedienen. Und nun fielen die vier Fremdlinge sehr heißhungrig über das her, womit die Tafel besetzt war.

Alles war nun erschöpft, was man bei solchen Umständen sagen kann. Wer sind Sie? Wo kommen Sie her? Wohin reisen Sie? Was verdienen Sie mit Ihrer verteufelten Musik? Und dann den Geburtsort, Namen und Alter. Lauter kleine Fragen, und die Antworten so lakonisch als möglich bei dem ansehnlichen Appetit der Gefragten und dem geringen Interesse, das ihnen die Fragenden einflößten.

Indessen war man doch nach und nach bekannter miteinander geworden. Man lächelte sich gegenseitig zu, man stieß rundherum die Gläser an, und die alten Sünder erwiderten ganz treuherzig die Prosits, die die aufgemunterten Italiener ihnen zutranken. Die eine machte endlich den Anfang – vermutlich waren ihnen die Rollen vorgeschrieben worden – und setzte sich ohne Umstände unserem Onkel auf den Schoß, streichelte ihm das Kinn und hatte den Mut, ihm einen Kuß zu geben, indem sie zu gleicher Zeit ihre gefällige Hand in die Tiefen seiner Beinkleider versenkte. Dies Mädchen hieß Lorenza, die andere, Zerbina, schien bereit, den Präsidenten ebenso liebreich zu behandeln; allein dieser, der von männlicher Wollust brannte, hatte sich schon im voraus des Cavalliero bemächtigt, dem er die Beinkleider aufknöpfte und herunterstreifte.

Es gibt ein glückliches Alter, wo nichts imstande ist, die Natur abzuschrecken. Der widerwärtige Anblick des alten Silens hielt den jungen Springer nicht ab, seine steife Männlichkeit zu beweisen, indem er überdies verstohlene Blicke auf die unbeschäftigte Signorina warf, die sich auf alle Fälle entkleidete. Sie war übrigens so spärlich bekleidet, daß sie nach Auflösung von zwei oder drei Schleifen bis auf Schuh und Strümpfen in naturalibus dastand. Sie war, man muß es gestehen, ein sehr reizendes Geschöpf.

»Bravo!« rief der Präsident, der sie erreichen konnte, küßte ihr den einen Hinterbacken und wies ihr dann den Freudenspender, der bisher seiner Untätigkeit wegen in einer großen Verlegenheit gewesen war. »Da nimm den großen Bengel und laß uns das Instrument sehen, womit er drechselt!«

»Eccolo!« sagte sie, indem sie gehorchte und wir in dem Augenblicke aus den Beinkleidern des Potamico einen Speer herausfahren sahen ... oh, welch ein Speer war das! Fast gab er dem des liebenswürdigen Grafen nichts nach. Überhaupt war dieser junge Italiener ein recht netter Bursche. Seitdem er die Perücke und die Brille abgelegt hatte, sah er ganz anders aus. Wir bewunderten die Regelmäßigkeit seiner Gesichtszüge, die einfach, aber nicht roh waren. Besonders bewunderten wir sein überaus angenehmes Lächeln, das von natürlichem Frohsinn zeugte und uns Zähne von makelloser Weiße sehen ließ.

Der Cavalliero, der sich Silvio nannte, mußte besonders in den Augen der Männer wenigstens ebensoviel wert sein wie sein Kamerad. Sein Körper hatte etwas Weibliches, er war weißer und ebenso glatt, als jener behaart war; ich für meinen Teil hätte willig mit ihm vorliebgenommen. Jedoch war er nur mit einem ganz gewöhnlichen Schaft versehen. Aber muß man denn auch immer Wunder verlangen?

Zerbine, welcher der Präsident den Hintern geküßt hatte, war ein Prachtstück durch ihre starken Glieder; ihr fehlte nur noch etwas mehr Wuchs und Weiße, um es mit den körperlichen Vorzügen unserer Félicie aufzunehmen. Was Lorenza betrifft, die noch nicht ausgezogen war, so konnten wir nichts von ihr als ein Paar wohlgeformte stramme Beine und ein Paar niedlicher Schenkel sehen, zu deren Anblick uns die Geschäftigkeit unseres Onkels verhalf, der ihr am Blümchen spielte. Nach dem verführerischen Ganzen zu urteilen, konnte man wohl voraussetzen, daß sie wenigstens ein ebenso lockender Bissen war wie Zerbine. Ich bemerke, vielleicht ein wenig zu spät, lieber Leser, daß so viele solcher Schilderungen dich ermüden, ohne dich zu erregen. Aber höre mich nur an! Ich schreibe hier kein Buch, ich plaudere mit dir, ohne auf etwas Anspruch zu erheben. Mein Kopf ist voll von Bildern, deren Anblick mich ergötzt hat, weil jeder Auftritt beim Liebesspiel, er sei nun galant oder lächerlich, mich interessiert und sich meinem Gedächtnis einprägt. Es ist meine Erinnerung, die ich hier für dich aufs Papier bringe, und ich gebe dir eine getreue Schilderung von dem, was ich empfinde, ohne es auf mich zu nehmen, dich zu gleichen Empfindungen hinzureißen.

Ertappst du mich, wie es in den letzten Kapiteln wohl der Fall war, über der Erzählung von Dingen, die dir unnütz scheinen, so überschlage geschwind ein Dutzend Blätter. Jetzt aber ist nicht mehr Zeit dazu, denn wir werden nun endlich unsere alten Sündenböcke den Endzweck ihres geheimen Aufenthaltes erreichen sehen.

Da indessen das, was sie vornehmen werden, weder appetitlich noch schön ist, so kannst du, wenn ich es recht bedenke, auch jetzt dies sündliche Gewölbe verlassen. Bleibst du demungeachtet da, so wappne dich mit Geduld und lies das hier folgende Kapitel mit einiger Nachsicht für die Verfasserin.

Zweiundzwanzigstes Kapitel

Komische Kämpfe dem Priapus zu Ehren · Wetten
Wer die Musik bezahlt, ist nicht immer der beste Tänzer

Obgleich die reizende Lorenza den alten Löffelstiel des Sachwalters in der Hand hatte und ihn so schnell wirbelte wie einen Quirl in der Schokoladenkanne, so gab er doch noch kein Lebenszeichen von sich. Zerbine war etwas glücklicher bei ihrem Präsidenten, der sie zu Hilfe gerufen hatte und seine sehr unbeträchtliche Nudel ihrer Handhabung überließ, währenddessen er dem Silvio unter vielen Liebkosungen die Hinterbacken und die ganzen Niederlande auf das neugierigste betastete. Trotz dieser geteilten Achtsamkeit bot Zerbine zu allem, was man verlangte, die Hand mit der größten Willigkeit.

Sie saß rittlings auf dem Schoße des Präsidenten und rieb in dieser Stellung den bläulichen Kopf seines ausgelutschten Spargels, gleichsam um ihn zu elektrisieren, an den Beffchen ihrer Spalte. Sie ging sogar so weit, mit dem Anschein des Vergnügens den unbedeckten Teil von dem kupfrigen Gesichte des alten Sünders zu küssen, der von seinem guten Glücke bezaubert war und sich beinahe schmeichelte, ihr zu gefallen.

Der neidische Sachwalter sah mit einigem Unwillen, daß sein Kollege so gut behandelt wurde. Lorenza bezeigte nicht soviel Eifer, war aber auch sehr zu entschuldigen, daß ihre Einbildungskraft nicht Feuer fing, da das Spiel ihrer Hände nicht die geringste Wirkung zeigte. Solchergestalt bemerkte nun unser Onkel sehr gut, daß das Spiel ungleich war. Er flüsterte also Lorenza etwas heimlich zu, das sie nicht gleich verstand, oder wenigstens stellte sie sich so. Nach dem zweiten Zuflüstern stand sie auf, nahm den Potamico zur Seite und raunte ihm dicht vor unserer Loge etwas ins Ohr.

»Perchè no?« erwiderte der Harlekin ganz deutlich, und auf den zweiten Antrag, denn es war hier, wie wir gleich sehen werden, von etwas sehr Zweideutigem die Rede, antwortete er »sicuro« und führte Lorenzas Hand auf seinen drohenden Spieß, den die Spitzbübin ihm, wie ich deutlich sehen konnte, mit dem schmeichelhaftesten Entzücken drückte. »Basta, pagherà!« war der Schluß dieser schmutzigen Unterredung. Lorenza drückte nun, was wir allein bemerken konnten, einen heißen Kuß auf den Mund des glücklichen Harlekins, und beide näherten sich, Hand in Hand, dem Sachwalter.

Was nun folgt, lieber Leser, kann dir nichts anderes als einigen Ekel verursachen, und ich muß gestehen, daß die Galerie, die doch aus Zuschauern bestand, die vielleicht unempfindlicher gegenüber solchen Szenen waren als du, bei dieser Handlung selbst alles andere als angenehm von dem berührt wurden, was ich dir jetzt berichten will.

Lorenza, die im Nu nackt war, warf sich rücklings auf die Bank, Kopf und Hüften von einer doppelten Reihe Kissen in die Höhe gestützt, hob ihre Füße empor, spreizte die Schenkel und präsentierte so ihre Liebesspalte von ziemlich niedlicher Beschaffenheit, die der schwärmerische Sachwalter kniend mit der Zunge zu kitzeln begann.

Nichts war natürlicher, aber mit Erstaunen und Unwillen sahen wir zugleich den mutigen Potamico seinen schönen, stolzen, rüstigen Speer einlegen und, das war zum Übelwerden, in den magersten, dürrsten, olivfarbigsten und abscheulichsten aller Hintern versenken. Ja, es ist keine Lüge, dem Sachwalter wurde vollkommen und in gehöriger Tiefe der Schinken angeschnitten.

Vor der Schaubühne ergreift uns ein Schauer, wenn wir den liebenswürdigen Robert im Begriff sehen, sich in die

Arme der alten Urgelle zu werfen, und hier war es ein alter Parlamentsschächer, der in vollem Ernst von einem schönen zwanzigjährigen Jüngling bedient wurde. Hatte der arme Potamico gleich nicht die Ehre, ein Ritter zu sein, so verdiente er doch wirklich, ebensoviel Interesse einzuflößen wie der reizende Robert. Kaum war diese Gruppe im Gange, als Silvio auf das Verlangen des Präsidenten zu Lorenzas Kopf niederkniete, seinen Hintern in die Höhe reckte und sein Gesicht über das Lorenzas hinbog, so daß sie entgegengesetzt einander küßten. Und nun kam der dicke Präsident in eine günstigere Lage, die er Zerbinens Geschicklichkeit zu verdanken hatte, und brachte dem armen Silvio seinen Speer bei, so gut er konnte, denn seine Wamme war so dick und seine Hohlflöte so kurz und dünn, daß es mir vorkam, als wenn diese Vereinigung unmöglich vollständig vor sich gehen könnte. Aber die gefällige Zerbine half bewunderungswürdig zum Eindringen durch das geschäftige Spiel ihrer Finger und durch alle nur ersinnlichen Handlangerdienste.

Kurz, alles war im Gange. Lorenza, die wenigstens mit der Zunge gekitzelt wurde und überdies von den Küssen eines hübschen jungen Mannes Feuer fing, schien Wohlbehagen daran zu finden. Der garstige Zungenkitzler hatte gewiß viel Vergnügen, da er an einer so frischen Zwetschke sog, während ein auserlesener Lustwecker ihn mit einem kräftigen Hintertreffen beehrte. Indessen sahen wir noch immer seinen schwarzen Gänsehals ohne Haltung hin und her schlottern. Den armen Harlekin bedauerten wir alle von ganzem Herzen. Zu welchem Geschäfte mußte er sich auch hingeben! Wieviel Bilder mußte er in seiner Phantasie und in seinen Nerven zu finden wissen, um einen so widerwärtigen Kampf in Ehren zu bestehen!

Was den Dickbauch betrifft, der von Natur mehr Gaben zum Genuß liederlicher Freuden hatte, so war derselbe im siebenten Himmel. Er beschwulte den Silvio, wurde von Zerbinens Finger bis zur Raserei elektrisiert und wieherte vor Wollust, daß das Gewölbe davon widerhallte.

Gern will ich meinen Lesern gestehen, daß alles dies in der Erzählung viel verliert und daß die flüchtigste Zeichnung von der Hand eines Caravaggio die Schönheiten dieser gewiß nicht alltäglichen Gruppe weit anschaulicher darstellen wird.

Die erste Gruppierung dauerte beinahe eine Viertelstunde, denn unsere Parlamentsherrn brauchen mehr Zeit zum Fertigwerden als ein paar muntere Sperlinge. Sobald sich diese Gruppe aufgelöst hatte, eilte der glückliche Präsident zu den Flaschen und ließ volle Gläser herumgehen. Der andere aber, der von allem, was vorgegangen war, weiter keinen Nutzen gehabt hatte, als daß seine weiche Nudel endlich anfing sich zu erheben, wollte seine Kosten nicht umsonst angewandt haben und eilte, diese Zwischenszene zu unterbrechen.

Der kleine Flatterer übergeht mit wahrem Undank seine so gefällige Lorenza, ergreift ohne Umstände die arme Zerbine, drückt sein häßliches Skelett an diesen weißen schwanenweichen Körper und will mit ihr auf den Kampfplatz der Wollust fallen. Das beherzte Mädchen lacht zwar über diese Anwandlung männlicher Kraft, der sie schon mißtraut, läßt sich aber doch zur Ausführung herab; sie legt sich zurecht, spreizt die Schenkel und läßt alles mit sich machen, was man will. Und so wird sie dann ... enttäuscht! Im Interesse der Wahrheit müssen wir aber doch sagen, daß der alte Sprengwedel, indem er sich aus der halbangebohrten Spalte aus Mangel an Kraft zurückzieht, vor der Tür noch einen Tribut zurückläßt. Dies schlossen wir aus der Sorgfalt, womit die Beleidigte sich abtrocknete und dann dem schlappschwänzigen Beleidiger ins Gesicht lachte. Wie triumphierte nun der Präsident! Wie lächerlich war der Sachwalter! Er, der vorher über einen solchen Fehlschuß mit seinem Freunde so ungesalzenen Scherz getrieben hatte! Dieser, der nun volle Genugtuung hatte, hielt sich den Bauch vor Lachen und ließ nun seinem Spott freien Lauf.

»Wie kann man«, sagte er, »einem so bezaubernden Geschöpfe einen solchen Schimpf antun?«

»Du hast gut reden; ich möchte dich wohl dabei sehen!«

»Mich? Ich wette zehn Louisdor, daß ich ihr augenblicklich statt deiner Revanche geben will, auch wenn ich schon mein Stück Arbeit vollendet habe.«

»Zehn Louisdor nicht, aber fünf als Gewinn für das Mädchen, daß du nicht glücklicher sein wirst als ich. Ich weiß nicht, ob die Schuld an ihr oder an mir liegt; aber ich glaube, es ist sehr schwer, sie zu bedienen; wenigstens gehören andere Werkzeuge dazu als die unsrigen, um diesen Platz zu behaupten.«

»Hol mich der Teufel«, rief der Präsident voll Mut, indem er sich den Rest aus der Flasche eingoß, »es gilt schon! Fünf Louisdor! Hundert wollte ich wetten, wenn es nicht unanständig wäre zu wetten, wenn man seiner Sache gewiß ist. An uns beide also, meine schöne Zerbine!«

Mit diesen Worten streckte er sie mit der Dreistigkeit eines jungen Mannes aufs Lager, wiewohl mit einer nicht sehr eindeutigen Spannung seiner Waffen, die seine stolze Gaskonade nicht ganz zu rechtfertigen schien. Das erste Hindernis war der Schmerbauch. Sein kurzer schwacher Speer langte kaum bis an den Rand, und der Anfang war einer von den schlechtesten. Zerbine indessen ist so gelenkig, weiß sich so gut zu biegen und hat so geschickte Finger, daß es ihr endlich gelingt, den mittelmäßigen Schlauch, seiner mißlichen Spannung ungeachtet, in ihre Spalte zu bringen.

»Da bin ich … ich bin drin!« ruft der übermütige Präsident. »Das Geld ist schon mehr als zur Hälfte gewonnen.« Er stochert und schwitzt wie ein Braten.

»Allegro, Signore! Su, su, più presto!« feuert ihn Zerbine an.

»Su, su, du selber!« versetzte unser Held verdrießlich, weil er glaubt, daß sie ihn verspottet. »Rühre deinen Hintern und schwatze weniger!«

»Per servirlo!«

Und nun, ohne ein Wort zu sagen, verarbeitet sie den armen Wicht so mächtig, daß er beim vierten Ruck aus dem Sattel geworfen ist. Er versucht den Nagel wieder einzuschlagen, aber vergebens; der Zauber hat ein Ende. Es mochte nun Geiz sein oder die Furcht, sich lächerlich zu machen, genug, den Präsidenten hatten all seine Kräfte verlassen; seine fünf Louisdor waren nicht mehr zu retten.

»Und wenn schon!« meinte da Lorenza, die bis dahin keine große Rolle in diesem schmutzigen Schauspiel gespielt hatte und auch gern zu ihrem Vorteil etwas von der Wette haben wollte. »Ich muß mich nur der Sache annehmen, damit der Signor sein Geld wiedergewinnt. Ich finde einen eigenen Geschmack an diesem dicken Bacchusbruder und bitte um Erlaubnis, eine Probe mit mir zu machen.«

»Vopp, mein schönes Kind!« erwiderte der schwelgerische Dickbauch und lebte durch diese Aufforderung, die seiner unheilbaren Eigenliebe schmeichelte, ganz von neuem auf. »Aber hör einmal!«

Und nun flüsterten sie einander ins Ohr.

»Si, Signore«, antwortete die liebenswürdige Lorenza ganz laut, »così faremo! Potamico!«

»Che cosa?«

Und so wird also der Harlekin zu der kleinen Beratung mit zugezogen. Es kam darauf an, wie der Erfolg kurz nachher zeigte, den gefälligen Potamico zu bereden, daß er dasjenige zugunsten des Präsidenten wiederholen möchte, was er dem häßlichen Sachwalter in so galanter Weise zu Gefallen getan hat.

»Diavola!« sagte anfänglich der arme Junge und kratzte sich hinterm Ohr. Aber nach einem bezaubernden Wink von Lorenza und nach dem, was aus der Hand des Wettenden in die seinige fiel, fühlte er sich auf einmal bereit dazu. Alle Skrupel und Schwierigkeiten waren vergessen. Es wurde also von neuem zur Wette aufgefordert und neues Geld aufs Spiel gesetzt.

Sofort setzte Lorenza ihr Fingerspiel in Bewegung, um den Gegenstand der Wette wieder zum Leben zu erwekken und dies mit größerer Geschicklichkeit anzufangen, als es die zu nachlässige Zerbine getan hatte. Lorenza hätte mit ihren niedlichen Händen, mit ihren funkelnden Augen, mit ihrem wollüstigen Lächeln und mit ihren Küssen wohl einen geknickten Ast zum Stehen bringen können. Sobald sie ihrer Sache einigermaßen sicher ist, nutzt sie die gemachte Erfahrung, daß man, auf dem Rükken liegend, mit diesem Dickwanst nichts anfangen kann, der überdies, wie sie glaubt, als echter Schinkenspießer, immer einen Hintern vor sich haben muß. Sie bietet sich ihm also von hinten dar und überläßt es ihm, seine Laufbahn selbst zu wählen.

Er begibt sich zwar, was verwunderlich ist, in die natürliche, weil er aber in derselben seine Sache sehr schlecht macht, da seine mickrige Hohlflöte die Spalte nicht füllt, so verweigert ihm Lorenza, der der Gewinn der Wette sehr am Herzen liegt, mit vieler Geschicklichkeit das Knopfloch und bringt zugleich seinen Pflock in die benachbarte Öffnung, die besser zu seinem Maße paßt. Zugleich verrichtet Potamico seinen beschwerlichen Hofdienst mit solchem Eifer, als wenn er den schönsten Knaben bestiegen hätte.

Wie glücklich muß sich der abscheuliche Dickwanst fühlen, der so zwei seiner Lieblingsfreuden zugleich genoß. Er konnte nun seine Wette nicht mehr verlieren. Der Zauber ist vollendet. Er rollt die Augen, er ist außer sich – seine Lustbrühe ergießt sich – der Beweis davon perlt an der Spitze seines Winzlings, der, um seinen herrlichen Triumph nicht zu übertreiben, sich unter das weite Abdach des Wanstes zurückzieht, und so hatte dieser Auftritt ein Ende.

Lorenza bemächtigte sich des Goldes und will dem hilfreichen Potamico die Hälfte geben.

»Nein, Signorina«, sagte der Sachwalter, indem er sie zurückhält und sich sehr gut dabei benimmt, »Sie haben diese Kleinigkeit sauer genug verdient; behalten Sie alles! Aber weißt du wohl, mein lieber Präsident, was wir nun tun müssen? Wir wollen den jungen Burschen jeder fünf Louisdor geben, und sie sollen uns zum Schluß das Schauspiel geben, indem sie in unserer Gegenwart die beiden Mädchen zurechtmachen. Sie werden mehr Ehre einlegen als wir.« Statt aller Antwort umarmte der schwelgerische Präsident den Sachwalter für diesen glücklichen Einfall. Auf den ersten Wink hatte sich der starke Potamico, trotz seines zweifachen Ritts a posteriori, auf die verführerische Lorenza geworfen, und Zerbine fiel unter den reizenden Silvio.

Himmel, war das ein Liebeskampf! Wieviel Feuer, Gewandtheit und Anmut! Man weiß, daß die Liebe für die Italiener das schönste Geschenk der Natur ist. Die Franzosen, sagen sie, fühlen dabei nur fleischliche Lust, aber wir das Entzücken des Himmels.

Indem sich nun diese beiden Paare, welche vortrefflich anzusehen waren, für ihre vorherigen Widerwärtigkeiten so angenehm entschädigten, war es ein Vergnügen, unsere Graubärte zu beobachten, die dabei umhergingen, ihre Augengläser auf die intimsten Stellen richteten und ihre welken Stengel bald schüttelten, bald an den Schenkeln der Kämpfenden rieben, als wenn es möglich gewesen wäre, dadurch bei ihnen eine Auferstehung zu bewirken.

Aber mit der Zeit geht einmal alles zu Ende. Die Italiener, nachdem sie sogar die Unterlagen gewechselt hatten, welches sie noch als Zugabe und bloß zu ihrem eigenen Vergnügen taten, erholten sich wieder völlig bei Tische. Das Geld wurde ausbezahlt, und die wieder angekleidete Truppe, im Besitz einer Summe, die sie mit ihrer verteufelten Musik nicht in sechs Monaten erworben hätte, segnete ihre liederlichen Wohltäter.

Auf ein Zeichen mit der Glocke erschien die Wirtin, band ihnen die Augen wieder zu und führte sie hinaus. Die alten Sündenböcke legten ihre Larven ab, kleideten sich wieder an, gingen als würdige Magistratspersonen von dannen und wünschten sich Glück, einen der schönsten Abende ihres Lebens genossen zu haben.

Dreiundzwanzigstes Kapitel

Vortreffliche Politik · Félicies glückliches Los

Als diese alten häßlichen Darmputzer fortgegangen waren, verließen auch wir unsere Loge und wunderten uns bei unserer Zurückkunft in den Pavillon, wo wir den Baron und Félicie wiederfanden, nicht wenig, daß es schon zu spät war, um in unser Kloster zurückzukehren.

»Was fangen wir nun an? Wo bleiben wir?«

»Alle miteinander hier, wo wir sind«, antwortete ohne Bedenken der allzeit höfliche Graf.

»Das können wir nicht«, versetzten seine Freunde, »denn wir sind heute abend verabredet und können, ohne unhöflich zu sein, unser Wort nicht brechen. Darüber hinaus müssen wir uns noch umziehen.«

»Um so schlimmer! Indessen tun Sie sich keinen Zwang an, ich wünsche Ihnen eine glückliche Reise! Aber Ihnen, meine Damen, habe ich noch viele wichtige Dinge zu sagen, und Sie werden selbst eingestehen, daß es die Vernunft und Klugheit erfordert, daß Sie weder heute abend noch jemals Ihr Kloster wieder betreten.«

»Wie, einfach desertieren? Welch ein Skandal!«

»Welch erbauliches Beispiel vielmehr! Dies ist der rechte Ausdruck. Hören Sie mir nur zu!«

Er klingelte, um uns in ein bequemes Zimmer führen zu lassen, und forderte Schreibzeug. – Was mochte er damit bezwecken? Was konnte dieser Tollkühne, der meiner Mutter trotz der erneuerten Vertraulichkeit noch immer verdächtig war, für einen neuen Plan ausgeheckt haben? Indessen ist alles vorbereitet, und wir sind im Zimmer.

»Ich werde diktieren, Madame; seien Sie so gütig und nehmen Sie die Feder.«

»Aber kann ich nicht vorher wissen ...?«

»Es ist ein Schreiben an die Äbtissin. Schreiben Sie nur, ich bitte Sie; und wenn der Inhalt dieses Billetts nicht Ihren Beifall findet, so werfen wir es gleich ins Feuer.«

»Nun, meinetwegen denn!«

»Ehrwürdige Mutter!
Es gehen in dem Ihrer Aufsicht anvertrauten Aufenthaltsorte der Unschuld und Frömmigkeit höchst ärgerliche Dinge vor, wovon Sie wahrscheinlich nichts wissen.«

»Aber Graf, Sie sind ja nicht gescheit! Sie setzen ja meine Tochter und mich selbst der Beschimpfung aus.«

»Dies würde der Fall sein, wenn wir die einzigen Schuldigen wären; jetzt aber wird der wollüstigen Äbtissin selbst der Kopf heiß werden, wenn sie sieht, daß dasjenige bekannt ist, was sie für sehr geheim hielt. Sie wird überzeugt, daß, wenn auch nicht sie, es wenigstens ihre Mitschuldigen sind, die auf der Tat ertappt worden sind und angeklagt werden. Und nun belieben Sie weiterzuschreiben:

»Es ist nicht möglich, daß eine Frau, die auf Ehre hält und ihre Tochter gut erziehen will, an einem Orte bleiben kann, den die unvorstellbarsten Ausschweifungen beflecken. Morgen wird jemand kommen und meine Sachen abholen. Ich hege die Hoffnung, daß bei diesem heilsamen, von mir gegebenen Winke und bei der Partei, die meine Ehre mich ergreifen läßt, kein Widerspruch und keine weitere Nachforschung mich nötigen wird, meine Beweggründe öffentlich bekanntzumachen: Es wird also darauf ankommen, wie man sich in Ihrem Kloster gegen mich benehmen wird, denn danach werde ich meine Maßregeln treffen, denen ich gerne alle mögliche Schonung auferlegen möchte, um Ihnen, ehrwürdige Mutter, die nötige Achtung zu beweisen, womit ich die Ehre habe zu sein usw. …

Und nun zeichnen Sie recht deutlich mit Ihrem Namen: Marquise de Montrevers.«

»Genehmigt!« rief meine Mutter, und der Brief wurde gleich abgeschickt.

Nach Erledigung dieses Briefes konnte meine Mutter sich nicht enthalten, über diesen Schelmenstreich zu lächeln, von welchem sie so gut wie ich fühlte, wie hart er ins Wespennest treffen würde. Mit welcher Gewandtheit zog nicht hier der Graf sich selbst und uns zugleich aus dem Handel. Er war seines Klosterglückes überdrüssig und mußte eine Entdeckung befürchten, und bei seinem Onkel stand er auch nicht im besten Ansehen, davon hatte ihn die ehrenvolle Erwähnung seiner Streiche in dem unterirdischen Gewölbe überzeugt. Diesem Gewitter so zu entgehen war von ihm ein Meisterstreich. Mama konnte sich nicht enthalten, ihm zur Belohnung um den Hals zu fallen, und ich hielt mich als seine zukünftige Braut noch mehr berechtigt, mir die gleiche Freiheit zu nehmen.

Félicie wollte erst recht nicht zurückstehen.

»Allerliebster Graf«, rief sie und erstickte ihn fast unter ihren Liebkosungen, »nimm hier mein ganz besonderes Dankopfer an! Für mich bist du kein bloßer Sterblicher, sondern wirklich eine allmächtige und wohltätige Gottheit.«

Dies übertriebene Kompliment hörte auf, unsere Verwunderung zu erregen, als das vor Freude ausgelassene Kammerkätzchen uns erzählte, daß der in sie unsterblich verliebte Baron ihr den Vorschlag gemacht, sie auf seinen Reisen in Männerkleidern mitzunehmen, wobei er sie in eine sehr vorteilhafte Lage versetzt und versprochen habe, vor seiner Abreise eine Summe Geldes zu hinterlegen, die sie abheben konnte, wenn sie es überdrüssig wäre, in seiner Gesellschaft weiterzuleben. Daß solch verführerischer Vorschlag angenommen wurde, ist gar keine Frage.

Wir schlossen daraus, daß Félicie das lange Alleinsein mit ihrem Galan gehörig benutzt und diesem ehrlichen Deutschen wahrscheinlich ihre drolligen Begebenheiten erzählt, auch ihre Liebestalente in mehr als einer Art erprobt hatte. Es gibt viele auf Kavalierstour befindliche Deutsche oder andere Fremde, die, um sich nicht mit einer Beischläferin zu belästigen, gern mit einem hübschen Jokei vorliebnehmen. War es also nicht ein erwünschter Fund für den zweispurig liebenden Baron, sich in einem so reizenden Geschöpfe wie Félicie der Annehmlichkeiten und des Genusses von gemischten Gefühlen zu versichern?

Unterdessen wird festgelegt, daß wir die Nacht bei Madame Gaillard zubringen wollen, so hieß die gefällige Besitzerin dieses Hauses, das eigentlich nur ein gemeines Wirtshaus, auch wohl ein ganz gewöhnliches Bestellungshaus war, wo man aber auch, wenn es verlangt wurde, sehr herrlich und bequem wohnen konnte. Unser Hunger war nicht gerade groß; der Graf bestellte also nur wenige, aber feine Speisen und zum Beschluß einen Punsch von Champagnerwein.

In der Zeit bis zum Abendessen tat uns der Graf den Gefallen, unsere Neugier zu stillen und uns die Geschichte seiner nächtlichen Streiche im Kloster zu erzählen, wo er so gut bekannt zu sein schien, als man nur immer in einem öffentlichen Hause sein kann.

Vierundzwanzigstes Kapitel

Liebesgeschichte des Grafen mit einer hübschen Äbtissin
Angenehmer Irrtum der letzteren

Ich muß Ihnen sagen, meine schönen Freundinnen, daß ein wahrer Petit-maître im Schleier Äbtissin Ihres Klosters ist. Das Opernhaus würde stolz darauf sein, ein so freundliches Gesicht und eine so gute Gesellschafterin zu besitzen. Eulalie, so heißt sie, ist von vornehmer Geburt und gar nicht für das Kloster gemacht; sie war aber noch weniger dazu geschaffen, die Frau eines häßlichen und ungehobelten Krautjunkers zu werden, mit dem man sie in ihrem siebzehnten Jahre verheiraten wollte. Sie entschloß sich zu einem Streich, entfloh aus dem väterlichen Schlosse, flüchtete zu den Bernhardinerinnen und band sich durch Gelübde, die sie nachher ohne Unterlaß verwünscht hat.

Im Alter von fünfundzwanzig Jahren erhielt sie diese Abtei. Aber weder die Ehre noch der Wohlstand, die sie mit dieser Pfründe genoß, konnten sie darüber trösten, daß sie ihre schönsten Jahre so aufgeopfert hatte. Das heimliche Feuer des wollüstigen Temperaments hatte sie fast verzehrt, künstliche Liebeströster, zu welchen sie ihre Zuflucht nehmen mußte, nagten an ihren Reizen und an ihrer Gesundheit; von Vapeurs gequält, dahinwelkend, halb erstorben, erschien die trotz allen diesen Dingen noch immer bezaubernde, reizvolle Eulalie vor etwa drei Jahren im Bade zu Plombières, wohin ich einen alten Verwandten aus Höflichkeit begleitet hatte und der mir diesen Dienst schlecht vergolten hat, denn er ist gestorben, ohne mir einen roten Heller zu vermachen.

Eine sonderbare und plötzliche Sympathie verband mich sogleich mit der liebenswürdigen Äbtissin. Unsere

Bekanntschaft wurde bald herzlich, daß, um Ihnen nichts zu verschweigen, ich so glücklich war, ihr ein Kind zu machen, welches, unter uns gesagt, nicht eines von den schlechtesten Mitteln ist, welches den Damen, die an Vapeurs leiden, im Bade heilsam sein kann. Ich will Ihnen mit der weitläufigen Erzählung unserer zahllosen Vergnügungen und Widerwärtigkeiten nicht beschwerlich fallen. Es ist genug, wenn ich Ihnen sage, daß Eulalie nach überstandener, ziemlich glücklicher Entbindung, und als sie nun nach der Abwesenheit eines Jahres wieder in ihr Kloster zurückkehren sollte, nicht das Herz hatte, sich von mir zu trennen. Sie schlug mir unaufhörlich vor, ich sollte Damenkleider anlegen und mich mit ihr in der Gestalt einer jungen Demoiselle von Stande in ihr Kloster begeben, die es versuchen wollte, ob die bei ihr aufkeimende Berufung zur Nonne von rechter Art wäre.

Ich bin von Natur aus ein wenig zu weltlich gesinnt, als daß ich mich darauf hätte einlassen können, eine solche Komödie zu spielen, die mir äußerst zuwider war. Aber Eulalies Glück oder Verzweiflung stand auf dem Spiele; der Genuß ihrer Reize fesselte mich noch, ich gab also nach und kam, um mich mit ihr in den traurigen Klostermauern einzusperren.

Wenn der Mensch sich in Schranken zu halten wüßte, so hätte ich mich für den glücklichsten Menschen auf Erden halten müssen. Es ist etwas Seltenes, von einer so temperamentvollen und wollüstigen Frau in solchem Grade geliebt zu werden, wie ich es wurde. Eulalie machte einen Abgott aus mir, aber mein unseliger Hang zu Ausschweifungen war schuld daran, daß ich mitten im Schoße des reinsten Glücks Einförmigkeit und Langeweile fand.

Obgleich Eulalie seit ihrer Niederkunft wieder so blühend und schön wie nur je geworden war und die reizendsten ihrer Nonnen weit übertraf, so reizten sie doch alle, selbst einige Muster der Häßlichkeit, meine ehrgeizigen Begierden; sie nicht genießen zu können machte mich unglücklich, und so verlor der Besitz eines Gutes, das ich ungeteilt genoß, bei mir seinen ganzen Wert.

Kaum waren drei Monate verflossen, als mein geheimes Liebesabenteuer mir schon unerträglich wurde. Da ich aber zu ehrlich dachte, durch irgendein Aufsehen Eulalies guten Namen in Gefahr zu setzen, so verbiß ich meinen Kummer, beschwor aber in meinem Herzen, die erstbeste Gelegenheit zu ergreifen, um mich einer so unerträglichen Sklaverei zu entledigen.

Die Zeit des Karnevals kam heran, wo selbst in der Provinz alle Arten von Liebesfreuden zu haben sind. Sollte ich diese Zeit in einer finsteren, frommen Klause verleben? Ein Teil meiner Verwandtschaft wohnte in den benachbarten Gegenden um die Stadt. Da gab es Schmausereien und manchen Ball. Tanz, Musik, Schauspiele und Frauen liebte ich bis zum Wahnsinn. Alle Welt sollte an diesen Freuden teilnehmen, nur ich nicht?

Eines Morgens bei einem einsamen Spaziergang in dem entlegensten Teil des Gartens fällt mir auf einmal eine Art von Aushöhlung am Fuße einer alten Mauer in die Augen, die von unten bis oben mit Efeu und wildem Wein bewachsen war. Ich näherte mich dieser Öffnung, bog etwas vom Laub zur Seite, das sie zum Teil verdeckte, und sehe, daß es eine Art von Bogengang und bis an die Wölbung mit einem eisernen Gitter verschlossen ist. Ich nehme die Eisenstäbe in die Hand und fühle, daß die drei mittleren lose sind und mit leichter Mühe ausgehoben werden können. Jetzt wird es mir klar, daß dies ein fleißig gebrauchter Ausgang ist, wie die lockeren Stäbe und die stark abgetretene Schwelle deutlich bewiesen.

Aus Furcht bemerkt zu werden und meine wichtige Entdeckung verraten zu sehen, machte ich nur nachts den

Versuch, wie weit ich die Benutzung meiner Entdeckung treiben könnte. Endlich brach die gewünschte Finsternis ein, und Eulalies monatliche Beschwerde vergönnte mir zum Glück einige Nächte Freiheit.

Ich eile zu meinem Gitter. Zwei Stäbe, die ich ohne Mühe losmache, bieten mir eine Öffnung, durch die ich kriechen kann, und ich befinde mich, wie ich vorher vermutet hatte, unter einem gewölbten Gang, wo ich ganz bequem gehen kann, nur daß ich mich etwas bücken muß. Ungefähr vierzig Schritte vom Eingang entfernt, entdecke ich ein zweites Gitter, durch das ich den Himmel sehen kann. Dieses Gitter war stark mit Haspen versehen und verschlossen. Kein Rütteln bewegte dies fatale Hindernis. Ich glaubte schon voller Verzweiflung, daß ich unverrichteter Dinge wieder zurückkehren müßte, als ich zu meinen Füßen einen großen Stein bemerke. Mein erster Gedanke war, mit diesem Steine das Schloß aufzuschlagen. Wird nicht nötig sein, denke ich. Beim Aufheben des Steines höre ich Eisen klirren. – Ein Schlüssel! O Glück, es ist der Schlüssel zu dem verwünschten Gitter! Ich schließe es auf und sehe, daß mich der gewölbte Gang unter dem Stadtwall hindurch in die Gräben der Stadt geführt hatte, die ehemals befestigt war und deren Gräben die Zeit gänzlich ausgetrocknet hatte.

Genug für diesmal! Ich habe nun das köstlichste Gut meines Lebens, meine geliebte Freiheit, in meinen Händen. Ich kann also, von aller Welt im Kloster unbemerkt, an allen Maskenbällen teilnehmen, meinen Lüsten mit den Frauen frönen und Ehemänner und Liebhaber zur Verzweiflung bringen. Und Eulalie? Ja nun, ich werde ihr noch immer einige Aufmerksamkeit bezeigen. Vielleicht kann ich, wenn ich meine gewöhnliche Bedienung bei ihr fortsetze, ihr die Kränkung meiner erloschenen Liebe ersparen.

Wie gerufen war am folgenden Tag ein Maskenball im Theater der Stadt angesetzt. Ich machte mich also im schönen Kavaliershabit auf den Weg, denn ich hatte im Kloster auf alle Fälle die vollständige Kleidung meines Geschlechts. Ich gehe in die Stadt, die gegen eine kleine Erkenntlichkeit für den Torwächter jedermann geöffnet wird, verschaffe mir Domino, Maske, Handschuhe, kurz, alles zum Ball Notwendige. Schon in der ersten Nacht stelle ich einer sehr hübschen Frau nach, die seit kurzem mit einem der vornehmsten Finanzbeamten der Stadt verheiratet war. Ich kannte verschiedene Abenteuer von dieser Dame aus Paris, wo sie sich einige Zeit, wie man zu sagen pflegt, auf eigene Faust aufgehalten hatte, und sagte ihr, wiewohl ohne sie zu beleidigen, einige Dinge ins Ohr, deren Verschweigung sie um jeden Preis wünschen mußte, gab ihr aber einen Wink, daß es in ihrer Macht stünde, mich auf die wohlfeilste Art von der Welt zum Schweigen zu bringen.

Sie wird neugierig, sich unter vier Augen mit einem Manne zu unterhalten, der so viele Umstände von ihrem früheren Leben weiß. Wir begeben uns also in eine vergitterte Loge, wo ich endlich, ohne mich zu entlarven, nach mancherlei Weigerungen, einen von den glücklichen Augenblicken genieße, die eine rechtschaffene Frau nicht herbeizuführen weiß oder wenigstens nicht zu wissen scheinen sollte.

Mit vieler Artigkeit hatte ich ihr versprochen, dies glückliche Abenteuer fortzusetzen. Beim folgenden Ball aber veränderte ich Domino, Maske und alles, und hütete mich wohl, mich wieder mit dieser so willigen Finanzprinzessin einzulassen, an der ich, unter uns gesagt, eine wahre Bordellnymphe gefunden hatte.

Beim zweiten Ball machte mir die Dame eines Parlamentsrates mehr zu schaffen. Ich war zwar so geschickt, sie an einen ungestörten Ort zu locken und einige Gunstbezeugungen von ihr zu erhalten, aber sie war nicht die Frau, um mir die letzte Gunst zu bewilligen, solange ich die Maske vor dem Gesicht behielt. Wir rangen zwar miteinander, und sie mußte auch einige Federn lassen, aber sie entwischte mir doch.

Kurz, auf jedem Ball hatte ich ein neues Abenteuer, dessen Entwicklung meistenteils zu meinem Vorteil ausschlug. Dabei entging ich der Aufmerksamkeit des Publikums, weil ich in jeder Nacht nur ein Ziel hatte, dessen Gegenstand für jede Nacht immer wieder eine andere Person war. Indessen zog ich doch schließlich die Aufmerksamkeit eines maskierten Mannes auf mich, der über meine Nachstellungen bei einer Dame, die er bediente, eifersüchtig geworden war, ohne daß ich es gleich bemerkt hatte. Er war mir den ganzen Abend über im Wege, hinderte mich an der Ausführung meines Vorhabens und folgte mir nach, als ich wegging.

Seine Absicht war, Händel mit mir anzufangen, und da ich auch über ihn ungehalten war, so sah ich es nicht ungern, daß er mir dadurch Gelegenheit gab, es ihm heimzuzahlen. Da wir beide maskiert und unbewaffnet waren, so mußten wir wohl oder übel unsere Namen nennen, um zu wissen, wo wir uns treffen konnten, um miteinander die Klingen zu kreuzen. Sobald er mir sagte ›Ich bin Limefort‹, so fing ich laut an zu lachen. Wir waren zusammen auf dem Collège gewesen und die besten Freunde. Ich nehme also meine Maske ab, wir fallen einander um den Hals und besiegeln auf der Stelle den aufrichtigsten Frieden.

Ich erzähle ihm in groben Zügen den Zustand meiner verzwickten Lage, er erzählt mir hingegen von seinen Liebeshändeln, unter anderem auch von der Dame, die auf dem Ball zu unserem Zwist Anlaß gegeben hatte, von der er indessen doch nicht soviel zu halten schien, daß er sie nicht allenfalls mir abtreten könnte. Bei diesem Gespräch schworen wir uns, gegen jeden anderen verschwiegen zu sein.

An dem nun folgenden Zuge werden Sie, meine schönen Freundinnen, die Torheiten der Leidenschaften bei jungen Leuten deutlich erkennen. Je mehr ich mich an dem neuen Leben, das ich führte, entzückte, desto verdrießlicher wurde Eulalie gegen mich, weil ich sie vernachlässigte und das Maß ihrer Freuden verminderte. Kurz, sie wurde unfreundlich und machte mir nach und nach den Zwang, immer wieder zu ihr zurückkehren zu müssen, unerträglich, so daß ich mich bei ihr selten imstande befand, sie zu beruhigen und die Täuschung zu erhalten, daß sie vielleicht noch von mir geliebt wurde.

Von nun an war ich alle Nächte abwesend, denn unter dem Vorwande, daß auch ich auf sie ungehalten und ihr überdies noch dazu beinahe unnütz wäre, schlief ich nicht mehr bei meiner verdrießlichen Äbtissin, tröstete mich, wo ich konnte, und ging alsdann zu meinem Freund, bei dem ich mein Herz, meine Freuden und Leiden ausschütten konnte. Dieser jedoch schalt mich grausam und bestand darauf, daß ich Eulalie besser behandeln oder sie doch wenigstens auf angenehmere Art betrügen sollte.

»Ich selbst kann das nicht mehr«, versetzte ich, »aber ich sehe eine sehr leichte Abhilfe dazu.«

»Und die wäre?«

»Dir, mein Freund, meinen Platz abzutreten. Ich denke, wir versuchen es gleich. Im Dunkeln und unter meiner Gestalt wirst du gut aufgenommen und gut behandelt werden – und je nach dem, wie der Versuch gelingt, wollen wir unsere Maßregeln für die Zukunft treffen.«

Es gibt wenig junge Leute, deren Begierden nicht bei dem Gedanken an die Liebesbeweise einer jungen und schönen Nonne Feuer fangen sollten. Zärtlichkeit, Neuheit, überwundene Schwierigkeit, Geheimnis, Sicherheit, alles kommt zusammen, den klösterlichen Reizen den Vorzug zu geben. Eulalie war überdies unendlich liebenswürdig, und ich setzte der Lobrede, die ich zu ihren Gunsten hielt, noch dadurch die Krone auf, daß ich Limefort, der kein Vermögen hatte, zu verstehen gab, daß sie gegen mich sehr freigebig wäre.

Kurz, es gelang mir, ihn für sie einzunehmen. Wir waren von gleicher Größe, und ich bestellte ihn für kommende Nacht an den Ausgang des unterirdischen Gewölbes. Er erscheint pünktlich, ich führe ihn ein, belehre ihn ausführlich über die Örtlichkeiten und unterrichte ihn vollständig. Wir umarmen uns, er geht, sein Abenteuer zu versuchen, und ich, ich eile zur Umarmung seiner Geliebten.

Wahrscheinlich wollte ein guter Geist seine Tröstungen über die zärtliche Eulalie ergießen, denn er bezauberte sie dergestalt, daß sie den Tausch gar nicht bemerkte, sondern meinem täuschend ähnlichen Vertreter siebenmal erlaubte, ihre Leidenschaften zu hintergehen, deren eigentlicher Gegenstand meine Person war.

Wir hatten verabredet, daß ich vor fünf Uhr morgens wiederkommen und um Punkt fünf Uhr meinem Freunde wieder heraushelfen wollte. Unsere beiden Uhren gingen gleich, und wir trafen auf die Minute genau zusammen.

»Nun«, fragte er, »wie hat dich Madame Brunevallée behandelt?«

»Vortrefflich.«

»Ich gratuliere!«

»Und du? Wie hast du dich mit meiner Äbtissin aus der Affäre gezogen?«

»Recht gut. Aber ich wette, daß unser Handel doch nicht gleich ausgefallen ist.«

»Wieso?«

»Hat dir Madame Brunevallée ein Geschenk gemacht?«

»Nein, nein! Ich habe bloß ihre Liebesbeweise genossen.«

»Darum bin ich reicher als du. Hier ist meine Börse, sie gehört dir, sowie ich dagegen zurückgefordert haben würde, was du …«

»Sachte, lieber Limefort! Ich bin durch Zärtlichkeit belohnt.«

»Das weiß ich, denn ich hatte es schon vorher so eingerichtet, und dies ist noch ein Grund mehr, warum ich das Gold nicht behalte, das für dich, für dich allein bestimmt war.«

Wir stritten darüber; er bestand auf seinem Willen; ich auch, und unser Streit konnte nicht anders beigelegt werden als durch die Teilung der fünfzig Pistolen, womit die zärtliche, wollüstige Eulalie ihre Entzückungen nicht zu teuer bezahlt zu haben glaubte, die sie für ein Wunder meiner Reue und meiner Zärtlichkeit gehalten hatte. Eine Täuschung dieser Art konnte unmöglich lange dauern. Einige Unterschiede zwischen den beiden Werkzeugen des jetzigen Glücks der genußfordernden Äbtissin, bei denen der Vergleich zu meinem Vorteil ausfallen mußte, hatten sie argwöhnisch gemacht. Sie leuchtete also meinem Freunde, nachdem sie einen Teil des ihr zugedachten Tributs genossen hatte plötzlich mit dem Lichte einer Blendlaterne ins Gesicht und fand eine ihr gänzlich unbekannte Person. Nun war nichts mehr zu leugnen, und er entdeckte ihr alles. Verzeihung für meinen Substituten war eben nicht das Schwierigste bei der Sache, denn er tat auf der Stelle, was er tun mußte, um sie zu verdienen; aber gegen mich brach Eulalies ganze Wut los. Alles, was sich nur an heftigen Gefühlen einer eifersüchtigen und aus Leidenschaft törichten Frau anstauen kann, brach hervor und wurde mit den gröbsten Worten ausgedrückt.

»Das Ungeheuer soll mit seinem Leben büßen«, rief sie, »und ich selbst werde den Tod davon haben. Seinen niederträchtigen Verrat kann ich sowenig überleben wie meine Schande und Verzweiflung!«

So sind eben die Frauen!

Fünfundzwanzigstes Kapitel

Fortsetzung der Geschichte des Grafen und der Eulalie
Launiger Einfall, der gefährliche Folgen hat
Blutiges Übermaß von Liebe

Wie es zuweilen unglückliche Augenblicke gibt, wo dem, der erst eine Widerwärtigkeit auszustehen hatte, alles übel abläuft, so war es auch mir unmöglich gewesen, diese Nacht bei der Frau anzukommen, die mein Freund mir überlassen hatte. Der Bediente, anstatt mir die Tür zu öffnen, hatte mir durch das Gitter eines Fensters unten an der Straße ein Billett zugesteckt und war gleich wieder verschwunden.

Es war kalt, ein feuchter Nebel erlaubte mir nicht, auf der Straße umherzugehen. Der Aschermittwoch war vorbei, mithin gab es keinen Ball mehr. Aus Furcht, erkannt zu werden, wollte ich in kein Bordell einkehren. Ich mußte also nach dem Kloster zurück, von wo ich kaum eine Stunde weg war. Aber was sollte ich bis fünf Uhr anfangen, wo ich meinen Stellvertreter herausbringen mußte? ›Geh ich auf mein Zimmer‹, sagte ich zu mir selber, ›und schlafe ein, so laufe ich Gefahr, den Augenblick zu versäumen …‹

Mitten in der Ungewißheit fällt mir auf einmal ein, daß Eulalie sich oft mit mir in den Zwischenzeiten, wenn wir uns von unseren Lustschlachten erholten, über die lächerlichen Visionen einer dicken Witwe lustig gemacht hatte, die ihr aufwartete und die seit zwei Jahren, da sie ihren Michèle verloren hatte, sich fest einbildete, daß der ehrliche Kerl zuweilen wiederkommt, um ihr des Nachts eine vergnügte Stunde zu bereiten. Diese Übereinkunft hatte die Andächtelei und das Temperament der guten Frau zusammentreffen lassen, ohne daß sie darum wußte, denn sie war allen Ernstes tugendhaft. Ihre Sinne wirkten ganz für sich allein, und ihre von keiner Verderbnis angesteckte Phantasie hatte sich also kein anderes Bild als das erlaubte eines Ehemannes vorstellen können. Er war tot, und das Vergnügen konnte also nur unter der wiederauferstandenen Gestalt des Verstorbenen dieses einfältige und doch so feurige Geschöpf überraschen.

Es schien mir ein reizendes und vielleicht auch leichtes Vergnügen zu sein, den würdigen Verstorbenen zum Hahnrei zu machen, und im Augenblick war ich ganz verliebt in die dicke Figur, die wirklich mehr angenehm als widrig war, aber die ich doch immer vor Augen gehabt hatte, ohne daß sie mir jemals einen Schatten von Begierde eingeflößt hätte.

Ich gelangte ohne Mühe zur Kammer von Françoise, so hieß sie; weil der Hauptschlüssel, den mir Eulalie gegeben hatte, nicht allein zu meinem Zimmer, sondern auch in allen Kammerschlössern des ganzen Klosters paßte, deren Türen alle, bis auf die Schlafzimmertür der Äbtissin, ohne Riegel waren. Leise wie ein Dieb schlich ich zu Françoise, aber ich hätte mir weniger Zwang antun können, denn sie schnarchte, daß die Wände davon zitterten, und wenn sie in solchem Schlafe lag, hätte sie kaum ein Kanonenschuß geweckt.

Dies war ein ziemlich lästiger Fehler von einer Person, die so nahe bei ihrer Herrschaft schlief. Aber die Äbtissin hatte sie lieb, und überdies war es ihr auch angenehm, da sie mir die Hälfte ihres Bettes eingeräumt hatte, daß sie ohne Furcht sich gewisse mutwillige Lustschreie erlauben konnte. Kurz, ich konnte mich in aller Bequemlichkeit ausziehen, ins Bett schlüpfen, die schwerfällige Schläferin umdrehen, die auf der Seite lag, und sie meinen Absichten gemäß auf den Rücken legen, ohne daß sie aufhörte zu schnarchen wie einer, der einen Wald absägt, wie man sagt. Könnte mir das übrige wohl noch Schwierigkeiten bereiten?

Man tut oft sehr unrecht, eine Frau nach dem Gesicht zu beurteilen. Manche, deren Gesicht viel verspricht, hält es nicht und täuscht uns. Eine andere verkündet uns beim Anblick gar nichts Anziehendes, und wenn wir sie uns genau betrachten, entdecken wir tausend Annehmlichkeiten. Wie wohl befand ich mich dabei, daß ich von dieser wenig einnehmenden Françoise etwas gehofft hatte!

An dieser Frau war alles, was man den Augen zu entziehen pflegt, vollkommen: eine feine Haut, ein vortrefflich molliger Körper, prall im Fleische und sehr gut gebaut in den Hauptpunkten meiner Begierden. Und zum Glück war sie, was bei anderen nicht zur Vollkommenheit gerechnet werden durfte, so nach meinem Ladebaum eingerichtet, daß ich nicht fürchten brauchte, sie durch mein Eintunken aufzuwecken.

Der Verstorbene mußte ein ganzer Mann gewesen sein! So fand ich mich würdig, sein Nachfolger zu sein. Aber man befand sich in ihrer Muschel so wohl, daß man die große Leichtigkeit des Eingangs gern entschuldigte.

Während ich diese Festschläferin vollständig bediente, schnarchte sie weiter. Aber der Teil, den ich so sehr nach seinem Geschmacke behandelte, wachte gewiß, denn meine sanften und gemäßigten Bewegungen wurden mir sehr regelmäßig erwidert, so daß ich mich allenfalls ganz untätig hätte verhalten können, auch traf ich meine Maßregeln so gut, daß Françoise zuerst fertig wurde und mich so reichlich benäßte, daß ich nicht hoffen durfte, ihre Freigebigkeit zu übertreffen; indessen gab ich ihr auf der Stelle meinen schimmernden Wollustbibber zurück.

Als ich gerade an diesem Punkte angelangt war, erwartete mich der Satan, um mir den boshaftesten unter allen möglichen Streichen zu spielen. Er führte nämlich Eulalie mit ihrer verwünschten Blendlaterne herein. Die Tür stieß beinahe an die Rückseite des Bettes an, das in einer engen Kammer stand. Ich habe also das fatale Licht vor der Nase, noch ehe ich auf den Verdacht kam, daß hier jemand hinzukommen könnte.

»Da ist das Ungeheuer!« rief augenblicklich die Äbtissin ganz außer sich und wollte gleich wieder in ihr Zimmer zurücktreten. Mein Freund, der ihr Kreischen gehört hatte, kam glücklicherweise herbei, sie zu halten, sonst wäre sie, obgleich sie nur zwei Schritte zu gehen hatte, auf dem Gange niedergefallen.

Von dem Geschrei war auch Françoise erwacht, bei der ich noch immer in einiger Erstarrung lag, die mir der überraschende Überfall eingebracht hatte. Françoisens Schreck läßt sich gar nicht beschreiben. Ist es ihr lieber Seliger oder ein Lebendiger, der sie in seine Arme drückt und sie mit solchem Nachdruck heiratet? Aber verhehlen kann sie es sich nicht, da wir überdies auch schon wissen, da sie sich der in ihrem festen Schlafe genossenen Vergnügungen noch recht gut erinnert, daß sie an dem spritzigen Liebeskampf mitgewirkt hat, wovon an ihrer Hand sogleich die Spuren vorzufinden sind.

Sie springt aus dem Bett, läuft ihrer Herrin nach und stürzt ins Zimmer, ehe Limefort, der beschäftigt ist, Eulalie wieder zu beruhigen, es verhindern und die Tür absperren kann. Welch ein Durcheinander von Vorfällen und Personen! Wieviel zufällige und vorsätzliche Sünden werden nun an den Tag kommen!

Wäre es indessen von mir nicht niederträchtig gewesen, wenn ich nicht gleichfalls hinzugetreten wäre, um dem Gewitter die Stirn zu bieten? Ich gehe also auch ins Zimmer der Äbtissin, im bloßen Hemde wie die drei anderen, und finde den traurigen Anblick, daß Eulalie ohne Bewußtsein ist und der gefühlvolle, in Tränen schwimmende

Limefort nicht helfen kann, sie aus der Ohnmacht nicht zurückrufen kann, währenddessen Françoise außer sich ist, die Hände ringt, mit den Füßen stampft und sich die Haare ausrauft.

Sobald sie mich erblickt, kennt sie sich nicht mehr vor Wut, sie fährt auf mich zu wie eine Löwin, schlägt auf mich ein und will mir die Augen auskratzen. Ich wehre sie ab, schone sie dabei nach Möglichkeit und bin so glücklich, die Schätze meiner Männlichkeit, die sie mir mit wirklich gefährlicher Raserei vom Leibe reißen will, den Gewalttätigkeiten dieser Furie zu entziehen. Zum Glück bin ich stärker als sie, und es gelingt mir, ihre beiden Hände in eine der meinigen zu fassen. In diesem Augenblick verliert sie das Gleichgewicht, fällt auf den Teppich und zieht mich dadurch mit zu Boden, und zwar in einer so vorteilhaften Stellung, die für mich eine neue Verführung ist. Ich benutze dies und bestrafe sie auf der Stelle dadurch, daß ich ihren Lustbusch etwas raufe. Aber kann ich wohl, ohne undankbar zu sein, an Rache denken, da alles an dem Orte, den ich mißbrauchen will, mir einen süßen Auftritt ins Gedächtnis zurückruft? Ach, lieber will ich diese einzigartige Stelle meiner Freundin, die vielleicht am ehesten zur Nachsicht zu bewegen ist, liebkosen. Ich streichle also das dicke Kleinod, das noch, wiewohl ohne Zorn, die überflüssige Wirkung unseres ersten Kampfes von sich gibt.

Dabei glaube ich zu merken, daß mein Mittel wirkt. Ich lasse es mir also noch angelegener sein, und da mich nie eine Muschel beschäftigt hat, ohne daß ich dabei sogleich die ganze übrige Welt vergessen hätte, so fuhr ich trotz unseres Zwistes und ungeachtet Eulalies Ohnmacht – ein Umstand, der gar nicht zu entschuldigen ist – meine Lanze zum Ziel und versenke sie in meine rasende Überwundene, um sie fühlen zu lassen, daß ich ein mächtiger, aber großmütiger Sieger sei. Es sei nun, daß sie über diese unverschämte Verwegenheit vor Schreck erstarrte oder daß das Gefühl ihrer Natur an ihr zur Verräterin wurde oder daß sie nicht imstande war, sich zu wehren, weil ich mich ihrer Hände und alles übrigen so gut bemächtigt hatte; genug, sie ließ alles ruhig geschehen.

Nun aber steigt ein neuer Sturm auf, und zwar der schrecklichste von allen. Eulalie ist eben wieder zu sich gekommen. Der erste Anblick, der sich ihren Augen bietet, erschüttert sie zutiefst. Sie kann ohne einen Anfall von Raserei nicht ansehen, daß dasselbe Bild, das ihr in dem andern schon den tödlichen Stoß beigebracht hatte, ihr hier wieder vors Gesicht kommt. Die Wut ergreift sie dermaßen, sie reißt ein kleines Messer vom Tisch und hat mir damit schon drei Stiche beigebracht, ehe Limefort imstande ist, sie von diesem Verbrechen abzuhalten.

Zum Glück kann die Hand einer liebenden Frau nicht tödlich sein. Die Stiche, die Eulalie mir in Blitzesschnelle beigebracht, hatten mich nur leicht verwundet, aber der, womit die Unglückliche sich selbst durchbohren will, ist weniger harmlos. Ich sehe ihn kommen, wende ihn ab und rette sie wie durch eine Art von Wunder, während Limefort ihr das Mordwerkzeug aus den Händen windet.«

So weit war der Graf gekommen, als unser Abendessen erschien, von dem herrlichen Duft des würzigen Punsches auf zehn Schritte vorher angekündigt. Die interessante Geschichte wurde also unterbrochen, und auch ich will einen Augenblick ausruhen, ehe ich zur Erzählung von minder tragischen Begebenheiten übergehe.

Sechsundzwanzigstes Kapitel

Zurückkunft der Italiener
Neue Bekanntschaften

Wir aßen mit größerem Appetit, als wir eine Stunde vorher vermutet hatten. Madame Gaillard kam, als wir beim Essen waren, und fragte, ob wir nicht etwas Musik bei der Tafel hören wollten.

»Was für Musik?« fragte der Graf, der ein großer Liebhaber davon war.

»Von den Italienern, die ich hierbehalten habe.«

»Was, von dem Hurengesindel? Um alles in der Welt nicht!«

»Seien Sie nicht so voreilig!« erwiderte die gute Frau mit Lächeln. »An Ihrer Stelle würde ich die Leute erst hören, ehe ich sie verurteile. Sie müssen nicht glauben, daß ihr Auftritt in dem Gewölbe das Maß ist, wonach man ihre Talente zu messen hat. Den Teufelslärm machten sie dort auf meinen ausdrücklichen Befehl.«

»Wahrscheinlich«, sagte ich, »weil Sie uns im Verdacht hatten, daß wir uns vor Lachen nicht zu halten wissen würden beim Anblick jener sonderbaren Gestalten. Wenigstens habe ich's mir so vorgestellt.«

»Zum Teil ja, hauptsächlich aber deswegen, daß das ganze Fest nicht bloß auf eine Musik hinauslaufen sollte, wenn die alten geilen Böcke den Wein gut und die Musik angenehm und sich übrigens zu anderen Lustbarkeiten nicht so recht aufgelegt gefunden hätten; dabei hätte ich meine Rechnung nicht gefunden, und Sie in den Logen auch nicht.«

»Du hast alle Ursache, zufrieden zu sein, meine liebe Gaillard«, sagte der Graf und reichte ihr ein Glas Punsch, »denn alles ist vortrefflich abgelaufen.«

»Das weiß ich alles selbst genau. Glaubst du denn, mein Junge, daß ich nicht auch mein stilles Plätzchen für meine Neugier habe, wo ich, wenn es mir einfällt, sehen kann, wie die Dinge gehen?«

»Sieh einmal einer dieses Höllenweib an!« rief uns der Graf zu.

»Kurz, ich will nur sagen«, fuhr die Wirtin fort, »daß meine Italiener, wenn sie wollen, geschmackvoll und harmonisch singen, da es keinem an einer schönen Stimme fehlt, und daß ihre Arien bei ihrer vortrefflichen Musikbegleitung wohl wert sind, angehört zu werden.«

»Nun gut«, sagte meine Mutter, »so mögen sie denn kommen, aber Harlekin muß seine Perücke und seine Brille ablegen, womit er sich so abscheulich verunstaltet.«

»Sie sollen auch nicht einmal die rote Hutfeder und die Stickerei an seinem Kameraden sehen.«

Während der Zeit, da Madame Gaillard uns ihre Tonkünstler so anpries, hörten wir einen ziemlichen Lärm von lauten Stimmen und schallendem Gelächter. Dies rührte von einigen Engländern her, die schon ziemlich betrunken waren, ehe sie zu Tisch gingen. Sie hatten die Italiener gesehen und schleppten sie nach einem Zimmer, das an das unsrige stieß.

»Hat da nicht der Teufel seine Hand im Spiele?« sagte die Wirtin, nachdem sie gesehen hatte, was es gab. »Da entgeht mir die Musik, womit ich Ihnen nun nicht mehr dienen kann. Sie werden aber ebensoviel Vergnügen davon haben.«

Bei diesen Worten zog die ganze Gesellschaft an uns vorbei. Die vier Engländer sahen aus wie Strauchdiebe, die Kleider noch von Straßendreck bespritzt und die Haare unfrisiert. Sie kamen eben von der Reise und hatten keine Lust gehabt, direkt in die Stadt zu fahren, da dieser Ort ihre Aufmerksamkeit auf sich lenkte, wo sie zum Glück ein so gutes Quartier fanden.

Franzosen wie wir mußten diese Reisenden für gewöhnliche Menschen halten, die Wirtin aber versicherte uns, daß man sie nach ihrer Equipage und der Zahl ihrer Bedienten für wichtige oder wenigstens für sehr reiche Leute ansehen mußte. Die beiden jüngsten von ihnen führten ziemlich nachlässig jeder eine Italienerin, die anderen folgten den Italienern dicht auf den Fersen. Alle, wie schon gesagt, sprachen und lachten durcheinander, und so laut, daß es nur so dröhnte. Da wir nicht nötig hatten, gegen alle diese Leute, die wir nicht kannten, einige Achtung zu erweisen, so hielten wir die Gaillard zurück, unsere Tür zu schließen, und ließen den Zug vor uns passieren. Der Graf war nicht einmal von seinem Sitze aufgestanden.

Unsere Italiener waren nun ordentlich frisiert, mit sauberen Leibröcken in modischen Farben bekleidet und überhaupt von Kopf bis Fuß auf das reinlichste angezogen.

Ihre Begleiterinnen hatten niedliche, schön anzusehende Spitzenhäubchen auf dem Kopfe und elegante weiße wollustatmende Négligés. Unsere Verwunderung über eine so schnelle und vorteilhafte Veränderung ließ nach, als die erfinderische Gaillard uns erzählte, daß sie zur möglichsten Ausbreitung ihres kleinen Gewerbes nicht allein in der Stadt, sondern auch hier auf ihrem Landhause vollständige Magazine von Kleidern, Wäsche und Putz für beide Geschlechter und von allen Maßen unterhielte. Die Italiener, die mit den Justizgreisen eine ziemlich einträgliche Sitzung gehalten, hatten sich von ihr leicht dazu bereden lassen, ihre lächerliche Kleidung mit einer anständigen zu tauschen.

Ich weiß nicht, ob meine Mutter und der Graf es ungern sahen, daß ihnen dieser Trupp entführt wurde; mir tat es, ich gestehe es, herzlich leid, und ich sagte zu mir:

›Diesen Silvio möchte ich wohl gern genießen, auch Potamico nimmt sich nicht übel aus, und er muß einer Frau viel Vergnügen machen! Wie reizend sind nicht auch die Mädchen! Ich möchte ihre niedlichen Formen wohl aus der Nähe betrachten und versuchen, ob sie im Trillerschlagen ebenso geschickt sind wie Félicie. Zum Glück werden diese Engländer, die, wie es scheint, sehr schöne Kavaliere sein würden, wenn sie ordentlich angezogen und manierlicher wären, diese Schäfchen für ihren unangenehmen Abend schadlos halten! Warum bin ich nicht bei diesem Feste statt an unserer kleinen Familientafel!‹ Diese wollüstige Betrachtung machte mich zerstreut, und ich hatte mich, den Kopf gesenkt, auf meinen Platz gesetzt, ohne ein Wort zu reden.

Plötzlich weckte mich ein Stück aus einer sehr lebhaften Sinfonie aus meinen traurigen Betrachtungen. Zwei Violinen, eine Flöte, die Zerbine sehr gut blies, und eine Bandore, womit Lorenza sehr gut akkompagnierte, erzeugten ein melodisches Ganzes von der herrlichsten Wirkung, denn hier war, wie man sieht, weder Triangel noch Handtrommel im Spiele.

Als es zum Singen kam, taten sie sich noch weit besser hervor. Zerbine legte ihre Flöte beiseite und begleitete ihren Gesang mit der äußersten Geschicklichkeit auf der Mandoline. Die anderen sangen und spielten auf ihren Instrumenten weiter. Madame Gaillard hatte nicht zuviel von diesen Musikern versprochen, denn sie standen wirklich weit über der Kunst der sonst umherziehenden Italiener. Ihre Arien waren gut gewählt, besonders erzeugten die Sindo-Quadros, von den Instrumenten begleitet, eine sehr gefällige Wirkung.

Indessen wurde zur Herrichtung des Abendessens für die Gesellschaft hin und her gegangen, und ich benützte dieses Durcheinander, wobei unsere Tür offenblieb, um nach und nach näher zu treten, teils um zu sehen, wie sich die Engländer bei diesem Zeitvertreib benehmen würden, teils um ein so angenehmes Konzert besser zu hören. Schließlich kam ich aber so nahe, daß einer dieser Kavaliere mich bemerkte. Da ich ihn auf mich zukommen sah, wollte ich in unser Zimmer zurückeilen, wurde aber durch Félicie, die ich nicht hinter mir vermutete, gehindert; wir stießen gegeneinander, und so wurden wir eingeholt.

Der ungenierte Fremde faßte mich bei der Hand, bittet mich in gebrochenem Französisch einzutreten und wendet einige Gewalt an, mich in das Zimmer zu ziehen. Ich sträube mich, der Graf und Madame Gaillard waren bei dem ersten Geräusch dazugekommen, und die Sache hätte ernstlich verlaufen können. Ein anderer Engländer kommt mit einem Licht und macht der Finsternis im Korridor ein Ende. Der Graf und er sehen einander an und stutzen.

»Wie, wäre das nicht ... Ist es möglich? Sie, Mylord Talmond?«

»Sie, mein lieber Graf Francheville?«

In diesem Augenblick fallen sie einander um den Hals. Nun wird der Graf hineingeschleppt, und wir hatten uns während dieses Zusammentreffens zurückgezogen.

Inzwischen hören wir, daß in dem Zimmer der Engländer der Name des Grafen noch eine zweite Wiedererkennung verursacht hatte. Man spricht laut, alle zugleich und sehr lange. Meine Mutter fängt an übelzunehmen, daß der einzige Mann, den wir bei uns gehabt hatten, die Gesellschaft so verlassen hat. Kaum hat sie sich aber darüber beklagt, als der Graf mit den vier Fremden zu uns hereintritt, sie uns vorstellt und uns dadurch einem sehr lebhaften Schwall ihrer Komplimente und Liebkosungen aussetzt. Man sagt, dies sei englische Sitte. Aber ich wollte wetten, daß die Engländer diese ihre Landessitte in fremden Ländern wohl übertreiben, wenn sie hübsche Frauen antreffen, die so gut zu küssen sind, als wir es waren.

Nun war gar nicht mehr die Rede von einem Abendessen unter lauter Männern und Musik. Beide Gesellschaften taten sich zu einer zusammen. Die Engländer glaubten sehr höflich zu sein, als sie uns baten, in ihr Zimmer zu kommen. Der Graf bewies ihnen aber, daß es schicklicher wäre, uns in unserem Zimmer bleiben zu lassen und uns Gesellschaft zu leisten, wo überdies auch mehr Raum wäre. Es fiel indessen in die Augen, daß den Engländern ihre Musiker und besonders ihre hübschen Sängerinnen sehr am Herzen lagen. Man flüsterte einander ins Ohr, und es wurde in diesem über den Artikel des Anstandes nicht sehr strengen Rat entschieden, daß man Talente wie diese umherziehenden Musikanten auch mit Marquisen, Lords und Grafen auf die gleiche Stufe stellen müsse. Die vier Virtuosen wurden also herbeigeholt und sollten mit uns speisen. Meine Mutter allein beschwerte sich über diese Freiheit, aber hatte sie nicht selbst, wiewohl aus einem anderen Grunde, ihr Kammermädchen mit sich gleich gemacht, die noch dazu den Respekt gegen sie aus den Augen gesetzt hatte; mit einem Wort, unsere liebe Félicie, die von unserer Gesellschaft ebenso sehr abstach wie die geschickten Italienerinnen.

Siebenundzwanzigstes Kapitel

Moral · Lustiges Abendessen · Wie es endete

Man lasse einmal einige hübsche Frauen, die von Natur aus nicht spröde sind, und liebenswürdige Männer, wie die unsrigen es sind, zusammen zu Abend essen, so wette ich, daß in diesem Kreis irgendein Verwegener das Beispiel geben wird, seine Nachbarin auf unanständige Weise zu necken und daß alle seinem Beispiel folgen und es ihm nachtun werden, so daß bald alle Frauen mehr oder weniger der Plünderung preisgegeben sein werden.

Bei unserer ausgelassenen Gesellschaft war es kein Wunder, daß die Sache diese Wendung nahm; wohl aber wäre es ein Wunder gewesen, wenn man auseinandergegangen wäre, ohne handgreiflich geworden zu sein. Wir waren aber in diesem Punkte gar nicht zu Wundern gemacht, und ich bedaure meine Leser, die sich mit ihrem feinen Zartgefühl brüsten und, weil sie niemals von der brennenden Lust beherrscht worden sind, die uns zu Ausschweifungen hinreißt, alles verdammen oder verachten, was nicht auf der kleinen Liste ihrer Schneckenzeitvertreibe steht. Diese Querköpfe unseres Standes, denn wir haben auch unsere Querköpfe, muß ich daran erinnern, daß wir anderen, die wir uns gar nicht anmaßen, Philosophen zu sein, einen großen Teil unseres Lebens hindurch verrückt oder besessen, oft auch wohl beides zugleich sind, wovon ich ein merkwürdiges Beispiel bin. Kann man wohl glauben, daß ich bei gesunder Vernunft und gleichwohl in meinem sechzehnten Lebensjahre zu all dessen fähig war, was man schon von meiner Geschichte weiß? Ist nicht jener unauslöschliche Durst nach körperlichem Genuß, jene Lähmung des Herzens, die mich von nun an aller zarten Herzensgefühle beraubte, eine wahre Krankheit, in deren Taumel ich mit dem ersten Schritte die Liebe und alles, was diese mit sich bringt, übersprang und mich mit Leib und Seele dem schamlosen Gotte der Gärten in die Arme warf?

Nur wenn man bedenkt, daß alle handelnden Personen, die man bei diesem Auftritte sehen wird, in dem Zustande wirklicher Krankheit und Besessenheit sind, wird man die Lektüre folgender Szenen aushalten können, sonst müßte man das Buch zehn Schritte weit von sich werfen und sagen: »Das ist keine Wollust!« – Nein, freilich ist es keine, auch gebe ich die Ausschweifungen, die man in diesem Buche oft geschildert findet, gar nicht für verfeinerte Wollust aus, aber befinde dich einmal, lieber Leser, bei ähnlichen Festen, sei mit hübschen Frauen in Gesellschaft, die mit sich handeln lassen, habe den Kopf voll Bischof und sage mir am folgenden Tage, ob du deine Vernunft ganz ungestört beibehalten und Mäßigkeit und Zierlichkeit in deine Liebeskämpfe zu bringen gewußt hast? Und dann gib mir Rechenschaft, was im Feuer der Leidenschaft die Unanständigkeiten für einen Eindruck auf dich gemacht haben, an welche du zuvor nicht anders als mit Widerwillen zu denken vermochtest!

Wer weiß nicht, wenn er nur einige Erfahrungen im Leben gemacht hat, wie sehr die Gelegenheit des Augenblicks uns hinreißt und uns völlig verändern kann? Wer sollte im Momente des stürmischen Augenblicks in dem wütenden Krieger mit finsteren Augen und festgeschlossenen Lippen, der mit jedem Hiebe Tod um sich verbreitet, jenen Adonis der Hauptstadt erkennen, der im Winter die Schlafzimmer der Schönen mit Weihrauch erfüllte, zu den Füßen einer Geliebten seufzte oder sich, geschmückt wie eine Dame, bei Hofe in einem Kleid zeigt, worauf der ganze Frühling gestickt ist? Wie würde dieser den lästigen Schwätzer damals empfangen haben, der ihn mit der Erzählung von einer Schlacht hätte unterhalten wollen? Oder wie würde jener auf der Bresche den Windbeutel behandeln, der ihn bäte, eine vertrauliche Nachricht von seinem letzten Rendezvous anzuhören? Mit einem Worte, man muß sich selbst in die Lage zu versetzen wissen und bei Lesung eines philosophischen Buches nicht heiß und bei Lesung dieses Büchleins nicht kalt sein, welches noch überdies doppelte Nachsicht heischt wegen der Schlüpfrigkeit des Inhaltes und der nicht zu verbessernden Nachlässigkeit des Stils.

»Halt«, rufst du mir zu, »hier frage ich dich, warum du deinen Schilderungen nicht einen feineren Schleier umhängst?« Hier könnte ich mich wohl durch einen Scherz aus der Affäre ziehen und dir das Geständnis abnötigen, daß ein feiner Schleier eine sehr unzureichende Bedekkung für einen Liebespfeil in voller Spannung ist, weil dieser seine Hülle augenblicklich zerreißen würde; aber ich will vernünftiger antworten. Würde ein Buch, wo von nichts anderem als von Muscheln, Liebesdolchen, Hintern, Brunstkämpfen, Zungentrillern und Darmputzerei die Rede ist, nicht im hohen Grade lächerlich sein, wenn es den geringsten Anspruch auf einen feinen Ton erheben wollte? Kann man es wohl in Gesellschaft lesen? Können Frauen eingestehen, daß sie es gelesen haben? Ist es dazu gemacht, daß man Stellen daraus anführt? Nein! Nun, was schadet ihm denn seine Offenheit? Wenn du dich in Gegenwart eines anderen ankleidest, so tust du dein Mögliches, seinen Augen die Körperstellen nicht zu zeigen, die eine falsche Scham zur Unsichtbarkeit verurteilt; bist du aber allein, so verfährst du ganz nach deiner Bequemlichkeit und … Aber der Anstand … Nun wahrhaftig, du machst mich ungeduldig! Dies Buch ist nun einmal für diejenigen geschrieben, die sich ihres Speers und ihrer Liebesspalte nicht schämen, die nicht im Finstern oder durch den Schlitz eines Hemdes Liebe treiben wie eine gewisse Betschwester oder wie jener Pfaffe, der, um an einem jungen Meßknaben zum Hinternritter zu werden, dem Jungen seine Perücke über den Hintern deckte und ihm den Dolch durch das Loch der Tonsur beibrachte.

Ich komme wieder zu unserem Abendessen.

Während die vier Engländer eine Mahlzeit verschlangen, womit man dreißig Personen hätte satt machen können, konnten die Italiener, die sich im Gewölbe schon so tapfer glücklich gemacht, und wir, die wir schon so guten Grund gelegt hatten, nichts anderes tun, als die Schluckwerkzeuge dieser Kavaliere aus England zu bewundern. Was wir aber am Essen versäumten, ersetzten wir durch Trinken. Auf den Punsch folgte zufälligerweise Wein von Bordeaux und auf diesen ein köstlicher Bischof, den einer von den Kammerdienern der Engländer gebraut hatte. Keiner von uns, der Graf ausgenommen, kannte dieses gefährliche Getränk; er allein hätte uns gegen seine hinterhältigen Wirkungen warnen können, aber er dachte nicht daran.

Da der einzige Zweck dieser Schrift dahin geht, dich, lieber Leser, mit wollüstigen Schauspielen zu unterhalten, so will ich dich auch nicht länger auf Darstellungen warten lassen, die des Pinsels der besten Maler würdig wären, wovon ich dir aber nur unvollkommene Umrisse liefern kann.

»Es ist ein Unglück«, sagte der Graf und zählte uns mit den Augen, »daß wir hier sieben Männer und nur fünf Frauen sind. Wären wir in gleicher Zahl, so wollten wir uns mit allem Fleiße betrinken, damit wir uns keiner überlegten Unanständigkeit gegen ein Geschlecht schuldig machten, dem wir Ehrfurcht bezeugen müssen. Ein jeder bügelte dann in seinem trunkenen Taumel seine Nachbarin«, hier drückte der Schelm Lorenza die Hand, »und morgen würde man sich halb wie im Traum erinnern, woran man wollte. Niemand könnte das geringste gestehen.«

Meine Mutter hatte das Unglück zu lächeln. Dies unwillkürliche Beifallszeichen gab dem Antrage des Grafen gleich ein erstaunliches Gewicht. Jeder Gast, die Frauen nicht ausgenommen, sah sich rechts und links um und berechnete, was bei dieser Einrichtung für ihn zu gewinnen stände.

»Die Schwierigkeit der ungleichen Zahl«, sagte Madame Gaillard, die dienstfertig um die Tafel herumging, »läßt sich bald beheben. Erlauben Sie mir, den hübschen Jungen dort auszustaffieren« – sie deutete auf Silvio –, »so will ich aus ihm in zehn Minuten ein so appetitliches Frauenzimmer machen, daß jeder, der es nicht genau betrachtet, Lust bekommen soll, mit ihm zu rammeln. Was sagen Sie dazu, Mylord?«

Diese Frage galt dem ältesten der vier Engländer und war keine etwa aus der Luft gegriffene Unhöflichkeit gegen denselben, sondern hatte ihren Grund.

Der Lord, immer sehr neugierig, wie die meisten seiner Landsleute zu sein pflegen, hatte die Wirtin, die ihm eine sehr brauchbare und dienstfertige Frau zu sein schien, um tausenderlei Dinge befragt, unter anderem auch, ob sie ihm nicht einen hübschen jungen Menschen besorgen könnte, den er zum Jockey nehmen wollte, weil der seinige ihm aus dem Dienst gegangen wäre. An dem außerordentlichen Bedauern und an den übertriebenen Lobeserhebungen, die er von dem undankbaren Bedienten machte, sowie von den Eigenschaften, die er von dem neuen Bedienten verlangte, um sich über den Verlust des vorigen zu trösten, merkte die erfahrene Gaillard sehr deutlich, daß Mylord in dieser Beziehung von dem gewöhnlichen Geschmack seiner Landsleute ziemlich abwich und ein ausgemachter schwuler Ritter war. Im übrigen verstand er über diesen Punkt vollkommen einen Spaß, denn die Anrede der Wirtin hatte ihn nicht im geringsten beleidigt. Silvio saß ihm gerade zur Rechten, und der englische Jupiter tat sich gar keinen Zwang an, sondern lächelte ihn mit einem Adlerblick an, der mehr aussagte als eine lange Bittschrift.

Silvio, sei es nun, daß er für diesen Tag der Abenteuer schon überdrüssig war oder daß er einen Anschlag auf mich vorhatte, was ich ihm auch von meiner Seite schon hatte merken lassen, denn er saß auch neben mir, oder daß es Grimasse und vielleicht auch Scham war, vor so vielen Zeugen seine Schande sichtbar zu verraten, Silvio, sage ich, entschloß sich ungern zur Verkleidung, aber er mußte wohl nachgeben, als die gebietende Wirtin zu ihm trat und ihm beinahe ganz laut sagte:

»Nur nicht so viele Umstände! Fort, oder ich rede!«

Dies war ein Strich durch meine Rechnung. Sollte ich Silvio bei seiner Zurückkunft einem Manne streitig machen, der mir um so mehr zuwider war, als er mir ins Gehege kommen wollte? Sollte von der anderen Seite der Eigensinn eines andern über den meinigen siegen oder vielmehr über den Eigensinn, den ich erst bei dem Hindernis faßte, denn vorher hätte ich Silvio ohne Bedauern entbehren können.

Indessen, der Lord hatte meine Absichten nicht erraten, denn sobald der Platz zwischen uns beiden frei war, nahm er ihn ein und entfernte sich dadurch von meiner Mutter, die sich übrigens um die Veranlassung wenig bekümmerte, sondern sich bloß mit ihrem Nachbarn Potamico beschäftigte.

Was den Lord betrifft, so konnte es ihm nichts helfen, bei mir den draufgängerischen Engländer zu spielen; weil mir aber mein Herz für seinen Landsmann zu meiner Rechten ebensowenig schlug, so ließ ich mir gefallen, mit ihm von gleichgültigen Dingen zu schwatzen und auf den Gegenstand unserer geheimen Gedanken mit ihm anzustoßen. Er brachte ein Prosit aus, und unsere Gedanken, die von beiden Teilen auf den Lochschwager Silvio zielten, fanden bei demselben ihr Ziel, kaum zwei Querfinger breit voneinander.

Man weiß schon, daß Lorenza von dem Grafen in Beschlag genommen war, sowie Mama von Potamico, und Silvio, der nun bald als Silvia erscheinen sollte, von Mylord und mir. Um das kleine Interesse aller Personen kenntlich zu machen, bemerke ich noch, daß Félicie zwischen zwei Engländern, von denen der eine mein Nachbar zur Rechten war, von beiden aufs lebhafteste angegriffen wurde, ohne ihnen deshalb viel einzuräumen. Vielleicht hing sie wirklich zu innig an dem Baron, ihrem künftigen Wohltäter, und verglich ihn mit diesen seinen beiden Nebenbuhlern, die sowohl im Äußerlichen als auch in ihren Manieren weit hinter ihm zurückblieben.

Einer von diesen beiden hatte dem Grafen aus Freundschaft seine Ansprüche auf Lorenza abgetreten, und der andere merkte wohl, daß ich mich nicht viel um ihn bekümmerte, und daher kam die aufdringliche Bewerbung dieser beiden jungen Satyre um die reizende Félicie. Zerbine, die das Glück hatte, den jüngsten und schönsten der vier Fremden zum Nachbar zu haben, war mit ihrem Lose sehr zufrieden. Diese guten Kinder hatten sich auf das erste Wort des Grafen einander auf das ungezwungenste genähert, hielten sich in den Armen, küßten sich, tranken aus einem Glase, radebrechten französisch zum Totlachen und glaubten auf der weiten Welt allein zu sein.

So standen die Dinge, als Silvio in so verführerischen Damenkleidern erschien, daß ich beim ersten Hinsehen fürchtete, die Gaillard hätte den wahren Silvio beiseite geschafft und dafür irgendein Mädchen untergeschoben, die ihm ähnlich war. Dieser Verdacht bewog mich, als er mich küßte und ehe er sich wieder niedersetzte, mich seines Geschlechts zu vergewissern. Meine Besorgnis schwand, als ich am gehörigen Orte einen ziemlichen Speer in halber Spannung erhielt, da meine Zunge beim Küssen nicht untätig war.

In dieser Stellung bot Silvio dem Lord den Körperteil dar, auf welchen er es abgesehen, während ich Silvio umarmt hatte. Der Engländer griff nach ihm, und unsere Hände begegneten sich. Ich wollte nun die meinige schnell zurückziehen, der Lord hielt sie jedoch im Scherze fest, weshalb ich ihm mit der andern eine derbe Ohrfeige gab.

Ich wußte nicht, welche schlimmen Folgen es für mich hätte haben können, wenn sich nicht in demselben Augenblick ein lächerlicher Zufall ereignet hätte, der alles in Vergessenheit geraten ließ. Kaum hatte ich nämlich dem Lord laut eine Ohrfeige verpaßt, als Mama, die sich ein wenig zu sehr zurückgebeugt hatte, vermutlich um der Hand des Potamico mehr Spielraum zu verschaffen, merkt, daß sie fallen wird. Sie will sich halten, faßt aber nichts als den beweglichen Fuß eines ovalen englischen Klapptisches. Durch das Wegziehen dieses Fußes nimmt sie einen großen Teil des Tisches, den man eben mit einer ungeheuren Bowle neugefertigten Bischofs besetzt hatte, seiner Stütze. Mama fällt rücklings auf Potamico, der sie halten zu können glaubt, sich aber selbst nicht halten kann, fällt mit ihr und bekommt die ganze Ladung aus der Bischofsbowle, die in Stücke bricht und den Lord bespritzt, zu dessen Füßen noch allerhand Tischgerätschaften stürzen und zerbrechen.

Mama schlagen ihre Röcke, die vorher schon bis über die Knie aufgehoben waren, über den Kopf zusammen, und durch ihre Schwere, die durch Potamicos Gewicht verdoppelt wird, bricht der Stuhl und fällt platt unter ihnen zusammen.

Ein schöneres Schauspiel läßt sich gar nicht denken als die malerisch hingeworfene Gruppe, deren merkwürdiger Gegenstand in der Wölbung zweier blendend weißer Frauenschenkel mit einer stark abstechenden Venusmuschel und der verkürzten Ansicht von einem Paar Hinterbacken besteht, welches alles sich auf dem karmesinroten Grunde eines Sees von Bischof erhebt.

Aller Anwesenden Augen weideten sich nun um die Wette an einem so neuen Anblick, aber keiner eilt, den betroffenen Personen wieder aufzuhelfen, weil jeder von uns fürchtet, sich mit der Bischofssoße zu besudeln, wozu plötzlich noch die Beschmutzung anderer Art hinzukommt, der sich noch weniger Trotz bieten läßt als der ersteren. Soll ich alles sagen? Es sei! Der Schreck, vielleicht auch der Druck eines ziemlich schweren Mannes auf einen mit Speisen angefüllten Bauch hatte bei Mama den Ausfluß einer Unreinigkeit verursacht, die auf unsere Ohren und Nase gleichermaßen wirkte. Es fühlte sich also keiner von uns in der Versuchung, meiner Mutter wieder in eine anständige Stellung zu verhelfen, weil niemand Lust hatte, sich so garstig zu beschmutzen. Diese Sorge wurde der Wirtin überlassen, die, nachdem sie sich von ihrem schallenden und schadenfrohen Gelächter erholt hatte, ihre Leute herbeiklingelte und alles wieder in Ordnung bringen ließ.

Wir zogen nun in einer Reihe aus dem Zimmer. Man führte uns, ohne Mama und Potamico versteht sich, in eine Art von Galerie, wo andere Gegenstände neue Ideen erweckten und zu anderen Auftritten Anlaß gaben.

Achtundzwanzigstes Kapitel

Verlangt Euch danach? Da habt Ihr's!

Das Zimmer, in das wir traten, war, ohne Umschweife sei es gesagt, nichts mehr und nichts weniger als ein eigentliches Lustgemach, mehr lang als breit und an einem Ende, der ganzen Breite des Zimmers nach, mit einer Art von Pritschen besetzt, die sechs Fuß lang und ganz mit Matratzen belegt waren. Eine dichtgestopfte Wurst war am Fußende befestigt, eine andere von größerer Dicke und elastischer lag am Kopfende, und mehr als zwanzig große und kleine viereckige Kissen konnten nach Gefallen unter den Hintern, unter die Köpfe oder auch übereinander gelegt werden, um jede Art von Unterlage zu bilden, wie sie der Genuß oder die Phantasie eines jeden verlangte oder wie sie der Gruppierung dienen konnten, die etwa mehrere Personen zusammen einnehmen wollten.

Diese Lasterweide war, ohne die Decke der Matratzen zu rechnen, nur einige Zoll über dem Fußboden und am Fußende etwas niedriger als oben. Einige Stühle von verschiedener und wunderlicher Art, deren Gebrauch und Bequemlichkeit man aber sogleich erraten konnte, vervollständigten das Mobiliar in diesem Zimmer, das übrigens so sonderbar erleuchtet war, daß dem Auge nirgends ein zu heller Schein lästig war. An zwei verschiedenen Stellen bot ein sehr seltsam geformtes Reinigungsgerät seine nützlichen Dienste dar, in welchem das abfließende Wasser unaufhörlich durch den Zufluß von reinem Wasser ersetzt ward.

Womit konnte man sich wohl an einem solchen Orte beschäftigen als damit, wonach wir alle sehnlichst schmachteten. Lorenza hatte kaum das Zimmer betreten, so lag sie schon unter dem Grafen, der von ihren Reizen ebenso berauscht war wie vom Bischof. Zerbine stand ihr nur einen Augenblick nach und folgte ihr zunächst mit dem Engländer, der sie gewählt hatte.

Man kann nicht mit größerer Wollust und Ausgelassenheit bauchhutschen, als diese vier feurigen und geschickten Personen es vor unseren Augen taten. Hand in Hand mit Silvio genoß ich mit einigem Wohlbehagen das Vergnügen, dieses wilde Impromptu mit ihm zu betrachten. Vergebens versuchte der Lord, der ganz andere Absichten hatte, meine Aufmerksamkeit an diesem anziehenden Schauspiel zu benutzen, um seine vermeintliche Eroberung mir von meiner Seite für sich zu gewinnen. Dadurch, daß ich meine Beute festhielt und Silvio auch nicht nachgab, wurde der Ungeduld des zügellosen Hinterritters ein arger Strich durch die Rechnung gemacht.

»Lassen Sie uns doch ein Übereinkommen schließen, Mademoiselle!« sagte er in lustigem Tone. »Sie lassen sich von diesem Adonis zuerst bedienen, da ich sehe, daß Sie nicht davon abgehen wollen, aber machen Sie geschwind, und dann geben Sie ihn mir. Alsdann wollen wir uns die ganze Nacht darin teilen.«

Soweit reichten zwar meine Absichten nicht, aber ich war eifersüchtig darauf, die erste zu sein.

Kaum hatte der Lord ausgeredet, als ich mich statt aller Antwort mit dem verkleideten Silvio nicht weit von den ersten Gruppen auf das Bett warf. Nun wollte ich jene noch an Schamlosigkeit übertreffen und machte tausend närrische Spiele, ehe ich es zur Hauptaktion kommen ließ, bloß um den Lord, dem es sehr eilig war, zur Verzweiflung zu bringen. Aber er war höflicher, als ich es von seinem Alter und von dem Vorzug, den er dem männlichen Geschlechte zu geben schien, erwartet hätte.

Anstatt sich beleidigt zu fühlen, fand er vielmehr Geschmack an meinen ausgelassenen Spielen, legte sich zu uns und gab mir alles das wieder, was ich mit Silvio tat. Er betastete mich überall, küßte meine kleine Spalte, meine Hinterbacken, brachte einen ziemlich empfehlenswerten Speer mit ins Spiel und hätte beinahe, wenn ich nur ein wenig nachgiebiger gewesen wäre, seinen Ansprüchen auf den Italiener entsagt, um mir selbst auf natürlichem Wege den Vorzug zu geben. Aber ich war nicht betrunken genug, um mich so gröblich täuschen zu lassen. Ich warf ihn vielmehr aus dem Sattel, sobald er siegreich Fuß gefaßt zu haben glaubte, ergriff nun mit allem Ernst das Werkzeug, wodurch Silvio seine Kleidung Lügen strafte und machte Anstalt, mir diesen Freudengeber einzuverleiben.

»Nein, nicht so«, rief der leichtsinnige Lord, »diese Mühe sollen Sie nicht haben! Erlauben Sie, daß ich bei diesem reizenden Opfer die Rolle eines Hohenpriesters übernehme!«

Zu gleicher Zeit biegt er sehr geschickt mit dem Finger die Lippen meiner brennenden Purpurschnecke auseinander, führt das freudegebende Werkzeug hinein und versiegelt diese Vereinigung, solange noch einiger Zwischenraum vorhanden ist, mit mehreren Küssen.

So hat ein jeder seine Launen, seinen Geschmack und seine Kunstgriffe, sich am Genuß der Wollust zu beteiligen. Kaum war ich angespießt, als ein schneller Blitz mich wie ein Metall mit meinem hübschen Freudenritter zusammenschmolz und ich zu gleicher Zeit die feurige Injektion empfand, die er mir gab. Dieser kurze Augenblick wurde lange genossen. Diese gänzliche Hingebung unserer Lust, unser Dahinsinken in wollüstiger Verzückung entsprach zu sehr den Absichten des Lords, als daß er sich die Gelegenheit hätte entgehen lassen sollen, sie nicht auszunutzen. Als wir wieder zu ums kamen, fühlte Silvio sich festgenagelt. Ich wand mich schnell unter ihm weg, ließ den Ganymed sich an den von mir verlassenen Platz auf seine Hände stützen und beeilte mich, so nahe wie möglich zu beobachten, wie sich ein solcher männlicher Ritt ausnimmt. Ich fand ihn weder interessant noch wunderbar, sondern ziemlich lächerlich. Da an diesem zu den üppigsten Ausschweifungen bestimmten Orte nichts vergessen war, so fand ich auch einige aus dünnen Lederriemen gefertigte Geißeln. Ich ergriff eine davon und gab dem Lord während seiner Arbeit einige derbe Hiebe. Aber hierüber entrüstete er sich nicht, sondern munterte mich vielmehr auf, zuzuschlagen, und machte sich um so eifriger im Hintern seines Ganymeds zu schaffen.

Inzwischen war der andere Engländer mit Zerbine fertig und eilte, mich für meinen kleinen Schelmenstreich zu züchtigen. Da er mich auf den Hintern seines lieben Onkels so losprügeln sah, nahm er auch eine Geißel, ohne daß ich es bemerkte, überfiel mich unverhofft und bearbeitete meine armen Hinterteile.

Doch war er so galant, mir nicht weh zu tun. Seine Schläge waren sanft, und die lebhaftesten Liebkosungen einer auf ganz andere Weise spielenden Hand verursachten in der Nachbarschaft des gezüchtigten Teils einen angenehmen Kitzel. Ich wollte mich aber doch wehren und balgte mich also mit meinem wonnevollen Züchtiger. Da ich natürlicherweise schwächer war, so wurde ich bald auf die Matratze hingestreckt.

Er befand sich in jenem glücklichen Alter, wo der Bogen nach einem einzigen Schusse noch nicht abgespannt ist, und rächte also seinen Onkel sowohl der Ohrfeige als auch der Geißelung wegen dadurch an mir aufs vollständigste, daß er mich ganz unbarmherzig spaltete. Ich spielte dabei keineswegs die blöde Gans und wurde also recht tüchtig zurechtgemacht, genoß auch dieses Vergnügen, ohne mir über diesen neuen Eingriff, der meiner Sittsamkeit so vor aller Augen widerfuhr, die geringsten Gewissensbisse zu machen. Denn wer wollte hier den ersten Stein auf mich werfen? Was mir zur Seite vorging, rechtfertigte meine wollüstige Abwechslung zur Genüge.

Mein kleiner Engländer hatte nicht so bald Zerbine verlassen, um sich an mich zu machen, als der Graf sich aus Lorenzas Armen in die Arme ihrer Gespielin geworfen hatte. Da mein Einfall des Geißelns so gut aufgenommen wurde, so stand Lorenza auf, über das Verlassen des Grafen aufgebracht, ergriff daher eine Geißel und züchtigte ihn damit unter großem Gelächter während seines Lustgefechtes mit Zerbine. Doch unterließ sie es nicht, mit ihrer niedlichen Hand einen gewissen Teil zu beschützen, den sie vielmehr streichelte, um dem Verlorenen einen erhöhten Freudengenuß zu verschaffen. Bei solchen Auftritten war es nun wohl nicht Félicies Charakter, es lieber auf eine Notzüchtigung ankommen zu lassen, als mit guter Art den Bemühungen der beiden Männer nachzugeben, die sich um ihre Gunstbezeugungen bewarben. Da ihr Vorschlag, durch das Spiel der Hände beide zu gleicher Zeit und ohne den mindesten Vorzug auf einer Seite zu befriedigen, nicht angenommen worden war, so entschloß sie sich, wie eine brave Bettmaid, das Los über den Vorritt entscheiden zu lassen. Ihre Absicht dabei war, demjenigen die erste Nummer zuzugestehen, für den sie die wenigste Abneigung fühlte. Es kam darauf an, zu erraten, welchen von zwei Fingern sie naß gemacht hätte. Sie machte sie also beide naß, damit derjenige, den sie wollte und den sie zuerst das Los zu ziehen sich vornahm, gewiß gewinnen sollte.

Bis dahin glückte ihre List vortrefflich, aber der Zurückgesetzte überprüfte sofort ihre Hand, fand beide Finger naß und beschwerte sich ärgerlich über diesen Betrug.

»Nun, beim Priap, ich will nicht betrügen!« rief die entlarvte Félicie mit allem Feuer der Trunkenheit. »Da, Messieurs, haben Sie die Möglichkeiten, sich beide zu befriedigen!« Und mit diesen Worten hob sie ihre Kleider bis unter die Arme in die Höhe. »Ich glaube, daß der am wenigsten Begünstigte von Ihnen beiden doch nicht Ursache haben wird, sich zu beschweren!«

Dies gesagt, wirft sie den Engländer, dem sie den Vorzug gab, aufs Bett, stürzt sich auf ihn, besteigt ihn rittlings und spießt sich auf seinen Dolch, der es mit dem stärksten in der Gesellschaft aufnehmen konnte. Nach dieser Unternehmung lädt sie wie eine Bacchantin den müßigen Zurückbleibenden ein, sich des zweiten Postens zu bemächtigen. Aber, es sei nun aus Vorurteil oder aus Abneigung gegen diese Art von Genuß, über welchen junge Anfänger gewöhnlich eine völlig falsche Vorstellung haben, genug, der Gimpel bleibt untätig und steht betroffen da. Vergebens kommt die vor Trunkenheit ziemlich taumelnde Lorenza herbei, der Jüngling ohne »Hintergedanken« wirft lieber die Italienerin aufs Lager und spießt sie, ohne auch nur ein einziges Wörtchen zu sagen, mit dem ganzen Temperament eines fünfundzwanzigjährigen Mannes, der von der Reise erhitzt und in seinem Liebesvorhaben getäuscht ist, auf sein Rohr, das schon seit einer Stunde geladen dagestanden hatte, ohne ein einziges Mal zum Schuß gekommen zu sein.

Lorenza sieht sich also für die Verweigerung der angebotenen Dienste sehr wohltuend entschädigt; der Lord aber wird die Beleidigung wiedergutmachen, die sein jüngerer Landsmann dem majestätischen Hintern des Kammermädchens angetan hat. Sein Pupenritt mit Silvio ist beendet, und Félicies Herausforderung konnte sein Ohr nicht erreichen, ohne die Glut wieder anzufachen, womit dieser Mensch auf alles fällt, was Hinterteil ist. Und konnte man wohl einen schöneren Hintern sehen, als Félicie ihn hatte? Der rüstige Hinterlader kommt also schnell herzu und senkt seinen Schlauch, dem noch der letzte Tropfen seines vor kurzem beendeten Ergusses an der Spitze perlt, mit der Geschicklichkeit eines Meisters in die Öffnung, in welche sein Landsmann sich nicht hatte wagen wollen.

Diese Überladung geschäftiger Kämpen war vermutlich das, wonach unser brünstiges Kammerkätzchen sich noch sehnte, um sich vollständig glücklich zu fühlen, denn von dem Augenblicke an, wo ihre Eingeweide den Schaft des Lords bis zum Ende in sich aufgenommen haben, überläßt sie sich ganz dem Sinnentaumel, schmilzt in Entzückungen, ist mehr Furie als Weib und brüllt vor Wollust, daß es uns in den Ohren gellt.

Indessen ist nun der unbeschäftigte und von der Trunkenheit überwältigte Silvio in der Stellung eingeschlafen, wie der Lord ihn verlassen hatte, mit bloßem, in die Höhe gerichteten Hinterteil, an dessen Eingang noch die Pomade und der Wonnekleister des Lords sichtbar ist. Auch Zerbine, die mit dem Grafen ausgekämpft hat und der nicht mehr soviel Kräfte übriggeblieben sind, ihre Stellung zu verändern, liegt schnarchend auf dem Rücken, ohne daran zu denken, daß ihre gespreizten Schenkel und die ungehinderte Einsicht in ihre noch schäumende Muschel ganz lächerlich aussehen. – Aber wozu all diese einzelnen Beschreibungen? Die Hauptsache ist, daß wir alle ohne Ausnahme durch die Erschöpfung im Liebeskampf den Wirkungen des Weines mehr als sonst unterlegen waren. Da liegen wir also samt und sonders betäubt, unfähig, an irgendeine Art der Schicklichkeit zu denken, in den allerdrolligsten Stellungen und in todesähnlichen Schlaf versunken.

Ich wiederhole es dir, lieber Leser, daß diese schwache und verworrene Beschreibung dir bei weitem keinen richtigen Begriff von unseren unzüchtigen Ausschweifungen geben kann. Ich sehe das alles noch lebendig vor mir, fühle noch die brennende Erregung, die es in meinem Innern verursachte, und muß gestehen, daß ich mich über alle diese Dinge nur sehr unvollkommen ausgedrückt habe. Wenn ich den rechten Punkt deiner Einbildungskraft verfehlt habe, wenn du beim Lesen dieser Schilderung kaltblütig genug geblieben bist, um bloß das Unanständige in unseren Ausschweifungen zu bemerken, so muß ich dich dahin verweisen, wo du das mit Augen siehst, was ich so schwach geschildert habe. Versuche es einmal und wohne einem solchen Sauf- und Liebesgelage bei, wo alle Beteiligten so übermächtig mit Temperament und Geilheit versehen und so beschaffen sind wie die meisten von uns. Und wärest du der feinfühlendste Denker, wärest du noch so sehr Philosoph, du wirst unter den gegebenen Umständen ebenso unmäßig in deinem Verhalten und, deutlich gesagt, eben ein solches Schwein sein, wie wir damals es waren.

Neunundzwanzigstes Kapitel

Endlich auch etwas fürs Herz

Ich meinerseits wurde sehr angenehm geweckt. Anstatt des schmutzigen Schauplatzes, auf welchem ich meine Rolle so rüstig mitgespielt hatte, befand ich mich in einem schönen Bett in den Armen des Neffen unseres Lords, und gerade das, was meinen Schlaf unterbrach, war ein äußerst verbindliches Zeichen seiner Achtung, das er mir gab – er gab mir ein paar Stößchen. Als ich meiner Sache gewiß war, schloß ich meine Augen geschwind wieder, um nicht durch irgendeine Ablenkung das einzubüßen, dem ich mich nun ganz überließ, und dieses wohltuende Geschäft auf das Gewissenhafteste zu Ende brachte, ehe ich die mindeste Neugierde blicken ließ. Erst nachdem alles vorbei war, erfuhr ich von dem Engländer folgenden Hergang der Sache.

Kaum hatte mich in jenem Lustgemach der Schlaf überwältigt, als mein empörter Magen alles, was ich bei Tische zu mir genommen hatte, wieder von sich gab. Mitten unter diesem Brechen hätte ich ein Bett verlangt. Der junge Engländer selbst hatte mich in das nächste getragen und es für seine Schuldigkeit gehalten, sich zu mir zu legen, um bei der Hand zu sein, wenn ich Beistand nötig hätte. Von diesen Dingen wußte ich wegen der Stärke meines Rausches, auf welchen ein wahrer Todesschlaf gefolgt war, nicht das geringste, denn, so sagte er, wenigstens zwei Stunden lang wäre ich unbeweglich und völlig wie eine Tote gewesen.

»Vergebens versuchte ich …«

»Halten Sie ein!« unterbrach ich ihn heftig. »Wie, Sie hätten mich?«

»Ja, Mademoiselle, ich habe Sie.«

»Ach, ich bin verloren! Und nur weil ich mich so unvernünftig betrunken habe, daß ich sogar bestiegen worden bin, ohne es gewahr zu werden, so schwöre ich bei allen Elementen, nie wieder in meinem Leben zu trinken!«

»Schließlich«, fuhr mein Beischläfer fort, »bemerkte ich, daß Sie nun in ziemlich leichtem Schlafe lagen, und da sich Ihre Hand unvermerkt gegen mich ausstreckte …«

»So überzeugten Sie sich ganz davon, daß ich nicht tot wäre?«

»Oh, Sie haben ja Verstand wie ein Engel!«

Hatte mich eine Bewegung meiner Hand, die ich in diesem Augenblick machte, nicht überzeugt, daß ich alle Lebensgeister beisammen hatte! So ließ sich über diesen Punkt nichts mehr sagen, und es mußte also ein anderer Stoff zu unserem Gespräch gefunden werden.

Unter allen Dingen, die mir der ziemlich geistreiche Fremde erzählte, fiel mir eine Sache ganz besonders auf. Der Zweck dieser Engländer bei ihrer Reise war, sich an die Grenze zu begeben, die unserem Aufenthaltsorte die nächste war. Der Lord, Onkel meines jetzigen Gefährten, sollte sich daselbst im öffentlichen Zweikampf schlagen. – Rate einmal, lieber Leser, mit wem? Himmel, wie schauderte mich, als er ihn nannte! Mit dem Marquis de Pinange, meinem Vater! Der Lord hatte irgendwo mit einem intriganten Frauenzimmer gespielt, das mein Vater unterhielt, hatte eine beträchtliche Summe verspielt und behauptete, er wäre betrogen worden. Der Marquis, der seiner Stellung und seiner Verbindungen wegen nicht zugeben wollte, daß dieser demütigende Verdacht für wahr gehalten würde, hatte, ob zu Recht oder Unrecht, kann ich nicht entscheiden, die Partei seiner Beischläferin ergriffen, den Betrug geleugnet, den Lord beschimpft und herausgefordert. Was für Maßregeln sollte ich nun wohl unter solchen Umständen ergreifen?

Ich hatte am Abend vorher nur so nebenbei gehört, daß die Engländer frühzeitig abreisen und in der Stadt, die doch ziemlich sehenswert ist und von ihnen noch gar nicht besucht worden war, nicht einmal anhalten wollten. Ich hatte also keinen Augenblick zu verlieren. Ohne meinem Beischläfer zu erklären, warum seine Erzählung mich so lebhaft interessierte, springe ich aus dem Bette, werfe mich in die Kleider und eile zum Grafen, weil ich glaubte, ihn erst zu Rate ziehen zu müssen, ehe ich ein Wort von der Sache erwähnte.

In dem Lastersaal finde ich keine Seele, und obgleich es schon Tag war, begegne ich doch niemand, von dem ich hätte erfahren können, wo die ganze Gesellschaft geblieben ist. Endlich höre ich ein lustiges Gelärme in einem Zimmer, woselbst ich einen Teil der aufgekratzten Clique zu finden vermuten konnte. Ich gehe also hinein und sehe in einem ungeheuer großen Bett Félicie zwischen zwei Engländern, die mit ihr schäkern, und in einem anderen Bett den Grafen, der kaum zu sehen war unter den beiden Italienerinnen, die beide splitternackt über seinem Kopfe Posituren machen mußten.

Diese ausschweifende Gesellschaft war weit entfernt, den ernsten Grund zu erraten, der mich zu ihnen führte. Man glaubte, ich komme, um Abenteuer zu suchen, und einer der Engländer springt im Hemde auf, um mich zu ergreifen. Aber ich stoße ihn unwillig zurück, und die ganze Gesellschaft der Fremden ist mir auf einmal verhaßt. Ich habe nichts anderes im Kopfe, als daß mein Vater Gefahr läuft, unter ihren Streichen zu fallen. Ich forderte den Grafen auf das dringendste auf, seine Betthäschen für einen Augenblick zu verlassen und mit mir zu sprechen, und er erweist mir den Gefallen.

Dieser Lüstling hatte, bei allen seinen Fehlern, ein vortreffliches Herz. Er nimmt sogleich lebhaften Anteil an meinem Unglück, verspricht mir, sich der Sache meines Vaters bereitwillig und eifrig anzunehmen und wenigstens sein Sekundant zu sein, wenn es nicht möglich ist, das Duell zu verhindern. So gehen wir zu meiner Mutter. Wir kamen nicht ohne Schwierigkeiten in ihr Zimmer, denn sie wollte nicht gerade gern bei ihrer Unterhaltung mit Potamico von Augenzeugen angetroffen werden, der ihr seit ihrem lächerlichen Falle nicht mehr von der Seite gewichen war. Aber wie groß war mein Erstaunen! Welche Abscheu erregte bei mir diese selbst so strafbare Frau, als sie, anstatt sich über die Gefahr des Marquis de Pinange zu beunruhigen, der doch offensichtlich viel gewisser ihr Mann war als vielleicht Vater von mir, ganz kaltblütig zur Antwort gab:

»Meinetwegen mag er sich schlagen oder nicht! Er mag siegen oder fallen, das geht mich nichts an!«

Ich gestehe, daß in diesem Augenblick sich Zorn und Haß gegen dieses gefühllose Weib meiner bemächtigte und mein Vater in meinen Augen wegen des Unrechts, das er wirklich gegen meine Mutter begangen hatte, schon zur Hälfte gerechtfertigt war. Es schien mir unmöglich, daß nicht irgendein menschlicher Zug in einem so bösartigen Charakter selbst in den besten Zeiten der Ehe zum Vorschein gekommen sein sollte und den unüberwindlichen Widerwillen verursacht haben sollte, den der Marquis de Pinange gegen seine Frau hegte.

»Ach, Madame«, konnte der Graf sich nicht enthalten zu sagen, »warum lösen Sie den Zauber auf, der mich geblendet hat?«

Wir gingen hinaus und machten die Tür langsam genug hinter uns zu, ohne daß es der Hartherzigen einfiel, uns zurückzurufen, um sich zu rechtfertigen und mit uns über die Möglichkeiten zu beratschlagen, wie meinem Vater geholfen werden könne.

»Richten Sie das alles ein, wie Sie wollen, lieber Graf«, sagte ich zu ihm, »aber ich will um keinen Preis, daß sich mein Vater duelliert. Wie, Spielhändel? Und das um eines liederlichen Weibsstückes willen, das sich vielleicht nur durch das Geld, was sie von einfältigen oder gutherzigen Schafsköpfen ergaunert, aus dem niedrigsten Auswurf unseres Geschlechts emporgehoben hat!«

Und so gingen wir zu dem Lord.

Dieser hatte sich mit Silvio in einem kleinen Kabinett einquartiert. Wir überraschten sie, als der Lord die Hinterbacken seines Lieblings streichelte und von der geschäftigen Hand desselben die Spannung zu einem neuen Ritt erwartete, wozu indessen bei unserem Eintritt eben nicht viel Hoffnung vorhanden war. Der Schinkenritter, der sich vermutlich nun seiner offenbaren Schwäche schämte, wäre beinahe auf uns böse geworden, hatte jedoch die Güte, uns anzuhören.

»Geh zum Teufel!« rief er, nachdem er dem Grafen zugehört, der ihn gebeten hatte, uns von den Ursachen seines Duells genau zu unterrichten. »Sie hätten es wohl unterlassen können, mich auf eine Sache, und überdies zu solcher Unzeit, zu bringen, womit ich mich schlechterdings nicht früher als morgen zu beschäftigen gedachte. Die Sache ist indessen diese, und mir dünkt, es ist klar: Monsieur de Pinange, der sein ganzes Vermögen durchgebracht hat, lebt mit einer Hure, die mich bestohlen hat, und wirft sich zu ihrem Verteidiger auf. Ich verachte sie, und er beschimpft mich. Ich will ihm den Degen in den Leib rennen oder er ihn mir.«

»Das gerade sollen Sie nicht, Monsieur«, fiel ich ihm aufgeregt in die Rede, »der Mann ist mein Vater.«

»Nun, wahrhaftig, mein schönes Kind, dieses Geständnis wird mir keine bessere Meinung von ihm beibringen.«

Dies brachte mich in Wut. Hätte ich irgendein Gewehr

zur Hand gehabt, so würde ich den ungeschliffenen Engländer auf der Stelle niedergeschossen haben.

»Geh, Sodomsbrut«, rief ich zornig, »der Verlust deines elenden Geldes würde dich nicht zu solchem Grimm veranlassen, wenn es dir nicht eine Frau abgenommen hätte. Hätte dich irgendein Maulaffe, der deinen Afterlüsten dient, geplündert, so würdest du gewiß alle mögliche Nachsicht üben und dem schändlichsten Schwanzäugler noch den Hintern küssen. – Monsieur de Pinange kann sich gegen dich nicht gerade ehrenhaft betragen haben, aber er war von jeher schlechterdings unfähig, irgendeine Niederträchtigkeit zu begehen. Und wenn er die Verteidigung einer Frau auf sich nimmt, so wenig auch seine Verbindung mit derselben zu entschuldigen sein mag, so ist er wenigstens davon sicher überzeugt, daß sie dich nicht betrogen hat. Ich erkläre dir also hiermit, daß ich kein Wort von diesem Betruge glaube, dessen du die Person beschuldigst, daß ich dich aber für ebenso unredlich halte, als du lasterhaft bist, und daß, ehe du mit dem Vater zu Werke gehst, dir das Vergnügen freisteht, die Tochter zu ermorden, denn ich will die erste sein, die sich mit dir schlägt.«

Dreissigstes Kapitel

Fortsetzung des vorigen

Daß die Engländer Sonderlinge sind, weiß die ganze Welt. Die Wirkung meiner Strafpredigt auf den Lord war beinahe unglaublich. Je leidenschaftlicher ich ihn beschimpfte, desto mehr zeigte er, schweigend, ruhig und mit starrem Blick auf mich, eine aufmerksame Nachdenklichkeit über meine Erklärungen und die äußerste Verwunderung über die Wärme des Gefühls, womit ich meinen Vater verteidigte.

Ohne Rücksicht, fast gänzlich nackt zu sein, springt er auf und eilt mit offenen Armen auf mich zu und ruft mit Bewunderung aus: »Ich muß dich umarmen, braves Mädchen, das einen besseren Vater verdient! Empfange hier die Huldigung, die ein edel fühlendes Herz deiner Tugend schuldig zu sein glaubt! Deinen Hang zu einem Laster kannst du nicht leugnen; auch von den meinigen ist dir nun eines bekannt; aber demungeachtet verdienen wir Achtung. Also die Dame, die man gestern abend, wenn ich mich recht erinnere, deine Mutter nannte ...«

»Sprechen Sie nicht von ihr, Mylord, jetzt soll nur die Rede von meinem Vater sein!«

Das Rasseln einer Kutsche, die unter dem Fenster des Kabinetts, wo wir waren, anhielt, unterbrach unser Gespräch. Der Postillon hatte ein kleines Paket abgegeben, und der Reisende stieg eines kleinen Bedürfnisses wegen aus.

»Gott, welch ein Zufall, der Reisende ist ... der Marquis de Pinange selbst!« Ich habe nur soviel Zeit, mich dem Grafen in die Arme zu werfen und auszurufen: »Er ist es, Graf, er ist es selbst! Retten Sie meinen Vater!« Und meine Tränen strömten ihm über das Gesicht.

Welche Maßregel konnte man jedoch ergreifen, um eine solche Sache zu einem Vergleich einzuleiten? Wie konnte man den Marquis de Pinange zum Sprechen bringen? Wie ihn veranlassen, ein Haus zu betreten, wo seine Frau in den Armen eines Landstreichers der niedrigsten Klasse lag? Wo seine Tochter ... Wo sein Feind ...? Nichtsdestotrotz ging der Graf hinunter und ließ mich unter dem Schutze des Lords, an dessen Großmut man nach dem, was geschehen war, nicht mehr zweifeln konnte.

Der Engländer wandte sich nun zu seinem Günstling Silvio, dem er in einer kurzen und sehr leisen Unterredung wahrscheinlich ein Geschenk machte oder ihm irgendeinen ansehnlichen Vorteil versprach, denn das nichtswürdige Geschöpf ließ sich auf die Knie nieder und küßte ihm die Hand auf das demütigste. Wie schlecht kam ich mir jetzt auf einmal selber vor. Ich sah in diesem Doppelgockel, mit dem ich mich so ausschweifend und doch so innig abgegeben hatte, nichts anderes mehr als einen verächtlichen Landläufer und war erstaunt darüber, daß ich in seinen Armen Vergnügen empfunden hatte. Besonders kam er mir jetzt ebenso ekelhaft als lächerlich vor, nachdem er aus Not wieder die Frauenkleider angezogen hatte, weil seine Kleider bei der Wirtin zurückgeblieben waren.

So verkleidet gewährt auch ein sonst sehr hübscher Mann einen häßlichen Anblick, wenn er vom Lustgenuß übermüdet, vom falschen Busen, von den Reizen unseres Geschlechts entblößt und seines Charakters beraubt ist.

Indessen wagte es jedoch Silvio, sich mir zu nähern, fiel auf die Knie nieder, aber zum Glück ohne geringste Vermessenheit in seinen Mienen, und küßte den Saum meines Kleides. Diesen Augenblick der Demütigung benutze ich, um ihm jeden Gedanken zu nehmen, als hätte er mich einen Augenblick anders als durch die Sinne interessieren können, zog einige Goldstücke aus meinem Beutel und steckte sie in seine Hand. Er nahm sie, ohne im geringsten merken zu lassen, daß ihm diese neuerliche Beleidigung nahegehen könnte, und ich fühlte mich nun von der drükkenden Last der Torheit befreit, die ich begangen, als ich mich für einige Stunden mit einem solchen Subjekt gemein gemacht hatte.

Der Lord bestellte Tee und fragte, ob ich auch welchen trinken wollte. Ich nahm an und sah es recht gern, daß er mich dazu einlud. Da ich seit einer Stunde mit diesem Menschen sehr zufrieden war und, ohne zu wissen warum, gute Hoffnung schöpfte, daß unsere tragische Verwicklung sich glücklich auflösen würde, so willigte ich um so mehr ein, je dringender ich das Bedürfnis empfand, etwas in den Magen zu bekommen.

Unterdessen nun der Tee besorgt wurde, sahen wir zu meiner größten Freude die Truppe der Italiener in eine elende Kutsche steigen und einen Weg einschlagen, der nicht in die Stadt führte. Nachdem sie bei Madame Gaillard reichlich verdient hatten, zeigten sie keinerlei Lust mehr, sich in einer Stadt wieder sehen zu lassen, wo sie als Landstreicher angekommen waren und wo ihre Talente als Musiker ihnen nichts als kleine Münzen würden eingebracht haben, während ihre ausschweifende Betätigung ihnen die Taschen mit Pistolen gefüllt hatte.

Die Wirtin, die wir hatten rufen lassen, benachrichtigte uns, daß der Graf mit dem abgestiegenen Reisenden sich in ein Zimmer des unteren Stockwerks eingeschlossen hätte, wo sie sich ungestört unter vier Augen unterhielten. Bald darauf hätten sie geklingelt und meiner Mutter ein kleines versiegeltes Zettelchen geschickt. Diese war, nachdem sie es gelesen, eiligst aufgestanden und hatte sich rasch angekleidet, um nach der Stadt zu fahren. Nach mir hatte sie sich ziemlich nachlässig erkundigt und ließ mir durch die Wirtin sagen, sie würde mich wahrscheinlich wiedersehen, wenn ich meinen Entschluß gefaßt haben würde.

Diese Worte waren für die Wirtin unverständlich, mir jedoch zeigten sie an: erstens, daß meine Mutter nicht recht wußte, was sie tun sollte; und zweitens, daß sie mich im Verdacht hatte, ich würde mich von ihr trennen wollen, um bei meinem Vater zu leben, den ich immer etwas mehr geliebt hatte. Überdies setzte sie voraus, und darin hatte sie auch nicht unrecht, daß die Kaltherzigkeit, die sie gegen ihren Mann geäußert hatte, mich um so mehr gegen sie gleichgültig machte, als der Zauber kindlicher Ehrfurcht bereits durch die Kenntnis ihrer Ausschweifungen erloschen war, die die meinigen an Strafbarkeit übertrafen. Und konnte ich mich nicht wirklich ungestraft von derjenigen unabhängig machen, von welcher ehedem ein Wort, ja eine Miene hinreichte, mich in den Schranken meiner Pflicht zu halten? Wenn ich jedoch sogleich sehr entschlossen war, mich von meiner Mutter von nun an nicht mehr bevormunden zu lassen, so dachte ich doch keineswegs daran, mich von ihr zu trennen; und hiervon wollte ich sie gleich vergewissern.

Ich fand sie in großer Unruhe. Mein Besuch machte sie noch verlegener.

»Du weißt wahrscheinlich«, sagte sie, »daß dein Vater hier ist und gewisse Händel auf dem Halse hat. Ich werde bald erfahren, was er hier will.«

»Ganz gewiß, um Sie zu sehen, da er Sie so nahe an dem bestellten Ort weiß, wo er das Leben verlieren kann.«

»Ich will zu dieser Idee, die auch die meinige ist, noch diese hinzusetzen, daß ich wohl darauf wetten wollte, daß er nach seiner Gewohnheit keine Pistole in der Tasche hat, und da er glaubt, daß seine Lage mir nicht gleichgültig sein wird, so nimmt er an, daß ich ihm wohl zu Hilfe kommen könnte; und von dieser Seite läßt er mir wenigstens Gerechtigkeit zukommen. Aber um ihm und mir alle Verlegenheit zu ersparen, sei du so gut und gib ihm diesen Beutel mit etwas mehr als hundert Pistolen unter der Bedingung, daß er mich mit seiner Gegenwart verschont.«

Ich nahm vorläufig den Beutel an mich, dann sagte ich: »Und wo bleiben wir?«

»Wir begeben uns wieder in die Stadt und wohnen ... was weiß ich? Dein Graf hat unsere Angelegenheiten in eine gräßliche Verwirrung gebracht. Ich weiß mir selbst keinen Rat. Überdies ist die Entscheidung meines Prozesses nahe. Je nachdem wie derselbe ausfällt, werde ich meine Maßnahmen treffen. Bis dahin sehe ich nichts als schreckliche Verlegenheit voraus. Das weiß ich wohl, daß ich wünschte, schon vorher gestorben zu sein.«

»Nein, Mama, seien Sie gerecht! Sie haben diese letzten Tage, soviel ich weiß, ziemlich angenehm verbracht. Sehen Sie nicht alles schwarz, und wenn Sie noch einige Liebe für Ihre Tochter haben, so umarmen Sie mich.«

Sie lächelte und liebkoste mich ziemlich freimütig. Ich war noch in ihren Armen, als der Graf, der den Marquis de Pinange an der Hand führte, plötzlich die Türe öffnete und sagte:

»Ja, mein lieber Marquis, sie ist hier. Voll Angst über die Gefahr, in der Sie schweben, wollte sie dem verhängnisvollen Orte zueilen und, wenn sie das Duell nicht verhindern könnte, wenigstens bei der Hand sein, um Ihnen Hilfe leisten zu können.«

Ich verstand sogleich die Absicht des Grafen und erriet den Ausweg, den er in unserer mißlichen Angelegenheit gefunden hatte. Ich fiel also sogleich meinem Vater um den Hals und hielt ihn eine Weile, um meiner Mutter Zeit zur Besinnung zu lassen, wie sie sich am schicklichsten zu benehmen hätte. Der Graf hatte soeben aufs meisterhafte jeden Schein aus dem Wege geräumt, der zur Vermehrung des üblen Benehmens hätte beitragen können.

Mein Vater ließ mich nun los und ging aufs freundlichste zu seiner Frau. Sie umarmten sich wie Leute, die zu leben wissen, aber weit davon entfernt sind, einander zu lieben.

»Monsieur«, sagte meine Mutter ziemlich trocken zu ihm, »ich weiß, was für ein Unglück Sie in diese Gegend führt und weiß Ihnen Dank, daß Sie sich erinnern, noch eine Frau zu haben. Sie ist bereit, Ihnen alle guten Dienste zu leisten, die in ihrem Vermögen stehen.«

Ich ergriff diesen Augenblick, wo mein Vater um eine Antwort verlegen schien, um die guten Absichten seiner Frau bei ihm geltend zu machen. Anfänglich weigerte er sich hartnäckig, den Beutel Pistolen anzunehmen, und aus Furcht, daß meine Mutter sich gekränkt fühlen und den Beutel zurücknehmen könnte, entfernte ich mich auf diskrete Weise und verließ das Zimmer unter dem Vorwand, daß der Lord mich mit Ungeduld zum Tee erwartete.

Einunddreissigstes Kapitel

Englische Grille
Sonderbare Erscheinung und was darauf folgt

Bald, lieber Leser, werden wir zusammen die traurigen Aussichten hinter uns lassen, die ich dir gezeigt habe, und dann soll deine brennende Neugierde mit angenehmen Bildern beschäftigt werden. Nur noch ein klein wenig Geduld, damit ich dir den Rest einer Begebenheit erzählen kann, die ohne mein Wissen die merkwürdigsten Ereignisse meines Lebens vorbereitete.

Die Gedanken des Lords waren während seines Alleinseins nicht müßig gewesen. »Mademoiselle«, sagte er zu mir, als wir die erste Tasse Tee getrunken hatten, »wenn es die Pflicht eines Edelmannes ist, Mut zu haben, so ist sie es noch weit mehr, gerecht zu sein. Es kommt hier nicht darauf an, zu wissen, ob die Mätresse von Monsieur de Pinange mich wirklich betrogen hat oder nicht, sondern ob der Marquis aus echter Überzeugung behauptet hat, daß kein Betrug dabei am Werke war. Ist er dabei redlich vorgegangen, so habe ich unrecht und darf nicht noch das Unrecht hinzufügen, ihm das Leben zu rauben, denn damit raube ich ihm auch seine Ehre. Es ist also nötig, daß Monsieur de Pinange sich hierüber mit einer edlen Freimütigkeit erklärt. Auf dem Tische, an welchem wir uns erklären, soll eine einzige Pistole liegen. Sollte Monsieur de Pinange etwa aus Furcht eines Meineides sich genötigt fühlen, zu gestehen, daß ich wohl betrogen worden sein könnte, so wäre die Reihe an mir zu schießen; besteht er aber darauf, auf Ehre zu beteuern, daß seine Mätresse unschuldig ist, so erlaube ich ihm, auf mich zu schießen. So verlangt es die Gerechtigkeit.«

Der Graf war, als der Lord so zu mir sprach, an unsere Tür gekommen und hatte alles mit angehört, ehe er hereintrat.

»Nein, nein, Mylord«, sagte er beim Eintreten, »die Franzosen spekulieren nicht so wie Sie über solche Händel und wissen nichts von dergleichen Alternativen, die das Verdienst der Ehrlichkeit und des Herzens unentschieden lassen. Monsieur de Pinange erklärt standhaft und bei seiner Ehre, und ich komme, Ihnen in seinem Namen diese Erklärung zu überbringen, daß seine Mätresse die Geldsumme Ihnen ehrlich abgewonnen hat, von welcher Sie behaupten, daß Sie darum betrogen worden sind. Sie war, sagt er, völlig Herr über ihren Verstand, weil sie bei dem Souper mäßiger gewesen war als Sie. Auch spielt sie das Pikett ungleich besser und gerät nicht außer sich, wenn sie kein As bekommt. Auch setzt er noch hinzu, Mylord, daß Sie bei diesem Spiel verdrießlich waren über ich weiß nicht was für eine abschlägige Antwort, die sie Ihnen kaltblütig gegeben hat, worüber Sie aber vielleicht so verstimmt waren, daß Sie auffällig zerstreut spielten.«

»Das ist schon zuviel, Monsieur!« erwiderte der Lord. »Ich fühle die ganze Schwere dessen, was Sie mir da sagen. Mein erster Fehler war, daß ich unrecht handelte; ja, ich gestehe es; und mein zweiter Fehler folglich, daß ich noch mehr unrecht gesprochen habe.«

»Das ist großmütig gesprochen, Mylord. Aber unter solchen Umständen und wenn eine Zwistigkeit schon einiges Aufsehen erregt hat, begnügt sich ein Franzose nicht mit dem Widerruf; Sie müssen wenigstens der Förmlichkeit halber den Degen ziehen.«

»Wie soll ich das verstehen, Monsieur?« fragte der Engländer ziemlich trotzig und stand auf. »Ich weiß nichts von Ihren Förmlichkeiten, und wenn ich mich, beim Teufel, um einen Schilling schlüge, so würde ich mein möglichstes tun, meinem Gegner das Lebenslicht auszublasen oder er mir, aber für nichts und wieder nichts, bei aller Ehrerbietung, da bin ich nicht imstande, die geringste Schramme zu geben oder zu empfangen. Sagen Sie Ihrem Freunde alles, was Sie jetzt gehört haben, mit der Versicherung, daß, wenn er nicht sein Wort gibt, heute mittag mit seiner ganzen Gesellschaft aufs freundschaftlichste bei mir eine Suppe zu essen, ich ihn mit einer Pistole jetzt gleich erwarte, damit er mich erschieße, wie ich's verdiene. Gehen Sie, Monsieur!«

Der Graf, der nun wohl einsah, daß die Beilegung dieser Sache weiter keine Schwierigkeiten bereiten würde, ging lächelnd aus dem Zimmer.

»Ich wünschte wohl, Mademoiselle«, sagte der Lord zu mir, nachdem er einige Minuten nachgedacht hatte, »daß Sie mir die Versicherung geben könnten, daß man Monsieur de Pinange meine Meinung richtig und genau so vorträgt, wie ich sie äußerte. Wollen Sie wohl so gefällig sein und danach sehen?«

»Eben wollte ich Sie um Erlaubnis dazu bitten, Mylord!« sagte ich und stand auf.

Er saß da, stützte nun die Ellenbogen auf den Tisch und legte den Kopf in die Hände, wie ein Mensch, der sich zu einem nahen Tod vorbereiten will.

»Mylords Erklärung ist starker Tobak«, sagte mein Vater, als er den Grafen angehört hatte, »und ich sehe wohl, daß uns dieser seltsame Kauz keine andere Wahl läßt, als hier miteinander zu Mittag zu speisen.«

So endigte in lächerlicher Weise eine sehr ernsthafte Streitigkeit. Man kam zusammen. Die Erklärung war, dank dem eifrigen Grafen, rasch und schonend für die Eigenliebe eines jeden dieser zwei ehemaligen Gegner erledigt. Es wurde ein hervorragendes Gastmahl bestellt, aber erst um fünf Uhr abends, weil meine Mutter behauptet hatte, sie müßte noch vormittags in die Stadt fahren, teils um ihren Sachwalter zu sprechen, teils um zu erfahren, welche Wirkung ihr Schreiben vom vorigen Abend an die Äbtissin des Klosters gehabt hatte. Diese Fahrt war niemandem willkommener als Félicie, die höchst ungeduldig war, ihren großmütigen Deutschen wiederzusehen und ihren Posten bei ihm wieder anzutreten, nachdem die beiden Engländer von ihr gegangen waren, die sie die ganze Nacht auf Trab gehalten hatte.

Während meine Mutter in der Stadt war, vertrieben sich die Herren mit Spazierengehen, Billard und Brettspiel die Zeit, und ich, die ich keinen Geschmack am Spiel hatte, würde vor tödlicher Langeweile umgekommen sein, wenn nicht mein andauerndes seltsames Geschick mir einen süßen Zeitvertreib verschafft hätte, der die Leere, über die ich mich anfänglich beunruhigt hatte, auf das herrlichste ausfüllte.

Als ich am Ende eines Flurganges ein dringendes Bedürfnis der Natur befriedigte, erstaunte ich nicht wenig, in das zunächst anstoßende Örtchen ein großes, wohlgewachsenes Mädchen eintreten zu sehen, bei deren Annäherung ich meine Tür sachte geschlossen hatte. Zwischen zwei aus den Fugen geratenen Brettern sah ich sie vor dem steinernen Abort aufrecht stehen und ihr Wasser in einem Bogen von sich geben, dessen Höhe ihren Schultern gleichkam. Eine solche Stange Wasser überzeugte mich, daß diese dreiste Pisserin ein verkleideter Mann sein müßte.

Da die Ritze in den Brettern mir nicht gestattete, diese zweideutige Gestalt völlig von Kopf bis Fuß zu betrachten, so eilte ich hinaus und sah zu meinem Erstaunen ein Gewächs, das alle Gedanken an Männlichkeit so sehr verbannte, daß, wenn ich nicht ganz deutlich den Schlauch mit eigenen Augen gesehen, ich geschworen hätte, es sei ein Mädchen, um so mehr, da ihr Aufzug elegant und verführerisch in gleich hohem Grade war und eine dicke blonde Flechte unter einer runden, sehr zierlich aufgesetzten Haube den Anschein der verführerischsten Buhlerin vervollständigte.

Ich wartete am Ende des Flurganges, um diese sonderbare Person vorbeigehen zu sehen. Mein Erstaunen aber stieg wie mein Interesse, als ich sehr feine Gesichtszüge erblickte, eine schöne Nase, sehr lange Augenwimpern und einen niedlichen kleinen Mund, der, als er sich bei der Erwiderung meines Grußes zum Lächeln verzog, den Wangen zwei reizende Grübchen eindrückte. Ich muß gestehen, daß ich in diesem Augenblick drauf und dran war, meinen Augen kein Vertrauen zu schenken und vielmehr, trotz des springenden Wasserfalles, zu glauben, daß ich ein Wesen meines eigenen Geschlechts vor mir sähe.

Madame Gaillard allein konnte über mein Urteil über diese mir aufgefallene seltsame Erscheinung Auskunft erteilen. Ich lief zu ihr.

»Wie«, rief sie lustig aus, nachdem sie meine lebhafte Beschreibung angehört hatte, »so haben Sie den Schelm schon gesehen, den Alexis?«

»Alexis heißt er?«

»Jawohl, er ist mein Neffe, der Sohn einer meiner Schwestern, die ihn dem Unternehmungsgeist eines der schönsten Kavaliere von Frankreich zu verdanken hat.«

»Das interessiert mich kaum, aber warum trägt Ihr Neffe Frauenkleider, die ihm übrigens sehr gut stehen?«

»Weil er die Rolle einer Putzmacherin spielt, weil er besseren Kopfputz sticht als die berühmte Léonard und weil er zwei ehrwürdigen Messieurs als Beischläfer dient. Aber pst! Ich weiß gar nicht, warum ich unsere Familiengeheimnisse einer so jungen Person erzähle, die ich so wenig zu kennen die Ehre habe.«

»Erzählen Sie nur alles, liebe Madame Gaillard, was Ihren erstaunenswerten Neffen betrifft! Es interessiert mich, und ich schwöre Ihnen, es nicht weiterzuerzählen.«

»Nun, wenn Sie verschwiegen sein wollen, so will ich Ihnen sagen, daß Alexis in seinem achten Jahre so schön und so zierlich gewachsen war, daß mir die Laune kam, ihn als Mädchen zu kleiden und zu erziehen, um ihn um so sicherer bei mir zu behalten, damit er nicht in die Gesellschaft der jungen Lüstlinge seines Geschlechts geriet. Als die Zeit herankam, zum ersten Abendmahl zu gehen, beichtete ich unserem Geistlichen mein Geheimnis und meine Gründe. Dieser würdige Mann, einer meiner besten Kunden und eine überaus gefällige gute Haut, fand nicht allein gut, daß Alexis seine Verkleidung beibehielt, sondern erbot sich sogar, zu den Kosten seiner Erziehung beizutragen, und verstand sich bald danach zur Bezahlung seines Lehr- und Kostgeldes bei einer Modehändlerin. Ich drückte nun immer ein Auge zu über das Interesse, das dieser Wohltäter dabei haben wollte, zu welchem ich überdies meine Nichte Alexine alle Sonn- und Feiertage zur Vesperzeit hinführte, um eine Pastoralinstruktion zu empfangen, die der heilige Mann sich jedesmal die Mühe gab, ihr unter vier Augen beizubringen, währenddessen irgendein Vikar oder ein Verwandter so höflich war, sich mit mir zu unterhalten.

Nachdem dieser brave Priester an einem Magenleiden gestorben war, um dessentwillen man ihn sehr unschicklich zur Ader gelassen hatte, kam ein großer Vikar, ein Freund des Verstorbenen, zu mir und bat mich, zu erlauben, daß er für Alexis eben das tun könnte, was sein Freund getan hatte. Dieser neue und viel reichere Beschützer hat seine Güte noch viel weiter getrieben. Er trug mir seit gewisser Zeit immer vor, ich sollte ihm meinen Neffen gänzlich abtreten, damit er als eine Verwandte bei ihm leben könne, wenn er diese Stadt verließe, da er etliche fünfzig Meilen von hier eine sehr einträgliche Pfründe bekommen hatte. Weil ich aber merkte, daß diese beiden verhurten Heuchler den Kopf und das Herz dieses sonst so guten Kindes mit den verdorbensten Launen verdreht hatten, wovon eine ist, die Frauen zu verabscheuen ...«

»Er verabscheut uns, Madame?«

»Ja leider, mein Engel«, sagte sie und lächelte mir zu, »und ich würde derjenigen sehr verbunden sein, die die Mühe auf sich nehmen wollte, ihn zu bekehren.«

»Fahren Sie bitte fort in Ihrer Geschichte!«

»Da ich ihn also von diesem sodomitischen Priestergeschmeiß losreißen wollte, dachte ich daran, ihn als Kammermädchen zu verdingen, sollte es auch bei einer von den vornehmsten Lustnymphen sein. Aber jetzt hat mir der Lord einen Ausweg gezeigt.«

»Aber, liebe Gaillard, wo denken Sie hin? Da bringen Sie ja Ihren Neffen aus dem Regen in die Traufe. Der Lord ist für sein Teil ganz allein so sehr Sodomit als ein ganzes ehrwürdiges Kapitel von Mönchen zusammengenommen.«

»Mag sein, aber er bekommt doch eine andere Lebensart. Diese Engländer sind auf Reisen. Alexis wird Länder- und Weltkenntnisse sammeln und eben seine Lebensart in dem Maße verfeinern, wie er Länder, Schauplätze und Damen sehen und kennenlernen wird. Wenn er wieder die Kleidung seines Geschlechts trägt, so wird er, bei seiner Schönheit, bald genug gute Partien angetragen bekommen; und sollte er sich hartnäckig und spröde zeigen, so wird schon irgendein raffiniertes Weibsbild ihn mit Gewalt verführen, und mehr braucht es nicht, um ihm die Augen zu öffnen. Aber da kommt er selbst. Nicht wahr, er ist reizend?«

»Oh, er ist ein Engel!«

Monsieur Alexis oder Mamsell Alexine, in der Meinung, daß ich nicht viel vornehmer wäre als er, beehrte mich nur mit einem recht familiären Gruß, so wie oben auf dem Flurgang. Selbst Madame Gaillard war weit entfernt, mich, so wenig als meine Mutter, trotz unserer Adelstitel, für eine Dame von Stand zu halten. Es gibt ja der Landstreicherinnen so viele, die sich Komtessen, Marquisen und Baronessen nennen, hat man doch schon Prinzessinnen von diesem Schlage gesehen, und gerade diese machen es so, wie wir es in diesem »sauberen« Hause getrieben hatten. Auch war mein jetziges Verhalten wohl nicht dazu angetan, mir Achtung und Ehrgefühl zu verschaffen, als ich mit dem leichtfertigsten Tone den allerliebsten Neffen der Wirtin mit folgender Anrede aufmunterte:

»Bonjour, Mamsell Alexine. Der Himmel erhalte Sie in dem glänzenden Zustande, worin ich Sie oben gesehen habe, damit Sie noch lange in einem Bogen pissen können, der Ihnen bis über die Schulter geht!«

Diese Anrede, die den jungen Menschen in Verlegenheit setzte, bereitete der Wirtin viel Vergnügen.

»Du hast dich verraten«, sagte sie, »denn Mademoiselle hat dich gesehen und weiß alles.«

»Liebe Tante«, antwortete er, »der Teufel mochte wissen, daß jemand zugegen war. Dieser Zustand quält mich jeden Morgen eine Stunde lang. Da ich zu Fuß gekommen bin, ist mein Blut noch mehr in Wallung, und hätte ich nicht gesehen, daß Mademoiselle mich mit einer Neugierde erwartete, die mir nicht wenig auffiel, so hätte ich mich gewiß mit eigener Hand von meiner Unbequemlichkeit befreit, die an dem Vorderteile meiner Röcke einen großen Übelstand verursacht.«

Wirklich sah ich, daß die Röcke vorn mit einem wahren »Überstande« in die Höhe gehoben wurden.

»Ihr Hilfsmittel, Monsieur Alexis«, sagte ich, »taugt zum

Teufel nichts. Wie kommen Sie bei Ihrer hübschen Figur, und da Sie unter Modehändlerinnen leben, dazu, daß Sie durch so schmutzige Streiche Ihre Gesundheit verderben?«

»Pfui«, erwiderte die Pseudo-Alexine und spuckte verächtlich aus, »alle diese Huren erregen mir Ekel!«

»Ja freilich«, unterbrach ihn Madame Gaillard mit Bitterkeit, »es lebe statt dessen, was diese reizenden Geschöpfe aufzuweisen haben: der große garstige Hintern des Abts Cacarel! Nur da ist gut sein, nur da wohnt das wahre Vergnügen! Geh, du Schandbube, ich verwünsche meinen Einfall, dich verkleidet zu haben, und wenn du so fortfährst, so vermache ich alles einem Fremden, und dir gebe ich meinen Fluch!«

Ich versuchte Madame Gaillard nach Möglichkeit zu beruhigen und liebkoste unterdessen den armen Alexis. Da er dieses, trotz seiner Antipathie gegenüber Frauen, ziemlich gut aufnahm und Trost darin zu finden schien, so forderte ich diesen Feind unseres Geschlechts auf eine ironische Art heraus, mir Genugtuung für die Beschimpfung meines Geschlechts zu geben, die ich mit auf mich bezog, obgleich er bei allen Teufeln schwor, daß er nur seine Mitarbeiterinnen im Putzmacherladen gemeint hätte.

»Nun, so beweise es mir, Alexis«, rief ich voll erregter Vorfreude, »daß du für das hier keinen Abscheu hegst!«

Mit diesen Worten hob ich meine Röcke auf, ergriff in Anwesenheit seiner Tante seine Hand und führte sie schamlos zu meinem Venusberg. Alexis errötete, aber wehrte sich nicht.

»Sie sehen, Madame«, sagte ich fröhlich zur Wirtin, die selbst über meine schamlose Dreistigkeit betroffen war, »daß es möglich ist, diesen wilden Andersgläubigen zu bekehren!«

»Nun, wohlan«, rief sie und öffnete ein Kabinett, »geht da hinein, und mich soll es freuen, wenn der närrische

Junge so wieder herauskommt, daß er nicht mehr über die Schuhspitzen pissen kann.«

Alexis bewies gar keine große Begierde, mir zu folgen, aber er bedachte sich doch auch gar nicht, und das war schon viel nach der Meinung der Wirtin, die mich mit Lobsprüchen überhäufte, ihrem zu glücklichen Neffen Glück wünschte, daß er mich angetroffen habe, und die Tür hinter uns doppelt verschloß.

Zweiunddreissigstes Kapitel

Bekehrung · Vertraulichkeit · Neugierde

Das Zimmer, welches uns die Wirtin lieh, war ihr geheimster Sündenwinkel. Die Dekorierung war nicht die feinste, aber sie drückte die Bestimmung dieses Verhältnisses aufs deutlichste aus. Über zweihundert kleine Kupferstiche stellten auf dem Grunde einer grünen Papiertapete alles dar, was nur irgend von Liebesgelüsten und -stellungen jeder Art bekannt ist. Der Kamin war mit den üppigsten farbigen Zeichnungen bedeckt, und in einem kleinen Gitterschrank fand man neben einer Menge der wollüstigsten Bücher alles, was zur Ausführung dieser Darstellung gebraucht werden kann: Fischblasen, Witwentröster von verschiedener Stärke, Jungfernessig, geknüpfte Ringe, Chinesenkugeln usw.

Die ehemals grüne, sehr abgenutzte Ottomane bewies durch ihre unzähligen Flecken, daß sie ungeschickten Jüngern des Priapus zum Altar gedient hatte. Die Fensterscheiben waren beinahe undurchsichtig geworden, so sehr waren sie mit Andenken beladen, die mit spitzen Diamanten eingeritzt waren. Viele dieser Anmerkungen waren von der eigenen Hand der Wirtin, die einen Gefallen daran hatte, die Zeitpunkte ihrer bedeutendsten Lustbarkeiten verewigt zu sehen und selbst zu verewigen. Kurz, in diesem Arbeitszimmer der Wollust rief alles dem Eintretenden zu: »Liebet euch mit aller Lust!«

In diesem Zimmer sein, die Tür hinter uns verschlossen sehen, mit weit umfassendem Blicke die ganze Bestimmung dieses vielsagenden Ortes begreifen, die Arme um den Hals des schönen Alexis schlagen, einen beißenden Kuß auf seine niedlichen Rosenlippen drücken, ihm die Röcke aufheben, seinen Dolch, der freilich nur klein war, woran aber die Schuld vielleicht an seiner großen Jugend lag, streichelnd liebkosen, das alles war das Werk einer einzigen Minute.

»Mein Gott, Mamsell, wie Sie losgehen!« so lautete das ungeschliffene Kompliment, womit der kleine Ketzer mich begrüßte, anstatt mir, wie ich gehofft hatte, Liebkosungen mit Liebkosungen zu erwidern. Ich nahm dies so übel, daß ich im Begriff war, wenn nicht an seinem Gesicht Rache zu nehmen, doch seine Röcke wieder fallen zu lassen und ihm zu sagen: Geh zum Teufel, Maulaffe! Aber ich bin nun einmal von so magnetischer Beschaffenheit, daß ein Männerspieß und meine Hand oder irgendeiner von meinen anderen Reizen sich nicht mehr freiwillig voneinander losmachen können, wenn sie einmal zusammengeraten sind.

»Wie alt bist du, lieber Kleiner?« fragte ich, um wenigstens ein Gespräch anzuknüpfen.

»Achtzehn Jahre, Mamsell.«

»Weißt du wohl, daß du schön bist wie Adonis?«

»Man sagt es.«

»Und du liebst die Frauen nicht?« Mit diesen Worten zog ich ihn neben mich auf das Sofa.

»Ja, das weiß ich noch nicht!« antwortete er, beinahe außer Fassung. »Wenn sie alle so wären wie Sie, so glaube ich, ich würde mich ohne Mühe daran gewöhnen; aber wenn sie alle einen Bauch voll Falten hätten wie ein Kälbergekröse, mit einer fürchterlichen Perücke, wie ihn die Schwester des Cacarel einmal gezeigt hat, so wollte ich wohl einen Eid darauf ablegen, nie eine zu berühren.«

»Aber, lieber Alexis, das ist ja Torheit, zu glauben, daß irgendeine Häßlichkeit allen unseres Geschlechts gemeinsam wäre. Sieh her, mein Freund, berühre das und überzeuge dich, daß es ganz niedliche Bäuche gibt, ohne jene ungeheure Perücke, die dich so erschreckt hat.«

Wie stolz war ich, in meinen so jungen Jahren Lektionen über die Liebe geben zu können, worin ich, dem Anscheine nach, noch kaum ein Lehrling hätte sein müssen!

Schon ließ sich Alexis nicht allein ohne Ekel gefallen, mich überall zu betasten, sondern schien auch gleich von Anfang an ein Vergnügen daran zu finden, was mir äußerst schmeichelhaft war. Auch begnügte er sich nicht mit dem Gefühl; er wollte auch sehen. Ich machte ihm alles so leicht wie möglich, und als er sich niederbückte, um alles in der Nähe zu betrachten, rief ich ihm zu:

»Courage, mein Freund! Und wenn du beweisen willst, daß es dir vom Herzen geht, so gib da zum Zeichen des Friedens einen Kuß drauf.«

Bei dem Worte sprang er auf und entfernte sich von mir. Ich lief ihm nach.

»Was für Kinderei!« rief ich. »Glaubst du denn, daß dich das Ding gebissen hätte?«

»Das wohl nicht, Mamsell!«

»Du denkst also wohl, ich sei keine Freundin von Reinlichkeit?«

»Aber lieber Himmel, ein Ding wie das da … das ist doch wohl nicht dazu da …«

»Dummbart! Das sollst du gleich sehen!«

Zu gleicher Zeit warf ich ihn sitzend und mit aufgehobenen Röcken auf das Sofa hintenüber, bücke mich zu seinen Füßen und nehme, seines lebhaften Widerstandes ungeachtet, drei Querfinger breit von seinem brennendheißen Speer in meinen Mund. Meine Zunge verursachte ihm augenblicklich ein so süßes und so durchdringendes Kitzeln, daß er ausruft:

»Himmel! Was ist das, Mamsell? Hören Sie auf, ich bitte Sie, oder ich bin des Todes!«

Er wand sich, stampfte mit den Füßen und knirschte mit den Zähnen; ich mäßigte also etwas mein Ungestüm, er läßt es sich gefallen, streckt sich aus, seufzt und scheint im Begriff, seine Seele auszuhauchen. Aber dies leichte Geschäft zu Ende zu bringen, gehörte gar nicht zu meinem Plan. Es war mir genug, einen Zweig von dem Vorurteile meines zu mißtrauischen Adonis abgerissen zu haben.

»Nun«, fragte ich, »hältst du mich noch für vergiftet?«

»Das nun wohl nicht.«

»Hättest du nicht das Herz, das auch an mir zu tun, wenn es mir einfiele, dich darum zu ersuchen?«

»Ich weiß nicht, Mamsell, ob ich schlafe oder wache!« antwortete er mit gefalteten Händen. »Sie sind entweder eine Zauberin, oder ich bin ein Narr.«

»Wie du willst, aber den Namen einer Zauberin muß ich ablehnen. Nun ist aber die Reihe an dir!«

»Aber stehen Sie mir auch dafür, daß aus dieser Öffnung, die mir jetzt so niedlich scheint, nicht plötzlich ein garstiges schwarzes Blut hervorquellen wird?«

»Das ist mir zu stark!« unterbrach ich ihn und verschob meinen Unterrock auf einen Augenblick, weil ich wohl einsah, daß dieser Einwurf sich auf irgendeine Tatsache gründen mußte, die meine ganze Neugierde rege machte. »Sprich, Alexis, woher hast du diesen Unsinn von Blut und diese lächerliche Furcht?«

»Ach, Mamsell, so lang ich lebe, kann ich nicht vergessen, was ich gesehen habe. Ein wilder Werbeoffizier, der zuweilen bei uns Kokarden kauft, fand einmal meine Modehändlerin in unserer Ladenstube, während ich eben die Betten mache, ergriff sie und warf sie auf das Sofa. Bei diesem Geräusch näherte ich mich der viereckigen Öffnung, die oben in der Decke des Ladens angebracht ist, und sah, wie der ungezogene Mensch sich mit meiner Meisterin balgte und seine Hand, womit er unter den Röcken gewühlt hatte, ganz blutig hervorzog. Darauf tat er mit ihr, was Sie wohl wissen, auf eine so ungeschliffene Art, daß Sie sich's gar nicht vorstellen können, und sagte: ›Ich schere mich den Teufel darum; wir Soldaten fürchten uns nicht vor Blut!‹ Kurz darauf steht er auf. Ich sehe sein Ding voll Blut, ebenso sein Hemd und seine weißen Beinkleider grausam besudelt, und meine Meisterin beschäftigt, einen Lappen zu suchen, bei welcher Gelegenheit sie jeden ihrer Schritte auf dem Boden mit Blut bezeichnet. Dabei lacht sie wie eine Närrin und sagt zu ihrem Söldner: ›Das ist schon recht, du hast es ja so gewollt!‹ Dieses ekelhafte Schauspiel hat mir Abscheu für alles beigebracht, was man mit einer Frau tun kann, um so mehr, da mein Protektor, Vikar Cacarel, mir jedesmal versichert, daß man nie zu dem Genuß mit einer Frau kommen kann, ohne sich dieser Abscheulichkeit auszusetzen.«

»Der Esel!« rief ich aus und bedauerte, daß ich diesen betrügerischen Cacarel nicht unter meinen Händen hatte. »Nein, mein Freund, das ist ein höchst seltener Fall bei uns, daß wir das Werkzeug unseres Vergnügens färben. Überdies vermeidet eine Frau mit einer Spur von Scham den Umgang mit Männern die wenigen Tage hindurch, wo dieser Umstand herrscht, der außerdem nur jeden Monat einmal kommt. Aber du sollst gleich selbst über alles urteilen und einsehen, daß dein Cacarel dich nur betrog, um dir über ein Geschlecht Abscheu zu erregen, das doch einzig und allein für dich gemacht ist.«

»Ist es denn möglich, daß ein Mann, der Messe liest, lügen kann?«

»Der Schurke tut ja noch weit Schlimmeres, wenn er dich als Knabenliebchen mißbraucht.«

»Er sagt aber, dies sei keine Sünde, sondern der Gesundheit zuträglich, und man müsse es von Zeit zu Zeit zur Erhaltung derselben tun.«

»Da seht ihr mal, ihr armen Kinder, wie Bösewichter

euch verderben und mißbrauchen. Also bot ein so reizendes Geschöpf wie du seinen Hintern dar und ließ sich dafür wieder herab, einem garstigen Cacarel ein Gleiches zu tun ... und das alles, ohne dabei irgend etwas Arges zu denken, bloß in der Meinung, seine eigene oder seines Protektors Gesundheit zu fördern!«

Soviel Blindheit bei soviel Aufrichtigkeit flößte mir für Alexis ein zärtliches Mitleid ein und machte mich nur noch geneigter, ihn mit Vergnügen zu überschütten, indem ich ihn in die wichtigsten Mysterien des Venusdienstes einweihte.

Von dem Augenblick an erwachte mein ganzes Temperament wieder, meine Phantasie wurde rege, und ich eile zu dem wunderbaren Genuß meines schweren Bekehrungsauftrages, ohne von meinem Gegenstande weiter die anfangs geforderte Huldigung zu verlangen, die ich ihm dargebracht hatte. Noch hatte ihn keine Frau jemals begünstigt, aber wenn er auch nur den Werbeoffizier bei seiner Modehändlerin gesehen hatte, so hatte er doch von der Art, wie man uns genießt, einen richtigen Begriff. Er machte also alles, was ich verlangte, mit recht großem Geschick. Wir legten uns zurecht, und ich führte seine Kadettenflöte, die wenigstens hart wie Eisen war, zum Brennpunkt des wahren Vergnügens. Die Bekehrung war vollkommen! Die Art, wie Alexis sich dabei anstellte, ließ mir dabei keinen Zweifel übrig. Zwar fiel das meiste der Arbeit dabei mir zu, doch half er mir mit dem besten Willen.

Ich hatte kaum meinen Hintern fünf- oder sechsmal mit der mir eigenen markigen Bewegung gehoben, als ich die Wärme des schnellen Ergusses fühlte, den mein Buhle mir einspritzte. Sein seliges ekstatisches Gefühl läßt sich gar nicht schildern. Hinsterbend auf meinem Busen, schlug er mit einem unnachahmlichen Blinzeln seine

Augenwimpern über die zärtlichsten Augen der Welt nieder, verdunkelte den Glanz der schönsten Blumen durch die hochrote Farbe seiner Wangen und gewährte mir die Erscheinung eines wahren Seraphs. Was liegt doch für ein mächtiger Zauber in dem Vergnügen, der gemeine Bewohner unseres groben Planeten so sichtbar zu Göttern macht!

Auf diese ernsthafte Einweihung meines Proselyten folgte eine vertrauliche Unterredung mit den anziehendsten Schäkereien. Das liebe Kind war ein interessantes Gemisch von Furchtsamkeit, natürlichem Verstand und dummen Vorurteilen, die ihm von den Strohköpfen beigebracht waren, die ihn bloß für sich erzogen hatten. Ich benahm mich so gut, daß er bald sein völliges Vertrauen in mich setzte. In seinem glücklichen Alter knüpfen Mangel an Nachdenken und Bedürfnis zu plaudern die Bande der Freundschaft. Man hat nichts Geheimes vor demjenigen, der so gefällig ist, mit Teilnahme zuzuhören; besonders machen Gunstbezeugungen die Innigkeit des Umganges bald vollkommen. Alexis erzählte mir also in aller Offenherzigkeit eine Menge von Dingen, die ihn betrafen.

Bei seinem ersten Protektor hatte die Hauptbeschäftigung in »Handlangerdiensten« bestanden. Er wurde, wie die Wirtin schon erzählt hatte, alle Sonn- und Festtage zu dem wollüstigen Priester gebracht, erschien in dem eleganten Kleide einer wohlhabenden Bürgerstochter und setzte dadurch den alten Heuchler in Flammen. Während des Vesperbrotes, das sie unter vier Augen einnahmen, geschah dann auf die angebliche Mamsell ein lebhafter Angriff. Sie wehrte sich dabei aber so wenig, daß nach einigen Minuten eine Hand des Priesters dahin gelangte, wo die Schenkel zusammengefügt sind und wo ein hindernder Verband zu fühlen war, als wenn die Mamsell ihre monatliche Periode hätte. Nach diesem Hindernis, das die freiwillige Täuschung der Einbildungskraft begünstigte, begnügte sich der ehrwürdige Herr mit einem erkünstelten Glück, wozu ihm die gefällige Nymphe durch ein sehr abgemessenes Verfahren verhalf, in welchem sie nach und nach viel Geschicklichkeit erlangt zu haben sich rühmte. Damit hatte dann der Ehrenmann seinen Teil für eine Woche. Oft hatte er auch den Einfall gehabt, weiterzugehen, aber es sei nun aus Zartheit des Gewissens oder aus Unschicklichkeit oder aus dem Mißverhältnis der beiderseitigen Werkzeuge geschehen, genug, der Halbsodomit hatte nie seinen sündlichen Endzweck erreichen können. Der ehrenwerte Cacarel hingegen, mit seinem handfesten Gewissen und mit mehr praktischen Kenntnissen, besonders aber mit seinem für diesen unreinlichen Gegenstand passenden Gliederbau, hatte die Jungfernschaft dieses verstellten Mädchens, und zwar sowohl die leitende als auch die handelnde, davongetragen und es dazu abgerichtet, zu geben und zu empfangen. So groß ist die Gelehrigkeit der zarten Jugend, daß Alexis, der nichts Besseres kannte und die Sache überdies ganz angenehm fand, den dicken Cacarel recht gern bestieg.

Diese schmutzigen Beschreibungen führten mich indessen zu der Betrachtung, daß Félicie, die nichts weniger als ein Dummkopf war, ihren Hintern immer recht gern und willig preisgab, daß der Graf auch recht gern die Frauen auf beiderlei Art genoß; daß der Lord die Hinterteile beider Geschlechter mit Leidenschaft liebte; daß meine Mutter und kurz alle Lüstlinge meiner Bekanntschaft dem Vergnügen auf beiderlei Art opferten; dieses und was ich jetzt von unzüchtigen Kupferstichen und Zeichnungen vor Augen hatte, wo der Hintern der Muschel den Rang hochmütig streitig zu machen schien, ging mir so lebhaft im Kopfe herum, daß mich die eigensinnige Laune anwandelte, auf der Stelle von Alexis zu lernen, was eine Frau, wenn sie ihre hinteren Reize preisgibt, empfindet.

›Macht die Einbildung allein‹, sagte ich zu mir selbst, ›alles Vergnügen bei diesem widernatürlichen Genusse aus? Oder sollte diese garstige Öffnung, die von der Natur zu dem schmutzigsten Auswurf bestimmt ist, dadurch für ihr Mißgeschick entschädigt werden, daß sie auch ihrerseits Vergnügen empfindet, wenn sich ein männlicher Speer herabläßt, in dieselbe einzutauchen?‹

Um diese wichtigen Zweifel zu beseitigen, wollte ich mich der Hilfe des Alexis bedienen, der mir dazu um so tüchtiger schien, weil das Verhältnis zwischen den Werkzeugen beider Teile sehr passend zu sein schien, und er Geschmack für die Gattung der Wollust mit praktischer Erfahrung verband. ›Hatte dieser junge Sodomsengel einiges Vergnügen dabei fühlen können, wenn er sich in das Hinterteil eines Cacarel versenkte; mußte dieser wiederum nicht völlig in Entzückung geraten, da sich ihm ein sechzehnjähriger Hintern darbot, der einem Mädchen angehörte und noch seine Jungfernschaft hatte?‹

Es ist also beschlossen: Wenn ich das erste weibliche Wesen bin, in das mein Zögling seinen Einzug auf dem natürlichen Wege gehalten hat, so will ich, daß er auch der erste Lehrmeister meines lernbegierigen Hinterns sein soll!

»Es nimmt mich allemal wunder«, sagte ich zu ihm, »wenn ich erzählen höre, daß eine sehr junge Person, gleich welchen Geschlechtes, ein Werkzeug dieser Art« – hierbei streichelte ich seine kleine Lanze – »in einer Öffnung hat erdulden können, wo ich meines Teils gewiß nicht einen Finger hineinbringen könnte.«

»Ich weiß zwar nicht«, antwortete er, »wie eine Frau in dieser Beziehung beschaffen ist, aber ich habe an mir selbst die Erfahrung gemacht, und Monsieur Cacarel, der anfänglich für meine kleine Öffnung viel zu dick war, vereinigt sich jetzt mit mir, ohne mir im geringsten beschwerlich zu werden.«

»Ich will das auch kennenlernen, Alexis! Zeige mir deine niedlichen Hinterbacken; wir dürfen uns nun nicht mehr voreinander schämen.«

»Recht gern!«

Ich kann's nicht leugnen, dies war ein Anblick, um einen Heiligen zu verführen! Welche Formen! Welch festes Fleisch und dabei so glatt und sanft wie Atlas! Welch blendende Weiße! Ich bringe nicht ohne einigen kleinen Abscheu einen Finger an die Öffnung und kann ihn so wenig hineinbringen, daß, wenn ich nicht mit meinen Augen den Lord im Hintern Silvios und den noch weit stärker beschlagenen Grafen in Félicies Sitzteilen versenkt gesehen hätte, ich an die Möglichkeit einer Darmputzerei schlechterdings nicht würde geglaubt haben.

»Machen Sie nur Ihren Finger naß, Mamsell«, sagte er, »so werden Sie sehen, daß er hineingeht.«

Ich mochte diese Probe aber nicht mehr machen, von welcher ich nichts für mich lernen konnte.

»Nein, nein«, antwortete ich, »aber mach du es besser und versuche es einmal, ob du mir einen Finger hineinbringen kannst; das wird dir gewiß nicht gelingen.«

Mit diesen Worten legte ich mich zurecht und bringe mit aller ersinnlichen buhlerischen Kunst den ganzen reizenden Hinterteil meines Körpers zur Schau.

»O Himmel, was sehe ich!« ruft er mit der Bewunderung eines Liebhabers und Kenners, woraus ich durch Vergleichung den Schluß zog, daß mein Vorderteil, obgleich er, wie oben gesagt, auch sehr gelobt worden, bei weitem nicht eine so auffallende Sensation gemacht haben mußte.

Und nun verschwendet der Zärtliche ungebeten seine Küsse und seine Lobsprüche. Auch sind es meine himmlischen Halbkugeln nicht allein, die seine Liebkosungen genießen, sondern seine Lippen, ja seine Zunge selbst wagt es, dem gefährlichen Brennpunkt seinen schmeichelnden Gruß zu bringen. Zum Glück ist dieser von keinem Schmutze verunreinigt, auch entfährt ihm nicht die mindeste Unanständigkeit.

Bei dem empfindlichen Kitzel, den diese Öffnung in dieser ihr ganz ungewöhnlichen Huldigung fühlt, erweitert sie sich zuckend und erleichtert der dreisten Zunge einen kleinen Anfang des Eindringens. Ungern, lieber Leser, bringe ich dir diese ekelhafte Schilderung vor die Augen, aber gestehe nur ... Doch das wirst du wohl nicht tun! Nein, wenn du es nicht bist, so mag doch wohl irgendein anderer im Rausche einer sodomitischen Laune vielleicht noch etwas Schlimmeres getan haben als Alexis.

»Ha, das ist himmlisch, mein zärtlicher Freund!« rufe ich außer mir vor Entzücken. »Weiter, weiter, lieber Junge!«

Ich kam immer mehr in Hitze und bekam die vorteilhafteste Meinung von diesem neuen Vergnügen.

»Und dein Finger?«

Er macht ihn naß und bringt ihn ein. Neues erhöhtes Vergnügen für mich.

»Lieber Alexis«, rief ich wie aus dem Häuschen, »mach die Dinge nicht nur halb! Wo bist du?«

Ich suche hinter meinem Rücken und finde seinen niedlichen Dolch, den ich ergreife und ihn auf den ihm wohlbekannten Punkt führe. Vergebens! Er geht nicht hinein.

»Nein, Mamsell, so trocken kann das nicht gehen!«

»Mache ihn naß, wie du willst, wenn du ihn nur hineinbringst!«

Mit Hilfe der Anfeuchtung gelang es zwar dem Gegenstande meiner launigen Begierde, mit seinem Kopf in mein klemmendes Hintertürchen einzudringen; aber es schmerzte, daß ich hätte ohnmächtig werden können. Alexis will zurückziehen …

»Nein, nein, bleib!« rufe ich ihm zu. »Er muß hinein, und wenn es mein Leben kosten sollte! Lieber will ich nicht mehr leben, als wissen, daß es eine Art gibt, Vergnügen zu schmecken, deren Ausübung mir unmöglich fiele!«

»Nun wohlan denn!« erwiderte er. »Wir haben noch ein Hilfsmittel, ohne welches ich das erstemal gestorben wäre, ehe ich den Ritt von Monsieur Cacarel ausgehalten hätte.«

Dieses untrügliche Hilfsmittel hatten wir zur Hand. Eine wohlversehene Toilette bot uns einen Topf voll wohlriechender Rosenpomade dar. Alexis, den eigene Erfahrung belehrt hatte, salbte mich damit und dann auch sich selbst. Er bringt etwas von dieser Pomade, ungefähr in der Größe einer Haselnuß, so weit als sein Finger nur reichen kann, in meine Öffnung und diesmal ohne Widerstand. Sein Speer folgt augenblicklich nach, und zwar ohne Hindernis und beinahe ohne alle schmerzhafte Empfindung von meiner Seite.

Während alles dieses vorging, hatte mein wollüstiger Instinkt mir den Einfall gegeben, mit einem meiner Finger von vorn dem Drange, der mich verzehrte, zu Hilfe zu kommen. Dies gelang mir vortrefflich, und ich fühlte die Annäherung der Wirkung in eben dem Augenblicke, da ich nun ganz vollständig aufgespießt war. Ich richtete mich auf, legte dem Alexis einen Arm um den Hals, weide mich an seiner freudestrahlenden Schönheit und drücke einen flammenden Kuß auf seinen Mund. Die Natur lehrt ihn, mit seiner Zunge zu spielen wie ich; im Taumel des Vergnügens vergesse ich die vorherige Verirrung seiner Zunge. Das Spiel meines Fingers wird nun schon überflüssig. Alle Körperteile sind bereits von höchster Ladung durchdrungen, und es erfolgt die vollständigste Explosion. Alexis zerschmilzt in meinen Eingeweiden; mir geht es wie ihm: Unsere Füße wanken, eine halbe Wendung erspart uns den Fall, und ohne uns zu trennen, kommt er, in glücklicher Vernichtung verloren, auf der Ottomane unter mir zu liegen.

Dreiunddreissigstes Kapitel

Noch einzelne kleine Umstände · Närrische Launen meiner Leidenschaften und zugleich meiner Politik

Es war Zeit, daß wir unseren Experimentalkurs beendeten, denn ich war nun schon zwei Stunden lang von keinem gesehen und des Fragens nach mir nahm kein Ende. Die Wirtin, die schon durch zwanzig Lügen meine Abwesenheit beschönigt hatte, konnte nun nicht umhin, mich wieder auftauchen zu lassen.

Sie öffnete die Tür, als wir noch in halber Ohnmacht lagen. Unsere Stellung, die ich eben beschrieben habe, bewies ihr, daß wir, Alexis und ich, zusammen im besten Einverständnis standen, aber in welcher Stellung, davon konnte sie sich keine Vorstellung machen.

Es gab damals ein neues Schauspiel, nämlich eine Übersetzung von Théodor, König von Korsika. In meiner Ausgelassenheit parodierte ich auf der Stelle zwei drollige Verse davon und sang:

»Du, Gaillard mit den Späheraugen!

Kannst du wohl raten, wo er steckt?«

Alexis konnte sich von mir nicht loswinden, wenn ich es nicht haben wollte; so hatte seine Tante alle mögliche Muße, sich von der Art unserer Verklammerung zu überzeugen.

»Pfui Teufel«, sagte sie mit einiger Empfindlichkeit, »ihr seid mir schöne Leute! Wahrhaftig, zu diesem Geschäft habe ich euch nicht zusammengebracht!«

»Aber, Madame, schimpfen Sie doch nicht! Wir haben damit angefangen, Ihren Willen in die Tat umzusetzen.«

»Ja gewiß, liebe Tante, ich bin für immer bekehrt!«

»O ja, der Augenschein lehrt das zur Genüge!«

Um Frieden zu stiften, mußten wir mit der genauesten Umständlichkeit erzählen, wie alles zugegangen war. Sobald sie hörte, wie weit ihr lieber Neffe seine Bekehrung getrieben, und daß ich ganz allein an unserer zweiten unanständigen Umarmung schuld war, stieg ihre Zufriedenheit aufs höchste. Alexis beteuerte, daß er nie wieder einen Fuß ins Haus von Monsieur Cacarel setzen würde, der Lord möchte ihn in Dienst nehmen oder nicht, und daß er künftig bloß den Muscheln der Frauen seine verliebte Huldigung widmen wolle.

»Versprich nicht zuviel!« erwiderte die lebenserfahrene Tante, die immer auf Intrigen und Glück Rücksicht nahm. »Ich wünsche zwar, dich auf natürlichem Wege lieben zu sehen, aber es gibt doch Fälle …«

Hier wurde sie durch die Ankunft einer stärkenden Kraftsuppe unterbrochen, die sie für uns hatte machen lassen und die uns vortreffliche Dienste tat.

Alexis machte im Nu meine Haare wieder auf das niedlichste zurecht, und ich kam zu unseren Herrschaften zurück, die mir über mein munteres Aussehen und eleganten Putz viel Artiges sagten, obgleich ich wenig geschlafen und soviel Herzenskummer ausgestanden hatte.

Ich fand sie sehr emsig bei einer ziemlich hohen Spielpartie. Mein Vater hatte viel Glück im Brettspiel gehabt und von seinem Gewinn sowohl als von hundert Louisdors, die ihm meine Mutter gegeben, eine Pharaobank gemacht, gegen welche die Engländer setzten. Der Graf hatte das Glück, die Bank von Zeit zu Zeit um eine Summe zu schröpfen. Ich legte ebensoviel Geld wie er dazu und verfolgte sein Glück, das uns standhaft treu blieb; und als meine Mutter endlich ankam, hatten wir jeder über sechzig Pistolen gewonnen; aber die Engländer hatten unter sich mehr als tausend verspielt.

Das Gastmahl war unterdessen nicht minder lustig,

und wir saßen bis abends zehn Uhr an der Tafel, ohne daß irgend etwas getan oder gesagt wurde, was uns hätte in ein schlechtes Licht setzen können.

Als wir aufstanden, erschien in Männerkleidern, die ihm prächtig standen, der hübsche Alexis, den seine Tante dem Lord vorstellte. Wie wäre es möglich gewesen, einen Alexis abzuweisen? Wir sahen den englischen Erzsodomiten vor Bewunderung hingerissen.

Alle waren sich in der Bewunderung einig und priesen die Vollkommenheit des liebenswürdigen Jünglings. Madame Gaillard machte für ihren Neffen aus, daß er die Ehre haben sollte, als Kammerdiener und Sekretär in des Lords Dienste zu treten.

»Alles, was er will; er mag sein Salär und die übrigen Bedingungen selbst festsetzen; ich billige alles im voraus!« meinte der Lord.

Ich war indessen ganz im geheimen stolz darauf, dieses Meisterstück der Natur besessen und seine Erstlinge genossen zu haben. Ich bewunderte den Zufall, der mich so glücklich gemacht hatte, ihn gleichsam im Fluge zu fangen und diesen Zufall auf eine für ihn und für mich gleich merkwürdige Art zu benutzen. Das Betragen des schlauen Burschen gegen mich war so ausgesucht diskret, daß niemand auf die Gedanken kommen konnte, daß wir uns jemals gesehen hatten.

Endlich fuhren zwei mit Postpferden bespannte Kutschen vor, um uns nach der Stadt zu bringen. Meine Mutter fuhr mit drei Engländern in der ersten, ich stieg mit meinem Vater und dem Grafen in die zweite. Der Lord, der sich nicht einmal die Mühe nahm, sein Laster zu verbergen, fuhr in dem Reisewagen des Grafen und ließ den neuen Sekretär neben sich sitzen.

In dieser Ordnung nahmen wir den Weg nach der Stadt, wo wir in drei verschiedenen Toren hineinkamen, um nicht gar zu großes Aufsehen zu erregen, und wo wir in dem besten Gasthof wieder zusammentrafen. Der Graf verließ uns sogleich, weil er bei seinem Onkel eine Wohnung hatte und nicht zwei Nächte hintereinander ausbleiben konnte, ohne diesen Verwandten noch mehr gegen sich einzunehmen, den er, besonders zu dem jetzigen Zeitpunkt, zu seinem eigenen Besten schonend behandeln mußte.

Da die Aussöhnung meiner Eltem noch nicht so fest gegründet war, daß sie zusammen ein Zimmer bezogen hätten, war es um so nötiger, daß ich diese Nacht bei meiner Mutter schlief, da wir keine Kammerjungfer hatten, denn Félicie war schon in ihr neues Quartier bei ihrem deutschen Baron eingezogen. Dies war eine von den Neuigkeiten, die meine Mutter von ihrer Fahrt in die Stadt mitgebracht hatte.

»Ach«, sagte sie mit einem tiefen Seufzer, während ich ihr die Haare wickelte, »noch zwei solche niederschmetternden Tage wie die jetzt verflossenen, dann bin ich des Todes!«

Umsonst versuchte ich ihr zu beweisen, daß diese Tage doch von so manchem Vergnügen verschönert waren; meine Rede wurde jedoch vielmehr sehr übelgenommen.

»Laß uns lieber von Geschäften reden!« unterbrach sie mich in einem Ton des schlechten Gewissens. »Im Kloster fand ich keine Antwort auf meinen Brief. Die Äbtissin ließ mir durch die Schwester Pförtnerin sagen, sie wäre krank und es täte ihr sehr leid, die Feder nicht halten zu können. Mein Brief enthielte Dinge, die ihr nicht begreiflich wären, worüber es nun keiner Erklärung bedürfte, da ich das Kloster verließe; überdies ginge es ihr sehr nahe, uns zu verlieren, aber wir könnten unsere Sachen abholen lassen oder selbst in Empfang nehmen.«

Ich machte dazu die Bemerkung, daß diese Sache eine Wendung genommen habe, wie wir sie nicht besser wünschen konnten.

»Von da«, fuhr meine Mutter fort, »bin ich zu unserem Galgenstrick von Sachwalter gefahren. Hätte ich nicht den Schlüssel zu seinen geheimsten Gedanken gehabt, so würde ich für den Ausgang meines Prozesses gezittert haben, denn der alte Affe sprach wider seine Pflicht mit einer kläglichen Gebärde davon und wollte mir zu verstehen geben, meine Sache stünde sehr schlecht. Weil ich aber erriet, daß er sich nur einen desto größeren Verdienst aus dem künftigen Gewinn des Prozesses machen wollte, und dieser elende Kniff mich verdroß, so nahm ich mir vor, ihm einen Gegenstreich zu spielen. Ich stellte mich also ziemlich gleichgültig und bestand nur darauf, ihn schleunigst beendet zu sehen, er möge gewonnen oder verloren werden, da ich mit einem reichen Amerikaner rechnen könnte, der um deine Hand angehalten hätte. Sofort sah ich, wie sich das Gesicht des ungeschickten Gauners veränderte und sein persönliches Interesse bei der Sache verriet. Auch wurde er nun ganz gefügig und lenkte mit Redensarten ein: ›Unterdessen ... man kann nicht voraussehen ... eine Sache läßt sich unter so vielerlei Gesichtspunkten fassen.‹ Wäre ich nur einigermaßen in ihn gedrungen, so hätte er mir am Ende sein Wort gegeben, daß ich ganz gewiß gewinnen würde.

Das Resultat dieser zweideutigen Rücksprache ist, daß der Richterspruch noch unfehlbar in dieser Woche erfolgen wird. Als ich aus dem Hinterkabinett wegging, wohin mich dieser Unhold so geheimniskrämerisch geführt hatte ...«

»Ist Ihnen, liebes Mütterchen, in diesem Kabinett nichts begegnet, wodurch Ihre Ehre in Gefahr geraten konnte?«

»Meine Tochter, du bist doch ein leichtfertiges, wenn nicht naseweises Mädchen!«

»Ich sage nichts mehr, Mama; werden Sie nur nicht böse. Sie gingen also aus dem Hinterkabinett.«

»Nun ja, als ich in den Salon trat, traf ich den Präsidenten aus dem Gewölbe bei der Gaillard, den besoffenen.«

»Ich verstehe.«

»Dieser lächerliche servile Mensch machte einen Bückling bis zum Boden, als man mich ihm unter dem Namen der Madame de Montrevers, vorherige Madame de Pinange, vorgestellt, und bestand darauf, mich an der Hand bis zur Haustür zu geleiten. Er hatte nichts Angelegeneres zu tun, als mir von seinem Freunde viel Gutes zu sagen, der nicht verfehlen würde, den Gewinn meines Prozesses zu betreiben, da er der rechtschaffenste Mensch von der Welt wäre. Nachdem der alte Satyr mir seinen Honigseim verkauft und um die Erlaubnis gebeten hatte, mir in meiner Wohnung aufzuwarten, erkundigte er sich, als wenn er nichts davon wüßte, ob ich Kinder hätte. Und als ich ihm sagte, ich hätte eine Tochter, behauptete er, daß sie allerliebst sein müßte, wenn sie das Glück hätte, mir ähnlich zu sehen. Ist das nicht schmeichelhaft, so etwas Angenehmes aus dem Munde eines Mannes von so gutem Geschmack und eines guten Frauenkenners zu hören?«

»Es ist in der Tat sehr hochherzig, liebe Mutter!«

»Kaum konnte ich meinen Ekel mehr über den Schweinehund verbergen, dessen Infamien mir neulich so lebhaft wieder ins Gedächtnis kamen.«

»Man muß als Zuschauer in den Logen niemals zu streng über die richten, die auf der Bühne stehen, da jeden Zuschauer die Rolle treffen kann, wenn er die Bühne betritt.«

Dieser Seitenhieb traf. Meine Mutter hatte sich nur in einer anderen Art und auch selbst gewissermaßen in der nämlichen nicht viel besser aufgeführt. Sie wurde feuerrot.

»Und dein Vater? Was hast du mit dem angefangen?«

»Ich? Nichts, Mama; er hat gegen die Engländer mit viel Glück gespielt.«

»Ich hoffe, daß seine Angelegenheiten hier beendigt sind und daß er nun wieder das Land durchstreifen wird. Wenigstens finde ich es unpassend, daß er in unserer Nähe wohnt und uns jeden Augenblick in eine neue Verlegenheit verwickelt.«

»Meinem Vater liegt es jetzt gänzlich fern, irgend jemand lästig zu sein. Er hat Geld die Fülle und überdies ... Muß er denn nicht bei meiner Hochzeit anwesend sein?«

»So weit sind wir noch nicht.«

»Wie meinen Sie das, Mama? Ich jedenfalls bin fest entschlossen, mich acht Tage nach dem Gewinn unseres Prozesses zu verheiraten.«

»Wir müssen aber doch erst wissen, ob der Graf dich auch zur Frau haben will!«

»Das will ich ihm schenken, denn ich verlange ihn ganz und gar nicht zum Mann.«

»Bist du toll?«

»Nein, Mama, seinen Onkel muß ich haben.«

»Du treibst einen Scherz mit deiner Mutter; das ist hübsch.«

»Ich scherze ganz und gar nicht! Den Onkel, Mama, den Onkel, sage ich, unseren alten launigen Sachwalter, den will ich heiraten, es mag kommen, wie es will, oder ich will gar nichts wissen und kein Wort mehr vom Heiraten hören.«

Und du, lieber Leser, hältst mich vielleicht auch für eine Närrin. Aber nur Geduld!

Ein Mädchen hat bis zu dem Alter, in dem ich war, als ich Paris verließ, ihren Vater noch nie anders als mit den Augen eines Kindes betrachtet, kennt keine andere Beziehung zu ihm als ehrfurchtsvolle Anhänglichkeit. Der Marquis de Pinange, der in den Zerstreuungen der großen Welt lebte, gab sich wenig mit seinem Kinde ab, war überdies oft abwesend und ließ sich mit mir um so weniger ein, da ich fast immer zurückgezogen bei meiner Mutter lebte, deren Umgang er schon seit langer Zeit mied. In Paris hatte also der Marquis sich nur wenig um mich gekümmert, zumal ich nur ein zweifelhafter Sprößling seines Hauses war. Ich ersetzte ihm also das Fehlen eines Sohnes sehr dürftig. Kurz gesagt, bis zu unserer Zusammenkunft gelegentlich seiner Händel mit dem Lord waren wir einer dem anderen nichts gewesen als ein unsorgsamer Vater und eine unmündige und unerfahrene Tochter.

Seit unserer Trennung hatten meine Reize sich unglaublich entwickelt, und mein Vater, der seitdem von dieser Entwicklung in keiner Weise vorbereitet war, fühlte sich betroffen; versuchte es auch nicht zu verbergen, sondern suchte mich überall auf, forschte mich aus und bewies mir durch Komplimente, ja, ich kann wohl sagen, durch mancherlei Aufmerksamkeiten, daß ich ihn auf eine Art beschäftigte, die meiner Eigenliebe ungemein schmeichelte. Ich meinerseits war durch die von mir gewählte Lebensart von dem gewöhnlichen Wege der Vorurteile gänzlich abgewichen und zu sehr Kennerin geworden, um nicht den Vorzug zu bemerken, den der Marquis de Pinange vor dem größten Teile der damaligen Kavaliere von Stand voraus hatte.

Mit seinen siebenunddreißig Jahren hatte er das Aussehen eines Fünfundzwanzigjährigen. Daß er der getreue Abriß eines wahren Vaters war, werde ich weiter unten darzutun Gelegenheit finden, und damit verband er alle dazu gehörigen Vorzüge und schönen Eigenschaften, die noch durch manches angenehme Talent verschönert werden. Also, der Marquis de Pinange war ein ebenso einnehmender als vollkommener Mann, und er hatte mir gefallen.

»Ihr Vater, Mademoiselle?«

»Nun ja, mein Vater, allzu gewissenhafter Leser! Sei gefaßt, das Äußerste zu sehen, was aus einem solchen Streiche des Schicksals entstehen kann, oder mache das Buch zu!«

Der erste Verdacht von einem Vorzuge, oder, wenn man lieber will, von einer Leidenschaft, den ich gegen mich selber faßte, erweckte mir einen Schauder wie dir. Aber mein Nachdenken enthob mich bald aller Gewissensskrupel, und, sei es nun gut oder schlecht philosophiert, genug, ich überzeugte mich endlich, daß es ein ganz natürlicher Trieb sei, in seinen Vater verliebt zu sein. Natur und Erziehung stellen eine sinnliche Tochter gerade auf den halben Weg zu dieser Torheit, wenn ihr Gegenstand nur einige Vorzüge hat, und die am leichtesten zu befriedigende, am wenigsten in Gefahr setzende Torheit von allen, es sei nun für eine ledige oder verheiratete Person, ist diejenige, die sich unter dem ehrwürdigen Mantel des Vaternamens verbergen kann.

Und daher entstand denn meine so plötzliche und gewiß vernünftige Entschließung, lieber unseren alten Sachwalter als seinen liebenswürdigen Neffen zu heiraten, trotz allem, was den letzteren vorher mit mir auf einen so freundschaftlichen Fuß gesetzt hatte.

Vierunddreissigtes Kapitel

Gewonnener Prozeß · Anfang einer Intrige
Félicies Gewissensskrupel

Es ist eigentlich unnötig, dem Leser hier durch Aufzählung aller einzelnen Umstände beim Zusammenstoß der verschiedenen Interessen des Sachwalters, des Neffens, meines Vaters, meiner Mutter und meiner eigenen Langeweile zu bereiten. Dem Onkel hatte ich schon den Vorzug geraubt, den Galanten bei mir zu spielen, denn gleich bei meiner ersten Zusammenkunft war ich ihm beinahe mit meiner Liebe zuvorgekommen.

Der Graf schrieb dieses Verhalten der Neigung zu, die ich für ihn selbst hätte. Indessen mied ich ihn. Mein Vater, der gar nicht von mir ließ, war ihm immer im Wege; meine Mutter suchte diesen schönen Schwiegersohn überall auf und hing sich zuweilen an ihn, wobei sie, der Förmlichkeit wegen, nicht unterließ, ihm viel Böses nachzusagen und über die unglückliche Notwendigkeit zu seufzen, ihn in unserer Familie aufzunehmen; ich meinerseits bestand hartnäckig auf meinem Vorsatz, niemand anderem anzugehören als dem Onkel. Dies war unbegreiflich.

Bei all dieser Verwirrung nahm der Prozeß die herrlichste Wendung. Seit einem Menschenalter hatte man keinen so gerechten Prozeß in Frankreich gesehen. Wenn wir um Beschleunigung baten, so hörten wir überall sagen, daß meine Mutter die anziehendste Klägerin der Welt sei. Die Anwesenheit meines Vaters setzte uns in Ansehen, und alle Linksmacher der Gerechtigkeit, die mit den schönsten Richternamen prunkten, sagten, daß ein so würdiges Ehepaar von seinen Sachwaltern in Paris sehr übel bedient worden sein mußte, weil man es dadurch genötigt hätte, eine Bindung zu trennen, die so glücklich zu sein verdiente. Das hieß soviel, daß das gesamte Richtervolk, alt und jung, eine Belohnung für das erwartete, was es zum völlig glücklichen Ausgang der Sache beigetragen zu haben sich rühmen würde. Denn den Äußerungen nach glaubte man offenbar, uns für eine Stadt zu behalten, wo wir uns niederzulassen Miene machten. Mitten unter all diesen kleinen Intrigen wurde der Prozeß beendigt und vollständig eum expensis gewonnen. Wenige Tage später kam meine Verheiratung zur Sprache, aber nicht mit dem Grafen, sondem mit dem häßlichen, höchst abscheulichen und erzsodomitischen Sachwalter.

Sobald mein Vater, dem ich schließlich das Geheimnis anvertrauen mußte, davon unterrichtet war, war er bekümmert und wurde nachdenklich. Ich zeigte äußerlich eine unbeschreibliche Zufriedenheit, im Innern aber sah es ganz anders aus. Ich war in drückender Verlegenheit und litt alle Qualen der Begierde und der Eifersucht. Ich zitterte davor, daß mein Vater, der sich viel Zwang antat, gegen mich gleichgültig sein könnte oder daß vielleicht eine unvorsichtige Plauderei des Grafen, der Gaillard oder meiner Mutter selbst ihn von meinen Ausschweifungen benachrichtigt hätte. Würde er mich mit diesen Flecken auf meiner Ehre wohl lieben? Jetzt bereute ich, daß ich mich nicht sittsamer aufgeführt hatte, wäre es auch nur, um ihm, falls wir einig würden, das willkommene Opfer meiner Erstlinge bringen zu können.

Trotzdem hatten wir doch jeden Tag irgendeine kleine Unterhaltung unter vier Augen miteinander, und zwar jedesmal, wenn Musik gehört wurde, die uns um so mehr zustatten kam, da meine Mutter sich immer weigerte, derselben beizuwohnen, unter dem Vorwande, daß sie bloß das Vollkommenste in dieser Kunst liebe.

Es waren etwa acht Tage vergangen, daß Monsieur de

Pinange wie ich in diesem Zustand der Ungewißheit war, als endlich nach einer musikalischen Darbietung und nach einigen Liebkosungen, die von Tag zu Tag vertraulicher geworden waren, das Gespräch zwischen uns geführt wurde, das ich hier anführen will.

Ich saß auf seinem Schoße.

»Liebe Lolotte«, sagte er zu mir, denn so nannte man mich zu Hause, »ich gestehe, daß ich mich in vielen Dingen über dich gewundert habe, als ich dich so sehr zu deinem Vorteil verändert fand, gerade weil du von Paris entfernt und in einem Kloster der Provinz versteckt warst. Hauptsächlich aber bewundere ich dein reifes Urteilsvermögen und die Energie, die ich an dir bemerke.

Deine Mutter versichert mir, daß du allen Ernstes ihren alten Sachwalter heiraten willst statt seines Neffens, den man dir zuerst zugedacht hatte. Weißt du wohl, daß dieser Entschluß alles ist, was man Schlaues und Gewandtes von einer fünfundzwanzigjährigen Pariserin erwarten könnte, die die größte Weltkenntnis besäße?«

Ich antwortete nichts, sondern schlug die Augen nieder und spielte mit seiner Uhrkette.

»Hinter dieser Klugheit«, fuhr er fort, »steckt irgendein liebes, aber geheimes Interesse. Laß uns Freunde sein, Lolotte, und sage mir alles! Gestehe mir, daß du jemanden liebst, daß nur die Berechnung, dein Glück zu machen, dich zu dieser Heirat bewegt, da sich dir eine gute Partie bietet, und daß du von zwei Ehemännern denjenigen wählst, welchen zu betrügen dir die wenigste Überwindung kosten wird und worüber der Glückliche, den du im Herzen vorziehst, die wenigste Eifersucht fühlen darf.«

»Guter Freund«, antwortete ich ihm scherzhaft, »Sie verlangen da Vertraulichkeiten, zu denen man sich nicht so leicht zu entschließen pflegt. Man ist eben nicht gewohnt, seinem Vater die Liebe für jemanden zu gestehen, den man nicht heiraten will, und ebenso bekennt man sich zu einem vorher überlegten Vorhaben, denjenigen zu betrügen, dessen Frau zu werden man einmal eingewilligt hat.«

»Das gebe ich zu, liebe Lolotte, aber Lieben ist keine Sünde. Die Ehe ist kein Talisman, der uns von der Leidenschaft heilt, die wir bei Schließung derselben im Herzen tragen.«

»Vielleicht ist aber diese Leidenschaft kein Talisman, der uns hindert, uns zu verheiraten, wenn Überlegung und ein zu machendes Glück unsere Eheschließung dazu bestimmen.«

»Ich habe dich im Verdacht, daß du im Begriffe stehst, einen Beweis davon zu geben, denn du willst dich doch verheiraten?«

»Das versteht sich.«

»Und das mit dem Onkel des Grafen?«

»Allerdings.«

»Und doch liebst du …«

»Still!« Hier schloß ich ihm den Mund mit einem Kuß, der nicht gerade töchterlich war. Unterdessen fuhr ich fort, wie wenn jemand an der Tür horchte, so möchte er wohl bedenken, daß dies ein Gespräch zwischen Vater und Tochter ist.

»Was weißt du, ob ich so gewiß dein Vater bin, als man es glaubt.«

»Oh«, rief ich und fiel ihm ungestüm um den Hals, »hüten Sie sich, diese Frage ernsthaft zu berühren, denn ich liebe Sie zu sehr, um nicht hartnäckig auf Ihrer Vaterschaft zu bestehen. Vor allen Dingen lassen Sie mir darüber keinen Zweifel aufkommen!«

»Gut, so laß uns auseinandergehen!«

Er wollte sich losmachen und aufstehen.

»Noch einen Augenblick!«

»Ich will bleiben, Lolotte, aber laß uns vernünftig sein, und vor allem höre auf, mich so zärtlich zu liebkosen ...«

Ich ließ ihn nicht ausreden. Meine Wange ruhte an der seinigen, und ich benetzte sein Gesicht mit jenen bittersüßen Tränen, die wir so gern vergießen.

»O Natur, Natur«, sagte er mit einer Unruhe, die er nicht verbergen konnte, »warum setzt du nicht Grenzen, deren Überwindung unmöglich ist!«

Der Gedanke, daß ich allein liebte und daß vielleicht die Kenntnis meiner Gesinnung mich in den Augen desjenigen abstoßend erscheinen lassen könnte, hatte mich bisher so gequält, daß ich das, was ihm eben entfahren war, zu meinem Vorteil auslegte.

»Ja, Lolotte«, setzte er hinzu und goß dadurch Balsam auf meine schmerzende Wunde, »ich muß mich auf immer von deinen Liebkosungen losreißen, an denen ich nur allzusehr Geschmack zu finden weiß, um nicht das Verhältnis zu verwünschen, in welchem wir miteinander stehen.«

»Na und! Und das ...«

Ich war im Begriff, etwas Abscheuliches zu sagen, aber ich hielt mich zurück. Er hatte mich sanft auf den Lehnstuhl niedergebeugt, auf welchem wir bisher geplaudert hatten. Ich streckte meine Arme nach ihm aus und wollte ihn an mich ziehen. Mein Mund bot ihm Küsse, denen er sich jedoch entzog. Er wand sich los, stand auf, griff sich an die Stirn und meinte traurig:

»Dies Unglück fehlte mir gerade noch!«

»Unglück?« rief ich, griff nach ihm und hing mich an ihn in einer Art von grenzenlosem Überschwang. »Nein, ich allein bin zu bedauern. Grausamer, du hast mich durchschaut und hältst dich für unglücklich?«

Er hob mich mit auffallender Rührung und Zärtlichkeit auf, in der Erwartung, etwas für mich recht Tröstendes zu hören. In dem nämlichen Augenblick aber fuhr ein Wagen vor die Tür, und wir fürchteten, es sei meine Mutter, die unverzüglich ins Zimmer treten konnte. Eine Überraschung in dem Zustande, worin wir waren, würde ihr die Augen zu sehr geöffnet haben. Monsieur de Pinange drückte mir die Hand, küßte mich auf die Stirn und sagte in sichtlicher Zerstreuung:

»Lebe wohl! Wenn ich heute abend noch hier bin oder morgen, so wollen wir weitersprechen und uns vielleicht besser verstehen.«

Mit diesen Worten verließ er schnell das Zimmer.

Unser Aufschrecken war jedoch unnötig gewesen; meine Mutter war noch nicht zurückgekommen. Mein Vater ging aus, und ich hatte niemanden, den ich ihm nachschicken konnte, um zu beobachten, wohin er ging. Ich weiß nicht, was aus mir geworden wäre, hätte nicht der glücklichste Zufall von der Welt Félicie, die nun zum Félix umgekleidet war, zu mir geführt. Sie wollte sich mir in dem neuen Anzuge vorstellen, in welchem sie von nun an ihren verliebten Baron begleiten sollte.

Anfänglich hielt ich sie für irgendeinen mir völlig unbekannten Bedienten. In meiner damaligen mißmutigen Laune wurde ich sogar böse darüber, daß ein Bedienter, mochte er übrigens noch so hübsch sein, sich unterstand, mich anzulächeln, und Anstalten machte, mich zu küssen. Die Anrede »liebe Herrschaft« klärte mich aber genügend auf, und nun führte ich den hübschen Jokei, der mir bei meiner unangenehmen Lage sehr nützlich sein konnte, geschwind auf mein Zimmer. Félicie oder für jetzt Félix konnte nicht erraten, womit sich jetzt mein ganzes Herz beschäftigte. Sie glaubte also galant gegen mich sein zu müssen, warf mich auf das Bett und bediente mich mit ihrer Zunge. Anfänglich nahm ich nicht viel teil an diesen Liebkosungen, weil ich aber seit jener schwelgerischen Nacht ganz unglaublich keusch gelebt hatte, so mußte freilich wohl der kleinste Funken meine angestaute Sinnenlust in Feuer setzen und eine ebenso schnelle als reichliche Entladung verursachen. Ich ließ ihr also ihren Willen und schloß dabei die Augen. Meine Phantasie war beherrscht von dem verführerischen Bilde meines Vaters, und kaum empfand ich die ersten Zuckungen der Lust, als ich halb rasend ausrief:

»O ja, ja, mein engelhafter Pinange, nimm mich, vernasche deine glückliche Tochter!«

Bei diesen erschrecklichen Worten erstarrt Félicie, hält inne, richtet sich auf und verläßt mich im süßesten Augenblick. Ich aber bin in voller Ekstase. Mit gewandtem Finger beeile ich mich zu vollenden, was der grausame Jokey unbeendigt ließ. Ich finde bald den glücklichen Zustand der Wollust wieder, die süße Krise nähert sich von neuem, die Entladung erfolgt, ich stöhne, ich winde mich in Zuckungen, und unter sichtbaren Beweisen des vollständigsten Erfolges verliere ich die Besinnung. Gänzliche Vernichtung erfolgt auf konvulsivische Bewegungen, ich fühle mich überschwemmt und – sterbe.

Als ich wieder zu mir kam, hatte Félicie die theatralische Stellung noch nicht verlassen, worin meine Ausgelassenheit sie gesetzt hatte. Dastehend mit gesenktem Kopfe, die Hände gefaltet und vor sich herabhängend, schien sie in tiefem Nachdenken über die Unbesonnenheit und Gefährlichkeit der Leidenschaft, worin ich ihr eine so bewußte Entdeckung gemacht hatte.

Gewisse Menschen, die sonst den alltäglichen Ausbrüchen der Wollust keine Grenzen zu setzen wissen, werden oft von kindischen Vorurteilen auf der Stelle zurückgehalten. Manche, die ohne alle Gewissensbisse ihre Muschel dem erstbesten hinhalten, wehren sich wie ein Tiger gegen den Eigensinnigen, der ihnen einen Ritt a posteriori zumutet. Eine andere macht sich ein Gewissen daraus, den geringsten Liebeshandel mit einem Geistlichen zu unterhalten. Ich habe moralisierende Huren gekannt, die, um ihren Männern keine Erbschaftsdiebe unter die rechtmäßigen Kinder zu bringen, ihren Hintern mit großer Gefälligkeit preisgaben, jeden anderen Zugang aber standhaft verweigerten. Andere hingegen würden glauben, Mörderinnen der ganzen Nachwelt zu sein, wenn sie zugeben, daß auch nur ein fruchtbringendes Tröpfchen vom Lebensbalsam auf untragbares Land fiele, oder wenn sie mit ihren Händen dasjenige auf die Erde verschleuderten, was die Natur dazu bestimmte, in ihren Zeugungsrezipienten aufgenommen zu werden. Félicie, die sonst über keine Art der Ausschweifungen Gewissensbisse empfand, hatte die schwache Seite, Blutschande für ein Verbrechen zu halten. Aber umsonst kämpft man gegen sein Schicksal. Bald, bald sollte das arme Mädchen sich, ohne es zu wissen, dieser süßen Sünde schuldig machen, vor deren Drohung allein sie schon zurückgebebt sein würde.

»Aber Mademoiselle, haben Sie denn den Teufel im Leibe?« rief sie mit Ernst, der an Unwillen grenzte. »Jetzt bereue ich es, daß ich Ihnen zur Entwicklung Ihrer unbändigen Ausschweifungen behilflich war.«

»Willst du mir eine Predigt halten?« versetzte ich. »Sieh, Félicie, das steht dir gar nicht, denn weder du noch andere Leute, die mir noch mit mehr Recht als du Vorschriften machen könnten, sollten mich abhalten, den Marquis de Pinange zu lieben und mir den Genuß mit ihm zu verschaffen.«

»Ihren Vater? Unglückliche!«

»Vater oder nicht, ich will ihn haben, und ich bin gewiß, daß wir beide bei der Liebe soviel Vergnügen empfinden werden, daß sein Wollustsaft bis zu meinem Herzen dringen wird.«

Dadurch, daß ich die Unverschämte an einen ihrer schimpflichsten Augenblicke erinnerte, hatte ich ihre schwächste Seite berührt.

»Gehen Sie«, sagte sie, »Sie sind eine Teufelin! Ich verlasse Sie und werde nicht mehr hierherkommen und mich beleidigen lassen.« Indessen lächelte sie doch.

»Noch etwas Geduld!« versetzte ich und ergriff sie beim Arm. »Du mußt noch eine Stunde hierbleiben, denn du sollst eine Bekanntschaft machen.«

»O nein, nein, ich mag niemanden kennenlernen! Ich gehöre ganz meinem ehrlichen Deutschen an, für den ich übrigens auch noch so töricht bin, mehr als Erkenntlichkeit zu fühlen. Diesen rechtschaffenen Mann will ich nicht betrügen.«

»Rechtschaffen?« erwiderte ich. »Das ist wohl so klar noch nicht. Man hat ihn sehr im Verdacht, daß er seine Leute gern von hinten angreift.«

»Immer die nämliche Bosheit! Sie taugen nichts, Mademoiselle, leben Sie wohl!«

»Nein, zum Teufel, du bleibst hier! Vorläufig kann ich dir sagen, daß derjenige, mit dem du sprechen sollst, eine Frau ist.«

»Und worum geht es da?«

»Geduld, du sollst alles erfahren.«

Ich setzte mich sogleich hin und schrieb. An wen? Das sollte man wohl leicht erraten können. An den Sekretär des Lords, den verführerischen Neffen der Madame Gaillard. Ich bat ihn, augenblicklich zu kommen, und zwar in der Gestalt der reizenden Alexine. Ich war überzeugt, daß Alexis, in der Meinung, ich ließe ihn für mich selber kommen, sich möglichst beeilen würde. Ich versprach mir viel Vergnügen, erstens von seinem Fehlschlusse, denn ich war entschlossen, ihm nichts zu gewähren, und dann von der Zusammenkunft zweier so täuschend verkleideter Personen, wovon die angebliche männliche, nämlich Félicie, alles daransetzen würde, der anscheinend weiblichen teufelsmäßig zuzusetzen bis zu dem Augenblick, wo gründliche Untersuchung der Sachen die eine in Verwirrung setzen und der anderen, bei welcher sich die wirkliche Männlichkeit vorfand, den vollständigsten Triumph verschaffen mußte.

Nach Absendung meines Billets erinnerte ich den verkleideten Jokei, daß er mir noch die Folge seiner interessanten Geschichte schuldig sei, die da abgebrochen worden war, wo die Heldin der Geschichte in einem Bett mit einem gewissen F. viermal, richtig erzählt, die Freuden der Liebe genossen hatte, nachdem der sodomitische A. in Haft genommen worden war.

Fünfunddreißigstes Kapitel

Félicie setzt die Erzählung ihrer sonderbaren Erlebnisse fort

»Die Folge meiner Erzählung bis zu dem Augenblick, wo ich die Ehre hatte, Ihre Mutter kennenzulernen, hat nichts sehr Anziehendes.

F. war der Sohn eines Neugeadelten, dessen Vater im Seehandel ein beträchtliches Vermögen erworben hatte.

Der Sohn hatte schon den Anfang gemacht, dieses Vermögen zu verprassen, und der Enkel zeigte ein ganz besonderes Talent, es in sehr kurzer Zeit in nichts zu verwandeln. Einfältig und treuherzig war er, bis zur Dummheit freigebig, ohne Maß und bis zur Verschwendung und dabei tapfer ohne Scheu, denn als Offizier hatte er es nicht länger als ein Jahr in der Eingezogenheit einer Garnison aushalten können, nachdem er zwei oder drei Leutnants lahm gehauen, die ihn wegen seiner noch halb bürgerlichen Geburt nicht als ihren Kameraden anerkennen wollten.

Viel Verstand hatte er eben nicht, alle Bildung war ihm verhaßt, dabei hatte er nicht die geringste Kenntnis von der Geschichte, von Büchern, von Poesie und Schauspiel, bekümmerte sich auch sogar wenig um die Geschehnisse des Tages. Sein Ausdruck war gemein, dabei war er aber hübsch und ein guter Kerl, ohne Launen, ohne Eigensinn, immer lustig und schmeichelnd. Kurz, F. konnte mich insgesamt nicht fesseln, weil seine guten Sitten nichts Auffallendes hatten, auch konnte er mich nie zu unterwürfiger Anhänglichkeit bekehren, weil ich schon damals gewitzter war als er und weil gleich das erste Mal, wo sein Wille dem meinigen nachgeben mußte, meine Herrschaft über ihn für immer entschieden war. Denn mit der weiblichen Kleidung war auch List und Herrschsucht in mich gefahren.

Wir führten übrigens ein lustiges Leben. Wir besuchten alle kleinen Schauspiele, die besseren hätten mich damals nicht interessiert. F. verabscheute die Trauer- und Lustspiele, wenn es nicht Possen waren; sie brachten ihn zum Gähnen. Hanswurst war sein Liebling. Wir versäumten keine Vorstellung im Vauxhall, keinen Budenzauber, kurz, keine öffentliche Festlichkeit, bewohnten ein teures Quartier, denn wir waren gleich am Morgen nach unserem Abenteuer aus dem Gasthof ausgezogen und F. hatte sich an dem nämlichen Tage dreißigtausend Livres vom Bankier auszahlen lassen. So lebten wir in vollkommener Freiheit, genossen alle Bequemlichkeiten, machten alle Lustbarkeiten mit; und dies Schlaraffenleben dauerte über sechs Monate, während welcher Zeit mein Gimpel die Torheit beging, mich mit der schlechtesten männlichen Gesellschaft bekannt zu machen, die sich denken läßt: mit Gaunern vom Militär, mit Agioteurs, mit prozessierenden Mündeln, mit schmarotzenden Abbés, worunter auch der Abbé meiner vorigen Herrschaft gehörte, mit zweifelhaften Spielern, falschen Marquis, Grafen und Chevaliers, die zwar niemals kamen, ohne mir Konfekt oder Blumen mitzubringen, die aber auch niemals wieder weggingen, ohne aus dem Beutel meines Jourdains einige Pistolen herausgefischt zu haben. Die waren unsere vornehmsten oder vielmehr unsere einzigen Bekanntschaften.

Mit einem Worte, Mademoiselle, der unbesonnene F. gab sich, als wenn es mit Fleiß geschähe, soviel Mühe, mich von ihm selbst abzulenken, daß ich eines Tages die gute Gelegenheit benutzte und ihm von meinem Tanzmeister Hörner aufsetzen ließ. In der Folge geschah dies auch von einem rüstigen Mann der Garde du Corps und ein anderes Mal von einem Marquis de Bouilotte, so daß meine Seitensprünge immer schneller aufeinander folgten. Diesen folgte ein Prior, der unzüchtige Gedichte und erotische Novellen schrieb und mir am Morgen jeden Tages diese vorlas, worauf ich jedesmal das von ihm Beschriebene mit ihm probierte und wirklich schöne Dinge von ihm lernte.

Bald tat ich dies, ohne besonderen Geschmack an den Leuten zu finden, die sich meiner Gunstbezeugungen bemächtigten, oft aus Drang meines Temperamentes, oft auch aus eigensinniger Laune und dann auch wohl, um meinen blinden Liebhaber zu foppen, in dessen Beisein ich es sogar mehr als einmal trieb, wiewohl mit solcher Geschwindigkeit, daß er nichts davon bemerkte. Und so wurde ich in weniger als Jahresfrist die Beute von mehr als vierzig Schnapphähnen, die mir im Grunde so verächtlich waren, daß ich nicht das Herz hatte, sie öffentlich zu grüßen, und daß mir der Angstschweiß ausbrach, wenn ich in der Komödie oder sonstwo zwei von ihnen erblickte, die mich ansahen; so sehr fürchtete ich mich vor ihrem vertraulichen Geschwätz und den Folgen, die daraus entstehen konnten.

Bei dieser Lebensart fanden wir uns endlich beiderseits in einem Zustande der stärksten Ansteckung. Mein Liebhaber hatte sich wohl auch hin und wieder einer kleinen Untreue schuldig gemacht, aber man konnte sicher hundert gegen eins wetten, daß ich allein an der Ansteckung schuld war. Indessen war er von meiner Unschuld so fest überzeugt, daß er sich darauf hätte hängen lassen. In dieser Zeit, während der ich befürchtete, mit einem Tritt in den Hintern aus dem Hause gejagt zu werden, sah ich eines Abends zu meinem größten Erstaunen den armen Sünder zu meinen Füßen, der sich selbst anklagte, sich verwünschte, sich mit den Händen an die Brust schlug, sein Leben in meine Hände gab usw. usw.

Nachdem ich mich lange gestellt hatte, als begriff ich die Ursache seiner Verzweiflung nicht, und er mit vieler Demut mir eine Erklärung darüber gegeben hatte, spielte ich die Großmütige. Die Verzeihung war mir nicht sauer. Kann man denn einem Menschen zürnen, den man anbetet? Er mußte sich also wenigstens für angebetet halten.

Ich vergab also mit aller geziemenden Würde. Ich hob ihn auf, es blieb ein ziemlich großer Beutel mit Geld auf dem Boden liegen, und ich erinnerte ihn daran.

›Kränke mich nicht, liebe Félicie‹, rief er mit erstickter Stimme, ›und beschäme mich nicht über die Geringfügigkeit der Entschädigung, die ich dir anbiete! Hätte ich besser gewirtschaftet, so könnte ich dir die zugefügte Beleidigung durch ein würdiges Opfer abbüßen. Aber vergibst du mir?‹

›Kannst du noch zweifeln?‹

›Aber auch aufrichtig?‹

›Von ganzem Herzen.‹

›Nun gut!‹ Hier drückte er mir die Hand und vergoß einen Strom von Tränen. ›Lebe wohl, Félicie! Nun reise ich weniger unglücklich fort.‹

›Du willst mich verlassen?‹

›Ja, auf einige Monate. Stelle deine Gesundheit wieder her; die meinige würde in deiner Gesellschaft nie wieder in Ordnung kommen. Wir wollen uns schreiben.‹

Ich lernte damals gerade schreiben und konnte schon einige Zeilen zusammenbringen, wiewohl ohne die geringste Orthographie. Ich versprach, ihm zu antworten. Als ich noch sprach, entschlüpfte mir F., schloß hinter sich zu und nahm den Schlüssel mit, vermutlich aus Furcht, ich möchte ihm nachlaufen und seinen mutigen Entschluß zum Wanken bringen. Aber ich muß es nur gestehen, daß ich unsere wirklich theatralische Trennung mit vieler Resignation ertrug. Indessen beobachtete ich die gehörigen Förmlichkeiten und schlug mit Händen und Füßen gegen die Tür, die mich zurückhielt – als ich hinter mir jemanden in ein lautes Gelächter ausbrechen hörte.

Ich drehe mich um – und sehe den nichtswürdigen Abbé, den gaunerischen Ritter meiner vorigen Herrschaft und einen unserer fleißigsten Schmarotzer. F. hatte ihn in meiner Kleiderkammer versteckt, um Zeuge unseres Abschiednehmens zu sein, damit ihn, wie er sagte, nach seiner Abreise jemand gegen den Verdacht der Unbeständigkeit und Treulosigkeit verteidigen könnte. Schlechter hätte er unmöglich wählen können, wenn es ihm um einen Richter zu tun war, der mit Ehrgefühl bekannt wäre.

Der Abbé, eines der nichtswürdigsten Geschöpfe auf Gottes Erdboden, wußte nichts von Ehrgefühl und war gar nicht der Mann, um irgendeine Freundschafts- oder Erkenntlichkeitspflicht auszuüben. Übrigens war er noch nicht lange in unserer Gesellschaft, hatte vielleicht mein Gesicht noch nicht aufmerksam genug betrachtet und mich nie dafür erkannt, daß ich Augenzeuge seines Liebesglücks und seiner Gaunerei gewesen war. Er hatte sich vielmehr zu kleinen Dienstleistungen gebrauchen lassen, wo es darauf ankam, irgendeinen meiner launigen Einfälle zu befriedigen, und war zum Glück jedesmal von mir für die Ausrichtung meiner Aufträge bezahlt worden.

Er wußte also, wie wenig wichtig es für mich sein mußte, einen solchen Liebhaber, wie F. es war, zu behalten oder zu verlieren, und mußte also die vor seinen Augen gespielte Tragikomödie so lächerlich finden wie möglich. Deshalb parodierte er sie auf der Stelle so hanswurstmäßig, daß ich mich des Lachens nicht enthalten konnte.

Hätte ich wohl vermuten können, daß der Gauner, den diese augenblickliche Vertraulichkeit dreist gemacht hatte, es wagen würde, mich unvermutet zu umfassen und mich mit solcher Unverschämtheit aufs Bett zu werfen, als wenn ich das Mensch gewesen wäre, bei der ich in Diensten gestanden hatte?

›Wer den Platz fahren läßt, verliert ihn!‹ rief der Unverschämte und nahm den Platz ein, wovon F. bisher, wie er glaubte, der Eigentümer gewesen war.

Ich nahm eine drohende Haltung an und rief:

›Was unterstehen Sie sich, Monsieur?‹

›Dich zu trösten, mein Püppchen, wie man die Tränen aller Witwen in Paris zu trocknen pflegt.‹

Es war nicht so sehr die Beschimpfung selbst als die ihr gegebene Wendung, die mich gegen den Gauner aufbrachte und mir sofort den Gedanken einer ebenso denkwürdigen als fein ausgeklügelten Rache eingab, nämlich den Verwegenen wenigstens zu vergiften, da ich weder Pistole noch Dolch bei der Hand hatte, um ihm das Lebenslicht auszublasen.«

»Ach Félicie!« rief ich, »ich zittere, daß du mich zwingen wirst, dich zu hassen, wenn du deine schreckliche Erzählung vollendest.«

»Ich bin aufrichtig und will Ihnen nichts verschweigen. Es blieb mir nichts weiter übrig, als diesen berüchtigten Speer einzulassen, den ersten, den ich in meinem Leben mit eigenen Augen gesehen hatte.

›Ist das wirklich Ihr Ernst?‹ fragte ich ihn boshaft. ›Haben Sie denn vergessen, was soeben zwischen mir und F. gesprochen wurde? Kann es Ihnen unbekannt sein, in welchem Zustande ...‹

›Zum Teufel mit deinen Possen! Was geniert mich das? Mit meiner Pleukschen Solution trotze ich der Lustseuche.‹

›Nun, meinetwegen!‹ Und schon hatte er ihn drinnen.

Jetzt fing ich an, ihn mit allen Kräften zu bearbeiten. Soviel Talent setzte ihn in Verwunderung und in Feuer. Er stößt drauflos, soweit nur immer seine Kräfte reichen.

Mehr ermüdet als gesättigt von seinem Genuß, wünscht er sich künstliche Hilfsmittel.

›Ich habe vortreffliche Diavolini‹, sage ich zu ihm, ›aber ich muß Ihnen sagen, daß, wenn ich mir die Mühe nehme, sie zu holen, ich sie mir teuer werde bezahlen lassen.‹

›Das versteht sich! Nur her damit!‹

›Nun, meinetwegen!‹

Ich hole also das aufputschende Mittel und gebe ihm eine tüchtige Portion, die der Schwelger auch gierig schluckt. In Erwartung der Wirkung ist seine Zunge rastlos beschäftigt, das Begeisterungsknöpfchen an meiner Muschel zu kitzeln. Alles das ist mir schon recht und dient gerade meinem Zweck. Endlich hebt sich seine weiche Nudel und ist wieder imstande. Ich genieße die Wohltat der Diavolini bis zum übertriebensten Mißbrauch. Kurz, ich mache meinen König so schachmatt, daß er endlich um Gnade bittet. Und kaum ist er vom Rausch des Lustwerkes wieder zu sich gekommen, so bemächtigte sich seiner ein wahrer Schüttelfrost mit tödlichem Zittern und vollständiger Entkräftung.

Während dieses Auftrittes war der Hausverwalter nach des F. Vorschrift gekommen, um meine Türe aufzuschließen, hatte sich aber nicht sehen lassen. Ich klingelte und fordere einen Wagen.

›Wie, Sie wollen mich fortschicken?‹

›Allerdings! Wozu sind Sie mir nütze? Um mir lästig zu sein?‹

›Aber so spät und in dem Zustande, worin ich mich befinde?‹

›Sie wollen sich wohl auch noch das Recht anmaßen, sich zu beschweren?‹

Ich nehme ein Buch bis zur Zurückkunft meines Bedienten, der keinen Wagen beschaffen kann und schon von ferne sein Murren über die Abbés hören läßt, die so spät noch bei seiner Herrschaft wachen. Nun schätzt sich mein Gauner schon glücklich, verläßt sich auf mein gutes Herz und glaubt, des Nachtlagers bei mir gewiß zu sein. Vergebens! Ich entlasse ihn ohne Barmherzigkeit, und er muß also zu Fuß, und noch dazu im Regen, bis an das entgegengesetzte Ende der Stadt wandern. Er nennt mich grausam. Ich lache ihm ins Gesicht und werfe ihm seine eigene Grausamkeit vor, die ebenso klar auf der Hand liegt wie seine Undankbarkeit gegen einen rechtschaffenen Freund, der ihn mit Wohltaten überhäuft hat.

Ich bin noch so boshaft hinzuzusetzen: ›Geh, Schurke! Ich zweifle, daß deine Pleuksche Solution dich vor der vielfachen Lustseuche schützen wird, die ich dir mit soviel Kunst und Anstrengung ins Blut gejagt habe. Mögest du daran umkommen, Bösewicht, und dein trauriges Beispiel alle Undankbaren deines Gelichters abschrecken!‹

Der Elende stand wie versteinert, unterstand sich nicht, ein Wort zu sprechen, und verließ mich.

›Vergessen Sie nicht, Monsieur l'Abbé‹, rief ich ihm nach, ›auf der Treppe zu singen:

Ihr kleines niedliches L…

Mit weißen Händen flöht.‹

Diese letzte Beschimpfung riß ihm den Schleier von den Augen.

›Wie? Sie sind Félix?‹ Und mit diesen Worten wollte er wieder ins Zimmer. Ich aber schloß mich ein, um nähere Erläuterungen zu vermeiden, und befahl dem Bedienten, den Abbé bis vor die Haustür zu begleiten.« Hier hielt Félicie inne.

»Das war«, sagte ich, »mit Verlaub, eine garstige Geschichte! Das ist ja ein Meuchelmord in aller Form. Judith, die dem feindlichen General Holofernes den Kopf abhieb, nachdem sie ihm ihre Reize preisgegeben, handelte nicht hartherziger und trostloser als du.«

»Ach was, ein solcher theologischer Auskehricht! Was hatte er in dieser Galeere zu suchen?«

»Aber sage mir doch, war er wirklich angesteckt?«

»Das glaube ich. Er mochte noch so sehr auf sein Universalmittel bauen oder auch nicht Geld genug haben, sich ordentlich kurieren zu lassen, genug, er ließ alles in dem Zustande, worin ich ihn versetzt hatte. Kurz darauf erfuhr ich, daß sich an dem Teile, womit er gesündigt hatte, alle Zeichen der häßlichsten Krankheit, kein einziges Teil ausgenommen, eingefunden hatten, wozu noch ein fressendes Geschwür am Gaumen getreten war, wie sein Sprechen durch die Nase und ein lächerlicher Fehler an seiner Aussprache unwiderleglich bewiesen. Das Hospital Bicêtre wurde zu spät die Zuflucht des Elenden; die Lustmärtyrer werden daselbst nicht gerade gelinde behandelt, und jener einstmals so stolze Liebesspeer wurde selbst in den ersten Tagen gleich durch einen Schnitt verunziert. Es wurde sogar darüber beraten, ob man nicht einen der symmetrischen Begleiter wegschneiden solle. Alle diese kleinen Umstände erfuhr ich von einem dienstfertigen Klosterbruder, der mich in seinem Namen bat, einem Unverschämten, an dem ich mich so sehr gerächt hatte, mit meiner Börse beizustehen. Dem höflichen Boten zu Gefallen gab ich etliche Pistolen unter der Bedingung, daß er für jetzt nur ein paar Taler abgeben sollte.

Ich gehe nun in meiner Erzählung wieder zurück, um Ihnen zu sagen, daß ich gleich am Morgen nach dieser rachevollen Nacht mich an einen sehr ehrlichen Wundarzt wandte und ihm Vollmacht gab, alles mögliche zu meiner gründlichen Heilung anzuwenden. Wir wurden um fünfzig Taler einig, die ich bei einem Notar hinterlegte, weil der Arzt nur die Hälfte davon bekommen sollte, sobald er die Kur für beendet erklärte, und die andere Hälfte erst drei Monate nachher, wenn ich von meiner vollkommenen

Heilung überzeugt wär, wobei er sich auf meine Ehrlichkeit verließ, daß ich mich unterdessen nicht in die Gefahr einer neuen Ansteckung begeben und ihn dadurch um das ihm Zustehende bestehlen würde.

Der Beutel, den mir mein großmütiger Freund zurückgelassen hatte, enthielt zweihundert Pistolen und einen zusammengerollten Wechsel auf die gleiche Summe, der auf einen der solidesten Bankiers von Nantes gestellt und der Zahlung nahe war. Da ich mich auf diese Weise gegen die Not gesichert sah und ich die Zeit meiner Zurückgezogenheit dazu anwenden wollte, etwas zu lernen, um meine Savoyarden-Unwissenheit mit Stumpf und Stiel auszurotten, so bat ich, die Heilung nicht zu übereilen und besonders meine Zähne gegen den Angriff des Merkurs zu sichern, weil man die Schönheit dieser Zähne als einen meiner vorzuglichsten Reize zu bewundern pflegte.«

Sechsunddreissigstes Kapitel

Folge und Schluß von Félicies Geschichte

»Der Himmel bewahre Sie, Mademoiselle, daß Sie nie die Regionen des Merkurs durchwandern müssen! Die schönste Frau hört dann auf, ein Ebenbild Gottes zu sein. Und welche Demütigungen! Oh, was für ein Unterschied, unsere geheimsten Reize einem liebestrunkenen Mann vor Augen zu legen oder sie einem gefühllosen Arzte vorzuweisen, der in ihnen nichts sieht als eine verunreinigte, in Unordnung gebrachte Maschine, die gereinigt und wieder instand gesetzt werden soll! Was diese Leute doch für barbarische Bezeichnungen haben statt jener allerliebsten oder wenigstens lustig klingenden Namen, womit diese reizenden Teile verliebter Torheiten belegt werden.

Drei Monate ungefähr mußte ich in einem abscheulichen und beschämenden Zustand des Büßens, des Fastens und der strengen Lebensordnung zubringen, die jedoch stufenweise gemildert wurde. Nach deren Ablauf riet mir der Wundarzt, den ich mir zum wahren Freunde gemacht hatte, die schöne Jahreszeit bei seiner Schwester auf dem Lande zuzubringen, die ziemlich umgänglich war und mit der ich in meiner Krankheit Bekanntschaft geschlossen hatte. Sie wohnte sieben Meilen von Paris entfernt.

Dieser Rat meines Arztes hatte wohl gewissermaßen den Zweck, sich meiner guten Aufführung in der zweiten Periode meiner Genesung desto mehr zu vergewissern, wenn er mich von der Hauptstadt entfernte.

Dem sei aber, wie es wolle; ich tat sehr wohl daran, seinem Rat zu folgen. In dieser ländlichen Gegend, wohin ich mich schwach und vom Fleische gefallen begab, fand ich bald Kräfte, Schlaf, Appetit und Gesichtsfarbe wieder. Mein Fleisch, dessen Schlaffheit mich so sehr beunruhigte, spannte sich wieder zu seiner reizenden Festigkeit. Ich fühlte endlich, daß ich völlig verjüngt und wie neugeboren war. Aber mit dieser Gesundheit kehrten auch meine Naturkräfte und jeder Trieb zur Wollust zurück

Ein junger Mann von gutem Ansehen, ein braves Kind der Natur, der Sohn eines edlen Faulenzers, der in diesem Dorf ohne Ehrgeiz lebte, besuchte uns des öfteren. Er hatte nicht anders gekonnt, als meinen Reizen zu verfallen, und war unsterblich in mich verliebt. Der erste Gegenstand gefällt, wenn man nichts Besseres vor sich sieht. Auch ich fand Geschmack an diesem mittelmäßigen Anbeter. Er war höflich und hatte für einen Mann vom Lande ziemlich viel Kenntnisse. Er ließ mich lesen und schreiben und verbesserte die Orthographie in meinen Briefen, womit ich täglich die seinigen beantwortete. Diesen Briefwechsel hatten wir bloß zu meiner Belehrung eingeführt, denn wir hatten die Freiheit, beständig beisammen zu sein, und was wir einander mündlich sagten, brachte uns selbstverständlich viel näher als die schriftlichen Mitteilungen.

Schließlich mußte doch irgendein Entschluß gefaßt werden. Mein junger Held setzte mir beständig zu, und meine unterdrückten Gefühle, die mich antrieben, wieder in den Genuß meiner Naturrechte zu kommen, fingen auch an, höchst lästig zu werden. Da ich indessen meinem Äskulap versprochen hatte, mich ordentlich aufzuführen, bis er völlig zufrieden wäre, so hielt ich mich standhaft und verschob nach Möglichkeit den Zeitpunkt meiner gänzlichen Ergebung.

Kleine Liebkosungen wies ich unterdessen nicht ab, und um die stürmischen Begierden, die ich verursachte, abzustumpfen, war sogar meine Hand gefällig genug, etwas zu tun, woran ich nie Geschmack gefunden hatte, denn meines Erachtens heißt es das Vergnügen töten, wenn man den Männern diesen demütigenden Dienst erweist.

Bald aber fiel mir der Ausweg ein, mich zu ergeben, und ich gab also ebensosehr aus Eitelkeit als aus wollüstiger Laune dem feurigen Saint-Amand, so hieß der junge Mann, ohne Rückhalt die Reize meiner Hinterteile preis, auf welche meiner Meinung nach die medizinische Fakultät kein Embargo gelegt haben konnte. Dieser Genuß war zu herrlich, als daß der folgsame Saint-Amand es hätte wagen sollen, damit unzufrieden zu sein.

Daher, Mademoiselle, kommt die Gewohnheit, die ich angenommen habe, diejenigen meiner Liebhaber, die dazu Neigung haben, im italienischen Geschmack zu befriedigen. Kurz, ich tat so lange Ganymeddienste, wie es meinem Arzte gefiel, die Erhebung der letzten Hälfte seines Lohnes aufzuschieben, und sobald dieser Umstand völlig berechtigt war, erfüllte ich schließlich die Wünsche meines Liebhabers. Gleich beim ersten Ritt machte mir der Verräter, oder soll ich sagen der Grünschnabel, ein Kind, ein Unglück, das ich sogleich am Ausbleiben eines gewissen Umstandes merkte und das sich nur zu sehr bestätigte.

›Das ist kein so großes Unglück, Mademoiselle‹, sagte mir mit treuherziger Miene der Urheber meines Unfalls, ›ich bin ein ehrlicher Mann, ich heirate Sie.‹

Das war wohl recht gut, aber der Umstand, daß er minderjährig war und einen eitlen, häßlichen, brutalen, geizigen Vater hatte, der bei nur mittelmäßigem Vermögen mehrere Kinder hatte, erschwerte die Ausführung dieses Vorschlages.

Auf das erste Wort, das im Adelshof von einer Schwängerung und von einem Vorsatze zu heiraten laut wurde, entstand ein teufelsmäßiger Lärm. Eine gute Haut von Pfarrer, der es auf sich genommen hatte, Mittelsperson zu sein, mußte mit einer langen Nase abziehen. Mein Heirater wurde in den Turm gesetzt, das heißt in das erste Stockwerk eines Taubenschlages, der diesem elenden Herrenhäuschen das Ansehen eines Schlosses geben sollte. Bald sah ich auch, daß man Anstalten machte, meine Wenigkeit zu verfolgen. Da ich mich hier zufälligerweise mit dem Verliebtsein eingelassen hatte, bei der Verbindung selbst kein großes Glück für mich abzusehen war und ich die Mittel, mich zu entfernen, in Händen hatte, so wählte ich diesen Weg und schlug meinen Aufenthalt in Paris bei einer Modehändlerin auf.

Diese Dame, wie die meisten ihres Gewerbes, verdiente damit viel Geld, daß sie ihr mit hübschen Putzmacherinnen reichlich versehenes Haus zu einem honetten Bordell machte. Ich hatte auch einige Abenteuer teils aus Gewinnsucht, teils aus bloßem Hang zum Vergnügen. Dies Gewerbe ging aber nur die ersten vier Monate meiner wenig sichtbaren Schwangerschaft. Als ich dicker wurde, fiel mein Handel ins Wasser, und ich sah mich genötigt, mich auf meine Handarbeit und auf das Studieren einzuschränken, woran ich auf dem Lande wirklich Geschmack gefunden hatte. Um die Mitte des neunten Monats bezog ich wieder meine vormalige Wohnung bei meinem ehrlichen Wundarzt.

Ich hatte zur rechten Zeit entbunden, aber unter so viel Schmerzen und Gefahr, daß ich von der Minute an vor dem ehrwürdigen Mutterstand einen unwiderstehlichen Abscheu bekam. Trotz des Talentes und der Menschenliebe meines Arztes kam mein Kind, das eine Tochter war, bei der schwierigen Entbindung ums Leben. Zum Glück war mein Entbinder keiner von den falschen Schlußmachern, welche, um das Leben eines Geschöpfes zu sichern, das kaum der Entwurf eines Menschen ist und das durch tausend Zufälle verhindert werden kann, dereinst zur Reife zu gelangen, gleich bereit sind, ohne Gewissensbisse die Mutter aufzuopfern, die die Natur mit soviel Sorgfalt schon zu dem Punkte der Vollkommenheit gebracht hat.

Diesem wohltätigen Manne verdanke ich auch noch alle die kleinen Sorgsamkeiten, wodurch Wöchnerinnen gegen entstellende Zufälle gesichert werden.

›Ich will‹, sagte er, ›daß Sie ohne die geringste Spur dieses Ihres ersten Feldzuges aus meinen Händen kommen sollen; aber, um des Himmels willen, seien Sie nicht so töricht, den Versuch zu wiederholen; bei jedem Kinde würde Ihr Leben an einem Haar hängen.‹ Er hielt sein Wort besser als ich, wenigstens in Ansehung der Vorsicht, als ich das meinige gehalten habe, aber man hat mir seitdem, dem Himmel sei Dank, nie wieder ein Kind gemacht.

Inzwischen ging mein Geld zur Neige, denn ich hatte mich gut eingerichtet, hübsche Sachen angeschafft und gut gelebt. Ich wollte meinen Wechsel einlösen, aber der solide Kaufmann in Nantes hatte Bankrott gemacht. Diese Unbeständigkeit menschlicher Freudengenüsse erschreckte mich, und da ich bei genauer Wirtschaft mich noch einige Zeit über Wasser halten konnte, so lernte ich vollends die Putzmacherei, d. h. Damen ausstaffieren, auch etwas Schneidern. Von Saint-Amand hatte ich nichts weiter gehört, als daß man ihn nach der Île de Bourbon schickte, um als Infanterieleutnant zu dienen. Von Stund an faßte ich den Vorsatz, nicht mehr zu lieben, weil das so unglücklich macht, und begünstigte nur diejenigen, die mir die Laune des Augenblicks oder die Liebe zum Gewinn, wenn dieser nämlich der Mühe wert war, oder auch sinnliches Bedürfnis als annehmbar vorstellten.

Auf diese Weise lebte ich so leidlich glücklich und trieb mein Gewerbe mit großem Vorteil. Monsieur de Pinange, Ihr Vater ...«

»O sage ›mein Geliebter‹«, unterbrach ich sie erregt, »sage ›mein Alles‹, ›meine Gottheit‹.«

Sie zuckte die Achseln und hob die Augen gen Himmel.

»Nun, mein Vater!«

»Ihr Vater verfing sich wie jeder andere in meinem Netz, oder ich fiel in das seinige. Gut und schön, wir schlossen ein Bündnis miteinander. Bald fiel es ihm ein, daß es für uns beide bequemer wäre, in seinem Hause beisammen zu wohnen, als daß ich im dritten Stockwerke auf meiner eigenen Hand saß, und so fand er Mittel, mich bei Ihrer Mutter in Dienst zu bringen.

Das wirksamste Mittel, einander bald überdrüssig zu werden, ist es, wenn man jeden Augenblick beieinander sein kann. Unser Liebeshandel, der in meinem kleinen Quartier so feurig war, ging im Palais de Pinange in die unschmackhafteste Lauheit über. Monsieur le Marquis vernachlässigte mich, und das wußte der Jäger Fanfaro zu nutzen. ›Welch ein Abfall‹, werden Sie ausrufen. Soll ein Bedienter der Nachfolger dieses Sylphen, dieses reizenden Zauberers sein?« (Ich seufzte meine Zustimmung zu dieser Lobrede.) »Ja, Fanfaro folgte unter den entzückendsten Empfindungen Ihrer gehorsamen Dienerin auf seinen unvergleichlichen Herrn. Fanfaro ist allerliebst, das müssen Sie mir zugeben, und hat nichts mit anderen seines Standes gemein, die, besonders wenn sie bloß zur Jagd gebraucht werden, meistens ungehobelte Kerle und Trunkenbolde sind. Sollte aber Ihr verteufeltes Vorurteil für Monsieur le Marquis Sie gegen seinen Nachfolger zu ungerecht machen, so würde ich an Madame la Marquise appellieren, die doch gewiß eine ebenso gute Kennerin ist wie Sie und die sehr gründlich wußte, wieviel Fanfaro in dieser Hinsicht wert war.«

Ich konnte mich von meinem Staunen kaum erholen.

»Wie? Auch meine Mutter gab sich der Livrée preis?«

»Bis an den Hals, Mademoiselle! Lieber Himmel, das ist ja nun einmal der jetzige Ton! Seitdem die Herrschaften, die Kavaliere, die Offiziere, kurz, alles, was sich sonst guter Manieren, galanter Aufführung und zärtlicher Aufwartung, besonders aber Rechtschaffenheit rühmte, ihre Ehre und Anstand hintangesetzt haben und nicht mehr viel Wert auf das Betragen legen, das für unser Geschlecht soviel Reiz hat, ist der Bediente, der meistens gut gewachsen, in seinem Anzuge zierlich und auf die Achtung, die man ihn merken läßt, stolz ist, sehr viel brauchbarer zum Vergnügen, ist auch zuverlässiger und setzt seine Gebieterin sowohl während als nach dem Verständnisse weit weniger in Gefahr. Kurz und gut, Fanfaro hatte noch Madame la Marquise, als ich ihn mir zulegte. Übrigens aber sind dies kleine Familienangelegenheiten, worüber ich mir Ihre Verschwiegenheit erbitte.«

Ich versprach es.

»Dies ist nun, Mademoiselle«, fuhr sie fort, »meine Beichte. Sehr demütig ist sie gerade nicht, aber aufrichtig und vollständig. Reue fühle ich übrigens nur über zwei Punkte, namentlich, daß ich mich mit der Lustseuche anstecken, und dann, daß ich mir wie eine Närrin ein Kind machen ließ.«

»Jetzt bin ich vollkommen unterrichtet«, sagte ich zu ihr, dem weiblichen Jokei, »und ich danke dir recht herzlich für deine Gefälligkeit. Aber ich sehe ihn ja nicht mehr bei meinem Vater, jenen glücklichen Fanfaro, den die Schönen so sehr begünstigen!«

»Ich habe gehört«, antwortete sie, »daß er in den nächsten Tagen von einer Reise zurückkommen wird, wozu sein Herr ihm die Erlaubnis erteilt hat, um in seiner Heimat eine kleine Erbschaft anzutreten, die ihm daselbst zugefallen ist.«

Siebenunddreissigstes Kapitel

Wie ich zwei Frauenzimmern viel Vergnügen verschaffe und mein Lohn dafür

Nach Beendigung unseres Gesprächs erschien die englische Alexine oder, um den Leser nicht irre zu machen, Alexis, den ich, wie man sich noch erinnern wird, hatte rufen lassen. Er hatte sich in seinem Anzuge selbst übertroffen.

Jede Hofdame, jede Operntänzerin mußte ihn um das Talent beneiden, sich im weiblichen Kostüm so geschmackvoll herzurichten, die Grazie, womit er unseren Gang nachahmte und wie er mit den Augen spielte, die Gabe, mit so großer Geschicklichkeit das bezauberndste Lächeln anzubringen, das imstande ist, jedem Mann die Knöpfe vom Hosenlatz zu sprengen.

»Wie schade«, flüsterte mir der verkleidete Jokei bei seinem Anblick ins Ohr, »daß man ein Mädchen ist, wenn man mit einem so reizenden Geschöpf Bekanntschaft machen kann!«

Alexis spielte seine Rolle meisterhaft, zeigte die gezierte Verlegenheit, welche den Frauen so gut steht, wenn sie sich von der Gegenwart eines unbekannten Gesichtes betroffen anstellen und doch beinahe gewiß sind, daß man ihnen durch Lobsprüche wieder Mut machen wird.

Meine beiden Personen maßen sich nah den ersten Begrüßungshöflichkeiten mit den Augen und konnten nicht erraten, warum sie sich so in meinem Zimmer versammelt fanden; ich aber erstaunte über das Interesse, womit sie sich gleichsam durch Blicke verschlangen. Ihrer beider Augen funkelten, ihre Röte, dies sichere Zeichen innerer Entflammung, verschönerte sich noch und versprach mir den vollständigsten glücklichen Fortgang meiner entworfenen Lustbarkeit.

Alexis konnte nicht länger an sich halten, und nach dem Vorrechte unseres Geschlechtes, in Gegenwart von Männern heimlich zu reden, sagte er mir:

»Wahrhaftig, ich wollte alles, was ich habe, darum geben, um nur auf eine Viertelstunde eine echte Frau zu sein, denn dieser hübsche Junge wäre etwas für mich ...«

Ich konnte mich kaum eines lauten Lachens enthalten.

Da es indessen meine Absicht war, zwei in so günstiger Stimmung sich befindende Geschöpfe unverzüglich in Tätigkeit zu setzen, so sagte ich ganz laut:

»Das geht ja vortrefflich, da bin ich ja nun schon die Vertraute von beiden. Aber Kinder, warum redet ihr nicht frei von der Leber weg! Das sichtbare Geständnis dessen, was ihr einer für den anderen fühlt, bedarf keiner Geheimniskrämerei. Diese Sympathie, die mich gar nicht befremdet, macht euch Ehre und rechtfertigt die Meinung, die ich schon im voraus von eurem beiderseitigen guten Geschmack hatte. Wohlan also, erklärt euch näher, ich bin ohnehin bei so guter Laune.«

Mit diesen Worten verriegelte ich die Tür. »Damit hier keiner vom Fleck kommt, bis ihr einander in aller Form Beweise von der Wahrheit des lebhaften Eindruckes gegeben, den ihr beide mir schon gestanden habt.«

Ich hatte noch nicht ausgeredet, als Félix seiner männlichen Rolle gemäß schon den Hals der himmlischen Alexine umschlungen hatte und ihr einen von Liebe entflammten Kuß auf die Lippen drückte. Alexis, für welchen die Männlichkeit des Küssenden nichts Abschreckendes hatte, da er sogar mit einem Cacarel in Liebeshändel verwickelt gewesen, erwiderte seinen Kuß von ganzem Herzen, und nun ließ Félicie, die nach meiner von ihr gegebenen Schilderung auch bei ihrem eigenen Geschlechte mit gleicher Hitze zu Werke ging, es nicht beim Küssen bewenden.

Sie wollte das aufgebauschte Fichu verschieben, unter welchem ihrer Mußtmaßung nach ein Paar Brüste wallen mußten, die dieses niedlichen Gesichtes würdig waren. Hier aber leistete Alexis, und dies gab seiner weiblichen Rolle die täuschendste Vollkommenheit, den hartnäckigsten Widerstand. Um indessen zu beweisen, daß dies nicht aus passender Ziererei geschehe, umarmte er den reizenden Jokei, faßte ihn hinten bei den Beinkleidern und löste ihm ohne Mühe den Gürtel. Es konnte kein interessanteres Schauspiel geben, als dieses Ringen mit anzusehen, wobei die beiden Kämpfer, die immer hitziger wurden, sich vor wollüstiger Begierde und übertriebener Eile oft ganz ungeschickt benahmen. Indessen hatte der gewandte Alexis schon die reizenden Hinterteile seines Gegners völlig entblößt und genoß, weil er einem großen Spiegel gegenüberstand, diesen herrlichen Anblick vollständig.

»Verzeihen Sie, Mademoiselle«, rief er mir zu, »diesmal muß ich noch zu meinem ersten Geschmack zurückkehren.« Zu gleicher Zeit ließ Félicie, für welche diese Anrede an mich ein Rätsel war, den von ihrem Gegenüber so sehr verteidigten Busen und drang mit ihrer Hand unter die Röcke, wo sie nicht das geringste Hindernis fand. Welch eine Überraschung, als sie statt einer weiblichen Muschel, die sie schon nach ihrer Art zu bedienen bereit war, mit ihrer umherschweifenden Hand einen männlichen Dolch ergriff! »Himmel!« rief sie und stand vor Erstaunen und Vergnügen wie eine Bildsäule. Einen Augenblick war sie sprachlos und untätig. »Es ist leider nichts anderes, mein schöner Freund!« sagte mit betrübtem Tone Alexis, der diese Unbeweglichkeit für Enttäuschung hielt und vor Furcht zitterte, daß man seiner nun nicht mehr begehren würde, obgleich er seinerseits das ganze Feuer der Begierde beibehalten hatte.

»Schafskopf!« rief ich ihm zu, ging hin und nahm seine Hand; »geh doch von jenem Hintern, der dich behext, hierher« (Ich führte ihm die Hand.), »alsdann wirst du merken, daß nicht alles verloren ist, und wieder Mut fassen.«

Aber wer malt sein Erstaunen und Entzücken bei der Berührung einer in jeder Rücksicht vollkommenen Purpurschnecke! Eine seiner Hände stiehlt sich nach oben, und schon beeilt sich Félicie, sich selbst ihre Weste aufzuknöpfen, um die Schätze ihres unvergleichlichen Busens mit stolzem Selbstgefühl ans Licht zu bringen. So kommt dieses entzückende Paar von einem Staunen zum andern und verzehnfacht sein Vergnügen. Warum können sie nicht gleich in diesem Augenblick zusammenfließen! Aber Félicies männlicher Anzug stört; die Beinkleider erlauben nicht den nötigen Zugang, und Alexis' Röcke vermehrten auch noch die Hindernisse.

Der weibliche Jokei ist zu schön, als daß man ihn in die Stellung einer »Kotfliege« bringen sollte, und Félicie ihrerseits will auch den ganzen Schlagrahm der verkleideten Alexine in wollüstigen Zügen einsaugen. Von einem so seltenen, so bezaubernden Genuß darf auch nicht das geringste verlorengehen. Und nun ging es um die Wette ans Auskleiden: Alle Stücke des eleganten Anzugs wurden mehr vom Leibe gerissen als ausgezogen. Félicie behielt nichts an als das seidene Netz, das ihre schönen Haare zusammenhielt, zu deren Freigabe sie sich nicht hatte entschließen können. Alexis wird dadurch noch reizender, daß er den kleinen anziehenden Haaraufsatz aufbehält, der jeden Reiz unseres Geschlechts zu den Schönheiten seines eigenen zusetzt.

Da stehen sie nun beide im Zustande, wie die Natur sie geschaffen hat, deren Meisterstücke sie sind, und ich sehe sie in demselben Augenblick auf mein Bett stürzen, sich fassen, sich umschlingen, sich vereinigen und ohne irgendeine andere Bewegung ihre Seelen ineinanderschmelzen und sich in ein Meer von Wonne versenken. Ich selbst brannte zwar bei diesem Sturm von Wollust, stellte aber meine körperliche Erregung hintenan und beschäftigte mich bloß mit ihnen. Ich saß neben dem Bett, stützte meinen Kopf auf eine Hand und heftete meine Blicke auf den Punkt, wo diese bezaubernden Geschöpfe sich vereinigten.

Hier weidete ich mich nun an einem der seltensten Gemälde, das bei der nämlichen Handlung vielleicht in einem Jahrhundert nicht wieder vorkommt. Ihr nach dem ersten Ausbruch ihres Feuers noch fortdauerndes Entzücken gab mir alle erforderliche Muße, um alles, was ich erblickte, für immer meinem Gedächtnis einzuprägen: die Formen des Paares, die Farbe der Haut von beiden, das Zucken der Geschlechtsteile, die wechselnden Drehungen des Beutels, der den Vorrat an ungelegten Eiern enthielt, das Zittern der Schenkel, das Zucken eines jeden Wirbels in den Hodenmuskeln zum deutlichen Beweis der Empfindlichkeit dieser Nachbarschaft und des auf sie zurückwirkenden Vergnügens, das sie von der Anstrengung der agierenden Geschlechtsteile genießen. Kurz, mein lieber Leser, jetzt erst erfuhr ich, daß man sich auch mit den Augen Lust verschaffen kann, denn unwillkürlich und ohne mir die geringste Hilfe zu verschaffen, allein durch den Zauber des starken Eindrucks geriet ich zum Höhepunkt und mußte wie sie der Wollust meinen reichlichen Tribut bezahlen.

Sie ließen nun voneinander, um mir einstimmig ihre grenzenlose Erkenntlichkeit zu bezeugen, und es fiel dem närrischen Pärchen ein, mit großer Emsigkeit nun auch mich zu entkleiden, ohne mich vorher um Erlaubnis zu bitten. Ich werde geküßt, geleckt, verschlungen. Plötzlich stellt Félicie ein breites und hohes Tabouret von Samt auf mein Bett, schlüpft unter dasselbe hin, legt sich zwischen die vier Stuhlfüße auf den Rücken, spreizt die Schenkel auseinander und hofft, daß man ihre Absicht erraten wird. Obwohl die Bekehrung des schönen Alexis noch so befriedigend war, so fand es sich doch, daß sie richtig gerechnet hatte. Dieser faßt mich, hebt mich in die Höhe und läßt mich so auf dem Tabouret liegen, daß ich mein Gesicht auf den Kopf des erfinderischen Mädchens, der auf einem doppelten Kissen ruht, herabbringen kann. Und nun besteigt er das Mädchen mit aller Kraft; ich aber fühle zu gleicher Zeit, wie die feurige Zunge des glücklichen Alexis meiner Muschel und meinem Hintern huldigt, währenddessen der Mund der schwelgerischen Félicie dem meinigen ebenso brennende Küsse aufdrückt.

Wenn du ein Mann bist, lieber Leser, so versuche es einmal, dich auf solche Weise zwischen zwei hübschen und wollüstigen Frauen zu teilen. Bist du eine Frau, nun, so versuche auch du in dieser Art die Freuden des gewöhnlichen Genusses mit dem Vergnügen des himmlischen Züngelns zu verbinden, und dann wird deine Einbildungskraft ersetzen können, was meine Erzählung dir nur unvollkommen begreiflich machen kann. Dann wirst du erfahren, daß diese feurige, magische Flüssigkeit, dieses allegorische Feuer, das der kühne Prometheus der Fackel der Götter zu entwinden wußte ... Du wirst erfahren, will ich sagen, daß, je weiter dieses flüssige Feuer den Kreis seines geistigen Umlaufs erstreckt, ein jeder einzelne Teilnehmer um so stärker in Entzückungen hingerissen wird.

Ihr befindet euch noch sehr weit von der Kenntnis des erhabenen Geheimnisses der Kunst des Genießens, ihr einfältigen und schüchternen Minner, deren Begierden durch die Gegenwart eines Dritten zurückgehalten werden und deren schwaches Flämmchen vor Zeugenaugen verlischt. Dumm und gefühllos unterwerft ihr euch den angeblichen Vorschriften der einfachen Natur, verkennt das Feine der verliebten Verbindung zweier Wesen von verschiedenem Geschlechte und beschränkt euch auf den einfachen Genuß der Wollust, den ihr mit jedem Tier gemein habt. Ich meinesteils möchte elftausend in einem Lustchor figurieren sehen und mit Tausenden zugleich in wollüstigen Zuckungen gemeinschaftlich dahinschmelzen. Je mehr Zeugen meines Glücks gegenwärtig wären, je mehr Frauen ich unter den kraftvollen Stößen männlicher Speere dahinsterben, je mehr Männer ich ihre Seelen bis in den tiefsten Grund der weiblichen Muschel und Hintern ausströmen sehe, desto lebendiger und inniger würde das Gefühl meiner eigenen Glückseligkeit sein.

Achtunddreissigstes Kapitel

Ein neuer Lot · Gestörtes Vergnügen
Ungewitter, das ich abwende

Da der ganze Abend über mit dem soeben beschriebenen heißen Liebeskampf verstrichen war, beeilten wir uns alle drei, die Kleider wieder anzuziehen. Alexis fürchtete, bei seinem Herrn zu spät zu kommen. Félicie durfte ihren verliebten Deutschen nicht vernachlässigen, und mich nahm es wunder, daß meine Mutter noch nicht nach Hause gekommen war. Wie hätte ich mich aus einem so mißlichen Handel herausziehen sollen? Und der so sehr geliebte Vater, für den ich rasend vor Liebe entbrannt war! Ach, den wiederzusehen, lag mir mehr am Herzen als alles übrige.

Kaum war ich alleine, so erschien er heiterer, als er war, da wir auseinandergingen.

»Es freut mich, liebe Lolotte«, sagte er, »daß deine Mutter nicht bei dir ist, denn ich habe von interessanten Dingen mit dir zu sprechen. Ich komme eben von dem häßlichen Kerl, den du aus kluger Narrheit heiraten willst. Weißt du wohl, daß er ernstlich in dich verliebt ist und dir zum Nachteil seines unbesonnenen Neffen sein ganzes Vermögen verschreiben will?«

»Und Sie fühlen doch wohl, daß ich eine so schreiende Ungerechtigkeit nicht zugeben werde?«

»Ich habe diese Meinung von dir erwartet, meine Tochter, und billige sie. Sieh nun zu, da noch Zeit ist, ob du nicht besser tätest, den Grafen selbst zu heiraten?«

Ich stampfte vor Unwillen mit dem Fuße auf.

»Wenn ich nun«, sagte ich zu ihm, »einen Liebhaber hätte und Sie das wären, anstatt mein Vater zu sein, welchen von beiden würden Sie mir raten zu heiraten?«

Er schwieg, ließ den Kopf hängen und hatte kaum das Herz, mich anzusehen.

»Sie sind ein Heuchler, Monsieur«, setzte ich hinzu, »gehen Sie und seien Sie entweder im Ernst, was ein Vater sein soll, und in diesem Falle fliehen Sie eine unglückliche Tochter, die töricht genug ist, um …« (Das Herz krampfte sich mir zusammen!)

»Rede nicht aus, Lolotte!«

Und dann? Ich war gerührt, schlang meine beiden Arme um seinen Nacken, drückte ihn an mein Herz und überschwemmte ihn mit meinen Tränen.

»Nun, Lolotte?«

»Wohlan, Monsieur de Pinange, laß mich die Frau dieses häßlichen Advokaten werden und tröste du mich über dieses Opfer!«

Er saß auf einem Armstuhl. Ich hielt ihn im Arm und drückte ihn an mich und nahm eine Stellung ein, die ihn nötigte, entweder augenblicklich eine verzehrende Flamme zu löschen oder mich weit von sich zu stoßen.

»Es ist entschieden!« rief er. »Ich sehe, daß es unser Schicksal so will. Lolotte, jetzt laß uns auseinandergehen … Deine Mutter …«

»Nicht doch! Die Liebe wacht für uns!«

»Aber unsere Leute?«

»Oh, wir sind allein auf der Welt!«

Wohlbedächtiger als seine Tochter indessen, ach, vielleicht auch weniger verliebt, schwankte er noch unentschlossen. Wir standen, den Finger auf dem Munde, beide horchend, und atmeten kaum. Ich ging, um die Tür zu verriegeln. In diesem Augenblicke hält eine Kutsche vor dem Haus. An der Art des Anklopfens hören wir, daß es Madame de Pinange ist, die den Einfall hat, zu so ungelegener Zeit heimzukommen, und ich denke verworfen genug, sie von ganzem Herzen zu verwünschen.

»Du siehst, Lolotte ...«

»Nun gut, dann heute abend also!« erwiderte ich außer mir. »Bist du dann Schlag Mitternacht hier, so komme ich als eine neue Myrrhe an deine Tür. Sorge aber ja dafür, daß ich sie offen finde, sonst findet man mich morgen früh tot und in meinem Blute schwimmend auf der Schwelle.«

Ein Kuß und ein Händedruck waren seine Antwort, und so verschwand er.

Und nun überschlage die Seiten, Leser, wenn du etwa einen Ruhm in einem gewissen Zartgefühl von Vorurteilen suchst; denn es ist seiner Erfüllung nahe, unser fröhliches Geschick. Ich bin im Begriff, die Eroberung des reizendsten, liebenswürdigsten, geliebtesten Mannes zu machen, und höchstwahrscheinlich ist es derjenige, dem ich mein Dasein verdanke.

Monsieur de Pinange beobachtete die galanteste Pünktlichkeit. Zwei Minuten vor Mitternacht höre ich sanft an meine Tür klopfen. Aufgeregt schlägt mir das Herz. – Er ist's ... im einfachen, leinenen Pudermantel, seine schönen Haare unter einem großen Kamm in die Höhe geschlagen. Ich hielt mich ebenso zu seinem Empfange bereit. Eine Nachtlampe warf nur ein schwaches Licht über den Tempel unserer Vereinigung. Einige wohlriechende Räucherkerzen waren eben ausgebrannt. Eine Schale Apfelsinen war in Bereitschaft, unsere erhitzten Gemüter zu kühlen. Einige indische, mit Rosenessenz befeuchtete Tücher waren bestimmt, mit Beihilfe des Wassers die Spuren unserer wollüstigen Opfer zu verwischen.

Ein berühmter Maler, der die Laster in ein Gemälde bringen sollte, gab die Hoffnung auf, die Undankbarkeit stark genug schildern zu können, und ließ daher die Leinwand an der Stelle leer, welche dieses Ungeheuer unter den anderen Lastern hatte einnehmen sollen. Ein anderer Maler fürchtete, dem Gesicht eines von Schmerz und

Jammer durchdrungenen Mannes nicht Ausdruck genug geben zu können, und ließ ihn also sein Gesicht mit der Hand bedecken. Auch ich muß, wie jene Künstler, im Gefühl meines Unvermögens die Stelle leer lassen, wo es darauf ankäme, die Entzückungen einer himmlischen Nacht zu beschreiben ... Wir liebten. Damit ist genug gesagt! – Und wir hatten gegen unsere Leidenschaft gekämpft.

Stelle dir selbst vor, lieber Leser, wie stark unsere Entzückungen gewesen sein mußten! Sechsmal sündigten wir, und tausendmal dankten wir dem Himmel dafür, und ... er donnerte nicht. Gegen Morgen, nachdem sich Monsieur de Pinange behutsam weggeschlichen hatte, erholte sich seine glückselige Tochter einige Stunden lang in den Armen des süßesten Schlafs.

Es wäre unnütz, vor den Augen des Lesers alle Reichtümer des Genusses darzutun, wovon mein Liebeskampf mit Pinange uns beiden eine so mächtige Quelle öffnete. Aber eine vertrauliche Eröffnung bin ich doch den Lesern schuldig, die vielleicht der Gedanke der Blutschande zu sehr empört, die unseren Vergnügungen in ihren Augen das Interessante raubt.

Du sollst sehen, lieber Leser, daß ich nicht die einzige Person in der Familie war, der dieses vermeintliche Verbrechen zuschulden kam; ach, es war vielleicht ein Erbübel! Vielleicht aber kann ich dir auch noch in der Folge über meinen Ursprung Gewißheit von Umständen mitteilen, die ich selbst bisher nur ahnte; dann aber würde diese neue vertrauliche Mitteilung mich zu meinem größten Leidwesen von dem Verdachte reinwaschen, die wirkliche Tochter des Liebhabers zu sein, mit dem ich jetzt in so inniger Verbindung lebe. Dem sei nun, wie ihm wolle! Genug, ich enthülle dir hier, was mir Pinange eines Morgens, als wir allein miteinander gefrühstückt hatten, offenbarte.

Der Marschall W., ein alter Wüstling, heiratete ganz plötzlich ein wunderhübsches Mädchen aus dem Kloster zu Saint-Cyr, bloß um gierigen Seitenverwandten einen tückischen Streich zu spielen und um Kinder, gleichviel für welchen Preis, zu bekommen. Nun war der gute Mann zwar ganz und gar nicht mehr imstande, Kinder zu zeugen, aber sein rasender Hang zum schönen Geschlecht gab ihm die eigensinnige Laune, unaufhörlich Begierden zu äußern, ohne dabei das Vermögen zu haben, sie zu befriedigen. Achtundsiebzig Jahre machten das Unglück dieses altväterischen Wesens noch vollständiger.

Dieser unvermögende Alte, der übrigens galant war, es mit seiner Frau sehr gut meinte und zu seiner Zeit ein ebenso gewandter Fechter gewesen war als irgendein anderer, bemerkte einmal des Abends, daß seine junge Frau, die kaum sechzehn Jahre alt war, den schönen Marquis de T., den Stern aller Damen von Paris, mit großer Aufmerksamkeit betrachtete und in ihrer Unschuld sich nicht hatte enthalten können, durch eine etwas unüberlegte Lobeserhebung ihre Empfindungen merken zu lassen. Dem alten erfahrenen Ehemann war dieser gegebene Vorzug nicht entgangen, und dies bestimmte ihn, die Bekanntschaft des Marquis zu suchen, den er auch bald früh genug in sein Haus einzuführen wußte.

Was er von demselben verlangte, war zu leicht, um nicht gleich auf das erste Wort zu gelingen. Denn er wünschte, ja er forderte sogar, daß dieser Adonis bei Madame la Maréchale schlafen sollte, und was noch mehr ist: Er wollte sich jedesmal mit eigenen Augen von ihrer Folgsamkeit überzeugen und hatte seine Freude daran, diesen Übungen zuzusehen.

Um dieser Einrichtung mehr Dauer zu geben, als sie vielleicht in Paris gehabt hätte, wo sich alles um den Marquis riß, ging man auf ein ziemlich entlegenes Landgut, und als man nach zwei Monaten wieder in Paris eintraf, war seine Frau schon im zweiten Monat schwanger. Das Kind, von dem sie nachher entbunden wurde, war mein geliebter Pinange. Dieser wurde mit der Zeit so schön, seinem Vater an Bildung sowohl als auch an Manieren und an jenem Temperament, welches die Damen über alles schätzten, ganz ähnlich; kurz, er war eine so vollkommene Abbildung seines einzigartigen Urhebers, daß seine Mutter, als er sechzehn Jahre alt war, sich versah und ihn bei sich schlafen ließ, weil sie in der Zerstreuung glaubte, sie wiederhole diese kleine Liebesübung mit seinem Vater, der damals zwar noch lebte, aber schon lange keinen Umgang mehr mit ihr hatte.

Madame la Maréchale, die in ihrem zweiunddreißigsten Jahre alles war, was man werden kann, wenn man so gut angefangen, hatte, wie man hier ersieht, ihrem Sohn die Freiheit gegeben, sich über alle Gewissensskrupel hinwegzusetzen, und auch ich hatte meinerseits bald herausgefunden, daß man diese Vorurteile wohl entbehren könne. War es dann wohl ein Wunder, daß Pinange und ich bei der uns eigenen Laune und da wir heftig ineinander verliebt waren, unser Krämchen zusammengebracht hatten? Von den Komplimenten, die wir einander bei dieser Gelegenheit über unsere gleiche Denkungsart gemacht hatten, wollten wir voll guten Muts zu einem angenehmen Geschäft übergehen, und ich sagte zu Pinange:

»Nun, so komm und bemühe dich, mir einen Jungen zu machen, und ich schwöre dir, daß ich, wenn er sechzehn Jahre alt ist, dem Beispiel meiner Großmutter getreulich folgen und diesem lieben Jungen beischlafen will, der, wenn er sich verheiratet und Töchter zeugt, die der Mühe wert sind, zweifelsohne soviel Verstand haben wird wie du, sie verliebt zu machen.«

Welcher Teufel hätte ahnen können, daß dieses Gespräch und der Anfang des Geschäfts, das darauf folgen sollte, die Marquise de Pinange in eigener Person zum heimlichen Augen- und Ohrenzeugen haben sollte! Seit einigen Tagen, wie ich nachher erfuhr, hatte sie bemerkt, daß wir beide etwas zusammen hatten, und sich daher schon vor dem Frühstück in meiner Kleiderkammer versteckt. Sie brach hieraus wie eine Furie hervor und zwang uns dadurch, die süße Verfertigung des Pfandes, das ich von Pinanges gefälliger Liebe gefordert hatte, aufzuschieben. Was für eine mißliche Lage für uns!

Fast wie durch ein Wunderwerk ergriff ich einen an sich unbedeutenden Vorwand und erstickte dadurch alles, was aus der ersten heftigen Gemütsbewegung unter Leuten, die sich einander von Herzen gram waren, hätte entstehen können. Meine Mutter wütete und schimpfte und hatte auch zum Unglück diesmal nicht Unrecht. Pinange fing an, ihre harten Ausdrücke sehr übelzunehmen. Mitten in diesem Streit, dessen Entwicklung vielleicht eine ewige Unversöhnlichkeit zur Folge gehabt hätte, ließ sich im Hofe ein Hifthorn hören, und ich konnte nicht unterlassen, mich danach umzusehen.

»Ach, Mama«, rief ich sofort, um sie zu unterbrechen, »das ist Ihr guter Freund Fanfaro, der von seiner Reise zurückkommt!«

Dieses »Ihr guter Freund« verschlug ihr die Sprache. Sie stand stumm da, mit starren Augen und offenem Munde, und befand sich einen Augenblick lang im Zustande einer Unglücklichen, die der Blitz getroffen hat. Fanfaro unterdessen, der seine Herrschaft suchte, wurde nun durch den Portier draußen zu uns geführt und machte dadurch diesem gefährlichen Gespräch ein Ende.

»Ah, bist du da, Fanfaro?« sagte mein lieber Pinange mit einigem Zwang, um ganz unbefangen zu scheinen, und bekümmerte sich im Grunde sehr wenig um den Eindruck, der im Gemüt seiner Frau etwa zurückbleiben würde.

»Ja, Herr, da bin ich, Gott sei Dank! Wie freue ich mich, Sie so mit Madame wieder zusammen zu sehen! Ich will auch wahrhaftig eine Messe lesen lassen, um dem Himmel für die schöne Trausamkeit zu danken, worin ich Sie wieder beieinander finde. Ich habe, bei meiner Treu, nicht vergessen, seit sechs Monaten früh und spät zu beten, daß Sie der Himmel wieder zusammenbringen möge; denn es tat mir sehr weh, unsere gute gnädige Herrin nicht mehr zu sehen und zu bedienen.«

Diese schöne Rede, von einem munteren Burschen gesprochen, der wirklich eine aufrichtige Freude sehen ließ, war ein wahres Fest für mich, da ich aus den vertrauten Erzählungen von Félicie wußte, von welcher Art das Bedauern des Fanfaro und die Dienste waren, die er die Ehre hatte, seiner Herrin zu leisten.

»Du bist auf deiner Reise sehr redselig geworden«, erwiderte sein Herr. »Schone deine Redekunst und sage mir kurz und bündig, was deine Reise eingebracht hat! Bist du durch die Erbschaft reich geworden?«

»Oh, Monsieur le Marquis, ich habe viel Mühe gehabt um nichts. Denn erstens war die Erbschaft nicht so groß, wie ich es mir eingebildet hatte, weil Bösewichter nicht immer reich sterben; und zweitens habe ich weder das Geld erheben noch für einen Taler Sachen verkaufen können, weil ich mit einer Miterbin teilen muß. Als ich von Paris abreiste, hatte ich keine Ahnung, in dieser Welt noch eine Schwester zu besitzen; ich habe wenigstens niemals davon reden hören. Aber mein Onkel hatte auf dem Sterbebette versichert, daß eine Schwester existiere und in Paris leben müßte. Was sie dort macht und wie ich sie finden soll, mag der Teufel wissen. Denn sie ging mit zwölf Jahren in männlicher Kleidung aus dem väterlichen Hause und trieb ziemlich lange Zeit unser gewöhnliches Gewerbe, legte sich aber später auf die schlechte Seite.«

»Wie, stahl sie etwas?«

»O nein! Wir Savoyarden sind ehrliche Leute; unter uns gibt's keine Spitzbuben ... Aber sie hätte beinahe einen unserer kleinen Kameraden verführt; dies merkte man und jagte sie weg. Von der Zeit an weiß keiner von unseren Landsleuten das geringste von ihr. Sollte sie etwa tot sein und ich nicht irgendwo einen Totenschein von ihr finden, so muß die Erbschaft in deposito liegenbleiben, und die abscheuliche Justiz hat alles verschluckt, ehe ich nur einen Heller davon zu sehen bekomme. Lebt sie aber, wo, zum Teufel, soll man sie dann finden? Ein Mädchen, das in Paris durchgeht, das fünfzehn Jahre alt und, wie es scheint, von solchem Appetit ist ...«

»Genug!« unterbrach ihn mit falsch angenommener Würde meine Mutter, die durch diese Unterbrechung ihren Vorteil verloren hatte. »Du bist da im Begriff, uns im Augenblick etwas Dummes zu sagen. Geh und ruh dich aus und laß uns allein!«

Der Bursche ging zwar, erlaubte sich aber eine Miene, die sein Erstaunen ausdrückte und worin ich nach dem, was ich wußte, ganz deutlich lesen konnte: ›Zum Teufel, ist die stolz geworden, seitdem ich nicht mehr so glücklich bin, meinen Spieß bei ihr anzubringen.‹ Der Marquise gelang es indessen nicht, das Gespräch wieder auf das unterbrochene Kapitel zurückzubringen, denn in dem Augenblick, da der Bediente aus dem Zimmer hinausging, nahm sein Herr mich bei der Hand und führte mich weg, nachdem er der von neuem beschämten Dame ein kaltes und hintergründiges Kompliment gemacht hatte. Ich kann nicht leugnen, daß die Hälfte von dieser Unhöflichkeit zu meinen Lasten fiel, weil es auf meinem Zimmer geschah, aber ich hatte nicht die geringste Lust, dazubleiben und mich einem Ungewitter von Worten und vielleicht noch schlimmeren Eventualitäten auszusetzen.

Indessen wären mir hundert Pistolen nicht so lieb gewesen als die Entdeckung, welche ich aus Fanfaros Erzählung gezogen hatte. Denn die Schwester, deren Inkognito dem Fanfaro einen Strich durch seine Erbschaft gemacht hat, war keine andere als … die liebe Félicie. Welch ein Vergnügen für mich, ihnen eine Wiedervereinigung vorzubereiten! Aber ich wollte, daß diese dem Mädchen einen widrigen Eindruck machen und doch bei lustiger Gelegenheit vor sich gehen sollte, die mir Anlaß gäbe, ihr die Vorwürfe zurückzugeben, ihr, die über den Punkt der Blutschande so peinlich aufgebracht und intolerant auch noch immer gegen denjenigen war, der mich so glücklich machte.

Neununddreissigstes Kapitel

Betragen des Grafen · Übel angekommener Gläubiger
Häuslicher Sturm · Friede

Dieser Tag war indessen schon seit dem vorigen Abend zu einer großen Feierlichkeit, nämlich zur Unterzeichnung meines Ehekontraktes bestimmt worden.

Der Graf kam kurz vor dem Mittagessen, denn meine Verbindung mit seinem Onkel und der galante Umgang, den er noch immer mit meiner Mutter hatte, gaben ihm freien Zutritt im Hause. Er erschien, als ich eben in mein Ankleidezimmer gehen wollte und über alle Widerwärtigkeiten dieses Vormittags in sehr übler Laune war.

»Ich komme«, sagte er zu mir in süßsaurem Ton, »mich meiner künftigen Tante zu Füßen zu werfen und mich ihrer Protektion zu empfehlen, denn ich sehe doch, daß es nun Ernst ist. Nicht wahr, mein Onkel wird geheiratet? Heute nachmittag soll doch alles unterschrieben werden?«

»Ganz gewiß! Werden Sie bei diesen Präliminarien nicht anwesend sein?«

»Ha, mit welchem Rechte könnte ich mir eine solche Freiheit herausnehmen? Mein Onkel hat mir nicht die Ehre gegeben, mich ins Vertrauen zu ziehen. Man glaubt, ich wüßte von alledem nichts, um so mehr, da Ihre eigene Verschwiegenheit ...«

»Halten Sie mich nicht zum besten, Graf!«

»Ich Sie zum besten halten? Ich werde mich wohl hüten, die tiefe Ehrfurcht zu beleidigen ...«

»Dieser Ton, Monsieur, mißfällt mir ungemein; das muß ich Ihnen schon sagen. Doch lassen Sie uns zur Sache kommen! Welche Angelegenheit führt Sie hierher? Ihre einstudierte Miene hat etwas zu bedeuten, und sicherlich verfolgen Sie ein Ziel …«

»Auf Ehre, kein anderes, als geradezu zu wissen, ob Ihre Verheiratung mit meinem Onkel kein bloßer Spaß ist und ob Sie nicht in dem Augenblick, wenn Sie unterschreiben sollen, erklären werden, daß ich es bin, den Sie heiraten wollen.«

»Sie, Monsieur? Ach, mein Gott, nein!«

Dies verdroß ihn, wie beabsichtigt, denn ich hatte die abschlägige Antwort fast im Tone der Verachtung ausgesprochen, weil meine unleidliche Laune es so verlangt hatte. Du siehst, lieber Leser, daß ich auch meine Unüberlegtheiten und Fehler eingestehen kann, wenn du mich auch noch so oft bei meinen Lobeserhebungen ertappst.

»In der Tat, Mademoiselle«, antwortete er und biß sich auf die Lippen, »Sie tun mir unendlich viel Ehre an, wenn Sie so sicher über meine Gesinnung urteilen, denn Sie können es sich doch nicht verhehlen, daß ich mit einem Worte …«

»Ja, dies eine Wort würde vielleicht meine Heirat rückgängig machen. Das möchten Sie doch wohl sagen? Aber, Monsieur, auch ich würde mit einem Worte, einem anderen, ihre kleine Bosheit bald für Sie selbst verderblich zu machen wissen. Ich würde es freilich nicht sein, die Ihr Onkel heiratete, aber das tut nichts. Er würde sich schnell genug eine andere Frau wählen, denn er will Sie bestrafen und Sie dann dem Schicksal überlassen, das Sie von Ihrem üblen Ruf und von Ihrer schlechten Finanzlage zu erwarten haben. Aber sagen Sie mir nun auch von Ihrer Seite, Monsieur, ob Sie mir etwas gute Gesinnung zutrauen? Oder glauben Sie etwa, daß ich in der ausdrücklichen Absicht, einen Menschen zugrunde zu richten und ihn in Verzweiflung zu stürzen, einen wandelnden Leichnam heirate …? Schämen Sie sich, Graf! Sie hegen da Gedanken, bei denen ich Sie zu meinem größten Leidwesen ertappt habe und die Sie um dreiviertel meiner Achtung bringen!«

»Am Ende werden Sie recht haben«, sagte er mit einer unwilligen Bewegung gegen sich selbst. »Ich bin derjenige, wenn ich Ihnen glauben darf, der großmütig handelt.«

»Aber kann ich mich wenigstens auf Ihre Verschwiegenheit verlassen? Tun Sie, was Ihnen Ihr Herz sagt?«

»Ja!« (Mit einem Lächeln.) »Ich bin durch diese Heirat kein verlorener Mensch … und … ich werde der Freund des Hauses sein?«

»Oh, ganz und gar nicht, das schwöre ich Ihnen!«

»Nun, das ist ein starkes Stück, das muß ich gestehen!«

»Wieso?«

»Was, ich soll nicht die Freude haben, mir Cousins und Cousinen zu machen!«

»Nicht einmal ein Ohr!«

»Das ist zum Lachen!« Er wollte sich einige Handgreiflichkeiten erlauben.

»Graf, was ich sagte, war mein völliger Ernst! Die Zeiten haben sich geändert.«

»Seit vierzehn Tagen?«

»Vielleicht seit noch kürzerer Zeit. Lassen Sie das bleiben!«

»Ich muß doch sehen, wie weit diese Laune getrieben wird.«

Er griff ernstlich nach mir, und ich verteidigte mich ebenso. Nach und nach wurde ich unwillig, denn mein Gegner verwandelte den scherzhaften Angriff in einen ernsten, der seine Eigenliebe bewies und bis zur unhöflichen Härte ging.

»Graf, dies wird ein übles Ende für Sie nehmen.«

»Nicht doch, kleine Schwärmerin, das Ende wird sein, daß ich ihn dir reinstecke.«

Er glaubte mich schon bezwungen zu haben. Sein stolzer Schaft stand schon entblößt, und er hatte eine Hand wie ein

Keil zwischen meine Schenkel geschoben, die aber kreuzweise verschränkt waren und die ich so fest zusammendrückte, daß er sein Vorhaben nicht erreichen konnte. Da er indessen sein Knie zu Hilfe nahm und ich fühlte, daß ich nach hinten gebogen wurde, so befürchtete ich, am Ende nicht mehr Kräfte genug zu haben, und gab ihm daher eine der kräftigsten Ohrfeigen mitten ins Gesicht.

Alles dies konnte nicht ohne einigen Lärm abgehen. Meine Mutter, die zufälligerweise gerade am Zimmer vorbeiging und vielleicht nicht hereingekommen wäre, da sie mit mir böse war, konnte doch das Klatschen eines solchen Schlages nicht anhören, ohne hereinzutreten. Sie sah also diesen Kampf, der diesmal ganz zu meiner Ehre gereichte. Da ihre Anwesenheit den Unbesonnenen nicht in die Schranken des Anstandes zurückbrachte, so wollte sie mir helfen, mich von ihm loszumachen. Dieser Umstand bringt ihn völlig in Zorn. Er kehrt sich um, und obgleich ihm die Nase blutet, läßt er mich fahren, packt meine Mutter und sagt ziemlich grob:

»Was zum Teufel fällt diesen Huren heute ein, schamhaft zu sein!«

Dies konnte nun freilich meiner Mutter keine größere Lust bereiten, für mich zu bezahlen; vielmehr wehrt sie sich ganz vortrefflich. Er indessen faßte sie unter dem einen Schenkel und warf sie mit ebensowenig Schonung aufs Bett, als wenn er eine Magd aus einem Wirtshause vor sich hätte. Der Graf kennt sich nicht mehr, und um sie zu lehren, sich nicht in fremde Händel einzumischen, fängt er an, sie ... zu peitschen vielleicht? O nein! Er spießt sie richtig auf. Und das vor meinen Augen und bei offener Tür, die meine Mutter zu schließen vergessen hatte.

Ich gehe hin, um vor fremden Blicken eine Notzucht zu verbergen; dabei lache ich mir ins Fäustchen, da ich das zu stören gar nicht willens bin. Aber der Teufel, der sich einmal ein Fest daraus gemacht hat, an diesem stürmischen Vormittage in unserem Hause alles in die größte Unordnung zu bringen, hat meinen Vater selbst aufgesucht und ihn hierhergeführt, so daß ich mit ihm in der Türspalte Nase gegen Nase zusammenrenne und er die ganze Bescherung mit eigenen Augen sieht.

Ich habe gerade nur soviel Zeit, ihn fest in meine Arme zu schließen. Kaum kann ich ihn zurückhalten. Er würde auf den Teil seiner Beschimpfung zufliegen, wenn er nicht gefürchtet hätte, mich zu verletzen. Ich fühle, wie er vor Wut zittert. Sein Stillschweigen ist schrecklicher als ein lautes Aufbrausen. Kurz, ich halte ihn auf und bin beinahe ruhig, weil ich ihn unbewaffnet sehe.

Meine Leser kennen schon die völlige Gefühllosigkeit des Grafen in diesen Augenblicken rasender Wollust. Wer die Françoise der Äbtissin mit der von mir erzählten Unerschrockenheit anbuffen konnte, wen drei Messerstiche kaum aus dem Sattel zu bringen vermochten, der konnte wohl durch das wenige Geräusch, das Pinange und ich machten, in dem Augenblicke, den ich jetzt beschreibe, nicht leicht gestört werden.

Meine Mutter, ungefähr von solchem Schlage wie ihr unverschämter Reiter, verlor in solchen Fällen gleichfalls alle Besinnung. So sind bei gewissen Menschen Dolch und Muschel immer gute Freunde und unfähig, in Streitigkeiten der Eigenliebe Partei zu nehmen. Diese beiden führen also einen Tanz auf, als wenn sie in der schönsten Eintracht angefangen hätten, und alles ging so herrlich vonstatten, als wenn sie auf einer Insel allein gewesen wären.

Himmel, als meine Mutter wieder zu sich kam und ihren Mann erblickte, mit welcher Schnelligkeit schlüpfte sie aus den Armen ihres Tarquinius und schloß sich im nächstbesten Zimmer ein! Und was für ein erstaunt verzerrtes Gesicht machte der sündige Graf.

»Entfernen Sie sich, Monsieur!« sagte Pinange in barschem Ton. »Ich wäre nicht so sehr Ihr Freund gewesen, wenn ich gewußt hätte, daß Sie so schlechte Manieren haben!«

Und um nicht die gefahrvolle Situation durch Fortsetzung des Gespräches bedenklicher zu machen, verließ er selbst in meiner Begleitung das Zimmer.

Kaum waren wir einige Schritte gegangen, als Fanfaro mit einem Billett in der Hand auf uns stieß und die Marquise de Pinange suchte. Mein Vater, noch halb außer sich, denkt nicht, daß es seiner Frau gilt, er reißt dem Jäger das Papier ohne Umstände aus der Hand und bricht es auf. Und nun wird seine Wut unbeschreiblich. Fast wäre ich vor Furcht und Schrecken in Ohnmacht gefallen.

»Wo ist er?« schreit mit gräßlich wildem Ton derjenige, den ich sonst immer nur als den heitersten und freundlichsten Mann gekannt hatte. »Da, Lolotte«, setzte er hinzu und mäßigte sich plötzlich, »lies und urteile selbst, ob es möglich ist, so vieles zu ertragen!«

Während ich mit Zittern das fatale, fast unleserliche Billett lese, höre ich das Gejammer eines Menschen, der unter tödlichen Streichen leidet. Ich wußte wohl, wovon die Rede war, weil ich aus der ersten Zeile schon ersehen hatte, daß Potamico von meiner Mutter Bezahlung verlangte, die sie ihm versprochen und unter den Unruhen des Vormittags, an welchem der verabredete Zweikampf sich in einen gütlichen Vergleich verwandelte, ihr Versprechen zu halten vergessen hatte.

Alle Ansprüche auf diese Belohnung waren in Artikel gebracht, z. B.: »Ihro Gnaden wissen wohl, daß dies und daß jenes, daß Ihro Gnaden mit mir gefallen sind und zwar in ...« Hier war alles deutlich genannt, was ich mit Stillschweigen übergehe. Kurz, es war eine wahre Apothekerrechnung, wovon die Summe nicht weniger als fünfzig

Taler betrug. Statt dieser aus den Händen der Marquise erwarteten Summe bekam der sonderbare Gläubiger vom Marquis hundert Prügel mit dem Besenstiel, und wäre ich nicht zur rechten Zeit zu Hilfe gekommen, so wäre der arme Teufel tot auf dem Platze geblieben. Das war auch der Mühe wert, aus einer Entfernung von sieben Meilen eigens hierherzukommen, um sich solch ein Geschenk zu holen.

Ich dämpfte, so gut ich konnte, den Lärm im Hause, der schon anfing, die Neugierde boshafter Nachbarn zu wecken. Glücklicherweise fand ich mich imstande, die Ehre meiner Mutter zu decken. Als ich mich so der Verschwiegenheit des habsüchtigen Italieners vergewissert und ihn in ein sicheres Zimmer gebracht, ließ ich ihn eine Stunde später in einen Wagen stecken und befahl Fanfaro, sich neben ihn zu setzen und ihn mit niemandem sprechen zu lassen, bis zu der Stadt, wo der Rest der Truppe auf ihn wartete. Ein kleiner Wink an den Bürgermeister des Ortes genügte, daß solchen verdächtigen Leuten der Aufenthalt daselbst recht kurz bemessen wurde. Ich machte diesem nämlich klar, daß verschiedene Leute von Rang und Namen Ursache hätten, sich zu beschweren, ohne mich jedoch auf Einzelheiten näher einzulassen.

Inzwischen sitzt nun der arme Pinange, von allen Unannehmlichkeiten, welche die Entdeckung einer so vielfachen Hahnreischaft mit sich bringt, wie zu Boden gedrückt. Er war außer sich und brach in Drohungen aus gegen seine schamlose Frau, gegen einen unverschämten Verführer und einen treulosen Freund. Aber welche Gewalt hat nicht die Liebe über eine von Natur aus weichgestimmte Seele! Ich bediente mich aller Rechte einer Geliebten. Nach dem Ausbruch der ersten Aufwallungen schlage ich vor oder fordere vielmehr, daß alle Beschwerden niedergeschlagen, der Graf, wenn er nicht durch andere Torheiten sein Maß voll macht, ungestraft bleiben und meiner höchst strafbaren Mutter, die jetzt gewiß von Scham und Reue durchdrungen sei, kein Verdruß gemacht werden soll. Schließlich forderte ich noch, daß an den für diesen Nachmittag bestimmten Anstalten nichts geändert werden sollte, so als wenn alle diese höchst peinlichen Begebenheiten gar nicht vorgefallen wären. Das, was dazu gehört, mich unendlich glücklich zu machen, das, was die Kraft hat, den Eindruck aller Widerwärtigkeiten auszulöschen, das ist das einzige, was es mich kostet, um das Versprechen der schwersten Opfer zu erhalten und mit einem Ehrenworte bekräftigen zu lassen.

Indessen mußte man wieder zusammenkommen, denn das Anstößige einer Familientrennung zu einem Zeitpunkt von solcher Wichtigkeit war zu vermeiden; man mußte zusammen speisen, sich über etwaige besorgniserregende Angelegenheiten dieses Tages besprechen und sich über die Art einigen, wie der fatale Graf aufgenommen werden sollte, wenn er sich bei Unterzeichnung meines Heiratskontraktes einfände. Ich übernahm diese kleinen Verhandlungen über diese inneren Angelegenheiten, brachte von seiten meiner Mutter Versicherungen der Scham und der Reue, kehrte mit den Bedingungen zurück, unter welchen Verzeihung zu erhoffen bestände, und kam wieder mit der Nachricht, daß sie angenommen worden und daß man niemals wieder Ursache haben sollte, sich zu beschweren.

Daran glaubte ich selbst nicht, aber ich stellte mich doch so, als wenn ich davon überzeugt wäre, und wollte fast für die Erfüllung dieser eidlichen Zusage bürgen. Kurz und gut, ich brachte alles wieder auf den Punkt, wie es am Morgen stand. Man sah einander wieder, und ich konnte nichts anderes tun, als die Genauigkeit meines geliebten Pinange rühmen, sich so großmütig zu betragen, wie er es mir versprochen hatte.

»Das war die Rückerstattung alter Schuld, Madame!« sagte er halblaut, als er sich mit seiner Frau zu Tische setzte, die um zehn Jahre älter geworden schien.

Ich war so großmütig genug gewesen, ihr die Zwischenszene mit Potamico zu verschweigen.

Vor den Bedienten ließ man sich nicht das geringste anmerken, sondern sprach von meinen Heiratsangelegenheiten. Nach dem Essen eilte jeder, sich zurechtzumachen, um mit Anstand bei der Zeremonie zu erscheinen, welche von meiner Seite eine sehr peinliche Aufopferung bestätigen sollte. Doch wurde mir diese Aufopferung nicht mehr sauer, sobald ich meinem Pinange dadurch bewies, daß ich mir vorgenommen hatte, einzig und allein für ihn zu leben.

Übrigens machte ich mir für die Folge auf immer eine völlige Freiheit aus, in welcher ich schon von ferne, trotz meiner jetzigen Zärtlichkeit, gewisses neues Einkommen spürte und mir fest vornahm, von der ganzen Kraft meiner brennenden Begierden Gebrauch zu machen. Dank sei den unermüdlichen Organen, womit die wohltätige Natur mich zu beschenken für gut befunden hatte.

Vierzigstes Kapitel

Sonderbarer Briefwechsel · Ein Vorfall, den ich mir nicht sehr zu Herzen nehme · Boshafter Teufelsstreich

Es würde ein schöner Lärm im Hause entstanden sein, wenn ich es nicht fertiggebracht hätte, ein Billett zu unterschlagen, das man meinem Vater brachte und auf dem ich zum Glück die Handschrift des Grafen erkannte. Er schrieb: »Es ist sicherlich großes Unrecht auf meiner Seite, aber ich kann beleidigende Ausdrücke nicht leiden; trotzdem ich nicht die besten Manieren bezeigt habe, so erlaube ich mir doch, Monsieur le Marquis, daß ich heute abend um elf Uhr das Vergnügen haben werde, mit Ihnen unter den Bäumen der kleinen Allee spazierengehen zu dürfen.«

Dies regte mich auf. Ich lief auf mein Zimmer und schrieb ihm folgende Antwort:

»Ich bin diejenige, mein lieber Neffe, die Ihr Billett empfangen und gelesen hat. Der Inhalt ist ebenso albern wie Ihr Betragen. Wenn mich nicht wichtige Beschäftigungen abhielten, die den heutigen Abend betreffen, so würde es auch meine Wenigkeit sein, die Sie in der kleinen Allee vorfinden dürften. Ich werde Ihnen die Stunde dafür mitteilen. Bis dahin hören Sie auf, Ihre Unbesonnenheiten weiterzutreiben.«

So gewann ich Zeit, und das war für den Augenblick alles, was ich brauchte.

Trotz der Verwirrung in diesen Zänkereien wurde der Graf von seinem Onkel, der von alledem nichts wußte, gezwungen, ihn in vollem Staat zu uns zu begleiten. Im Ganzen war es für den Grafen gut, sein Schicksal zu erfahren; er gehorchte also. Das Ziel des Alten war, ihn dadurch zu demütigen, daß er ihn zum Zeugen der für mich höchst vorteilhaften Abmachung wählte, die zu dessen Nachteil festgesetzt werden sollten.

Man male sich aus, wie dem armen Burschen wohl zumute sein mußte zwischen einem boshaften und feindselig gesinnten Onkel und dem Präsidenten, diesem Echo des ersteren, den meine Leser schon kennen, und zwischen meinem Vater, meiner Mutter und mir, die alle beleidigt und alle zu seinem Nachteile vereinigt waren; worunter sogar einige auf persönliche Rache sinnen konnten! Nichtsdestoweniger hatte er sich auf das prächtigste und nach dem besten Geschmack gekleidet. – Er sah himmlisch aus!

Der Bräutigam, um jung zu erscheinen und sich als ein Mann von Eleganz zu zeigen, erschien in einem pfirsichblütenfarbenen Rock, mit Gold besetzt, und einer reich bestickten Weste. Eine Beutelperücke bedeckte seine Ohren mit einer doppelten Reihe grauer und weißgepuderter Wurstlocken, die oben auf dem Schädel zusammenstießen.

Der Präsident, mit noch mehr Würde, hatte sich ausdrücklich für diesen schönen Anlaß einen seidenen Rock anfertigen lassen, und zwar so bunt von lebhaften und jugendlichen Farben, daß man sich des Lachens nicht enthalten konnte, wenn man aus dieser weiten Hülle eine alte Schnauze hervorragen sah, die mit einer von den kurzen bauschenden Perücken umgeben war, wie sie die Schneider und Advokaten zu tragen pflegten.

Meine Mutter sah einer Hofdame ziemlich ähnlich. Pinange war mit seiner Marschallsuniform zum Anbeten. Ich für meinen Teil erschien in ganzem Putz, hatte aber eine schlimme Zeit in der engen klemmenden Tracht. Von dem Augenblick an, da ich an den Grafen geschrieben, hatte ich einige Übelkeit verspürt. Als die heiratsfreudige Familie ankam, hatte ich eben einen Teil meiner Mittagsmahlzeit wieder von mir gegeben. Nachdem ich einige Zeit in der Gesellschaft gesessen hatte, mußte ich nach

Luft schnappen; ich konnte es nicht länger aushalten und mußte um die Erlaubnis bitten, mich umkleiden zu dürfen.

Ich dachte an nichts anderes, als mich umzuziehen, als der zärtliche Pinange in mein Zimmer trat, mich zur Seite nahm und heimlich fragte:

»Bist du denn schon eine vollkommene Frau? Hattest du schon sichtbare Beweise davon?«

»Allerdings! Wiewohl wenig, aber seit beinahe fünf Monaten.«

»Wie lange ist es her, seit dem letzten Male?«

»Ungefähr sechs Wochen.«

»Still, Lolotte, du bist schwanger!« Er drückte mir die Hand.

»Nun wohl«, erwiderte ich, ohne mich darüber zu grämen, »erinnere dich, was ich dir heute morgen sagte; ich werde nicht um eine Silbe davon abgehen.«

Wir konnten unser Gespräch nicht weiter fortsetzen. Ich warf mir ein leichtes Kleid über, befand mich besser und erschien wieder im Saal, woselbst darauf ein Notar das amtliche Dokument meiner Einspannung in das Ehestandsjoch ausfertigte.

Es wurden mir große Vorteile ausbedungen. Anfänglich sollte mir alles verschrieben werden, aber ich schlug den eigentlichen Besitz aller Liegenschaften aus, bis auf ein sehr einträgliches Gut, welches man mir zum Witwensitz anwies. Vor allen Dingen aber drang ich darauf, daß dem armen Grafen ein ansehnliches Jahresgehalt ausgesetzt würde. Hierüber kam es zwischen dem Onkel und dem Neffen zu einer ziemlich bitteren Erörterung, aber meine Meinung behielt die Oberhand, und der Graf gewann, wenigstens für jetzt, beträchtlich bei meiner Heirat. Mit der Zukunft ist es freilich anders.

Verhehlen konnte ich mir's nicht, wie peinlich diese

meine Wahl ihm sein mußte, da meine Übelkeit eine Nachkommenschaft ankündigte, die ihm dereinst die Güter rauben sollte, wovon er ohne uns dereinst Erbe geworden wäre. Aber sein Schicksal wollte es so; warum hat er mich in die Gesellschaft eingeführt und uns mit seinem alten Satyr von Onkel so genau bekannt gemacht, uns auch durch seine Lobessprüche bis in den siebenten Himmel erhoben, so sicher war er, für sich selbst zu arbeiten, statt daß er ihn lieber auf geschickte Weise von aller Verbindung mit uns hätte abhalten sollen.

Ein Abendessen mit allem Prunk und eine darauf folgende, bis tief in die Nacht dauernde Festlichkeit, die ich durch Gesang und Harfenspiel fröhlich zu machen mich vergeblich bemühte, beendeten diesen merkwürdigen Tag. Beim Singen hatte ich von Zeit zu Zeit Frösteln und kalten Schweiß, und mein Essen kam mir bald wieder zum Mund heraus. Anstatt aber darüber niedergeschlagen zu sein, freute ich mich und triumphierte von ganzem Herzen.

Seit der berüchtigten Ausschweifung bei der Gaillard hatte kein anderer als Pinange in meiner Muschel Eingang gefunden. Wenige Tage vorher, ehe ich ihn mit meinem Genusse beglückte, hatte ich meine weibliche Unpäßlichkeit gehabt; es war also ganz sicher, daß das, was sich jetzt unter meinem Herzen zu entwickeln begann, sein väterliches Werk war. Wie sehr zu rechter Zeit erfolgte also meine Verheiratung bei einer so kritischen Lage.

Der Leser, der die Deutschen und Engländer, die uns bei der Gaillard in unseren Ausschweifungen Gesellschaft leisteten, im Begriff gesehen hat, ihre Reisen fortzusetzen, und mich doch so oft von Alexis und Félicies Gegenwart reden hört, wird leicht erraten, daß diese Freunde Gefallen daran gefunden hatten, in unserer Stadt zu verweilen. Und sie verdiente es auch wegen der abwechslungsreichen schönen Umgebung wie auch wegen des herrlichen Klimas, so daß Reisende, welche die Schönheiten der Natur genießen wollten, ihren Aufenthalt daselbst stets verlängerten.

Die Deutschen, die gute Empfehlungsschreiben hatten, verkehrten in den besten adligen Häusern. Die Engländer, die das Gold mit vollen Händen ausgaben, hatten sich ein so gutes Logis gesichert, tranken so herrlichen Wein und die ländliche Bewirtung bei der Gaillard verschaffte ihnen so reizende Unterhaltungen jeder Art, daß ihnen die Tage wie Stunden vergingen.

Wir trugen auch etwas dazu bei, diese fröhlichen Reisenden auf eine angenehme Art zurückzuhalten, die übrigens so artig waren und in der Stadt, seitdem sie unser Haus besuchten, kein Wort fallenließen, was das Andenken an unsere Lustbarkeiten auf eine herabwürdigende Art hätte erneuern können. Da sie wußten, daß ich bald heiraten würde, so hatten sie alle ihre Abreise bis nach meiner Hochzeit verschoben, welche sie durch ein glänzendes Fest feiern wollten.

Jetzt wollen wir ein Dutzend Tage übergehen, welche zu tausend notwendigen Besorgungen zu einer herrschaftlichen Hochzeit und allen ihren Förmlichkeiten gebraucht wurden, und von einem kleinen Vorfall reden, der während dieser Zeit vorging, die mir übrigens durch die Entzückungen des geliebtesten Mannes auf das angenehmste versüßt wurde.

Ich liebte, aber doch nicht so rein moralisch, daß ich mich nicht zuweilen in der Einbildung mit den anzüglichen Schilderungen launiger Liebesspiele hätte beschäftigen sollen. Es fiel mir also ein, mir das kleine Vergnügen zu machen, Fanfaro und Félicie einen tückischen Streich zu spielen, ihnen aber zu gleicher Zeit einen sehr wesentlichen Dienst zu leisten.

Über die Abscheu Félicies vor Blutschande habe ich schon gesprochen; aber ich hatte noch keine Gelegenheit, anzuführen, daß Fanfaro ein ausgesprochener Feind von Schinkenspalterei, selbst mit dem weiblichen Geschlechte, war. Félicie, die des Morgens oft an mein Bett kam, hatte mir eingestanden, daß sie noch immer Zuneigung für den standhaften und starken Fanfaro fühlte und sich ihm gefällig bewiese, sooft sie der Baron, der viel ausging und sie nicht immer mitnahm, allein zu Hause ließe. Überdies hatte sie mir im Vertrauen entdeckt, daß der an beide Wege gewohnte Baron sie ziemlich selten als Frau, Fanfaro sie hingegen niemals als Mann behandelt hatte; und sie glaubte mit gutem Gewissen, beide befriedigen zu können, ohne einem von beiden ungetreu zu sein. Es kam nur noch darauf an, dieses alles auszunutzen und eine Gelegenheit dazu auf eine ungezwungene Art herbeizuführen. Hierzu strengte ich meine Erfindungskunst an und glaubte folgendermaßen zu meinem Ziel zu gelangen.

Sobald Félicie des Morgens kam, um mir vor dem Aufstehen, wie gewöhnlich, die Zeit zu vertreiben, sprachen wir erst von Kleinigkeiten. Ich erkundigte mich alsdann nach Einzelheiten ihrer Vergnügungen mit dem Baron. Schließlich legten wir die Karten, eine Mode, die alle Schwestern der Lust gewissenhaft befolgen, ohne daß sich einsehen läßt, wie sich die Begierde, die Zukunft zu wissen, mit dem Geschmacke reimt, aus dem Gegenwärtigen einen beständigen Kreislauf von Vergnügungen zu machen. Als wir in den Karten verliebte Begegnungen, Wiedererkennung, Briefe, Geschenke und dergleichen suchten, warf ich so ganz unbefangen hin, ich wollte dem Fanfaro wahrsagen und ihn überreden, daß die Auflösung eines ihm sehr am Herzen liegenden Rätsels davon abhänge, daß er seine unüberwindliche Abscheu gegen den Sodomsritt überwinden müsse.

»Es wäre doch hübsch«, setzte ich hinzu, »zu sehen, ob bei einem Mann die Neugier über ein Vorurteil, welches schon so vielen Versuchen widerstanden hat, die Oberhand behält, denn du hast mir ja wohl gesagt, daß es nur auf ihn angekommen ist, bei dir selbst ein so süßes Probestück zu machen.«

»Oh, was noch mehr, ich habe ihn mehr als einmal darum gebeten, weil ich fürchtete, daß er mir ein Kind machen würde.«

»Mit jenem Begeisterungssaft«, unterbrach ich sie schalkhaft, »den er bis an den Herzzipfel zu spritzen versteht ...« Sie wollte davonlaufen, doch ich hielt sie fest, und schließlich lachten wir und setzten unsere Schäkereien fort.

»Und wenn er nun unserer Verführung erliegt und das Wagestück besteht«, meinte das dreiste Kammerkätzchen entschlossen, »wird er dann auch bestimmt erfahren, was er zu wissen verlangt?«

»Dafür stehe ich ein, und das soll uns das Ansehen großer Zauberinnen geben. Wird das nicht ein rechter Spaß sein? Ich verstehe das Zaubern etwas besser als du, zum Beispiel sehe ich hier in diesen Karten für dich die Nachricht von einem Todesfall, eine Wiedererkennung und unerwartete Erbschaft.«

»Genug! Ich sehe von alledem nichts und glaube doch auch etwas vom Kartenlegen zu verstehen.«

»Weil du eben anders verfährst als ich und auch nur wenig Übung hast, während ich die schwarze Kunst beherrsche, wohingegen ihr Unwissenden nur einen Zeitvertreib daraus macht.«

Sodann warf ich die Karten durcheinander und klingelte nach der Schokolade. Pinange hatte sich auf seinem Zimmer eingeschlossen, um zu schreiben, und meinem Kammerkätzchen hatte ich Beschäftigung gegeben. Fanfaro kam, holte, was ich verlangte, und war in zwei Minuten wieder da.

»Du weißt noch nicht, Fanfaro«, sagte ich, während ich

meine Schokolade trank, »daß ich die Karten für dich gelegt und ausfindig gemacht habe, worin das Geheimnis liegt, dessen Bekanntgabe dich zu dem Erfolg führen kann, der durch deine Reise nicht gelungen ist.«

»Sie sind sehr gütig, Mademoiselle, daß Sie sich so mit meinen Angelegenheiten beschäftigen.«

»Es kommt nur auf dich an, mein Freund, Nachrichten von der Person zu erfahren, welche auszufinden dir so wichtig ist.«

Hier muß ich dem Leser sagen, daß Fanfaro und Félicie, ungeachtet ihres zärtlichen Umganges, einander nie ihren Lebenslauf erzählt hatten. Da der eine sowohl als die andere von niederer Herkunft waren, ihre Umstände aber, besonders die Félicies, sich ziemlich verbessert hatten, so war ihr Gespräch nie auf Saint-Jean-de-Maurienne noch auf das Schornsteinfegen, noch auf das Schuhputzen gefallen, und sie hielten beide einander für geborene Pariser, da sie sich die Manieren und die Sprache, besonders aber die unzüchtigen Gewohnheiten der Hauptstadt ganz zu eigen gemacht hatten.

Einundvierzigstes Kapitel

Besiegtes Vorurteil · Wiedererkennung

»Ja, mein lieber Fanfaro«, setzte ich zu Anfang meiner Voraussetzung hinzu, »aber deine Befriedigung über den Artikel, der dir am Herzen liegt, hängt von etwas ganz Närrischem ab.«

»Wieso, Mademoiselle?«

»Frage Félicie, denn es zu sagen ist unanständig.«

»Muß ich mich dem Teufel ergeben?«

»So etwas Ähnliches.«

»Sie scherzen, Mademoiselle!«

»Ich sage dir, sprich mit Félicie!«

Er sah sie an und fragte: »Nun, was ist zu tun?«

Das ausgelassene Mädchen, das wohl wußte, wie gut ich ihr war und daß ich ihr auch nichts übelnahm, fing laut an zu lachen, zeigte ihm ihren herrlichen Hintern und sagte: »Da, sieh her, das ist der Teufel!«

»Was soll das heißen? In Gegenwart von Mademoiselle?«

»Bekümmere dich nicht um mich, Fanfaro!«

»Ja, aber in diesem Falle ...«

Mit diesen Worten näherte er sich und wollte diesem liebenswürdigen Hintergesicht einen derben Schlag versetzen.

»Hüte dich, mein Freund«, sagte ich und hielt ihn zurück, »den Schiedsrichter deines Schicksals zu mißhandeln ... Ja, Fanfaro«, und hier nahm ich nicht ohne große Anstrengung eine wahre Prophetenernsthaftigkeit an, »diese Purpuröffnung, der du so oft deine Huldigung verweigert hast, ist für dich der Ring der Wahrheit. Solange du diesen Ring nicht aufsteckst, bleibst du in der Unwissenheit dessen, was zu wissen für dich so wichtig ist. Fasse also Mut! Nur durch ein Wunder, für dessen Unfehlbarkeit ich bürge, wirst du deine Hoffnungen erfüllt sehen.«

Ich hatte gesprochen, und der Zauber wirkte. Ich strecke mich in meinem Bett aus, kehre ihnen den Rücken zu und überlasse sie ihrem Schicksal. Félicie fürchtete, Fanfaro wolle sie peitschen, statt zu liebkosen, war aber doch bereit, sich aufspießen zu lassen, und der gewissenhafte Fanfaro war zwar schon halb verführt, fürchtete aber doch noch, daß dieser ganze Auftritt ein unpassender Scherz wäre, der mit seiner Verspottung enden würde, wenn er so töricht wäre, sich von Reizen überwältigen zu lassen, die er so lange durch seine Gleichgültigkeit beleidigt hatte.

Nach einem kurzen Augenblick, wo wir alle ein tiefes Stillschweigen beobachteten, wo der hin und her überlegende Fanfaro mich in einer Lage erblickte, in welcher ich nichts sehen konnte, wo er die Zauberlaterne des weiblichen Jokeis, die sich unterdessen auf mein Bett stützte und ins Fäustchen lachte, zu seiner freien Behandlung vor sich hatte, wo er sich zuverlässig versucht fühlte, weil ein großes Interesse mit seinem bisherigen Vorurteil kämpfte, kurz, wo alles wollte, bis auf ihn, dem am meisten daran liegen mußte, das gefährliche Opfer zu vollbringen, wo, um es frei heraus zu sagen, sein Schweif sich bäumte wie der eines Karmeliters, setzte sich der Neubekehrte endlich in Bewegung, um seinem Verhängnis zu folgen.

Er versucht die Öffnung. Félicie gibt mir ein Zeichen mit einem kleinen Stoß ihres Ellenbogens vom Anfang dieses glücklichen Manövers. Er stößt zu, er dringt ein ... Dies zeigt mir ein neuer Ellenbogenstoß an. Und nun kehre ich mich um und sehe mit innigem Entzücken, daß meine Schelmerei endlich gelingt.

»O Himmel, Mademoiselle!« ruft der arme Teufel, der sich verloren glaubt, weil ich ihn sehe, und sich nun zurückziehen will.

»Nicht von der Stelle!« war mein Befehl. »Dies hier ist keine Unzucht, mein Freund, und dann werde ich doch in einigen Tagen verheiratet sein.«

Unser Geist ist immer imstande, über das Werkzeug der Liebe zu gebieten. Der Kopf kann, wenn man liebt, ein ehrbares Verlangen haben, aus irgendeinem Beweggrunde des Anstandes das Spiel abbrechen; aber die männliche Schraube verläßt die Schraubenmutter nicht mit soviel Selbstverleugnung. Fanfaro befand sich zu wohl in einem Ort, der überdies noch für ihn den Reiz der Neuheit hatte, und Félicie legte zuviel verführerische Kunst in die Bewegungen ihres Oberkörpers und ihrer Hüften, als daß ein so süßes Spiel hätte abgebrochen werden können.

»Ach, was war ich doch für ein dummer Esel! Ich muß es gestehen!« sagte der glückliche Neubekehrte mit einem Seufzer.

Und nun überläßt er sich ganz dem Zauber seiner Lage. Bald fühlt er sich von Kopf bis Fuß von dem elektrischen Schlag der höchsten Seligkeit getroffen, sinkt wollüstig auf den Rücken des weiblichen Jokeis hin, der selbst dabei so sehr interessiert ist, und hauchte seine, trotz seines ehemaligen Abscheus, von wirklicher Wollust berauschte Seele in ächzendem Entzücken aus. Dies war der Punkt, wohin ich sie beide bringen wollte.

Sobald ich sah, daß der glückliche Fanfaro wieder zu sich kam und seinen Ladestock herausziehen wollte, rief ich:

»Noch einen Augenblick! Bleibt noch in eurer jetzigen Stellung und hört mich an! – Félicie! Fanfaro! Ihr seid Bruder und Schwester!«

Mich hören, aufspringen, dann einige Schritte auseinanderfliegen war eins. Warum war ich nicht ein geschickter

Maler, um den Ausdruck ihres ersten Erstaunens auf die Leinwand zu bringen! Was das für Blicke waren! Welch eine Mischung von Abscheu und Zärtlichkeit, von Verwirrung und Freude!

»Du heißt also ...«, fragte Félicie fast zitternd.

»Élie Barbou.«

»Der Name ist richtig, und dein Vater?«

»Geronimo.«

»Und die Mutter?«

»Barbara.«

»Und unser Onkel?«

»Nicol Clément.«

»Hol dich der Teufel! Nun sind wir beide recht hübsche Geschöpfe!«

Zu gleicher Zeit läuft sie und fällt dem beschämten, aber nichts bereuenden Élie um den Hals. Beide vergessen mich nun völlig, und dieses neue Entzücken zweier Seelen, die Natur und Zärtlichkeit überwältigte, schmeichelt mir noch mehr als das launige Schauspiel ihres sodomitischen Lustkampfes. Wieviel sagte sich nicht das aufgeregte und liebevolle Paar in wenigen Minuten! Wäre ich unter vier Augen mit Félicie gewesen, der ihr Geschlecht unserer Freundschaft große Vorrechte gab, so wäre ich gewiß tüchtig ausgescholten worden; so aber hatte sie zuviel Zartgefühl, als daß sie den sehr großen Abstand zwischen mir und ihrem Bruder nur um ein Haarbreit hätte verringern sollen. Ihre Predigt wurde also bis zur geeigneten Zeit aufgeschoben.

Fanfaros Leidensgeschichte war sehr einfach. Er hatte auch als Schuhputzer, Kaminkehrer usw. in ebendem Alter wie Félicie Savoyen und seine Schwester verlassen, deren er sich nur als eines kleinen Bruders von sieben Jahren erinnerte. Nachdem er, wie sie, bei Lustnymphen und jungen Leuten gedient hatte, nahm ihn ein Offizier als Reitknecht in Dienst. Mit diesem war er von Paris weggegangen und von Garnison zu Garnison gezogen; hernach in bessere Dienste und endlich zu einem Herrn gekommen, der ein Liebhaber der Jagd war und ihn zum Jäger ausbildete. Als dieser frühzeitig starb, hatte er das Glück gehabt, bei dem Marquis de Pinange Anstellung zu finden. Dieser beständige Dienstbotenstand war ihm durch die Zärtlichkeiten verschiedener Liebhaberinnen, teils Freudenmädchen, teils Kammerjungfern, auch wohl zuweilen vornehmeren Damen, versüßt worden, die es nicht immer bei bloßen Liebkosungen bewenden ließen, sondern seine unermüdlichen Dienstleistungen auch oft durch wirkliche Wohltaten belohnt hatten.

Ich habe den kleinen Aberglauben, zu denken, daß es Tage gibt, wo einem alles gelingt, sowie andere, wo einem alles fehlschlägt, was man anfaßt. Voll Zufriedenheit über den guten Ausgang des Wiederfindens, wozu ich Félicie und ihrem Bruder behilflich gewesen war, wollte ich, da ich noch Zeit hatte, auch noch versuchen, dem Grafen den Kopf zurechtzusetzen. Ich ließ ihn also ersuchen, mir unverzüglich seine Gesellschaft auf eine Viertelstunde zu gönnen, und er erschien sofort.

Zweiundvierzigstes Kapitel

Wie man mich beleidigt · Wie ich mich räche
Wenn man es nicht weiß, so ist es nichts

»Ruft man mich«, sagte der Graf ziemlich aufgeräumt beim Hereintreten, »um zusammen unter den Linden einen Gang zu tun?«

»Sie haben also wohl Pistolen in der Tasche, Monsieur, denn ich sehe nicht, daß Sie bewaffnet sind?«

»Nein, wenn es darauf ankommt, einen Gang mit Ihnen zu wagen, so sind wir beide zu allen Zeiten hinlänglich bewaffnet und Sie zuverlässig mit größerem Vorteil.« (Wohl zu merken, ich war im Bett!) »Wenn man Sie doch«, setzte er hinzu, »in dieser Festung belagern dürfte!«

Ich hatte beinahe Lust zu lachen, fürchtete aber, er möchte zu dreist werden und wohl gar daran denken, mich zu überrumpeln. Ich hatte Mißtrauen, und leider auch zu Recht, an die Treue und Festigkeit eines gewissen Teiles von mir zu glauben, welcher der Verführung besonders zugänglich und sehr geneigt war, den Befehlen meines Eigensinnes oder meiner Eigenliebe zu trotzen.

»Lassen Sie uns vernünftig reden, Graf!« sagte ich. »Lassen Sie sich die Mäßigung meines Vaters, der Ihr Leben schont, zur Lehre dienen! Ich nehme es auf mich, ihn über diesen Gegenstand zu besänftigen. Sie müssen es gestern bemerkt haben, wie angenehm es ihm war, daß ich nicht als Feindin gegen Sie handelte, als es mir freistand, wenn ich gewollt hätte, Ihnen mehr Schaden zuzufügen als ein Stich mit dem Degen. Lassen Sie es nun gut sein! Man kann einem Unbesonnenen, wenn er eine Frau von Stande mehr demütigt als belustigt, wohl sagen, daß er keine Manieren hat. Was die Beschimpfung der ehelichen

Ehre von Monsieur de Pinange betrifft, so ist die gerade so groß nicht. Er wußte schon lange, was er in dieser Beziehung von seiner Frau zu halten hatte. Zum Glück weiß er nichts von Ihnen und mir. Achten Sie nur von jetzt an auf Ihr Betragen gegen meinen Vater, so bürge ich für seine Besonnenheit und dafür, daß er nie wieder daran denken wird, Sie mit seiner Frau im Handgemenge gesehen zu haben.«

»Und welchen Preis, meine schöne Vermittlerin, setzen Sie auf die Aufopferung meiner gerechten Beschwerden?«

»Einen nicht geringen, nämlich den, Ihnen mehr Achtung entgegenzubringen, als Sie bis jetzt verdienen!«

»Weiter nichts?«

»Nicht das geringste.«

Mittlerweile hatte sich schon seine Hand verstohlen seitwärts unter meine Bettdecke geschlichen, und in dem Augenblick, wo ich an diese verräterische Hand am wenigsten dachte, war sie schon Herr am Eingang meiner Muschel, und zu gleicher Zeit wußte sein geschickter Finger das Begeisterungsknöpfchen an meiner Spalte zu treffen. Ich zitterte, aber nicht vor Zorn. Ich wollte schimpfen, aber der schlaue Verführer schloß mir den Mund mit einem Mark und Bein durchdringenden Kusse. Ich fühlte den entzückendsten Zungentriller. Seine Zunge, gegen die ich mich zu verwahren nicht Zeit genug gehabt hatte, setzte mich in Feuer und Flamme.

»Monsieur! Graf!« rief ich, aber unbeweglich, doch nein, aus Sinnestaumel spreizte ich die Schenkel auseinander, und eine unwillkürliche Bewegung meiner Hüften strafte meine Worte Lügen.

»Hören Sie mich ... Lieber Freund ...! Nein, ich kann nicht ... Da wird nichts draus, sage ich Ihnen! Himmel, welche Verwegenheit! Ich habe geschworen ... Warten Sie ... die Tür ... mein Vater ... Sie machen immer solche

Streiche, Monsieur! Das ist mir ein schöner Triumph … wahrhaftig …«

Nicht wahr, lieber Leser, du ahnst, daß während all dieser kleinen Ausrufe mein Unverschämter die Ehrfurcht immer mehr fahrenließ? Du siehst schon im Geiste, wie er auf mein Bett springt, alles, was ihn hindert, aus dem Wege räumt und sein schleichend angefangenes Verbrechen vollendet. Und du hast es getroffen. Trotz meiner tausend Schwüre, trotz all meiner Zärtlichkeit für meinen angebeteten Pinange brachte es doch derjenige, der noch am Abend zuvor mich mit dem Namen einer Hure belegt hatte, dahin, daß ich diesen Titel nun ganz von neuem verdient hatte. Kurz, ich wurde in aller Form aufgebügelt, und um meine schimpfliche Schwachheit recht vollkommen zu machen, empfand ich dabei noch das größte Vergnügen.

Ich gestehe, daß ich von diesem Tage an jedem Anspruch auf Widerstand abgesagt hatte. Ich hätte meinen Kopf darauf verwettet, daß mich, die ich in Pinange so rasend verliebt war, nichts in der Welt zur Untreue verleiten könnte. Ha, die Liebe sitzt also nur im Kopfe, und jener untergeordnete Teil unseres Leibes, den die launige Natur, lächerlich genug, mit dem Stempel eines Tieres bezeichnete, ist der Ort, wo die Wollust wohnt! So wird also der schwächere Teil von dem stärkeren besiegt, je nachdem jedes einzelne Geschöpf organisiert ist. So hat bei den Tieren der Ochse seine Kraft in den Hörnern, das Pferd in den Hufen, der Hund in den Zähnen und der glückliche Esel in dem Zepter des Priapus. Und ich – was soll ich es leugnen? –, ich habe wie er meine dreifache Kraft im Schoße und in den verschiedenen Wirkungen der Wollust.

Nun war es schon ein Fehler, die Wiederholung des Fehlers wurde ein Verbrechen, und doch ließ ich es mir zuschulden kommen. Wer löst das Rätsel?

Aber doch fühle ich, daß mein angebeteter Pinange mir deshalb nicht weniger lieb ist.

Wenigstens, sagte ich zu mir selbst, soll der verräterische Graf doch nicht den Ruhm haben, Altar gegen Altar aufzurichten, und um ihm die Rivalität mit meinem geliebten Pinange zu nehmen, will ich die Gunstbezeugungen, die ich dem Unbesonnenen zugestehe, dadurch, daß ich ihm eine Menge anderer Genießenden an die Seite setze, so wertlos machen, daß er auf den Sieg über mich nicht stolz zu sein Ursache haben soll.

Wozu ist man nicht fähig, wenn man sich in einem so kopflosen Zustand befindet, als ich bei diesem Selbstgespräch!

Der von seinem Glücke ganz berauschte Graf hatte mich kaum verlassen, als auf mein Klingeln Fanfaro herbeieilte. Ich forderte von ihm, daß er die Tür verschließen, sich meinem Bett nähern und mir die seltenen Schätze aus der Nähe zeigen sollte, womit ihn die wohltätige Natur beschenkt hatte. Alles, was ich erblickte, hatte ein so hervorragendes Ansehen und schien mir so wünschenswert und meiner so würdig, daß ich ihm befahl, mich nach all seiner Bequemlichkeit so lange zu stemmen, wie er nur wollte. Daß er mir gehorchte, bedarf keiner Frage.

Betroffen und erstaunt über ein Glück, das er sich gar nicht vorgestellt hatte, versäumte er nicht, meine Erwartung von der Kraft seiner empfehlungswürdigen Hilfsmittel auf eine wunderbare Weise zu befriedigen. Ein-, zwei-, drei-, viermal wurden die höchsten Entzückungen der Wollust genossen. Man ist kein Bedienter mehr, wenn man sich so gut zu betragen weiß. Auch zeigte ich mich ihm als ebenbürtig und war nicht weniger tätig zu seinem Vergnügen als er zu dem meinigen in diesem heißen Kampf, der so weit über meine erste Absicht hinausging.

Was dieser würdige Bruder der unermüdlichen Félicie für ein Kämpe war! Ich glaube, er wäre die ganze Woche so fortgefahren, wenn mich nicht das Schlagen meiner Pendule erinnert hätte, daß es Zeit war, ihn zu entlassen. Eine meiner Taschenuhren war der nur sehr mittelmäßige Lohn für sein unschätzbares Talent.

»Das ist also«, sagte er zu mir nach dieser sehr soliden Erfahrung, »die ganze Stütze, woran sich die großen Zuneigungen halten! O Liebe, ich danke dir, daß du mir dein Geheimnis offenbart hast! Durch dich kann ich nun niemals unglücklich werden.«

Pinange war unterdessen mit seinem Schreiben fertig geworden. Er kam zu mir, hielt die Papiere in der Hand, und sein Gesicht strahlte vor inniger Zufriedenheit. Wenn er gewußt hätte ...!

»Wünsche mir Glück, liebe Lolotte«, sagte er und liebkoste mich noch mehr als sonst, »soeben erhalte ich aus Versailles die Nachricht, daß ich in der Provence einen Posten erhalten habe. Zweihundert Pistolen, die ich zu rechter Zeit einer Dame, die viel Einfluß besitzt, in die Hand gedrückt, haben den Zauber der Verwünschung, worunter ich lag, aufgelöst. Die kleine Unzufriedenheit, die man gegen mich hatte, ist behoben; ich bin nun wieder in den Gang der Geschäfte eingesetzt und kann mir glänzende Aussichten erlauben. Indessen hat dieses Glück doch etwas Niederschlagendes für mich, denn wir müssen uns auf einige Monate trennen; ich hoffe aber, es soll nicht lange dauern.«

Zwei Tage früher wäre ich bei einer solchen Nachricht unbedingt in Ohnmacht gesunken. Jetzt ging sie mir nahe, aber ich vermochte sie doch zu ertragen; es kostete nichts als ein paar Tränen. Pinange wußte recht gut, daß diese sich mit Amors Binde am besten abtrocknen lassen, und dieses Geschäft übernahm er gern. Es war ein Glück für mich, daß er nicht wußte, wie sehr der Altar, auf welchem er seinen Weihrauch dampfen zu lassen sich anschickte, gebraucht und entweiht worden, und da ich dabei nichts weiter verlor, als daß sich mein Ankleiden noch mehr verspätete, so konnte ich es ihm nicht verwehren, auf diesem Altar ein flammendes Opfer zu bringen, und nahm ebenso brennend Anteil daran. Ich war ihm vom vorigen Abend Genugtuung schuldig, er nahm sie an, war auch noch so großmütig, daß ich ihm auch die Verdoppelung nicht abschlug, die er liebkosend forderte.

Ich glaube sicher, geliebter Leser, du wirst mir gern erlauben, daß ich diesen herrlichen Tag mit seiner »neunmaligen« Zahl zu den glücklichsten meines Lebens zählen darf, und ich beschließe hiermit die Aufzeichnung meiner Erlebnisse.

13 *Philosophische Thérèse* – »Thérèse-Philosophe«, französisches Erotikon des 18.Jahrhunderts (erschienen 1748), dem Marquis d'Argens (1704–1771) zugeschrieben.
24 *Lastträger* – Gemeint sind die Savoyarden, die Bewohner des Herzogtums Savoyen, die zumeist nach Paris auswanderten und sich dort einen guten Ruf als Kaminkehrer oder Dienstmänner erwarben. Sie bildeten eine verschworene Gemeinschaft, in der der Älteste die Führung innehatte und sogar eigene Gerichtsbarkeit ausübte.
41 *Quiproquo* – Eigentl.: quid pro quo = (lat.) ein Was für Was; hier im Sinne von ›Verwechslung‹.
54 *Fichu* – (franz.) dreizipfliges Schulter- bzw. Halstuch der Frauen.
54 *Pygmalion … Élise* – Pygmalion, König von Kypros, der sich in eine nackte Elfenbeinstatue der Aphrodite so verliebt haben soll, daß er sie sexuell schändete. Nach Ovid ist Pygmalion ein Künstler, der, Frauenfeind geworden, sich eine ideale Frau aus Elfenbein schnitzt. In diese Statue verliebt, bittet er Aphrodite, die Göttin der Liebe, ihm eine seinem Kunstwerk ähnliche Gattin zu schenken, woraufhin ihm die Göttin die Statue belebt. In der späteren Literatur wird diese Gattin dann Galatea oder Elise infolge einer Verwechslung mit Elissa (Dido) genannt.
114 *in utroque* – (lat.) nach beiden Seiten.
115 *Arakus* – antiker Feldherr des achäischen Bundes (271 bis 213 v. u. Z.).
119 *Aegypan* – Gemeint ist eine der vielen Pan-Gestalten, wie sie die griechische Mythologie kannte.
120 *Themispriester* – Themis galt in der griechischen Mythologie auch als Göttin des Rechts und der Gerechtigkeit.
133 *Silen* – In der griechischen Mythologie eine ziegenfüßige Gottheit, die Erzieher und Begleiter des Bacchus war.
134 *Eccolo* – (ital.) hier, da!
137 *Perchè no?* – (ital.) warum nicht?

137 *sicuro* – (ital.) sicher.
Basta, pagherà! – (ital.) Genug, mögen Sie zahlen!
139 *Caravaggio* – Italienischer Maler (1573–1610).
140 *Gaskonade* – (franz.) Prahlerei (nach der Gewohnheit der Bewohner der französischen Provinz Gascogne).
141 *Allegro, Signore! Su, su, piu presto!* – (ital.) Erfreut, Signore! Obenauf, oben, schneller!
Per servirlo – (ital.) Um ihm zu dienen.
Si, Signore ... così faremo – (ital.) Ja, Signore ... so machen wir es.
142 *Che cosa?* – (ital.) Was?
Diavola – (ital.) Teufelin.
143 *a posteriori* – (lat.) hier: anal, den Hintern bedienen.
149 *Vapeurs* – (franz.) Blähungen, Spannungen im Unterleib und daher rührende Mißlaune, besonders bei Frauen im 18. Jahrhundert, da diese durch die Mode der Wespentaille stark geschnürt waren.
168 *Bandore* – Auch Bandôla; lautenartiges Musikinstrument, fast identisch mit der heutigen Mandoline.
Sindo-Quadro – Musikstück, wo alle Töne der Instrumente oder Stimmen sich in Syntonie befinden.
172 *Gott der Gärten* – Gemeint ist der griechische Gott Priapos.
174 *Bischof* – Gemeint ist Bischofwein; aus Rotwein und Zucker und der dünn abgeschälten Schale von grünen bitteren Pomeranzen bereitetes Getränk.
204 *Putzmacherin ... Léonard* – Eine Modehandlung von solcher Berühmtheit konnte nicht nachgewiesen werden; es sei denn, daß die Frau oder eine Verwandte des Léonard, Frankreichs und der damaligen Welt berühmtester Coiffeur, die Putzmacherei betrieb.
216 *Proselyten* – (griech.) Bekehrte.
223 *Théodor* – Théodore-Stephan, Baron von Neuhof(f), (1686 oder 1690 bis 1756), 1709 Page bei der Herzogin von Orléans in Versailles, dann in bayerischen Diensten; er heiratete wegen großer Schulden 1717 Lady Sarsfield. Mit Unterstützung des Bei von Tunis unternahm er 1736 eine Expedition nach Korsika und wurde dort im gleichen Jahr von den Korsen zum König erhoben. So kämpfte er gegen die Genuesen und Franzosen, konnte seine Stellung jedoch nicht halten, da ihm England jede Unterstützung versagte. Durch große Not geriet er in

England ins Schuldgefängnis, wo er durch Einfluß von Horace Walpole freigelassen wurde. Wenig später starb er.

223 *eum expensis* – (lat.) zu Lasten der anderen.

243 *Vauxhall* – Vergnügungsetablissement nach englischem Vorbild. 1764 richtete der italienische Artist Torré (Torres) das Vaux-hall d'été am Boulevard Saint-Martin ein. Hier veranstaltete man Feuerwerke, Illuminationen und führte Ausstattungsstücke auf. Ab 1768 kamen Bälle, Pantomimen u. a. hinzu. Das Vaux-hall d'hiver befand sich im Faubourg Saint-Germain, nahe der Rue Guisard. Es wurde am 3. April 1770 eröffnet, und es wurden vorwiegend Ballette von schönen Tänzerinnen aufgeführt. 1785 ging das Unternehmen ein. Zugleich bestand noch das Colisée, ein Gebäude mit Garten, wo man Tanzstücke, Schauspiele, Feuerwerk u. a. veranstaltete. Es befand sich im äußersten Westen der Champs-Élysées. Schon 1778 ging das Colisée ein.

Agioteur – (franz.) Wechselwucherer.

Jourdain – Hauptgestalt aus Molières Stück »Le Bourgeois gentilhomme« (Der Bürger als Edelmann); er ist der Typ des dummen und lächerlichen Emporkömmlings.

Garde du Corps – (franz.) Leibgarde (des Königs).

247 *Pleuksche Solution* – Galt neben anderen Mixturen, die zumeist aus Quecksilber bestanden, als unfehlbares Vorbeugungsmittel gegen Syphilis.

248 *Diavolini* – (ital.) Art Bonbon zur Potenzverstärkung.

250 *Bicêtre* – Pariser Hospital, wo die Unheilbaren und die an der Lustseuche Erkrankten untergebracht waren.

251 *Merkur* – Merkur galt in der antiken Mythologie auch als Liebesbote; hier: Überbringer der Liebeskrankheit (Syphilis).

268 *Myrrhe* – Der König Kinyras auf Zypern soll, der Sage nach, Kenchreis geheiratet haben, die ihm eine Tochter namens Myrrha gebar, die, als sie größer wurde, Blutschande mit ihrem Vater begangen haben sollte.

274 *in deposito* – (lat.) in Verwahrung.

295 *Tarquinius* – Gemeint ist Tarquinius Sextus, jüngster Sohn des Tarquinius Superbus (letzter der sagenhaften Könige Roms), der für seinen Vater zwar die Stadt Gabii eroberte, aber durch Schändung der Lucretia den Sturz der Monarchie bewirkt haben soll.

aufbau taschenbuch

AUFBAU VERLAGSGRUPPE

Robert-André Andréa de Nerciat war Angehöriger der Leibgarde Ludwigs XV., dann ging er an den Hof des hessischen Landgrafen Friedrich II. In den Jahren der Revolution betätigte er sich als Geheimagent und emigrierte schließlich an den Hof von Neapel, wo er 1798 von den einrückenden Franzosen inhaftiert wurde. Seit 1770 betätigte er sich auch als Schriftsteller und schrieb Gedichte, Theaterstücke und galant-erotische Romane.

In dem Memoiren-Roman »Die schöne Cauchoise«, den er zunächst anonym veröffentlichte, beschreibt Nerciat den Lebensweg eines Bauernmädchens aus der französischen Provinz. Cauchoise wird in Paris zu einer begehrten Lebedame. Sie erhört nicht nur die Großen des Reiches, Herzöge, Kardinäle und Anwälte, sondern widmet sich auch Kutschern und Lakaien. Ein farbenprächtiges Sittengemälde der Zeit vor der Französischen Revolution.

Robert-André Andréa
de Nerciat

Die schöne Cauchoise

oder

Die Memoiren
einer berühmten Courtisane

Aufbau Taschenbuch Verlag

ISBN-10: 3-7466-2269-7
ISBN-13: 978-3-7466-2269-9

Aufbau Taschenbuch ist eine Marke
der Aufbau Verlagsgruppe GmbH.

1. Auflage 2007

Umschlaggestaltung Mediabureau Di Stefano
unter Verwendung eines Fotos von mauritius-images
Druck und Binden CPI Moravia Books, Pohořelice
Printed in Czech Republic

www.aufbau-taschenbuch.de

Es ist so üblich, daß man versucht, die Freuden der Liebe schlechtzumachen, wenn man sie selbst nicht mehr genießen kann. Aber weshalb eigentlich will man so die Tugend verwirren? Ist nicht sie jetzt an der Reihe, sich auszutollen und die Liebe zu fühlen? Und das bezieht sich auch auf die Freuden, die man in Griechenland gern genießt. Wir wollen sie nicht verdammen, sondern sie verteidigen, um ihren Reiz und ihre Fülle zu vergrößern.

Also, Ihr Greise, die Ihr schon alt seid vor dem eigentlichen Greisenalter: seid doch wenigstens erträglich und bemüht Euch, ein wenig liebenswürdig zu sein!

Dieser Umriß meiner Philosophie muß dem Leser genügen, um ihm vorweg einen Zugang zu dem zu ermöglichen, woran ich ihn bald teilnehmen lasse. Und jetzt will ich ohne weitere Vorrede zur Sache kommen.

Alle vernunftbegabten Lebewesen haben Neigungen, die sie leiten und die für alle anderen Bestrebungen Bedeutung zu haben scheinen. Das gleiche gilt auch für mich. Bei mir sind es die Freuden der Liebe oder besser gesagt: der Liebe im Bett. Wahrlich, das ist die Ursache für meine ganze Torheit und Liederlichkeit. Und das wird meinem Leser auch genügen, damit er meinen Beruf erraten kann.

Ich bin eine Courtisane, und ich gestehe es ohne Scham ein. Ist das etwas Schlechtes? Denn – um es genauer zu betrachten – was ist eigentlich die körperliche Liebe? Das ist doch ein Zustand, in dem man sich der Natur anpaßt, ohne sich Zügel anlegen zu müssen. Ist nach dieser Definition nun eine Courtisane etwas Verdammenswertes?

Was soll ich noch sagen? Sie kennt gründlich die menschliche Natur und läßt sich nur von ihren Erfahrungen leiten. Was gibt es denn Vernünftigeres? Das alles genügt, wie ich glaube, um die Vortrefflichkeit meines Standes zu beweisen. Im übrigen verlange man auch nicht mehr von mir. Ich bin durchaus nicht geeignet dafür, etwas zu leisten, was lange und folgerichtige Überlegungen erfordert. Längere Sätze habe ich immer verabscheut. Vorausgesetzt, ich drücke mich verständlich aus, dann genügt mir das. So, ich wiederhole es, nun will ich ohne Umschweife zur Sache kommen.

Ich stamme aus einfachen Verhältnissen. Dieses schlichte Eingeständnis ist bei Frauen meines Standes höchst ungewöhnlich. Ich kenne nämlich viele liebe und teure Kolleginnen, die sich einer vornehmen Abkunft rühmen, ohne daß sie deswegen vornehm wären. Wenn man sie nämlich sieht, würde man kaum einen Katzenbuckel vor ihnen machen, es sei denn, man würde wissen, daß sie die Tochter eines Prälaten, die Nichte eines Rates oder die Cousine eines Herzogs oder Pairs sind.

Was für eine Narretei ist eine solche Genealogie! Eine zünftige Dirne muß etwas von der Wollust verstehen! Sie verachtet die Herkunft und die Eltern. Sie kennt keine andere Leidenschaft als die, ihre Lust zu befriedigen. Sie versucht, sich nur nützliche und angenehme Bekannte zu verschaffen. Doch zur Sache.

Ich wurde in einem Dorf geboren, das zwei Meilen von Hayre-de-Grace entfernt ist, und wo man noch nicht weiß, was ein Gymnasium ist. Mein Vater war ein Wagenmacher. Ich bin so großgezogen worden, wie es auf dem Lande üblich ist. Was also meine Erziehung anbelangt, so war sie denkbar schlecht. Ich wäre auch mein ganzes Leben lang eine Bäuerin geblieben, wenn ich nicht ein so schönes Äußeres gehabt hätte.

In meiner Jugend passierte nichts Ungewöhnliches, nur bemerkte man bei mir schon im zarten Alter eine gewisse Lebhaftigkeit, die meine Intelligenz verriet. Im ganzen Dorf war ich deshalb bekannt. Die Tochter eines Wagenbaumeisters gilt als gute Partie, und so geschah es auch, daß man für mich geeignete Freunde im voraus bestimmte. Bis zum zwölften Lebensjahr war ich mit den übrigen Bauernkindern zusammen und hatte nur Lesen und Schreiben gelernt. Ich konnte zwar nur dies, aber dafür recht gut.

Als meine Eltern sahen, wie ich zusehends größer wurde, beschlossen sie, mich zur Arbeit mit heranzuziehen. Sie glaubten offenbar, daß ich ihnen helfen könnte. Aber ich war sehr faul. Diesen angeborenen Hang zur Faulheit findet man oft bei meinesgleichen.

Da ich bei meinem Vater nichts taugte, beschloß er, mich in die Stadt zu schicken, damit ich meine Trägheit verliere. Es dauerte aber lange, bis ich seinem Wunsch Folge leistete. Mit viel Tränen und Ärger daheim hat man mir das Versprechen abgekauft, daß ich für ihn in die Stadt ginge.

So kam endlich der Tag, wo mein Vater mich mit einem Korb mit Butter und Eiern nach Havre schickte, um sie zu verkaufen. Ich brach mit einer bewundernswerten Fröhlichkeit auf, aber ich verlor sie bald bei all den schönen Herren in dieser Stadt. Wie war ich zu dieser Zeit töricht! Wie verändert bin ich heute!

Unter den Personen, die mein Vater mir aufgeschrieben hatte, war auch ein alter Beamter der Admiralität, zu dem ich den Korb bringen sollte. Ein junger Mann – es war der Sohn des Hauses – hatte mich beim Eintritt in das Haus seines Vaters gesehen und war nun neugierig, mich näher kennenzulernen und mit mir zu sprechen. Er schmeichelte mir während der ganzen Zeit, die ich in diesem Haus war.

Von den schönen Dingen, die er mir sagte, verstand ich nur soviel, daß sie alle meine Schönheit rühmten. Eine Frau hat für so etwas immer ein Ohr!

Im übrigen war dieser junge Mann keineswegs eine Schönheit. Seine blauen Augen lagen tief unter einer hökkerigen Stirn, die Nase war sehr gebogen, die Farbe seines Gesichtes bleich, und es war übersät mit kleinen Narben. Ja, so sah der aus, der mir zum erstenmal den Hof machte. Man kann sich vorstellen, daß ich ihm zunächst nicht antwortete. Ich war noch zu furchtsam, um es zu wagen, ihm eine Antwort zu erteilen. Ich hatte meine Redegewandtheit im Dorf zurückgelassen, was ich in diesem Augenblick aufrichtig bedauerte.

Nachdem ich das Haus verlassen hatte, verkaufte ich den Rest meiner Ware. Dann kehrte ich freudig zu meinem Vater zurück, ohne mir irgendwelche Gedanken zu machen. Ich war nämlich so unbekümmert, daß ich gar nicht mehr an die wichtigsten Dinge dachte, die man mir aufgetragen hatte. Zurückgekehrt zu meinem Vater, fragte man mich, wie es mir in der Stadt gefallen habe.

»Sehr schlecht«, sagte ich zu meiner Mutter.

»Warum denn?« erkundigte sich meine gute Mutter.

»Ah! Die Männer dort«, erwiderte ich sogleich, »lassen mich ganz rot werden.«

Auf Grund dieser Antwort stellte man meine Unschuld fest. Zum Schluß sagte ich, ich wolle nicht mehr in die Stadt gehen, aber mein Vater hörte nicht darauf. Einige Tage später mußte ich wieder dorthin.

Ich hatte täglich dieselbe Aufgabe, und daraus kann man leicht ersehen, daß ich auch zu dem alten Beamten ging. Ich bemühte mich sehr, nicht auf seinen Sohn zu treffen. Der drollige Bursche war aber gerissen, und da er ahnte, daß ich wiederkommen würde, gab er acht, mich ja nicht zu verfehlen.

Mein Gesicht zog ihn offenbar an, mehr noch meine Jungfräulichkeit, auf die er es abgesehen hatte. Dieses Mal war ich mit ihm zufriedener als beim ersten Zusammentreffen. Er begnügte sich damit, mich nur anzustarren. Ich blickte deshalb zu Boden, so sehr war ich noch eine Jungfrau. Dann machte ich mich, schon ein wenig beherzter, freudig auf den Rückweg zu meinem Dorf.

Aber welche Überraschung! Als ich kaum eine halbe Meile zurückgelegt hatte, bemerkte ich, wie der junge Mann mir entgegenkam.

»Kennt Ihr mich noch?« fragte er. Dabei legte er seine Arme um mich, um mich an sich zu ziehen. Meine Antwort war ein ängstlicher Schrei. Ich wollte ausweichen, aber vergeblich. Er hielt mich zurück und sagte zu mir, daß er mich bis zur Vergötterung liebe. Er verlange von mir nur etwas Gegenliebe. Ich verstand diese sehr schöne Rede nicht und ließ ihn ruhig weiterreden, dennoch spürte ich beim Zuhören einen bisher unbekannten Genuß. Dann bat ich ihn, mich gehen zu lassen. Er versprach es unter der Bedingung, daß er mich küssen dürfe. So mußte ich es geschehen lassen. Er küßte mich mit einem unbeschreiblichen Feuer auf die Wangen. Und dann noch einmal, trotz meiner Gegenwehr.

Den Rest des Weges dachte ich nur an das, was mir passiert war. Die Küsse hatten mich sehr verwirrt. Auch wußte ich nicht, wie und weshalb ich eine geheime Freude im Innern empfand. Allein die Erinnerung an diese feurigen Küsse entfachte in meinen Adern ein Feuer, dessen Glut sich an den Teilen meines Körpers konzentrierte, deren Gebrauch, Reize und Vorrechte ich vorher nicht gekannt hatte.

Auf einen Körperteil legte ich von Zeit zu Zeit in einer unwillkürlichen Bewegung meine wirre und zitternde Hand. Ich preßte sie auf das Vlies, das diesen edlen Teil bedeckte, gleichsam zur Linderung des Juckreizes, der mich störte. Ich sah darin eine natürliche Wirkung der Umarmung des jungen Mannes. Auf der Stelle schloß ich, daß die Herren in der Stadt mehr wert seien als die Bauernburschen.

In dieser Ansicht wurde ich jedesmal, wenn ich in die Stadt ging, noch bestärkt. Mein Liebhaber – denn von diesem Augenblick an konnte ich dem, mit dem ich mich unterhielt, diesen Namen geben – machte mir tausend Anträge. Er wollte mich zu einer seiner Freundinnen machen, wozu er mich seit dem Augenblick rechnete, als er mir die Zeichen seiner Zärtlichkeit aufgedrückt hatte. Und ganz allmählich schluckte ich dieses süße Gift.

Aber noch dauerte es drei Monate, bis ich mich hingab. Ich zögerte zwar, aber schließlich, verfolgt von dem zudringlichen jungen Mann, entschloß ich mich, ihm das zu kosten zu geben, was er wollte und verlangte.

Nach diesem Entschluß wartete ich nicht lange. Am folgenden Tag meiner Reise verdoppelte er seine Bemühungen. Noch wankte ich. Dann aber gab ich nach.

Was hatte er für eine Freude, so etwas Liebenswürdiges wie mich zu besitzen. Er hatte seit langem schon Vorbereitungen getroffen. Schnell führte er mich zu einer Schneiderin von einer seiner Freundinnen in einem abgelegenen Viertel. Dort ließ ich meine Eier und die Butter in dem armseligen Korb zurück. Immer noch war ich eine Jungfrau, und ich würde mich selbst, ohne mich zu schämen, als ein Dummerchen bezeichnen.

Ich wurde bald eine andere Frau, denn nunmehr hatte ich keine andere Herrin mehr als die Natur. Welche Fortschritte macht man nicht, wenn man ihren Maximen folgt und ihren klaren Vorschriften. Das Haus der Schneiderin war die erste Arena, wo ich mich für die Wollust ausbildete. Das war meine Einweihung.

Doch ich behaupte, dieses Haus erschreckte mich zuerst. Meine Augen waren keineswegs an ein solches Schauspiel gewöhnt. Ein kleines, strohgedecktes Haus, eine spärlich möblierte Kammer waren mir bis dahin als etwas Schönes erschienen. Aber wenn ich so etwas mit der Wohnung verglich, die mir mein Liebhaber bot, dann fühlte ich mit einemmal den Unterschied.

Freude überwältigte mich plötzlich. Die Aussicht auf eine schöne Zukunft brachte mich so weit, daß ich mich für ewig glücklich hielt.

Glückliche Zeit, wo die Vergangenheit für uns nur ein leerer Traum ist, die Gegenwart aber die Glückseligkeit bedeutet und die Zukunft wie ein sicherer Schatz erscheint, den wir uns erworben haben als einen den Reizen und Freuden geschuldeten Tribut. An ihnen berauschen wir Liebenden uns, die wir es verstehen, sie noch durch schmeichelhafte Versprechungen maßlos zu steigern, da sie unser einziges Glück zu sein scheinen. Das empfand ich in diesem Augenblick. Letztlich also war es mein eigenes Zimmer, ein kleines Kabinett, das mir als eine prächtige Wohnung erschien. Man gab mir Zeit, dies alles zu bewundern, was genau meinen Wünschen entsprach.

Der kritische Augenblick war für meine Jungfernschaft gekommen. Ich wußte genau, weshalb man mich in dieses Haus gebracht hatte. Ich war weder keck noch prüde, hatte aber überhaupt keine Erfahrung. Mein Liebhaber nahm mir mein Kleinod – er konnte seine Raserei nach Belieben beginnen –, und er gab mir nach Belieben ebenso viele Küsse, wie er wollte. Ich machte nicht die geringste Anstrengung, um mich seinen leidenschaftlichen Umarmungen zu entziehen. Aber er hatte nicht meinen Willen besiegt. Er mußte andere Hindernisse überwinden. Die Ausmaße seiner Männlichkeit waren so groß, daß er nicht so rasch eine Jungfrau besiegen konnte: auch waren sie gewaltiger durch ihre Größe als durch ihre Beweglichkeit. Lange fummelte er an meinem Kleinod herum, das sich nicht öffnete. Obwohl mein armer Liebhaber schon mehrfach und reichlich zwischen meinen Schenkeln seine Kraft vergeudet hatte, rief dies bei mir nicht die geringste Spur von Wollust hervor. Endlich, nach einer Stunde Marter und Kampf, war mein Liebhaber glücklicher als die französischen Truppen, die sich zu Beginn des Krieges 1781 der Insel Jersey bemächtigen wollten, wo sie vollständig innerhalb der Festung aufgerieben wurden.

Er hatte von mir Besitz ergriffen, aber es war so mühsam für mich gewesen, daß ich glaubte, diese Attacke nicht lebend überstehen zu können.

»Mir kommt es fast so vor«, sagte ich zu ihm, »als ob du mein Vertrauen mißbrauchen willst. Willst du mich zugrunde richten?«

Bei diesen Worten verdrehte ich die Augen. Sie glänzten und verdunkelten sich zugleich, ich war in Aufruhr, und meine Wangen waren glühend rot. Eine heiße Glut durchströmte meine Adern. Ein süßer Rausch bemächtigte sich all meiner Sinne.

Endlich war ich entjungfert.

Das war der interessanteste Augenblick in meinem Leben. Auf diesen glücklichen Augenblick führe ich all meine Freuden, Leiden, Glück und Unglück zurück. Was rede ich – jetzt erst begann ich zu leben!

Jede Umarmung gefiel mir nach diesem ersten Versuch. Man kann vielleicht sagen, daß ich es zu toll getrieben habe. Aber ist es nicht höchste Zeit, sich mit sechzehn Jahren in den Trubel des Lebens zu stürzen?

Wenn ich nicht damals angefangen hätte, wäre ich dann jemals so erfahren geworden in allen Formen des Liebesgenusses, den man in meiner verschwiegenen Wohnung gekostet hat?

Nein, bestimmt nicht. Man getraue sich nicht, mir das vorzuwerfen, was nach meiner Meinung notwendig war und was letztlich ein großes Glück für mich bedeutete. Dadurch nämlich habe ich mir den Beifall der besten Kenner auf diesem Gebiet verdient, deshalb gaben sie mir den ruhmreichen und schmeichelhaften Beinamen: »eine Dirne von Welt« oder »die Dumoncey«.

Der Leser, der jetzt erlebt, wie ich von meinen Eltern getrennt bin, erwartet nun ohne Zweifel, daß ich ihm schildere, welche Schmerzen sie erduldeten, und welche Mühen sie dazu verwandten, mich wiederzufinden.

Ich aber halte es für richtig, mich überhaupt nicht in solchen Einzelheiten zu verlieren. Um es klar und deutlich zu sagen: In diesem Augenblick, wo ich bei der Schneiderin war, galten mir meine Eltern überhaupt nichts mehr. Über sie wollte ich nicht mehr sprechen. Manchmal dachte ich an sie, an ihr Schicksal, und hatte die Hoffnung, es ihnen eines Tages zu erleichtern. Ich wollte mir von ihnen eine mehr als päpstliche Verzeihung für meine Flucht verdienen, wozu mich meine Launen angetrieben hatten.

Aber mein jetziger Zustand erschien mir bei weitem vortrefflicher als der ihre. Ich war zufrieden und lebte ohne Sorgen und Furcht, ja ganz faul und träge in den Tag hinein. Kurzum: Meine einzige Tätigkeit bestand darin, mit meinem Liebhaber zusammen die köstlichen Liebesfreuden zu genießen. Deshalb mied ich auch die Öffentlichkeit, um nicht gesehen zu werden und vielleicht wieder in mein trostloses Dorf zurückkehren zu müssen.

So gingen sechs Monate vorüber, ohne daß ich einen anderen Mann außer meinem Liebhaber sah. Ich war bestimmt sehr schlau, denn eine Frau muß sich dafür erkenntlich zeigen, daß ein Mann ihr allein seine Gunst gewährt.

Aber das dauerte nicht lange. Es mußte der Augenblick kommen, wo mein Liebhaber meinen Begierden nicht mehr genügte. Nachdem ich bei ihm alle Arten der Wollust genossen hatte, stand mir das Recht zu, andere Männer kennenzulernen.

Zum Unglück für meinen Liebhaber finden schöne Frauen eines Tages immer eine Gelegenheit. Ich ließ sie mir nicht entgehen. Und so passierte es:

Ein junger Kavalier, groß und schön gebaut – ich glaube, es war ein Infanteriehauptmann –, kam eines Tages zu der Schneiderin, die mich beherbergte, unter dem Vorwand, ihr eine Arbeit zu geben. Nach einem kurzen Blick auf mich, der sein Interesse signalisierte, begann der Soldat in sehr galantem Ton eine Unterhaltung. Dies ist ein Trick, der besonders den Herren Offizieren eigen ist. Es blieb aber nicht dabei. Bald starrte er mich so leidenschaftlich an, daß ich nach unten blickte, weil ich seine unverschämten Blicke nicht mehr ertragen konnte. Das störte ihn aber gar nicht. Im Gegenteil.

Denn er erkühnte sich, der Schneiderin vorzuschlagen, für ihn Musseline für seine Manschetten zu holen. Er fügte hinzu, daß er diesen Auftrag einem Händler gegeben habe, dessen Namen er nur mit Hilfe eines Notizbuches vollständig nennen könne. Er würde ihre Rückkehr abwarten und dann das Weitere mit ihr besprechen. Die Schneiderin, wie es nun einmal einem diensteifrigen Mädchen ziemt, hütete sich wohl, seinen Auftrag abzulehnen. Sie eilte zu dem Händler und ließ mich mit dem Kavalier allein.

Man kann sich meine Hemmungen vorstellen. Ich erhob mich von meinem Stuhl, setzte mich wieder hin, ging in mein Zimmer, kehrte wieder zurück, ohne zu wissen, welche Miene ich machen sollte. Aus meinem Gesichtsausdruck schloß der Offizier ohne Zweifel, daß die Eroberung keine Mühe machen würde. Er liebkoste mich ein paar Sekunden, ohne daß ich darauf reagierte. Dann sagte er zu mir, um mir meine Furcht zu nehmen: »Seht mich doch an, mein Fräulein, ich bitte Euch darum!«

Ich hob die Augen zu ihm.

Aber, mein Gott, was sah ich dann! Muß ich es sagen?

Ja, unbedingt! Ich bin nur von einer ungewöhnlichen Scham gehemmt. Nach dem bisher Gesagten paßt sie sicherlich nicht zu mir.

Ja, ich sah eine Manneszierde von majestätischer Größe. Mit einem Wort, die größte und schönste auf der Welt.

»Oh, mein Herr!« schrie ich. »So verbergt ihn wieder, ich bitte Euch darum!«

»Ja, meine Königin«, gab er zur Antwort, »ich will dir gern gehorchen!«

Bei diesen Worten gab er mir mit der linken Hand einen Klaps auf die Schenkel und legte mich mit der rechten auf das Bett.

»Hört auf, mein Herr«, sagte ich erregt zu ihm.

»Sogleich, meine Schöne!«

Er zog mir den Rock hoch, bemächtigte sich meines Kleinods und liebkoste es. Dann stieß er mit Leidenschaft zu und nahm mich erbarmungslos. Bald wurde ich von einem Strom überschwemmt, was mir ein unvergleichliches Vergnügen bereitete. Wahrhaft, ein nimmermüder Galan. Pausenlos stieß er hinein, um sich Lob zu verdienen, dessen mein Herz und meine Grotte nicht umhin konnten, ihm zu spenden.

Dieser Mann hatte Erfahrung mit Frauen, und er wußte, daß man sie nach Art eines einfachen Grenadiers nehmen muß. Ich war rundum nach meinen Begriffen zufrieden.

Wie hätte ich mich wehren sollen? Wenn man mit einem solchen Feuer und solcher Lust geliebt wird!

Großer Gott! Was für eine Freude!

Nein, ich werde es niemals vergessen. Mein ganzes Leben

werde ich mich an diesen tapferen Offizier erinnern, und in Gedanken sehne ich mich danach, ihn wiederzusehen.

Kaum hatte ich mich aus den Umarmungen dieses Mannes gelöst, als mein Liebhaber erschien. Da ich keineswegs auf eine solche Überraschung vorbereitet war, klagte ich mich selbst durch die Röte an, die sofort mein Gesicht überzog. Meine gegenwärtige Verwirrung ließ ihn bald die Wahrheit erahnen. Trotzdem bemühte ich mich, wieder Fassung zu gewinnen, und sagte: »Ah! Ihr seid da, mein Herr! Wart Ihr lange in der Stadt?«

Er gab mir keine Antwort, sondern begnügte sich damit, mich mit kalten Blicken zu mustern.

»Mein Herr«, flüsterte ich dem Offizier zu, »jetzt bin ich erledigt.«

»Weshalb?« antwortete er mir: »Zum Teufel! Ich will jetzt ein Glas Wein trinken ...«

Ich hielt dieses Verhalten für natürlich und auch, daß mein erster Liebhaber jetzt sein Leben riskieren wollte.

»Bleib ruhig!« sagte ich zu ihm.

Und siehe da, er wurde allmählich wieder ruhiger und ging in mein Kabinett. Meine innere Unruhe trieb mich ebenfalls dorthin, um ihn zu besänftigen und zurückzuhalten. Der Offizier erledigte währenddessen seine Angelegenheiten mit der Schneiderin. Er verschwand, ohne mich zu trösten, und ich habe ihn seitdem nicht mehr gesehen.

Mein Liebhaber bewahrte während des Essens sein finsteres Schweigen. Ich wagte auf keinen Fall, es zu brechen. Außerdem war ich noch viel zu einfältig, um an die Folgen zu denken. Er legte sich um neun Uhr ins Bett, und sogleich wollte ich mich an seine Seite legen. Aber anstatt mir wie gewöhnlich sein Liebesinstrument in prächtiger Haltung zu präsentieren, drehte er mir einfach den Rükken zu. Dies verletzte mich. Ich tat aber so, als ob ich es nicht bemerkte, und verhielt mich still.

Herrgott noch mal! Ich verstand es eben noch nicht, einen kopfscheuen Liebhaber wieder scharf zu machen. Ich verstand überhaupt noch nichts von der Kunst, einen Mann auch gegen seinen Willen zur Liebe zu bringen. Das können eben nur professionelle Dirnen, und ich war noch eine Anfängerin. Aber teuer mußte ich meine Unwissenheit bezahlen.

Die ganze Nacht träumte ich von dem kleinen Satz: »Guten Tag, Liebes«, auf den ich wartete. Aber leider vergeblich. Am nächsten Morgen war ich sehr verwirrt, als ich nichts dergleichen vernahm.

Jetzt wurde ich unruhig. Leider war ich noch zu jung, um die Motive zu verstehen. Sehnsüchtig wartete ich auf den Mittag. Mein Liebhaber kam fröhlich und gut gelaunt aus der Stadt zurück und wollte mich zu irgendeiner Nachmittagsgesellschaft mitnehmen, wo ich viel Freude haben würde. Meine Antwort lautete, ich würde ihm überallhin folgen.

Er ließ mir keine Zeit zum Essen, und wir brachen schon um zwei Uhr zusammen auf. Er führte mich durch winkelige Gassen in ein kleines Haus, dessen dunkler Eingang ohne Zweifel etwas Außerordentliches und in jeder Hinsicht Unerfreuliches für mich erwarten ließ. Aber so groß war mein Vertrauen, daß ich meinem Liebhaber blind folgte. Wir gelangten in ein Zimmer, das kaum möbliert war. Nur zwei Stühle und ein kleines Bett waren der einzige Schmuck. Kaum waren wir darin, als er zweimal die Tür verschloß.

»Was soll das bedeuten, mein Freund?« sagte ich zu ihm. »Weshalb schließen wir uns so ein? Was haben wir zu befürchten? Bin ich denn nicht in guter Begleitung?«

»Das ist richtig«, gab er mir zur Antwort, »aber du wirst jetzt noch viel mehr Begleiter bekommen!«

»Los, Freunde«, schrie er sogleich, »zeigt euch!«

In demselben Moment sah ich aus dem benachbarten Raum acht gutgebaute Burschen hereinkommen, unter denen sich ein Soldat, ein Perückenmacher und ein Buchhändler befanden. Der Rest war mir unbekannt, da sie nicht ihre Berufskleidung anhatten.

Wie groß war meine Überraschung, als der Soldat mich ansprach: »Los, mein Herz, keine Faxen, Sakrament! Ich habe Lust wie ein Franziskaner. Und ich bin besser als mein Hauptmann!«

Schon nahm er mich in seine Arme und warf mich auf das Bett. Ich rief vergeblich um Hilfe, mein Liebhaber schien nichts zu hören. Beide Herren hielten mich an den Armen fest.

»Überflüssig«, sagte der Soldat. »Dazu brauche ich keine Hilfe.«

Kaum hatte er dies in einem fürchterlichen Ton gesagt, da ergriff er mit seiner Linken meine Hände und drückte sie mir gegen den Kopf. Mit einem Stoß seines Knies trennte er meine Schenkel und brachte sich mit seiner rechten Hand in Position. Dann fuhr er in mir hin und her wie ein wahrer Grenadier, bis zum Höhepunkt dreimal hintereinander. Schließlich sagte er zu den anderen triumphierend und spöttisch: »Ihr seid an der Reihe, meine Herren, macht es ebenso, wenn Ihr könnt!«

Ich habe ganz schön gejammert und wollte mich zurückziehen. Diese Bande nahm mich aber einer nach dem anderen dreimal. Dies nämlich war das Maß, daß der tapfere Träger des jetzt leeren Pulverhorns festgesetzt hatte.

»Diesen Ausflug haben wir hinter uns gebracht, na schön, mein Fräulein«, sagte mein Liebhaber. »Das war doch besser als bei dem Offizier? Ohne Zweifel habe ich Euch genug Galane beschafft, um Euch meine Ergebenheit und meine Mühe zu zeigen, Eure Geilheit und Liebeslust zu befriedigen. Aber damit bin ich noch nicht zu Ende.

Mein Herz und meine enttäuschte Liebe verlangen nach einer ganz anderen Genugtuung.

Stellt Euch vor, schon in zwei Tagen werdet Ihr in einer Besserungsanstalt leben und ebenso das verflixte Kupplerweib, das Euch an den Mann gebracht hat.« So widerfuhr der armen Schneiderin die gleiche Behandlung, obwohl sie ihm doch die Freude gemacht hatte, ihn bei sich aufzunehmen.

Oh, Ihr edlen Menschen, die Ihr Euch ganz der Leidenschaft widmet, laßt Euch dieses Beispiel zu Herzen gehen. Denn während Ihr dieses lest, kann man vielleicht etwas Schlechtes gegen Euch planen.

Mein treuloser Liebhaber führte genau das aus, was er mir angedroht hatte. Anstatt mich zu meinem Vater zu bringen, führte er mich in unser Kabinett zurück. Er ließ mich keinen Augenblick allein. Ich weiß nicht, ob er damit nur erreichen wollte, daß ich nicht mit der Schneiderin sprechen konnte. Bestimmt hätte ich nichts unterlassen, ihr seine Absichten mitzuteilen; denn ihr Talent beim Finden von Auswegen, geschult durch viele Erfahrungen, Mühen und Freuden, hätte uns rasche Hilfe verschafft, die uns vor dem bevorstehenden Unglück bewahrt hätte. Sie konnte auf die Hilfe von guten Freunden zurückgreifen und hätte bestimmt auch ein Versteck gewußt, wo wir in aller Ruhe unsere Rache vorbereiten und unsere Anstrengungen noch hätten vermehren können.

Die unwürdige Behandlung, der mich mein Liebhaber aussetzte, und seine Drohungen versetzten mich in Angst und Schrecken. All das erzeugte in mir eine sehr traurige und melancholische Stimmung.

Mein treuloser Liebhaber dagegen zeigte eine seltsame Freundlichkeit. Welch ein Gegensatz! Auch die Schneiderin, die nicht wußte, worauf dies zurückzuführen war, war sehr beunruhigt. Ich bemerkte ihre Unruhe, ohne daß ich ihr etwas mitteilen konnte. Sie sann nach Mitteln und Wegen, um mich zu zerstreuen, aber leider vergeblich.

Wie angenehm hat mich ihre Anteilnahme aber berührt. Wie glücklich wären wir gewesen, dem bevorstehenden Schicksal zu entgehen. Ich suchte nach Gelegenheiten zur Flucht, aber mein Verräter vereitelte sie alle auf Grund meiner geringen Erfahrung. So war es für mich unmöglich, sowohl diese Frau als auch mich zu retten. Trotz all meiner Bemühungen war sie jetzt in meine mißliche Lage mit hineingezogen.

Mein Vater kam am nächsten Morgen mit einer Verfügung von N., einem Beamten des Königs, um mich und meine angebliche Kupplerin mitzunehmen. Man brachte uns in die Providence. Eine solche Anstalt nennt man in Paris Sainte-Pelagie, Madelonettes, Saint-Martin oder einfach das Hospital.

Man ist bestimmt überrascht, jetzt hier so einfach meinen Vater auftauchen zu sehen. Ich hatte ihn seit acht Monaten nicht gesprochen. Unter welchen mißlichen Umständen traf ich aber meinen Erzeuger wieder. Er wußte nicht, wo ich mich herumgetrieben hatte. Der Leser empfindet ohne Zweifel dieselbe Beklemmung, in der ich mich befand, als ich ihn vor mir auftauchen sah.

Bei Gott! Hätte ich jemals mit seinem Besuch rechnen müssen? Wer konnte ihm nur von meinem Aufenthaltsort und von meinem doch recht harmlosen Treiben berichtet haben? Ist meine Vermutung richtig, daß mein Liebhaber zu einer solch hinterhältigen Tat fähig war?

Er war sein einziger Informant, wie ich später selbst aus dem Munde meines Vaters vernommen habe. Dieser Verbrecher hatte die Stirn, meine Eltern durch einen seiner Freunde zu informieren, daß ich bei der Trupador, einer Schneiderin und Kupplerin, in der Fischgasse sei und daß ich mich dort dem Erstbesten hingeben würde.

Mein Vater, der nichts von meinem Verhältnis mit dem Sohn des alten Beamten wußte, hielt ihn für einen der ehrlichsten Menschen auf der Welt.

»Ohne ihn«, sagte er zu mir, »wärst du für dich selbst und für mich für immer verloren gewesen, meine Tochter. Ich bin ihm sehr verpflichtet«, fügte er noch hinzu.

Ich wäre sehr glücklich gewesen, wenn mein Vater es nur bei den Worten belassen hätte, aber er wollte, daß ich bestraft werde. Ohne nach meiner Meinung zu fragen, brachte er mich mit einer regelrechten Eskorte in ein Kloster auf dem Lande, wo Dirnen, Frauen und Mädchen gebessert werden sollten.

Ich wurde also in die sogenannte Providence gebracht, so nennt man in dieser Gegend die Besserungsanstalt. Meine arme Schneiderin, die ich mehr als mich selbst beklagte, begleitete mich. Man findet in meinen Memoiren Beweise dafür, ja man kann es sogar allgemein als Sprichwort formulieren, daß eine Dirne ein gutes Herz hat.

Bevor ich von der Besserungsanstalt rede, muß man mir noch einige Gedanken erlauben. Man hat gesehen, mit welcher Naivität ich mich meinem verbrecherischen Liebhaber hingegeben habe. Denn welches andere Beiwort soll man ihm geben?

Er hat mich auf das schändlichste verraten. Es ist wahr, daß ich ihm untreu gewesen bin. Aber war er sich dessen sicher? Er hätte es höchstens vermuten können. Übrigens – war meine Untreue so verabscheuungswürdig, daß sie eine solch strenge Strafe verdiente?

Oh, guter Gott! Dieser junge Mann war bestimmt eine größere Bestie als ich. Er hat sich gründlich geirrt, wenn er glaubte zu wissen, wie man denken und handeln muß. Wenn er nämlich so etwas wie den guten Ton besäße, dann hätte er mich nicht weggejagt und bestraft, sondern mein Fehlverhalten übersehen.

Ja, wirklich! Welcher Abstand trennte ihn von dem jungen Pariser Marquis, der sich bei mir die Syphilis geholt hatte und, anstatt sich an mir zu rächen, mir neue Kunden zuführte, um, wie er sagte, Leidensgefährten zu haben. Ja, man kann nur die Menschen nennen, die eine Vermehrung ihrer Art wünschen. Mögen doch die Courtisanen wie Huren leben! Zum Teufel mit den Gelehrten und ähnlichem Geschmeiß! Ich hasse sie, seitdem man mich in eine Besserungsanstalt brachte. Weshalb aber war ich so ungehalten darüber, dort leben zu müssen? Das kann man nur verstehen, wenn man das folgende liest:

Beim Eintritt in dieses schreckliche Haus glaubte ich verpflichtet zu sein, nun all den Freuden Lebewohl sagen zu müssen. Wie sehr aber hatte ich mich getäuscht. Ehrlich, allein der Name, der bloße Gedanke an das Kloster waren für mich mit der Vorstellung von etwas Düsterem und Hartem verbunden und riefen in mir die Erinnerung an Strafe wach.

Nichts ist jedoch so falsch wie dieser Gedanke: Es gibt kaum ein Kloster, das nicht auch eine Schule der Liebe ist. Ihr wird dort so sehr gefrönt, daß sich diese Göttin in den Klöstern viele und leidenschaftliche Verehrer heranbildet. Sie wird dort in allen Formen verehrt. Die gewöhnlichen Sterblichen kennen nur eine Art der Liebe. Ihre Schüler dagegen kennen die Lust, die göttliche Lust, die die Natur beherrscht. Ja, diese Lust ist eine Göttin, die sich hinter dem Namen »Natur« verbirgt. Sie nimmt so viele Formen an, wie die Natur hervorbringt und erfinden kann. Sie beseelt alle tüchtigen Liebhaber. Bald läßt sie uns nach zwei großen Brüsten schmachten, bald zeigt sie uns die schönsten Liebestempel, und morgen bietet sie uns einen Po dar, den man nicht ansehen kann, ohne ihn anzubeten.

Wie viele Tricks erfindet sie! Wie zauberhaft sind ihre

Genüsse! Wie verschieden ist ihr Geschmack! Welche Köstlichkeit empfindet man in ihren Armen!

Dieser Göttin gefällt es wahrlich bei den Mönchen und im Kloster. Bei ihnen steht sie wegen ihrer großen Macht in hohem Ansehen. Ja, das ist eine köstliche Macht. Denn es ist schön, wenn man sein Haupt auf ein so liebliches Kissen wie das der Lust bettet.

Übrigens gibt es mehr als nur eine Art von Lüstlingen. Sie kann man wiederum in Gewöhnliche und Gebildete unterteilen. Aber alle streben auf ein Ziel zu, die einen schnell und die anderen langsam. Der schöne Narcissus liebte sich selbst und starb an der Liebe. Er richtete sich durch das vergebliche und nutzlose Herumfummeln an sich selbst zugrunde oder, wie ein Mann von Geist es ausdrückte: Er starb, als er sich selbst lieben wollte.

Sappho wollte das sein, was sie nicht ist. Die Lust, die sie nicht befriedigen konnte, machte sie einfallsreich. Was hat dieses lüsterne Mädchen bei ihrem Geschlecht nicht alles erfunden, um es nach ihren Wünschen zu verändern. Um ein Mann zu sein und um seine Freuden zu genießen, hat sie dessen Rolle angenommen, oder besser: sie gespielt.

Nach diesen Gedanken über die Wollust fahre ich fort bei der Beschreibung meiner Versuche, diese charmante Göttin kennenzulernen. Ich habe mich oft ihrer köstlichen Gunst erfreut. Mein ganzes Leben lang habe ich sie als etwas Naturgegebenes bevorzugt und erinnere mich gern an die vielen Freuden, die ich mit soviel Lust genossen habe.

Wir wollen nun zum Kloster zurückkehren. Ich habe dort einige Wochen mit der gleichen Naivität gelebt, durch die ich hierhergekommen war. Dank des mir gütigen Schicksals wurde ich aber bald eines anderen belehrt.

Ich war einfach ein wollüstiges Mädchen, als ich in dieses

heilige Haus eintrat, als ich es aber wieder verließ, besaß ich die Talente einer richtigen Dirne. Ich war genau das Gegenteil der heiligen Magdalena, die reumütig wurde, obgleich sie ein lasterhaftes Leben führte. Dazu zwang sie die fürchterliche Lage, in die sie die Hurerei gebracht hatte. Was aber mich anbelangt, so wurde ich hier eine vollkommene Hure, da ich vortreffliche Beispiele und Vorbilder vor Augen hatte, die ich mir zunutze machte.

Großen Dank schulde ich aber einer bestimmten guten Schwester, die sich meiner Erziehung annahm. Ohne sie wäre nichts aus mir geworden.

Mit dieser guten Frau machte ich fünf Wochen nach meinem Eintritt in das Kloster Bekanntschaft. Der Zufall half mir dabei. Ich mußte eines Tages Spulen herstellen. Nach den Regeln des Klosters mußte ich jeden Tag eine bestimmte Anzahl abliefern. Gegen diese Arbeit hatte ich eine große Abneigung. Meine Unlust konnte man an meinem Gesicht ablesen. Schwester Prudence, so hieß die besagte gute Schwester, nahm dies wahr. Sie tadelte mich öffentlich sehr hart und sagte am Schluß, daß ich nach dem Mittagessen um vier Uhr in ihre Zelle kommen solle. Ich wußte nicht, was das bedeuten sollte, und zögerte lange. Um fünf Uhr erst begab ich mich zu Schwester Prudence.

»Ihr habt lange auf Euch warten lassen«, sagte sie zu mir, als ich eintrat. »Kommt, mein Kind, ich will Euch umarmen!«

Ein solches Kompliment erwartete ich nicht.

»Ich habe Euch rufen lassen«, so fuhr die Nonne fort, »um Euch einige Ratschläge zu erteilen. Zuvor aber sagt mir offen, ob Euch das Kloster gefällt. Würdet Ihr nicht lieber draußen sein? Ihr lacht! Ach, kleine Spitzbübin, ich ahne Eure Antwort. Na schön, wenn Ihr meine liebe Freundin sein wollt, dann werde ich Euch das ermöglichen.

Zuvor muß ich Euch aber prüfen. Ich würde mich nämlich ärgern, wenn ich Euch ohne Fähigkeiten in die Welt schikken würde. Ihr scheint solide Grundkenntnisse zu haben. Es kommt nur darauf an, sie zu entwickeln. Ich werde das gerne machen. Besucht mich jeden Tag, und Ihr werdet zufrieden sein.«

Nach diesen Worten ergriff sie zärtlich meine Hand, und beim Hinausgehen gab sie mir einen Kuß.

Ich hatte keine Veranlassung, mich über Schwester Prudence zu beklagen. Sie hatte mich sehr gut behandelt.

Am anderen Morgen war ich pünktlich da. Ich kam zu ihr um halb vier. Beim Eintreten in ihr Zimmer bemerkte ich, daß sie lässig am Rand ihres Bettes lag. Sie schien zu schlafen. Man hörte nur ihren Atem. Ihre Röcke waren zurückgezogen, und ich erblickte ihre entblößte Scham, auf der ihre Hand lag.

»Ah! Meine Teure! Ah, meine teure Freundin, meine zärtliche Freundin!« sagte sie. »Ja, ich liebe dich, ich liebe dich … Ich kann nicht mehr, ich sterbe …!«

»Mein Gott!« schrie ich.

»Was ist?« sagte sie, als ob sie erwachte. »Wer ist da?«

»Ich bin es, meine teure Schwester«, gab ich zur Antwort. »Wollt Ihr, daß ich jemanden hole?«

»Nein, meine Tochter – nein, ich bin schon wieder bei mir.«

Dann ließ sie ihre Röcke herunter und umarmte mich mit einer Leidenschaft, die ihresgleichen suchte.

»Ich dachte in diesem Augenblick an Euch«, sagte sie zu mir. »Ach, welche Lust empfand ich. Sagt aber ja kein Sterbenswörtchen, daß Ihr mich besucht. Wenn ich Euch nicht lieben würde, hättet Ihr mich nicht in diesem Zustand gefunden.«

Sogleich fuhr sie mit ihrer Zunge in meinem Mund hin und her. Dann tastete sie nach meinem Brüsten.

»Wie schön und gut geformt sie sind!« sagte sie. »O Gott! Jetzt gehören sie mir!«

Dann legte sie meine Hand auf ihre Brüste, deren Haut fahl war. Schwester Prudence war schon vierzig Jahre alt, aber sie küßte wie eine Fünfzehnjährige. Sie hatte auch mehrere Kinder. Dies erfuhr ich in dem Gespräch, das ich danach mit ihr hatte.

Ich wunderte mich deshalb auch nicht mehr, als ich ihre Brüste sah. Alles nutzt sich eben ab. Nichts ist sicherer als das. Heute bin ich erst 28 Jahre alt. Wahrlich, ich bin jetzt schon mehr zu bedauern als damals die Schwester Prudence.

Ich mußte ihr mein Erstaunen ausdrücken, als ich meine Körperteile mit den ihren verglich.

»O Gott, mein liebes Kind«, sagte sie, »in deinem Alter war ich bei weitem weniger schön als du, aber ...! Leb wohl, mein Herz, gehe jetzt! Morgen werde ich dir meine Abenteuer erzählen. Komme morgen spätestens zur selben Zeit.«

»Ich werde es nicht verpassen!«

Schwester Prudence hielt ihr Wort. Sie erzählte mir einen Teil ihrer Abenteuer. Man wird es mir wohl erlassen, sie hier mitzuteilen, denn ich berichte nur das, was mich selbst betrifft. Beiläufig will ich nur berichten, daß sie eine Hure war. Mit großem Genuß hörte ich, was sie mir mitteilte. Dann ließ ich mir alle Punkte erläutern, die mir dunkel waren. Auf diese Weise erlangte ich in kurzer Zeit ein großes Wissen.

All unsere Gespräche endeten immer damit, daß wir uns gegenseitig befriedigten. Ich habe bisweilen manchmal gehört, daß es Wollust keineswegs zwischen zwei Personen des gleichen Geschlechts geben kann, die sich vereinigen. Dagegen behaupte ich, daß dies eine falsche Lehre ist.

Sollen sie es doch einmal beweisen!

Die Erfahrung auf diesem Gebiet gilt mehr als alle Überlegungen auf der Welt. Im übrigen ist die Liebe zwischen zwei Frauen gar nicht so etwas Seltenes, wenn das alles wahr ist, was man mir seit meiner Entlassung aus der Besserungsanstalt erzählt hat. Ja, diese Art der Liebe ist zu bekannt, um sie zu verschweigen.

Jetzt aber zu Fakten:

Eine Dame aus den höchsten Kreisen hatte als ständige Begleiterin die L. P. von L., eine große gutaussehende Witwe von ungefähr 30 Jahren, die von einer berühmten Familie aus Deutschland abstammte. Diese beiden Frauen, die man als Lesbierinnen bezeichnen könnte, betrachteten eines Tages erlesene Bilder in einem Kabinett, die nach dem Ableben eines Finanziers verkauft werden sollten, zu dessen Besitz sie gehörten. Als man in ein Boudoir kam, das vollgestopft mit freizügigen Zeichnungen, Gemälden und Gravuren jeder Art war, schickte die erstgenannte Frau ihr Gefolge weg und ließ alle Verbindungstüren schließen, damit niemand eintreten konnte. Unsere beiden Heldinnen blieben dort länger als eine Stunde.

Teilweise liegend probierten sie auf einem Sofa mehrere Stellungen aus, die sie vor Augen hatten.

Bald kehrten sie an den Hof zurück, wo die Witwe, da sie seit einiger Zeit nicht mehr so geil war, sich nicht mehr der Gunst einer der ersten Frauen des Königreiches erfreute. Sie hatte sich nämlich eine andere Witwe ausgesucht, die ungefähr dasselbe Alter wie die in Mißgunst Geratene hatte. Es war die L. D. J. von P., die aus einem sehr berühmten Haus des Königreiches stammte. Man sagt, daß auch sie bald ihren Platz verlor, damit ihn eine andere einnehmen konnte.

Wir kehren jetzt wieder zu unserer Schwester Prudence zurück. Ich habe ein ganzes Jahr verbracht, ohne daß ich jemand anderen als sie sah. Obgleich sie verbraucht, häßlich und schlecht gelaunt war, habe ich in ihren Armen immer neue Liebesfreuden gefunden. Wahrlich, sie war erfindungsreich, wenn es galt, mir solche zu verschaffen. Ein Godemiché ganz neuer Art ist ein überzeugender Beweis für meine Worte.

Wir haben uns lange Zeit eines Godemichés bedient, wie ihn alle Welt kennt. Ich benutzte ihn bei der Schwester, und die Schwester Prudence machte dasselbe bei mir. Aber beide konnten wir nicht zur selben Zeit Lust empfinden. Das aber wollten wir gerade.

Was machte deshalb Schwester Prudence?

Sie gab einem Handwerker unter ihren Freunden den Auftrag, einen Godemiché von sechzehn Zoll Länge herzustellen, dessen beide Enden die begehrte Form hatten. Der geschickte Handwerker erledigte seinen Auftrag zur vollsten Zufriedenheit. Alles war in weniger als acht Tagen erledigt.

Der Augenblick der Erprobung kam.

Wie köstlich war er für die Nonne und für mich!

Er war für uns ein heiliger Feiertag. Ich hatte für zwei Uhr eine Zusammenkunft mit ihr. Ich verfehlte sie nicht. Die Schwester fand ich in ihrem Zimmer im Hemd vor.

»Alles ist bereit, los, mein Herz!« sagte sie zu mir. »Mach schnell dasselbe wie ich und leg dich aufs Bett!«

Ich ließ mich nicht lange bitten, im Nu war ich entkleidet, und Schwester Prudence sagte, wobei sie vom Bett aufsprang: »Wir wollen dieselbe Freude haben, die die Männer mit den Frauen haben. Also drücke mich, umarme mich, gut – stoße zu ... bewege den Hintern ... Ja, so ist es gut! Ja, schön! Fühlst du ihn?«

Großer Gott! Was empfanden wir für eine Wollust! Noch dreimal wiederholten wir diese kleine Freude an demselben Tag.

Ist das viel? Es war etwas Neues für mich, und so trieben

wir es einen Monat. Doch hätte ich mich in diesem Kloster nicht wohlgefühlt, wenn ich nicht die Hoffnung gehabt hätte, es einmal zu verlassen. Schwester Prudence nämlich hatte mir versprochen, in diesem Sinne für mich tätig zu werden. Sie hielt ihr Versprechen wie ein Gelübde. Unsere Freuden waren für sie keineswegs etwas so Wichtiges, daß sie nicht an meine Freiheit dachte.

Sie führte heimlich mit meinem Vater Gespräche, der jedoch nicht zustimmte, mich fortzulassen. Von dieser Seite also konnte die Schwester keine Hilfe erwarten. Sie teilte deshalb ihren Vorgesetzten mit, daß ich mich geändert hätte. Ja, sie wagte sogar zu behaupten, daß mein weiterer Aufenthalt ein Unrecht an mir wäre. Diese gute Frau hatte soviel Erfolg, daß ich 14 Monate nach meiner Einlieferung die Besserungsanstalt wieder verlassen durfte. Wir sagten uns zärtlich Aufwiedersehen. Man kann sich vorstellen, auf welche Weise.

Der Leser wird vielleicht sagen: »Wie ist es überhaupt vorstellbar, daß in so disziplinierten Häusern ein Mädchen soviel Wollust genießen kann? Hatte sie nicht noch irgendeine andere Beschäftigung? Wie ist das alles bloß denkbar?«

Ich gebe zu, daß es schwierig ist zu glauben, was ich über dieses Kloster gesagt habe. Doch man bemerkt sicherlich, daß mein Verhalten nur zum Schein auf Weiterbildung und Ausbildung meiner Tugend ausgerichtet war. Wenn ich beispielsweise unter dem Vorwand, im Arbeiten unterwiesen zu werden, zu Schwester Prudence ging, so bedeutete dies, daß ich mit äußerstem Scharfsinn unterrichtet wurde. Im übrigen gab sie sich immer einen frommen Anschein und lächelte in der Öffentlichkeit kaum. In den Armen dieser liebreizenden Schwester war ich heiter, lustig und fröhlich; in der Gemeinschaft aber immer demütig, fromm und zurückhaltend. Das Ergebnis der Unterweisungen durch meine gute Freundin war, daß die erheuchelten Tugenden mich besonders für den Dienst in der Gemeinschaft befähigten, während meine eigentlichen Talente mir die Freiheit verschafften. Beim Verlassen dieses Hauses hatte ich mir gewünscht, daß man mir die Schneiderin mitgeben solle. Sie war aber dazu verurteilt, dort noch einige Zeit bleiben zu müssen. Entweder hatte sie keine Beziehungen, oder sie konnte sich nicht tarnen.

Man sieht, ich war jetzt frei. Wohin sollte ich meine Schritte lenken? Das wollen meine Leser sicherlich wissen. Vielleicht in die Gegend von Caux oder nach Havre? Dort hatte ich aber zuviel Pech gehabt, als daß ich mich dort hätte niederlassen können. Schwester Prudence hatte mir geraten, nach Paris zu gehen.

»Das ist der Ort«, sagte sie, »wo eine Dirne leichtes Spiel hat.«

Diese gute Frau war zu sehr mit mir befreundet, als daß ich ihr keinen Glauben geschenkt hätte. Ich faßte also den Entschluß, mich nach Paris zu begeben. Aber ich kannte niemanden in dieser großen Stadt

Bei meiner Ankunft suchte ich mir ein Bett in Saint-Gervais, im Stadtteil Marais, wo ich drei Tage und drei Nächte blieb, wie das so üblich ist. Während dieses Aufenthaltes dort versuchte ich, ein wohnliches Zimmer zu finden.

Schließlich begegnete ich einer alten Dame, die mir ein sehr karges Auskommen anbot. Ich mußte ihren Vorschlag entweder annehmen oder aber mich entschließen, an Hunger zu sterben. In meiner Not also zog ich zu ihr. Für diese Frau empfand ich jedoch keine Sympathie, denn ihre einzige Beschäftigung bestand darin, zu Gott zu beten. Diese Beschäftigung langweilte mich um so mehr, da ich ja aus einem Haus kam, wo ich dies den ganzen Tag hatte tun müssen. Meine Herrin schleppte mich tagtäglich in die Kirche. Allmählich gewöhnte ich mich daran, so häufig dort hinzugehen. Hätte ich das nicht getan, würde ich nicht in meinen jetzigen glänzenden Verhältnissen leben – wie man bald sehen wird.

Jedesmal nämlich, wenn ich in die Kirche ging, bemerkte ich, daß mir unablässig ein alter Kauz folgte, dessen Gesichtsausdruck allein schon verriet, was er wollte. Ich dachte nicht an ihn, als er mir eines Tages in der Kirche etwas ins Ohr flüsterte. Er sagte, ich sei sehr schön und wenn ich es nur wollte, wäre er mein Glück. Zunächst blieb es bei diesem einen Mal. Man kann sich all die Gedanken vorstellen, die diese wenigen Worte bei mir hervorriefen.

Einige Tage vergingen, ohne daß ich den Mann wiedersah. Das beunruhigte mich sehr. Endlich, am Samstag, kam er wieder und fragte mich, ob ich ein wenig über seine Vorschläge nachgedacht hätte. Ich antwortete ihm, daß ich ihn nicht verstehe, und er solle mir sein Geheimnis erklären.

Er schlug mir vor, daß er mich ganz rasch in die Lage versetzen würde, alle Dienststellungen der Welt zu verachten, wenn ich nur meine Herrin verlassen wolle. Er bat mich um ein Rendezvous, das ich ihm am nächsten Morgen auf dem Marktplatz d'Aguesseau gewährte. Nur zu diesem Zeitpunkt konnte ich ihn sprechen.

Der alte Kauz kam sehr pünktlich zu dem festgesetzten Termin, und man beschloß, sich zu unterhalten. Um dies besser machen zu können, gingen wir in eine Schenke am Rande des Platzes.

»Geht zu Eurer Herrin und verabschiedet Euch! Wir treffen uns dann wieder hier!«

Dagegen erhob ich Einwände, aber er malte mir alles in so schönen Farben aus, daß ich nicht mehr widersprechen konnte. Ich ging zurück zu meiner Herrin, teilte ihr mit, was ich vorhatte, und nahm auf der Stelle meinen Abschied. Dieser Vorschlag überraschte sie ein wenig.

»Wo seid Ihr an diesem Morgen gewesen?« fragte sie.

»Irgendwo!« antwortete ich barsch und ging weg. Schnurstracks traf ich mich mit meinem Zuhälter. Wir verbrachten den Tag zusammen. Am Abend wollte er mich nicht allein lassen. Er führte mich zu sich, wo wir ein bescheidenes Mahl vorgesetzt bekamen, das ich auch noch bezahlen mußte, indem ich mit meinem neuen Gastgeber schlief.

Man wird mir keineswegs Beifall klatschen, wenn man diese Zeilen liest. Ich schlief – das ist wahr – mit einem Mann, den ich nicht kannte. Und dieser Mann sollte mir ein bequemes Leben garantieren? Er dachte doch wohl nur an seinen Nutzen. Dies ist eben das ungeschriebene Recht eines wahren Zuhälters. Man wird mich deshalb kaum tadeln dürfen. Ich habe nichts gemacht, was sich nicht gehört. Dieser seltsame Kauz gab mir alles, soweit es in seinen Kräften stand. Ich behaupte frei heraus, daß ich keine Wollust bei ihm empfand. In der Tat kann man es gut beurteilen, ob es überhaupt möglich war, bei ihm Wollust zu empfinden, denn er war fast impotent.

Im übrigen verhielt er sich wie alle anderen Zuhälter, die sich so viele Frauen nehmen, wie sie in ihre Gewalt bringen können. An diesem Tag hatte er noch vier weitere bearbeitet. Man müßte eigentlich denken, daß der komische Kauz sehr bekannt war. In meinen Armen genoß er viel Wollust. Obgleich ich keine Jungfrau mehr war, mußte er sich doch bei unserem trauten Zusammensein abmühen. Mein Gastgeber wandte deshalb am nächsten Morgen große Sorgfalt auf, um mich mit einem Aufguß zu waschen, der aus der Kerbelpflanze hergestellt wurde. Dann verengte er mein Kleinod mit speziellen Salben. Danach füllte er in einen Beutel Taubenblut und stopfte ihn sehr fest in mich. Da ich überhaupt nicht wußte, wozu das alles diente, fragte ich ihn.

»Wenn ich das nicht machen würde«, sagte er, »würde ich statt zehn Louis nicht mehr als sechs Franken erhalten. Ich muß Euch nämlich morgen zu einem Herrn bringen, der geradezu auf eine Jungfrau versessen ist. Manchmal hat er bis zu fünfzig Louis bezahlt. Von Zeit zu Zeit habe ich ihm ähnliche Frauen wie Ihr zugeführt. Es geht jetzt darum, daß Ihr Eure Rolle gut spielt. Ihr müßt so tun, als ob Ihr die Unschuld vom Lande seid. Wenn er seinen heiligen Doktor einpflanzt, dann schreit, wie wenn man Euch erwürgen wollte. So muß man diese Herren betrügen. Ich lasse Euch nur für mindestens dreißig Louis hingehen, zwanzig für Euch und zehn für mich.«

»Zwanzig Louis?« antwortete ich, wobei ich zugleich in Lachen ausbrach.

»Ah! Komm, schöne Frau, laß dich umarmen! Ich mache alles, was du willst. Für den Rest des Tages bin ich aber brav!«

Er verbot mir außerdem, mich selbst zu befriedigen. In meinem Auftrag ging mein Zuhälter zu meiner alten Herrin, um meine Kleider zu holen und meinen Lohn zu verlangen. Um diese Frau aber nicht zu erschrecken, gab er vor, mein Bruder zu sein. Sie gab ihm all das, was er verlangte.

»Ich wünsche«, sagte die Dame, »daß es diesem jungen Mädchen bei Ihnen besser als bei mir geht.«

Ihr Wunsch war überflüssig. Ich hatte schon mein Glück gefunden. Den Rest des Tages verbrachte ich in großer Ungeduld. Ich schlief in dieser Nacht noch bei meinem Zuhälter, aber er berührte mich nicht. Wir führten nur ernste Gespräche. Mit einigen Küssen auf meinen Mund wurde er reichlich für seine Mühe belohnt, die er an diesem Tag für mich auf sich genommen hatte.

Endlich kam der berühmte und so erwartete Tag. Am Morgen wusch ich mich von Kopf bis Fuß. Um 10 Uhr nahmen wir eine Mietkutsche.

Oh! Diese gräßliche Droschke! Von dem Stadtteil Saint-Honoré fuhren wir die Rue Cléry entlang in den Stadtteil Montmartre. Wir gingen einen Torweg hinauf. Mein Zuhälter war hier sehr bekannt, denn er ging schnurstracks zum Hausherrn. Was mich anbelangt, so wartete ich ruhig, bis man mich rief. Ein Lakai kam und sagte in unhöflichem Ton zu mir, daß ich jetzt, wenn ich wollte, zum Hausherrn gehen könnte.

Ich trat in ein prächtiges Zimmer ein. Nach dem äußeren Eindruck zu urteilen, hatte ich ein Verhältnis mit einem sehr reichen Finanzier, denn die Schwester Prudence hatte mir diesen besonders ehrenwerten Herren deutlich geschildert. Ich glaubte, all die Statussymbole wiederzuerkennen, die sie mir mitgeteilt hatte. Und ich täuschte mich nicht, es war wirklich ein Finanzier. Sein Alter belief sich auf mindestens 50 Jahre. Er saß in einem Sessel, den seine ganze Leibesfülle einnahm. Alles übrige war so wie bei fast allen Mitgliedern dieser Klasse, deren Benehmen bekanntlich sehr schlecht ist. Ich wage zu behaupten, daß er so häßlich war, daß er einem Furcht einflößte. Dies schreckte mich ein wenig ab.

»Komm näher, mein Kind!« sagte er zu mir. Ich kam unterwürfig zu seinem Sessel.

»Wie schön seid Ihr!« fuhr der beleibte Finanzier fort. Dabei fuhr er mit der Hand plump über meine Brust. »Ja, Ihr gefallt mir! Kommt morgen wieder! Ich gebe Euch dann einen Beweis meiner Gefühle! Auf Wiedersehen, mein Kind! Ihr werdet bestimmt mit mir zufrieden sein! Ich hoffe es!«

Als ich von diesem ehrenwerten Mann wegging, konnte ich nicht umhin, meinem charmanten Zuhälter die geringe Zuneigung auszudrücken, die ich für diesen reichen Pfeffersack empfand. Doch meine Naivität rief bei diesem Halunken nur Lachen hervor. Er versuchte sofort, mich durch sehr einleuchtende Überlegungen von der Notwendigkeit zu überzeugen, mich einem Finanzmann hinzugeben. Ich vernahm auch, daß es wegen des Kaufpreises meiner Jungfernschaft zu einem Streit gekommen war. Man wird sich erinnern, daß beim ersten Mal 30 Louis festgesetzt worden waren. Dies versetzte den Finanzier ein wenig in Erstaunen, und er wollte davon nichts mehr hören. Die Summe aber, die er bei unserem Weggehen vorschlug, war dann doch recht günstig. Wir bildeten uns sogar noch etwas darauf ein. Einen Tag lang vergnügten wir uns und schmiedeten die schönsten Pläne.

Am nächsten Morgen versäumten wir nicht die festgesetzte Stunde. Wir trafen den Finanzier an, wie er gerade in eine Kutsche steigen wollte. Auf der Stelle versuchte er, mich zu umarmen, dabei sagte er, er würde mir eine glänzende Zukunft verschaffen. Von mir forderte er nur unverletzliche Treue. Ich versprach ihm alles, was er wollte. Mein Zuhälter zog ihn dann beiseite, forderte den Lohn und erhielt ihn auf der Stelle. Dann verließ er uns.

Der Finanzier und ich stiegen sofort in eine Kutsche. Wir legten einen nicht sehr langen Weg zurück, und die Reise endete schließlich in der Rue Tiquetonne im ersten Stock eines Hauses.

Ich war in einer prächtigen Wohnung, die wir zusammen durchschritten. Nachdem wir jedes einzelne Einrichtungsstück genau geprüft und betrachtet hatten, sagte der Finanzier würdevoll zu mir: »Hier seid Ihr glücklich, solange Ihr mit mir zusammen seid. Ich empfehle Euch dringend: seid vernünftig! Ich habe beschlossen, für immer dem schönen Geschlecht zu entsagen. Wegen Euch nur habe ich dies nicht verwirklicht. Hütet Euch deshalb, mich an diesen Entschluß zu erinnern. Mein teures Herz, nehmt Euch ohne Widerspruch diesen kleinen Moralvortrag eines

Mannes zu Herzen, der nur das Beste für Euch will und der nur Eure Freundschaft als Gegenleistung fordert.«

Gerade wollte er mich auf ein Bett werfen, das mit rotem Damast überzogen war, als ein Lakai eintrat, um ihm zu melden, daß das Fräulein Victoire ihn sprechen wolle. Sie war nämlich meine Kammerjungfer.

»Ihr kommt wie gerufen«, antwortete mein fetter Liebhaber, als sie eintrat. Sie war ein Mädchen mit einem bescheidenen Gesichtsausdruck, der so viel Tugend verriet, daß ich mich bei ihrem Anblick schämte.

»Tretet ein, meine Tochter«, sagte der Finanzier zu ihr. Höhnisch lachend fuhr er dann fort: »Hier ist die Herrin, die ich Euch gebe. An Euch liegt es, mit ihr lange zusammenzusein!«

Das Mädchen machte mir ein paar Komplimente, die ich erwiderte. Sie erhielt dann die Anweisung, am selben Abend spätestens um sieben Uhr wiederzukommen. Dann ließ sie uns allein.

Als sie fort war, wollte mein Finanzier meine Fähigkeiten näher kennenlernen. Ich erinnerte mich aber genau an die Unterweisung meines Vermittlers. Ich machte ihm große Schwierigkeiten und gab mich ihm erst hin, nachdem ich mich lange verteidigt hatte. Endlich wurde ich unter großen Mühen zu dem gebracht, was sich dieser Liebhaber von Jungfrauen so dringend wünschte.

Mit großer Verwunderung betrachtete der Finanzier das Blut, das er für echt hielt. Dann erhob er sich, zog mir die Röcke herunter und rief seinen Diener, dem er den Auftrag gab, schnell seine Kutsche kommen zu lassen.

Mit seiner schnellen Kutsche waren wir sehr rasch in Rapée, wo wir speisten. Das Mahl war prächtig. Es wurde an nichts gespart, und wir wurden gut bedient. Die Zeit nach dem Essen wurde ohne Zweifel sehr angenehm verbracht, denn wir kamen erst gegen acht Uhr am Abend wieder in die Wohnung, ohne daß ich gemerkt habe, wie die Zeit vergangen ist.

Als ich in meine Wohnung eintrat, roch ich einen sehr angenehmen Duft, der ein vorzügliches Abendessen verriet.

»Was bedeutet das?« fragte ich meinen Liebhaber. »Wie, essen wir hier?«

»Ja, mein Liebling«, gab er zur Antwort, indem er seine von Natur aus laute Stimme noch mehr erhob. »Ich habe dir mit dieser Überraschung eine Freude machen wollen. Du hast ein vollständig eingerichtetes Haus. Deine Bediensteten werden dich jetzt begrüßen. Ich werde sie rufen lassen.«

Das Signal wurde sogleich gegeben. Augenblicklich erschienen drei Personen, unter denen auch die Kammerzofe war, die ich schon am Morgen gesehen hatte. Sie hatte als Gehilfin eine Frau von 50 Jahren, die auch meine Köchin war. Ein kleiner Bursche im Alter von 12 oder 13 Jahren, der wie ein Husar gekleidet war, war mein Lakai. Ich nahm sehr hochmütig die Ehrerbietung meines kleinen Dieners entgegen, wie ich es eben machen mußte, da dies Brauch ist bei jeder bedeutenden Dirne.

Nach dieser Zeremonie setzten wir uns an den Tisch, wo man uns ein sehr delikates Abendessen vorsetzte, das dennoch nicht verschwenderisch war. Der dicke Finanzier hatte alles für mich herbeischaffen lassen, was ich an Tischtüchern und Silber benötigte, so daß mein Haus nach seinen Begriffen für gut ausgestattet gelten konnte.

Wir spendeten dem Abendessen großes Lob. Die ganze Unterhaltung drehte sich um die schöne Entdeckung, die er zu seiner großen Freude in meiner Person gemacht hatte. Ich beantwortete seine Komplimente durch maßlos bescheidenes Schweigen. Dann erhoben wir uns von der Tafel, um uns aufs Bett zu legen. Ich will nicht genau die Liebesfreuden dieser ersten Nacht schildern, weil mir zu häufige

Wiederholungen mißfallen. Mein Liebhaber bediente mich dreimal. Das fand ich für einen Mann seines Alters ganz gut.* Als es Tag wurde, mußte er sich verabschieden und ging mit dem ausdrücklichen Versprechen fort, am Nachmittag wieder zu erscheinen. Er ließ mich im Bett zurück, hatte aber noch die Güte, mir eine Geldbörse mit 25 Louis zu geben, damit ich, wie er mit einem sehr befriedigten Gesichtsausdruck sagte, die Kosten für meinen Haushalt bestreiten könnte, den ich hoffentlich schön fände.

Nach dieser Gunstbezeugung ging mein Liebhaber seinen Geschäften nach, und ich stand auf, um meine Toilette zu machen. Dabei hatte ich Gelegenheit, die Talente meiner Kammerzofe kennenzulernen. Sie frisierte mich nach dem letzten Schrei der Mode. Als sie die Arbeit beendet hatte, war ich so stolz wie niemals zuvor.

Um drei Uhr nachmittags sah ich, wie zwei Kutschen vor meiner Tür hielten. Dies überraschte mich ein wenig. Die große Welt nämlich war mir damals noch sehr fremd. Meine Überraschung wurde noch mehr vergrößert, als ich vier Herren aussteigen sah. Ich befürchtete ein Unglück, weil die Schwester Prudence manchmal von dem Hospital Salpetière und den gewaltsamen Verschleppungen durch die Pariser Polizei gesprochen hatte. Ich war eben noch nicht abgebrüht. Meine Befürchtungen wurden aber völlig zerstreut, als ich vier Herren mit drei Damen in meine Wohnung eintreten sah. Mein Liebhaber kam zuerst herein und bemerkte mein Erstaunen.

»Seid Ihr ärgerlich«, sagte er zu mir, »daß ich eine so nette Gesellschaft zu Euch führe?«

Alle begrüßten mich nach ihm sogleich. Man kann sich all die Komplimente vorstellen, die dabei ausgetauscht

* Unsere Erzählerin hat vielleicht noch nicht von einem gewissen alten Mann gehört, der im Alter von 80 Jahren nach seinem Sieg bei PortMahon sich von neuem verheiratete und im Bett sehr tüchtig gewesen sein soll.

wurden. Ich will nur soviel sagen, daß es sehr lange dauerte. Am Ende haben wir uns zu einem Pharao-Spiel hingesetzt. Von diesem Spiel verstand ich nicht mehr wie jedes andere Mädchen vom Lande. So fand mein erster Unterricht statt. Die drei Damen spielten dann mit meinem Liebhaber Lotto, und alles war sozusagen die erste Vorlesung in einer Akademie, an der ich heute noch studiere.

Wenn ich nicht spielte, verbrachte ich die Zeit im Theater. Gab es ein schöneres Leben? Ich hatte alle Freuden der Welt. Ohne Zweifel war ich glücklich. Fehlte mir etwas, dann merkte es sogleich mein Liebhaber. Er gab mir dann sofort, was ich brauchte. Gab es jemals einen liebenswürdigeren und rücksichtsvolleren Verliebten?

Aus triftigen Gründen hält man die Finanziers für unverbesserlich mürrische Kerle. Was mich aber anbelangt, fand ich während der ganzen Zeit bei ihm nur Höflichkeit und Anmut. Wahrlich, das war auch das einzige, das er besaß und das ich an ihm liebte. Ohne Zweifel beeindruckte er mich damit sehr, wenn eine Dirne überhaupt so etwas wie ein aufrichtiges und ehrliches Gefühl aufbringen kann. Sicherlich wäre ich ihm auch treu gewesen – ich fühle es –, wenn ich immer nur ihn gesehen hätte.

Aber er brachte öfters Männer mit, die ein schöneres Aussehen als er hatten.

Hielt er mich für blind? War es ihm entgangen, daß keine meiner teuren Schwestern schönen Männern widerstehen kann, die zum Entzücken geschaffen sind?

Ich bestätigte diese Regel beim Anblick eines jungen Herren, den er mir vorstellte. Kaum hatte ich ihn gesehen, da sehnte ich mich schon danach, mit ihm zusammenzusein. Er war bildhübsch, groß, gut gewachsen, hatte schwarze Augen, zwei gerade Augenbrauen darüber von der gleichen schönen Farbe, volle Backen, volle Lippen und schlanke Beine.

Weshalb sollte man einen Mann mit dieser Figur nicht lieben? Gern hätte ich auch seinen Verstand gelobt, aber leider besaß er keinen. War er deshalb weniger begehrenswert? Gut! Eine richtige Dirne liebt mehr die Freude, das Vergnügen und die Wollust, die man sehr gut ohne Verstand befriedigen kann. Ja oft viel besser und schöner bei Männern, die keine Geisteshelden sind, als in einer Gesellschaft, wo lehrreiche und anmutige Konversation getrieben wird.

Dieser Mann, von dem ich eben sprach, fand sich alle Tage bei mir ein, aber er hatte eine Kälte an sich, die mich schaudern ließ. Gern hätte ich gewünscht, daß er mich vor den anderen Frauen bevorzugte. Bei einer günstigen Gelegenheit wollte ich ihn geil machen, aber nichts erregte ihn. Ich konnte meine Liebe nicht mehr verbergen, die ich für ihn empfand. Alle Welt bemerkte sie. Er aber schien als einziger die Augen verschlossen zu haben. Ich gebe zu, diese Gleichgültigkeit brachte mich in Wut, ich war außer mir. Denn ich konnte nicht begreifen, weshalb der Graf, da er ja mit zwei Füßen auf dem Boden stand, sich zurückhielt, meine Liebe zu erwidern. Schließlich glaubte ich, daß ich für ihn überhaupt nicht begehrenswert sei.

Meine Selbstachtung war verletzt! Ich hätte es mir zum Ruhme angerechnet, den Grafen zu veranlassen, die Waffen zu strecken. Alle Frauen und ganz besonders die Elevinnen meines sehr wichtigen Gewerbes handeln so. Je gleichgültiger man ihnen gegenüber ist, desto mehr versuchen sie es, geliebt zu werden. Furchtlos setzen sie sich über alle Konventionen hinweg, nur um zu diesem Ziel zu gelangen. Haben sie einmal die ersten Schritte gemacht, dann erscheint ihnen alles andere als lächerlich und dumm, was unser Geschlecht sonst an Anstand bewahren sollte.

So dachte auch ich, als ich mich entschloß, dem Grafen zu schreiben. Ich hatte seit einiger Zeit eine gute Freundin in der Rue du Petit-Lion, die ebenfalls von einem Financier, einem Freund meines Geliebten, ausgehalten wurde. Auf sie konnte ich mich verlassen. Sie kannte schon lange meine Absichten, denen sie aber hartnäckig entgegentrat. Als sie jedoch meinen Starrsinn sah, stimmte sie zu, dem Grafen folgenden Brief zukommen zulassen:

»Man liebt Euch, und Ihr seid äußerst kalt. Man bemüht sich, mit Euch zu sprechen, und Ihr bleibt stumm. Eine Frau – bedenkt das – ist schließlich gezwungen, Euch zu schreiben, damit Ihr die Macht spürt, die Ihr über sie habt.

Habt Ihr eine Ahnung, wer es ist? Ich fürchte, nein. Nun denn, ich möchte Euch gerne sagen, daß die Morancourt Euch anbetet!«

Dieser Brief wurde dem Grafen sicher zugestellt, und er nahm ihn freudig an. Aus seinen Augen glaubte ich herauslesen zu können, daß er sich Vorwürfe machte, mir nicht zuvorgekommen zu sein. Durch eine Antwort, die er mir durch meine Freundin zukommen ließ, wußte ich es schließlich. Er bat mich, am folgenden Sonntag zu einer Messe in das Blindenhospital zu kommen.

Ich begab mich dorthin, traf ihn, und wir gingen in das Palais Royal, wo wir lange blieben. Dort vereinbarten wir ein Rendezvous am nächsten Montag bei der oben genannten Freundin. Mein Finanzier erlaubte mir gerne, zu ihr zu gehen. Der gute Mann hatte nicht den geringsten Verdacht. Ich hatte schlaue Vorsichtsmaßnahmen getroffen und verstand es mit Klugheit, ihn zu täuschen.

Wird man mich jetzt auch nicht tadeln, daß ich nicht genau den Ablauf meiner Liebschaft mit dem Finanzier schildere? Aber was soll es! Kennt man denn nicht die Rolle, die ein Liebhaber spielt, der mich aushält? Dazu noch, wenn es ein älterer Wucherer wie der meine ist, der sich in nichts von all den Generalpächtern, Bankiers und überhaupt den Finanziers unterscheidet. Sie geben Geld aus, um sich Wollust zu kaufen, die nicht auf Zuneigung gegründet ist. Ein solcher Liebhaber kommt zu seiner Mätresse, schläft mit ihr und geht weg. Aber eigentlich ist man sich doch sehr fremd. Man geht sich so weit als möglich aus dem Weg. Er ist nur dazu da, daß er viel Geld bezahlt und häufig und lange abwesend ist. Aber, um offen zu sprechen, ich würde mich zu Tode langweilen, wenn ich immer nur von dem guten Mann reden müßte. Bei ihm hielt ich mich nicht freiwillig auf. Allein gewisse Vorteile hatten mich veranlaßt, ihn meine Reize genießen zu lassen. Wie könnte es mir denn Spaß machen, den Ekel zu beschreiben, den ich in seinen Armen so oft empfand. Ich bin fest überzeugt, daß ich bei meinen Lesern mehr durch die Naivität meiner Gefühle und durch die offene und ehrliche Schilderung meines Verhaltens Gefallen gefunden habe.

Jetzt will ich aber zu meinem geliebten Grafen zurückkehren. Ich war sechs Monate mit ihm zusammen, und das entschädigte mich sehr für meine Abneigung gegen den Finanzier. Es hätte ohne Zweifel noch länger gedauert, wenn nicht ein Unglück eingetreten wäre, das wir beide ohne Absicht mitverursacht haben.

Ein junger geschniegelter Abbé, der ein sehr großer Frauenkenner war, hatte mich im Theater beobachtet. Er hatte nicht geruht, bis er am nächsten Morgen Zutritt zu mir bekam. Seinen Worten nach hatte ich bei ihm eine große Liebe entfacht. Er bemühte sich sehr, mich davon zu überzeugen. Obwohl der Abbé sich mächtig ins Zeug legte, konnte er nichts erreichen, da mein Herz ja schon vergeben war. Deshalb war er sehr ungehalten über meine Gleichgültigkeit ihm gegenüber und vermutete irgendwelche Tricks. Nur acht Tage brauchte er, um mein Geheimnis gründlich kennenzulernen. Die Jünger der Kirche haben den Teufel im Leib, wenn es darum geht, etwas Übles ins Werk zu setzen.

Als er sich davon überzeugt hatte, daß meine Interessen dem Grafen galten, war er verbittert. Er besaß aber die Frechheit, zu mir zu sagen, daß er alles meinem Liebhaber verraten würde, wenn ich ihm nicht bald meine Gunst schenken würde. Darauf habe ich ihm nur mit Hochmut, Verachtung und Entrüstung geantwortet. Ich tat aber noch mehr und berichtete dem Grafen von meinem Gespräch mit diesem kleinen Pfaffen. Der Graf schwor mir, daß der Abbé eine ordentliche Tracht Prügel bekäme.

Am nächsten Morgen fanden sich beide bei mir ein. Es bereitete mir eine maßlose Freude, sie zu sehen. Sie verschlangen sich geradezu mit den Augen, blieben aber bis halb neun. Am nächsten Morgen erfuhr ich von dem Grafen, daß der Abbé für die Beleidigung, die er mir zugefügt hatte, mit Schlägen auf sein Hinterteil bestraft worden war.

Für dieses Bubenstück klatschte ich ihm laut Beifall. Unglücklicherweise dachte ich aber nicht an die Folgen. Die Abbés sind wie die Frauen. Wenn man sie einmal beleidigt, verzeihen sie einem das niemals. Die Hiebe, die ich ihm mit der flachen Klinge geben ließ, kosteten mich sehr viel.

Meine Überraschung überstieg all meine Vorstellungskraft, als zwei Tage nach diesem Vorfall mein Finanzier kam, um mich mit finsterer Miene zur Rede zu stellen und mich wegen meines Verhaltens zu tadeln. Dabei gab er mir zu verstehen, daß er über alles informiert sei. Wenn ich nicht aufhören würde, den Grafen zu treffen, dann sollte er mich auch aushalten.

Meine Antwort bestand nur aus einem Strom von Tränen. Sie machten auf den Finanzier einen solchen Eindruck, daß er sich bei mir tausendmal entschuldigte. Zu guter Letzt sah er sein Unrecht ein. Nach diesem Eingeständnis ließ ich ihn gehen. Wenn ich mich in diesem Augenblick des Abbés hätte bemächtigen können, so hätte ich ihn einer grausamen Behandlung unterzogen.

Ich dachte lange über das Verhalten nach, dessen ich mich jetzt befleißigen mußte. Meinem Finanzier hatte ich versprochen, daß ich nicht mehr zu meiner Vertrauten gehen würde. Dem Grafen ließ ich einen Brief zukommen, in dem ich ihm mitteilte, daß er sich vorsehen solle. Inständig bat ich ihn, das Haus der Duttey – so hieß nämlich meine Freundin – nicht mehr zu betreten, bis die kleine Unruhe vorüber sei. Das war alles sehr leicht gesagt. Aber war es uns beiden auch möglich, uns nicht zu sehen?

Können zwei Liebende sich trennen, wenn sie es wollen? Was für eine Marter ist es doch für sie, sich nur unter großen Beschränkungen zu treffen. Die Liebe ist eine Leidenschaft und so stürmisch wie der Haß. Die Vernunft hatte mir zwar die richtige Richtung gewiesen, aber ich wollte trotzdem meinen geliebten Grafen sehen. Andernfalls fühlte ich mich wie tot.

Es vergingen aber ganze drei Wochen, ohne daß ich ein vertrautes Zusammensein mit ihm hatte, und das war für mich das größte Unglück auf der Welt.

Ich suchte nach einem Ausweg. Meine einzige Hoffnung war, daß ich dem Abbé das erlaubte, was er schon so lange von mir wollte. Er kam noch jeden Tag zu mir, und man kann sich natürlich vorstellen, in welcher Absicht.

Eines Tages, als die anderen spielten, führte ich ihn in mein Ankleidezimmer und sprach so zu ihm: »Mein Herr, Ihr habt mir das größte Leid zugefügt, das bei einer Frau möglich ist. In unmenschlicher Weise habt Ihr mich daran gehindert, den einzigen Menschen zu sehen, den ich liebe. Ihr müßt mich deshalb mit ihm wieder zusammenführen, oder Ihr werdet Eure Beleidigung büßen. Wenn Ihr aber guten Willens seid, mir zu meinem Ziel zu verhelfen, dann könnt Ihr mit meiner Dankbarkeit rechnen.«

Mein Vorschlag verwunderte den Abbé. Er wollte zunächst leugnen, daß er den Finanzier über meinen Seitensprung informiert hatte, danach rang ich ihm aber seine Zustimmung für meinen Vorschlag ab. Er wollte sogleich meine Ehre retten und dem guten Mann all das, was er ihm gesagt hatte, als Irrtum hinstellen. Aber er forderte als Gegenleistung meine Gunst und wollte eine Abschlagszahlung haben. Ich besaß genug Talent, um ihn zu mäßigen, und versicherte ihm, daß er alles bekommen sollte, was er sich wünschte. Bedingung sei jedoch, daß er sich wie ein Mann von Welt benehme, so wie er es versprochen habe und wie ich es wünschte.

Mit großer Ungeduld wartete ich auf das Ergebnis meiner Unterhaltung. Da kam eines Tages mein Finanzier, um mich zu besuchen. Er kam mit siegesgewisser Miene und trat gut gelaunt bei mir ein. Gerade lag ich im Bett. Er sagte mir guten Tag und versuchte mir auf gut Glück kleine Zeichen seiner Zärtlichkeit zu geben. Dann folgte er mir in mein Ankleidezimmer nach, um mich zu liebkosen. Nach vielen Neckereien oder besser Kindereien sagte er mir endlich, daß er jetzt die Wahrheit genau wisse. Er schäme sich, mich verdächtigt zu haben und sei jetzt völlig von der Unhaltbarkeit des schlechten Eindruckes überzeugt, den man ihm von mir vermittelt habe.

»So denn«, fügte er hinzu, »triumphiert das gute Verhalten über die Verleumdung. Sei immer vernünftig, dann verlasse ich mich ganz auf dich. Ich will, daß du noch heute zu deiner guten Freundin Duttey gehst. Der Verleumder, der dich und den Grafen angeschwärzt hat, hat seine Lügen zugegeben.«

Ich machte meinem fetten Liebhaber noch einige Vorwürfe, und deshalb schwor er mir, daß er nicht mehr auf solche Erzählungen hören würde und in Zukunft klüger wäre. Danach speiste er mit mir, um mich danach, wie er sagte, selbst zu der Duttey zu bringen. Nach dem Essen hielt er sein Versprechen, ließ um vier Uhr eine Kutsche kommen und ging ins Theater. Mich setzte er unterwegs bei meiner guten Freundin ab.

Ich glaubte sie allein anzutreffen und ging so schnell als möglich zu ihr hinauf. Man erwartete mich nicht. Ich trat rasch ein.

Wie groß war meine Freude, meinen geliebten Grafen anzutreffen.

»Ah, da bist du ja«, sagte ich zu ihm und fiel ihm sogleich um den Hals. »Gute Neuigkeiten. Wir können uns wieder sehen. Komm her, damit ich dich umarme«, fügte ich noch hinzu. »Mein armer Graf! Ich habe dich schon verloren geglaubt!«

Der Graf ebenso wie meine liebe Freundin drückten ihre Freude aus. Aber ihre Überraschung konnten sie nicht unterdrücken. Ihre Fragen waren so zahlreich und schnell, daß ich sie überhaupt nicht beantworten konnte. Beide waren überglücklich, mich zu sehen. Sie fragten nach der Ursache für dieses Glück, und ich erklärte es ihnen mit ein paar Worten. Genau erzählte ich ihnen, wie ich vorgegangen war, aber ich verbarg auch nicht das kleine Versprechen, das ich dem Abbé gegeben hatte.

»Das hast du versprochen?« fragte er erstaunt. »Du bist ja sehr großzügig. Hast du überhaupt meine Zustimmung?«

»Oh! Warte! Du wirst noch sehen, wie ich mich vor diesem Versprechen drücke, das ich dem Abbé gegeben habe. Der Abbé wird am Schluß der Tölpel sein. Dieses Opfer muß er meinem Rachegefühl bringen.«

Kaum hatte ich geendet, als es an die Tür klopfte. Der Graf verbarg sich schnell hinter dem Gang zwischen dem

Bett und der Wand. Das machte er immer so, wenn wir gestört wurden. Diese Vorsichtsmaßnahme war weise und gerade jetzt notwendig, denn man kündigte meinen Finanzier an. Man bat ihn, einzutreten. Er sagte uns, daß er sich gerade in einem Haus in der Nachbarschaft amüsiert habe. Das Theater sei vorbei, und er komme auf einen Sprung herauf, um uns zu begrüßen. Da der eigentliche Grund seines Besuches aber war, sich bei der Duttey zu entschuldigen, fühlte er bald Langeweile. Deshalb beschloß er um acht Uhr zu gehen und wollte, daß ich mit ihm zurückgehe. Aber die Duttey äußerte den Wunsch, mich bis zum Abendessen bei sich zu haben. Der Finanzier war ein wenig mürrisch wegen dieses Vorschlags, deshalb entschloß ich mich, mit ihm wegzugehen, ohne daß ich meinem Liebhaber Lebewohl sagen konnte, der sich ohne Zweifel in einer noch größeren Verlegenheit als ich befand.

In den nächsten 15 Tagen sahen der Graf und ich uns ständig. Während dieser Zeit traf ich auch häufig meinen Abbé. Er wartete auf die versprochene Gegenleistung, und damit wartete er geduldig 15 Tage. Endlich hatte er mein Verhalten satt und hielt es für gut, mit mir deshalb zu sprechen. Wie schon öfters drohte er mir. Ich konnte ihn beruhigen und ihm mitteilen, daß mein Finanzier vorhätte, in der nächsten Woche aufs Land zu fahren. Dann würde ich mich ihm gegenüber erkenntlich zeigen.

»Acht Tage«, fügte ich hinzu, »sind doch keine Ewigkeit.«

»Nein«, gab er zur Antwort, »vorausgesetzt, Ihr sagt mir dieses Mal die Wahrheit, denn ich will mich nicht länger auf die Folter spannen lassen.«

Der Abbé stellte bezüglich meiner Mitteilung Nachforschungen an. Er erfuhr tatsächlich, daß mein Finanzier für 15 Tage aufs Land ginge.

Zwei Tage nach dieser guten Nachricht kam er zu mir in mein Ankleidezimmer, wo er mir von einer Lustpartie erzählte, an der er einige Meilen von Paris entfernt teilnehmen müsse. Die vornehmen Herren dieser Stadt, von denen sie so viele in ihren Mauern hat, brachten dorthin ihre Mätressen und vergnügten sich mit ihnen. Dort sollte ich endlich mein Versprechen ihm gegenüber einlösen, worauf er doch schon so lange wartete.

Die Sache war sehr verwirrend. Mein Finanzier ging aufs Land. Der Abbé wollte seinen Lohn haben. Aber unter keinen Umständen wollte ich auch meinen geliebten Grafen verärgern. Wie sollte ich mich in einer so verwickelten Lage und unter solch mißlichen Umständen verhalten?

Ich sah keinen anderen Ausweg, als die Lustpartie zu akzeptieren, die der Abbé mir vorschlug. Ich sagte mir, daß auch der Graf ohne viel Umstände dorthin kommen könne. Nur war es notwendig, ihn vor dem Abbé zu verbergen. Ich war also beruhigt, als Monsieur D. von L. V. mir mitteilte, daß der Graf offiziell an der Lustpartie teilnehmen wolle.

Einige Tage danach bat ich den Grafen, mir eine große Menge pulverisierter Seeblumen zu kaufen.

»Ihr werdet mit eigenen Augen sehen, welchen Gebrauch ich davon mache!«

Mein Liebhaber kaufte selbstverständlich das, was ich von ihm verlangte.

Acht Tage später ging mein Finanzier aufs Land und sagte mir zärtlich Aufwiedersehen. In der letzten Nacht, in der ich mit ihm zusammen schlief, nahm er mich viermal tüchtig her. Mein armes Kleinod mußte sich in dieser Nacht dem häßlichsten Kerl hingeben, den ich jemals sah und fühlte in meinem Leben.

Zu guter Letzt ließ mir der Finanzier bis zu seiner Rückkehr noch 30 Louis da. Das war eine ordentliche Summe. Ich bedankte mich dafür bei ihm, indem ich ihm meine lautere Freundschaft vorheuchelte.

Ich hatte keine Sehnsucht danach, ihm zu folgen. Der Abbé wartete schon voller Ungeduld darauf, daß ich allein war.

Er setzte mich davon in Kenntnis, daß die Lustpartie am folgenden Donnerstag stattfinden solle. Er wollte mit mir gleich seine Späße treiben, aber ich vertröstete ihn auf den Donnerstag.

»So hatten wir es doch verabredet. Wagt Ihr es noch, Euch zu beklagen?« sagte ich zu ihm. »Ein wenig Ruhe vermag uns erst die richtige Lust zu verschaffen.«

Endlich kam der große Tag, der nach Meinung des Abbé ein Tag des Triumphes für ihn werden sollte. Um zwei Uhr nachmittags holte er mich mit einer Mietkutsche ab. Sie brachte uns zu einem Schloß einige Meilen von Paris entfernt, das einem Grandseigneur gehörte, dem Marschall von C. D. Man kann sich bestimmt vorstellen, mit welcher Sorgfalt der Prinz sein Schloß eingerichtet hatte. Aus einem ausgetrockneten und unfruchtbaren Boden hatte er den schönsten Flecken auf Erden gemacht. Wir kamen um vier Uhr an, um uns zu amüsieren, und eine nette Gesellschaft dazu fanden wir vor. Man traf Frauen von hohem Rang an, was einen aber nicht sehr in Staunen versetzen sollte. Von Natur aus lieben alle Frauen das Vergnügen. Man hatte unter den Kavalieren die Wahl. Alle waren ansehnlich und im großen und ganzen schön, groß und gut gewachsen. Im übrigen war der Anblick bezaubernd: ein prächtiges Haus, die schönen Gärten, großen Räume und eine vornehme Gesellschaft.

Welcher Anblick kann einen mehr befriedigen?

Man führte uns zunächst in eine große Galerie, wo sechs

Spieltische standen. Niemand ließ sich dort stören, denn das ist die erste Regel für alle, die sich vergnügen wollen. Nichts ist lächerlicher, als sich zu genieren. Nachdem mein Abbé die Gesellschaft betrachtet hatte, sagte er zu mir: »Ihr habt mir ja gar nicht gesagt, daß auch der Graf hierherkommt. Jetzt bin ich nicht mehr erstaunt, daß Ihr mitgekommen seid.«

Ich widersprach ihm heftig und gab vor, nichts von dem zu verstehen, was er sagen wollte. Schließlich schlug ich ihm vor, wegzugehen.

»Nein«, gab er zur Antwort, »aber versprecht mir, daß Ihr ihm nicht Eure Gunst schenkt.«

Ich versprach es ihm. Erst dann gestattete er mir, nachdem wir die bezaubernden Kostbarkeiten des Palastes besichtigt hatten, wo wir wohnten, dem Grafen ein kurzes und unumgängliches »guten Tag« zu sagen. Dabei flüsterte ich ihm zu, mir das besagte Seeblumenpulver zu geben, das er hatte kaufen sollen. Er gab mir durch ein Lächeln zu verstehen, daß ich zufrieden sein könnte. Tatsächlich, etwas später ließ er mir das Pulver in einem Umschlag durch eine Gesellschaftsdame bringen, die mich deshalb in eine Fensternische zog. Geschickt steckte sie mir die Dose zu, ohne daß unser Schüler des heiligen Petrus etwas merkte. Da der Eifersüchtige all meine Schritte beobachtete, sagte ich ihm, daß diese Dame mich nach dem Grund der Abwesenheit einer meiner Freundinnen gefragt hätte, die sehr selten bei einer Gesellschaft fehlte. Ausgerüstet mit der gefährlichen Droge, folgte ich danach meinem Pfaffen auf Schritt und Tritt. Er war von meinem Verhalten begeistert. Wir gingen bis acht Uhr im Garten spazieren. Eine Glocke rief uns in das Schloß zurück. Dies war das verabredete Signal, daß jetzt das Vergnügen beginne. Wir begaben uns also in die Galerie, wo ich 40 Personen zählte, abgesehen von den Lakaien und Dienstmägden, die uns bedienten. Der Hausherr ließ der ganzen Gesellschaft sagen, daß man sich auf das Essen vorbereiten solle. Dann fügte er noch hinzu, daß die Kavaliere wohl ihre Pflicht kennen würden.

Man freute sich und begab sich in verschiedene Kabinette, um sich auszuziehen. Lakaien kamen, die fragten, wer ein Hemd aus Tüll haben wolle. Wir waren 20 Frauen, 8 wollten unbedingt dieses Hemd haben, die anderen aber fanden die durchsichtigen Hüllen lächerlich. Ich gehörte auch zu diesen. Von den Männern wollten nur drei eines nehmen. Natürlich auch mein kleiner Pfaffe. Sicherlich besaß er noch einen Rest von Schamgefühl.

Die Kleider von jedem Liebhaber und seiner Mätresse wurden an einen gesonderten Ort gebracht. Jedes Kleiderstück wurde numeriert, so daß Verwechslungen später ausgeschlossen waren. Denn ohne diese Vorsichtsmaßnahme wären bei einer so großen Zahl von Kleidungsstücken Verwechslungen nicht auszuschließen gewesen. Gegen neun Uhr schlug die Glocke zum zweitenmal zum Zeichen, daß man an der Tafel Platz nehmen solle.

Wir waren 40 Personen. 20 Personen saßen an zwei Tischen, die in einem prächtigen Saal standen. Die anderen zwanzig belustigten die, die gerade speisten. Ich will jetzt jedoch keineswegs genau die Gerichte beschreiben, die man uns vorsetzte. Sie waren alle gut und belebend. Um mich kurz zu fassen: Niemals habe ich ein so üppiges und delikates Mahl zu mir genommen. Der ganze Saal war ein Wunderwerk. Er war genau viereckig, und von der einen Seite hatte man einen Blick in die Gärten des Schlosses und von der anderen aufs flache Land. Man hatte sich bemüht, 20 kleine Sofas entlang der großen Wände zu stellen. Das soll genügen, wie ich glaube, um dem Leser die Größe des Saales zu demonstrieren. Die an der Tafel saßen, benutzten Sessel. In jeder Ecke des Saales waren vier Springbrunnen, deren Wasserströme sich in große Becken aus weißem Marmor ergossen, auf deren Boden man Rosmarin, Nelken, Jasmin und Lavendel sah. Diese Pflanzen, die getränkt waren von den lieblichen Duftwassern, die aus den Springbrunnen strömten, dienten zur Erfrischung der vom Liebeskampf Erschöpften. Zwei Diener verschiedenen Geschlechtes im Adamskostüm standen an jedem Springbrunnen. Jeder hatte ein Handtuch in der Hand, das sie, falls erforderlich, anboten. Man hatte mit großer Sorgfalt vier ein wenig geneigte Spiegel aufgestellt, damit diese, die an der Tafel saßen, alles sehen konnten, während die anderen sich auf den Sofas vergnügten.

An der Seite dieser Spiegel stand ein schönes Paar, beide völlig nackt. Sie fanden großen Spaß daran, Nachlaufen zu spielen und abwechselnd zu fliehen, wie wenn sie sich fürchteten. Ich hoffe, daß trotz der Länge der Beschreibung dieses wichtigen Festes, die vielleicht Langeweile hervorruft, der Leser die Waffen strecken wird und sich reichlich entschädigt findet durch all die Einzelheiten, die ich ihm hier vollständig mitteile.

Die ganze Gesellschaft beobachtete aufmerksam die Schritte der vielleicht Zwanzigjährigen. Zunächst sahen wir, wie sie sich vereinigen wollten. Der Mann näherte sich der Frau und legte sich längs an ihre Seite. Doch sein Liebling hatte keine Lust, sich seinen Liebkosungen hinzugeben. Dieses Schauspiel wurde mit sehr vielen Variationen wiederholt. Nachdem sich der Lüstling den Magen mit Bonbons vollgestopft hatte, führte er sein Hühnchen zurück. Solange er bei ihr war, hörte er nicht auf, seinen Körper an den ihren zu drücken. Bevor er aber dazu kam, sich fest an sie zu klammern, entzog sich die Widerspenstige jedesmal seinen Umarmungen. Schließlich versuchte sie sich hinter einem Sofa in Sicherheit zu bringen. Ihr leidenschaftlicher Liebhaber folgte ihr dorthin, doch die Undankbare wandte jetzt Gewalt an, um sich von ihm loszureißen. Sie fügte ihrem Verfolger mehrere Kratzer zu, die er bestimmt nicht als Liebkosung auffaßte.

Aber unser Liebhaber war noch lange nicht vernünftig geworden. Eine halbe Stunde lang nahm er eine Stärkung zu sich, dann begann er von neuem mit seinen zärtlichen Attacken auf die Frau, die wie vorher schon keine große Lust hatte, sich ihm hinzugeben. Dreimal hintereinander versuchte er vergeblich, sie auf den Rücken zu legen. Niemals tat sie ihm aber den Gefallen, diese Stellung einzunehmen. Um sich von ihm zu befreien, setzte sie sich schließlich auf einen Sessel. Sogleich war ihr Liebhaber neben ihr und machte neue Versuche, die aber ebensowenig erfolgreich waren wie die früheren. Der Verschmähte hörte endlich mit seinen Nachstellungen auf.

War er im Grunde genommen nicht sehr ungeschickt?

Aber warten wir es ab. Nach einer langen Ruhepause bekam er wieder Lust nach Zärtlichkeit. Gibt es vielleicht ein Herz, das man am Ende nicht mit Ausdauer und Beharrlichkeit besiegen kann?

Diese gefühllose Frau, die ihm vorher so hartnäckig Widerstand entgegengesetzt hatte, sollte uns beweisen, daß es auf die Dauer schwierig ist, sich den Zärtlichkeiten eines Liebhabers zu entziehen. Der hitzige Galan, der vielleicht bemerkte, daß der günstige Moment gekommen war, warf sich mit neuem Feuer auf seine Mätresse. Dem äußeren Anschein nach schien sie auszuweichen, aber so langsam, daß sie sich jetzt offenbar ihrem Schicksal gefügt hatte. Der leidenschaftliche Liebhaber griff fest zu und ließ sie nicht mehr los. Jetzt sah sie, daß es kein Entweichen mehr gab, und überließ sich seinen zärtlichen Liebkosungen.

Mit einem Wort: Der junge Mann war glückselig, und seine spröde Freundin gab sich ihm in einer nicht mehr enden wollenden Umarmung hin.

Man beachtete sie schließlich nicht mehr. Als wir nach Ablauf mehrerer Stunden wieder bei ihnen waren, legte unser Liebhaber eine Gleichgültigkeit an den Tag, die uns verriet, daß wir den Höhepunkt versäumt hatten. Er ging zu ihr, ohne sie zu betrachten. Sie lag hingestreckt auf dem Sofa da. Er legte sich seelenruhig auf die andere Seite. Gut eineinhalb Stunden vergingen, ohne daß er Freude und Lebenskraft zeigte. Sein Gesichtsausdruck war sozusagen verschlossen und mißgelaunt.

Das eben gezeigte Bild hat mich aber belebt, und ich fürchte nicht, daß ich meinem Leser mißfallen habe, indem ich ihm den schnellen Fortschritt vor Augen führte, den der Liebesgott denen bewirkt, die das Glück haben, unter seinem Gesetz zu stehen.

Man sah an beiden Enden des Saales zwei Büchergestelle, von denen jedes mit einer Skulptur geschmückt war, die eine Gruppe von Liebenden darstellte. In jedem dieser Gestelle konnte man eine Sammlung von Theaterstücken und Werken anderer Art bewundern. Sie waren dazu da, um die Teilnehmer dieses Festes zu inspirieren.

Damit ja alle Wünsche von Lesern erfüllt werden, die gleichfalls die Erfindungsgabe besitzen, ein ähnliches Fest zu gestalten, gebe ich hiermit den Katalog dieser Bibliothek wieder. Sie war in zwei Teile geteilt. Der erste Teil enthielt Romane und Gedichtsammlungen, der andere nur Theaterstücke. Zunächst zu den Romanen und Gedichten:

L'Agnès dépaysée: Ein Werk in Prosa und Versen, das die vollkommene Wollust und die erlaubten Liebesfreuden beschreibt. In ihm werden 50 verschiedene Liebesopfer der Venus auf dem Altar ihrer Reize dargebracht. Jedes Opfer wird von einem passenden Lied begleitet.

Zénie, histoire orientale: Dies ist der Katechismus der Haremsdame eines Sultans.

La Cazzopottomachie: Eine wahrheitsgetreue, sinnliche und moralische Erzählung, worin alle Begriffe der Liebeslust erläutert werden.

La Légende joyeuse: Das Buch enthält 404 Epigramme, die in vier Abschnitte unterteilt sind, von denen der letzte erst dem Ganzen die Würze gibt.

L'anti-Légende retournée: Eine große Sammlung von witzigen Gesängen, an die eine Sammlung von Liedern angefügt ist.

L'Ode à Priape: Dieses Werk stammt von Piron. Es besteht aus 170 Versen, die in 17 Strophen unterteilt sind.

L'Ode du vrai Bonheur: Das Werk besteht aus 200 Versen, die in 20 Strophen unterteilt sind. Es soll ein Gegenstück zu dem Werk von Piron sein. Derselbe Stoff wird darin abgehandelt, aber sein Autor bezieht die Beispiele aus der Bibel im Gegensatz zu seinem Vorbild, das sie aus der antiken Welt nahm.

Le temple de Priape: Ein freizügiges Gedicht in 162 Versen.

La Putain de Saint-Cloud: Ein freizügiges Gedicht in 168 Versen.

L'Election du général des Cordeliers: Das Werk stammt von dem berühmten Rousseau.

Le Débauché converti: Es stammt von Robbi de Beauveset. Es enthält 130 Verse.

Le Manuélisme: Ein seltsames Werk in Versen, das von Grécourt stammt.

Le Manuel des Solitaires: Das Gebet der fünf Finger in Versen.

La Félicité parfaite: Die Kunst der Wollust nach den Prinzipien der Ökonomie. Hierin werden Feinheit mit Gefühl und Lüsternheit vereint.

L'Art de bien baiser: Ein Gedicht in 94 Versen.

Lettre de Flora à Pompée: Es geht darum, daß er sie wegen seines Freundes verlassen hat.

La Bataille des Jésuites: Das Werk ist in Strophen gegliedert und besteht aus 60 Versen.

Le Portier des Chartreux, ou Histoire de D. B.: Zwei Teile. Der Verfasser ist der berühmte Advokat M. Gervaise, der mit der Verteidigung von M. de Bussi, dem Gouverneur in Indien, beauftragt worden war.

La Foutromanie: Ein Gedicht in 6 Gesängen und mehr als 400 Versen.

Thérèse philosophe: Zwei Teile. Sie enthalten Einzelheiten der berühmten Affäre des Jesuitenpaters Girard mit dem Mädchen la Cadière in der Provence.

La Fille de joie: Lebensgeschichte eines berühmten Mädchens.

L'Optimisme des pays chauds: In zwei Teilen, daran schließen sich kleine Gedichte an.

L'Aretin: Das Werk ist eine Übersetzung aus dem Italienischen. Es besteht aus Versen und Prosa.

L'Aretin moderne: In zwei Teilen und mit vielen interessanten Details.

La Tourière des Carmelites: Daran schließt sich an la Religieuse en chemise.

L'École des filles: In zwei Teilen.

Imirce, ou la fille de la Nature: Daran schließt sich an la Momie de mon grand-père.

Les Lauriers ecclésiastiques: Das Werk ist eine Prosaübersetzung.

Les Bijoux indiscrets: Ein philosophisches Werk von Diderot.

Le congrès de Cythère: Eine Übersetzung aus dem Italienischen von dem Autor des Romans »La Cauchoise« und eine Menge freizügiger Stücke. Es folgen jetzt Komödien, Dialoge und Gespräche, die die Abteilung »Drama« bilden.

LE ROI DE SODOME: Eine Tragi-Komödie in Prosa und 5 Akten. Sie ist aus dem Englischen übersetzt von Bussi-Rabutin. Sie enthält ein Vorwort, zwei Prologe und zwei Epiloge.

FRAGMENT D'UNE COMÉDIE: In Prosa von demselben Autor und Übersetzer.

L'EMBRASEMENT DE SODOME: Eine Tragödie in Prosa und 5 Akten von Voltaire.

SAUL: Eine Tragödie in Prosa von Voltaire.

LA RELIGION: Eine Tragödie in Prosa und 5 Akten, sowie le Pape malade.

LES TROIS MARIÉS, OU LE TRIPLE MARI: Ein Theaterstück in Prosa.

LE BORDEL, OU LE JEAN-FOUTRE PUNI: Eine Komödie in Prosa und 5 Akten von dem Abbé de Caylus. Sie stammt nicht von seinem Bruder, wie man geglaubt hat.

L'APPAREILLEUSE: Eine sehr lange Komödie in Prosa und in einem Akt. Dialogue ou entretien spirituel entre Madame Anjolan et Angélique.

VENUS DANS LE CLOÎTRE: Das Werk besteht aus mehreren Gesprächen. La Putain errante, ou Dialogue entre Julie et Madelaine.

LÉANDRE: Eine Komödie in 5 Akten, die vom Autor des Romans »La Couchoise« übersetzt wurde. Das lateinische Original ist eine Nachahmung von Werken des Plautus und des Térence. Das Stück spielt in Florenz, es kommen darin 17 Personen vor.

LE LUXURIEUX: Eine Komödie in einem Akt und in Versen, die von dem Schauspieler Le Grand stammt.

LA NOUVELLE MESSALINE: In einem Akt und in Versen.

MARTHE LE HAYÉ: Eine Komödie in 3 Akten von Bussi-Rabutin.

LE SÉRAIL DE DELYS: Eine Komödie in einem Akt und in Versen.

Conin et Conette: Eine komische Oper, die in Versen das Stück »Bastien et Bastienne« parodiert.

L'Art de Foutre, ou Paris f.. tant: Eine Ballett-Pantomime, die aus Tänzen, Gesängen, Musik und einem Prolog besteht. Weiter noch viele andere, mehr oder weniger bekannte Werke.

Das stand alles als Lektüre zur Verfügung. Es fehlten einige Werke wie »Point du Jour«, »Lever de l'aurore« und »Mémoires Secrètes de la France während des 18. Jahrhunderts« sowie zahlreiche andere Bücher dieser Art.

Man hatte auch nicht vergessen, Notenständer aufzustellen, wo man Lieder nach Art der Gassenhauer vorfand, wie etwa:

Lied

Wir treiben es alle, solange wir leben
und lassen es mit uns treiben.
Das größte Vergnügen der Menschen
ist nun mal diese Beschäftigung.
Laßt es uns also ordentlich
vor dem Tod miteinander treiben!
Das wird uns bestimmt
für das andere Leben
als Empfehlung dienen.

Dieses Lied wurde an alle Gäste beim Eintritt in den Saal verteilt, und mit Hilfe dieses Liedes trieb es mancher, der es sang, und mancher sang es und bekam daher Lust.

Alle, die sich lieben wollten, eilten zu den Sofas. Ich hatte es nicht so eilig damit, denn ich wollte zuvor erst einmal meine Umgebung kennenlernen. Wir waren 20 Personen, die bei Tisch saßen. Darunter waren zwei Frauen und mein Abbé, der ein Hemd aus Tüll anhatte. Als alle Platz genommen hatten, kam man überein, daß es jetzt Pflicht eines jeden einzelnen sei, die Werkzeuge seines Nachbarn zu untersuchen, um ihren Zustand zu prüfen. Wer keine Erektion hatte, war dazu verurteilt, von jedem Gast drei Nasenstüber zu empfangen.

Die Gesellschaft unterwarf sich ohne Murren diesem Gesetz, das bei uns allen lautes Lachen wegen des einzigartigen Einfalls dieser Vorschrift hervorrief. Der Abbé war so erregt, wie das bei einem Franziskaner üblich ist, und er lachte auf Kosten manch eines anderen. Aber beim ersten Glas, das er trinken wollte, bemühte ich mich, das Seeblumenpulver hineinzuschütten, und befühlte ihn dann. Er war von der ganzen Gesellschaft am besten ausgestattet. Folglich verdoppelte ich die Dosis so lange und so oft, bis sich die ersehnte Wirkung einstellte. Wir unterzogen uns gerade zum drittenmal der Aufgabe des Testens, als der arme Pfaffe Anzeichen von Schwäche zeigte. Ich meldete ihn. Er war verpflichtet, seinen armen Penis zu zeigen, der weich, runzelig und kalt wie Eis war. Der Abbé wurde einstimmig verurteilt, jedoch geriet er nicht außer Fassung. Mit fester Stimme erklärte er uns, daß er an diesem Abend noch mehr als eine Frau mit diesem Werkzeug bearbeiten würde, das man jetzt so abfällig kritisiere. Er würde sich jetzt nur ausruhen. Dann fügte er noch hinzu: »Damit er besser stoßen kann!«

Leider mühte er sich vergeblich ab, solange wir noch an der Tafel saßen. Weder gebratene Artischocken noch Champagner noch Likör – alles Stoffe, die hervorragend geeignet sind, das Feuer der Lust im Blut zu entzünden – gaben ihm die frühere Stärke zurück.

Als wir gerade mitten beim Nachtisch waren, fing er an, die Nerven zu verlieren. Er starrte alle Spiegel an, um sich zu erregen. Nichts passierte. Wahrlich, nichts ist geeigneter, um einen geil zu machen, denn mit Hilfe nur eines Spiegels konnte man alle die Paare im Saal mit einem Blick überschauen. Die einen trieben es genüßlich von vorn, die anderen von hinten. Manchen schien es aber auch wahnsinnige Lust zu bereiten, nur ihren Mund auf die Lippen einer Frau zu drücken oder, um es einprägsamer zu sagen, sie hauchten leidenschaftlich ihren Atem in sie hinein. Einer neigte sich auch zu seiner Mätresse hin und gab ihr einen Kuß auf ein Auge oder saugte an ihrer Brust.

Vergeblich betrachtete der arme Abbé all die Bilder, aber seine verlorene Manneskraft wurde nicht wiederhergestellt.

Gegen halb zwölf mußte Platz für die erschöpften Liebenden gemacht werden. Jetzt betraten wir selbst die Kampfstätte. Alle erhoben sich von der Tafel.

Ich führte den armen Abbé ganz verschämt in die Galerie. Man teilte sich in zwei Gruppen, die sich in zwei Reihen aufstellten. Der impotente Meister wurde dazu verurteilt, dreimal mitten hindurchzugehen, um den kleinen Spaß zu erdulden, mit dem man ihn beehren wollte. Er empfing also 117 Stöße auf die Nase. Dennoch hatte er keinen größeren Steifen als zuvor, als er wieder in den Saal zurückkehrte.

Der Abbé war danach Gesprächsgegenstand. Der arme Teufel war verwirrt und völlig außer Fassung. Er setzte sich auf ein Sofa. Bei mir mühte er sich redlich ab, aber alles war umsonst.

Nachdem er sich eine gute halbe Stunde abgemüht und abgerackert hatte, ohne daß er deshalb geil wurde, mußte er sich um Mitternacht zurückziehen. Jeder Zoll ein neuer Abaillard!

Da ich seine kalten Liebkosungen satt hatte und sie langweilig fand, rief ich den Grafen herbei, meinen teuren Liebhaber, um so endlich zu meinem Vergnügen zu kommen und außerdem ohne Verzögerung das Mißgeschick seines Rivalen vollkommen zu machen.

»Ärgert Euch nicht«, sagte ich zu dem Abbé, »denn Ihr benötigt einen Stellvertreter, und ich will lieber ihn als einen anderen.«

Das brachte den Abbé so außer Fassung, daß er wütend aus dem Saal ging, seine Kleider anzog und rasend vor Zorn nach Paris zurückkehrte.

Ah! Wie ist ein Mann verärgert, wenn er merkt, daß die Natur sich seinen Gelüsten verweigert. Die Wut ist dann größer als seine Leidenschaft.

Der Graf verließ sofort die Frau, die er erwählt hatte, um sich in meine Arme zu werfen. Bei einer anderen Gelegenheit wäre dies ohne Zweifel eine schwere Beleidigung gewesen, ja ein Zeichen von Mißachtung, die in gleicher Weise ein ehrbares Mädchen oder eine käufliche Frau trifft.

Aber beim Eintritt in diese Gesellschaft hatte man jedem Freiheit im wahrsten Sinn des Wortes lauthals versprochen. War man den Umarmungen von irgend jemand überdrüssig, ging man einfach ohne Höflichkeitsfloskeln, Komplimente und Charme weg. Die Sofas und die Kavaliere vertauschte man mit den benachbarten. Dadurch wurde der Salon zu einer zweiten Akademie der Vierzig, sowohl was die Freuden, die Treue, die Untreue oder die Wollust anbelangte.

Gegen drei Uhr erhob man sich von der Tafel, um zu den Springbrunnen zu eilen und sich zu reinigen. Man bereitete sich dann auf einen Ball vor, der in der Galerie stattfand. Man tanzte so, wie man war: nackt.

Aber man hatte nicht mehr dieselbe Kraft wie früher. Überall sah man bei den Männern die Schwäche. Ja, sie waren entkräftet und durch das übermäßige Genießen geschwächt. Man hoffte, daß der Tanz den unfähigen Werkzeugen die beglückende Stärke wiedergebe.

Wenn man sich aber einmal Terpsichore, der Göttin des

Tanzes, hingibt, denkt man nicht mehr an die Venus. Auf diese Weise vergnügte man sich also bis sechs Uhr in der Früh. Danach nahm jeder seine Kleider und erfrischte sich von neuem an den Springbrunnen. Das war bald geschehen. Gegen acht Uhr bekamen alle, die es wollten, ein Frühstück vorgesetzt. Aber kaum jemand wollte eines haben, da die Freuden der Nacht eher Ruhe als Stärkung erforderten. Alle fuhren nacheinander ein wenig später weg. Der Graf und ich waren unter den letzten.

Er ließ mich in seiner Kutsche Platz nehmen, zusammen mit der Madame L. D. von L. V., der Gattin des Adeligen, der mir mitgeteilt hatte, daß der Graf auf dem großen Fest sein würde, das auf dem Besitz des M. von C. D. stattfände. Mein Liebhaber hatte ihn schon vorher über meine Person aufgeklärt.

Wir fuhren jetzt zusammen nach Paris. Unterwegs lobten wir die gute, erstaunliche und beispielhafte Ordnung, die auf dem Fest geherrscht hatte. Wir setzten Madame D. von L. V. in ihrem Hotel in der Vorstadt Saint-Germain ab. Danach brachte der Graf mich nach Hause. Ich bat ihn aber nicht, dazubleiben, da er ebenso wie ich Ruhe nötig hatte. Mit einem Satz war ich in meinem Bett, wo ich bis acht Uhr abends blieb.

Man erwartet an dieser Stelle ohne Zweifel, daß ich den Grafen jetzt bitte, ständig zu mir zu kommen. Dies hätte ich sehr leicht machen können, denn mein Liebhaber war nicht in Paris, und ich hatte volle Freiheit. Sicherlich hätte er mir gern diesen Gefallen getan. Aber unser Verhältnis mußte geheim bleiben. War ich mir eigentlich bei meinen Dienern sicher, daß ich fest damit rechnen konnte, daß sie verschwiegen waren?

Eine Mätresse nämlich hat gute Gründe, diskret zu sein. Alle, die um sie herum sind, können ebenso viele Spione gegen sie sein. Sie darf ihnen nicht mehr vertrauen als ein

Ehrenmann einer Kupplerin. Man macht es wie im Bordell – wer mehr zahlt, wird besser bedient. Das gleiche gilt auch bei einer Mätresse. Geld deckt alle Geheimnisse auf, wie es ein alter und sehr gescheiter Autor eines Dramas so ausdrückte:

»Krieg wie Liebe werden von derselben Kraft genährt.«

Man darf deshalb nicht erstaunt sein, wenn ich meinen Liebhaber nicht bei mir empfange. Da ich ihn bequem bei meiner guten Freundin sehen konnte, war dies für mich doch der sicherste Weg. Dort hielt ich mich die ganze Zeit auf, während mein Finanzier auf dem Lande war. Gern hätte ich gewünscht, daß er für den Rest seines Lebens weggeblieben wäre, vorausgesetzt, daß er mir pünktlich und reichlich Geld geschickt hätte. Ich liebte meinen teuren Grafen und er mich auch.

Gibt es köstlichere Augenblicke als die Stunden der Zärtlichkeit für zwei sich innig Liebende?

Keine Sekunde lang hätten wir aufgehört, so zu leben, wenn der Finanzier nicht zurückgekommen wäre. Leider wurde er am Samstag der folgenden Woche zu Hause erwartet. Höflich kündigte er mir seine Ankunft an, indem er mich bat, am nächsten Morgen zu Hause zu sein. Ich wartete am Samstag bis drei Uhr. Endlich kam er sehr wütend zu mir und hielt mir ein kleines Briefchen unter die Nase. In unhöflichem Ton sagte er: »Lies es, ich werde zum Abendessen wiederkommen!«

Kaum hatte er geendet, da verließ er mich auch schon wieder und ging fort.

Ich öffnete das Briefchen mit der Eile, zu der mich meine Neugierde antrieb, die bei beiderlei Geschlecht, wie man sagt, von Natur aus angeboren ist.

Wie schlecht wurde sie belohnt!

Man berichtete dem Finanzier von der schönen Lustpartie, an der ich teilgenommen hatte. Man erwähnte auch den Grafen und verriet, daß er mich nach Belieben befummelt und geliebt hatte. Zum Schluß fügte man noch hinzu, daß er sich weitere Informationen bei dem D. von L. V. und dem C. von L. einholen könnte, die ebenfalls mit von der Partie gewesen wären.

Nach einer solchen Lektüre verbrachte ich einen traurigen Nachmittag. Ich wartete auf meinen Griesgram bis acht Uhr, dann kam er. Beim Eintreten schon fragte er mich, ob man ihn richtig informiert hätte. Auf dieses Späßchen ging ich gar nicht ein. Wir setzten uns beide an den Tisch, wo wir tiefes Schweigen bewahrten.

Endlich, beim Nachtisch, sagte der Finanzier zu mir: »Ihr müßt, meine Freundin, ja – Ihr müßt eine Entscheidung treffen! Ihr wißt, wie ich Euch bis jetzt behandelt habe. Wenn Ihr Euch nicht von dem Grafen und der Duttey trennt – und zwar sofort –, dann verlasse ich Euch. Wägt Eure Interessen ab!«

Ich versprach dem Finanzier, seinen Wünschen zu entsprechen. Dann schrieb ich einen Brief an den Grafen, den er selbst an ihn schicken ließ.

Was kostete mich dieser Brief! Ah! Man glaubt es nicht!

Ich verließ einen Mann, den ich mehr als mich selbst liebte. Das war nicht gerade wenig. Und alles nur, um mir das Wohlwollen dieses verdammten Gönners zu erhalten, den ich nicht ausstehen konnte. Aber gütiger Gott! Hätte ich denn anders handeln können? Wenn ich meinen Krösus von Finanzier aufgegeben hätte, dann hätte er mich an den Bettelstab gebracht.

Der Graf nämlich hatte keine Lust, mich auszuhalten. Obgleich er sehr reich war, gehörte er zu diesen originellen Männern, die das Vergnügen lieben, aber sich nicht entschließen können, einen Hintern zu kaufen und auch zu bezahlen. Er liebte mich, weil er die fast schon alberne Einfalt sah, mit der ich mich ihm hingegeben hatte. Er hätte bestimmt an der Ehrlichkeit und Lauterkeit meiner Gefühle gezweifelt, wenn ich ihn nur etwas gekostet hätte.

Mein Finanzier schien mit dem Opfer zufrieden zu sein, das ich geben wollte. Was ich ihm danach noch erzählte, machte ihm noch mehr Freude. In meiner Einfalt nämlich berichtete ich ihm von unserer berühmten Lustpartie. Ich erwähnte auch, wie ich dem Abbé Seeblumenpulver gegeben und den Grafen zum Stellvertreter des Pfaffen gemacht hatte. Meine Unbefangenheit und Aufrichtigkeit gefielen ihm, und er verzieh mir vollständig. Doch blieb er mir gegenüber jetzt völlig gefühllos. Von der Gefühllosigkeit zur Feindschaft ist es aber nur ein Schritt. Ein Liebhaber bricht leicht mit seiner Mätresse, wenn er ihr gegenüber gefühllos wird. Das erfuhr ich bald genug.

Nicht viel später hatte ich ein kleines Abenteuer, das die Abneigung endgültig sichtbar machte, die der unangenehme Finanzier schon längst gegen mich haben mußte.

Ich war eines Tages im Theater und setzte mich an die Seite einer Dame von hohem Rang. Ich kannte sie aber nicht und musterte sie von oben bis unten. Beim Eintritt in die Loge grüßte ich sie nicht, sondern bat sie nur im groben Ton, mir Platz zu machen.

Diese Dame, die sehr bescheiden war, gab mir zur Antwort, es wäre schade, wenn ich mir eine Loge für mich alleine nehmen müßte.

»Oh! Keineswegs, Madame«, antwortete ich, »ich habe dann nicht mehr das Vergnügen Eurer Gesellschaft!«

Dann ging ich frech zu meinem Sitz, wo ich während der ganzen Vorstellung diese Dame beleidigte. Sie war so einfach gekleidet, daß ich sie für eine Kammerzofe hielt. Um sie dafür zu bestrafen, daß sie bei mir saß, entschloß ich mich, sie zu reizen. Bald machte ich aus meinem Reifrock einen Schirm, wodurch ich ihr den Blick auf die Bühne versperrte, bald trat ich ihr mit gespielter Zerstreutheit auf die Füße. Diese Scherze trieb ich so weit, daß das Publikum im Parterre sie wahrnahm. Man lachte sehr auf unsere Kosten, und deshalb sagte ich beim Hinausgehen zu der unbekannten Dame: »Madame, ohne daß eine Komödie angekündigt war, habt Ihr hier gerade eine sehr schöne gespielt!«

Man antwortete mir nicht auf dieses Kompliment. Seelenruhig ging ich zu mir heim. Ich dachte nicht mehr an die arme Frau, deren Zorn erregt zu haben ich mir als eine sehr große Ehre anrechnete.

Natürlich dachte ich auch nicht an etwaige unangenehme Folgen, die meine Unverschämtheit mit sich brachte. Doch zwei Tage danach kam ein Polizeioffizier zu mir, um mir mitzuteilen, ich solle mich schnell aus dem Staube machen, wenn ich nicht ins Allgemeine Hospital gebracht werden wolle. Er sagte mir, daß ich eine Auseinandersetzung mit der Prinzessin von D. von B. gehabt hätte, die sich bitterlich beim Leutnant der Polizei beschwert hätte. Um ihr Genüge zu tun, sei Befehl ergangen, mich zu verhaften. Ich bedankte mich bei dem Polizeioffizier, wozu ich allen Grund hatte, nahm mir sogleich eine Kutsche und ließ mich zu meinem Finanzier fahren. Ich teilte ihm mein Unglück mit. Seine ganze Antwort bestand nur in 25 Louis.

»Nehmt sie«, fügte er hinzu, »damit Ihr die Wohnung wechseln könnt, und bemüht Euch in Zukunft, vernünftiger zu sein! Mehr will ich nicht mehr für Euch tun!«

Ich wollte den guten Mann besänftigen, aber seine Entscheidung war unumstößlich. Unter tausend Verwünschungen verließ ich ihn und verfluchte ihn auf jede nur denkbare Weise. So benehmen sich alle Dirnen, wenn der Mann, der sie aushält, nicht länger ihr Narr sein will.

Gern hätte ich jetzt meinen teuren Grafen wiedergesehen, aber ich hatte ihn ja aus meinem Haus gewiesen.

Meine Hoffnung auf ihn hatte sich allmählich in Hoffnungslosigkeit verwandelt. Eines Tages war ich in der Nähe der Kirche Saint-Eustache mit meiner Kutsche. Vor dem Laden meiner Schneiderin ließ ich halten. Ich stieg aus, um mit ihr ein wenig zu plaudern.

Siehe da! Ich traf auf meinen Grafen! Man kann sich meine Freude vorstellen, als ich ihn sah.

Doch o weh! Weshalb vergällte er mir diese Freude? Er sagte mir nämlich, daß er seit acht Tagen verheiratet sei. Ein Blitzschlag wäre für mich weniger schrecklich gewesen als diese bedrückende Nachricht. Ich ging schnell weg und schwor mir hoch und heilig, mich nicht mehr mit solcher Hingabe zu verlieben.

Hatte ich in diesem kritischen Augenblick unrecht? Man soll sich einmal an meinen Platz stellen! War es nicht meine törichte Leidenschaft für diesen treulosen Grafen, die mich des Finanziers, meines Liebhabers, beraubt hatte? Würde ich jetzt nicht noch weiter genügend Geld von meinem guten Mann erhalten haben, wenn dieser unheilvolle Liebhaber nicht gewesen wäre?

»Laßt mich«, sagte ich zu mir selbst, »ja, laßt mich doch lieber die Laufbahn einer echten und tüchtigen Dirne einschlagen. Ich will in solchen Verhältnissen leben, wo ich mich über eine Heirat oder die Unbeständigkeit eines Liebhabers gänzlich lustig machen kann.«

Dies führte ich tatsächlich aus und trieb es so weit, daß ich in einem Mann nur einen Bettgenossen sah. Ich empfing ohne Unterschied jeden Mann bei mir, vorausgesetzt, er hatte nur einen Wunsch, nämlich mit mir zu schlafen.

Ob schön, ob häßlich, groß, klein, mißgestaltet, gut gebaut, jung oder alt, war mir gleichgültig. Alle ließen mich kalt. Ich brauchte eine große Anzahl kräftiger Männer, um die Zärtlichkeit meines geliebten Grafen zu vergessen. Mein Etablissement stand für jeden offen. Ich erlaubte jedem Kerl, mich zu nehmen. Unter denen, die ich häufig sah, war ein Infanterieoberst, der sich Hals über Kopf in mich verliebt hatte. Er schlug mir vor, ihn nach Rouen zu begleiten, wo sein Regiment in Garnison stand. Im übrigen weiß man: Eine Dirne liebt außer den Freuden des Canapées nichts mehr als das Reisen. Das Land ist ihr gleichgültig, vorausgesetzt, es fließen Milch und Honig.

Ich setzte dieses Sprichwort in die Tat um, indem ich meinem Oberst in seine Garnison folgte. Dieser neue Schauplatz, wo ich mich hinbegab, ist einer von denen, wo eine erprobte Dirne die schönsten Rollen auf der Welt spielen kann. Rouen ist bekannt genug, deshalb kann ich mir eine Beschreibung ersparen. Als ich mit meinem Oberst in dieser Stadt angekommen war, widmete ich meine ganze Zeit allen nur denkbaren Freuden: Bällen, Komödienaufführungen, Konzerten, Promenaden, feinen Lustpartien, erlesenen und köstlichen Essen. Mein neuer Liebhaber scheute keine Kosten. Jeden Tag ließ er sich etwas einfallen, um mir seine Zärtlichkeit zu beweisen. Er wußte, daß ein Mädchen meines Standes sinnlich veranlagt ist. All seine Gutmütigkeit habe ich ihm, so gut ich es kann, belohnt. Ich nenne es Gutmütigkeit, und dies ist auch das einzige Wort, mit dem man die Narretei dieser Männer bezeichnen kann, wenn sie ein Verhältnis mit einer Dirne haben. Doch machen das heute die führenden Männer in Europa und diejenigen, die ihnen nachäffen, fast alle so, aber die ersteren sind diesbezüglich noch viel mehr verachtungswürdig als die letzteren. Im allgemeinen wird heute der Adel beim Volk mehr gehaßt als geachtet.

Was mich anbelangt, war ich vollkommen glücklich, auch ohne eine richtige Liebe, ja, ich kann sogar sagen, ohne die leidenschaftliche Begierde zu lieben. Das wird Euch doch hoffentlich einleuchten!

Mein Oberst wollte mir ein sicheres Auskommen verschaffen, indem er mich in die Schar der Komödiantinnen in Rouen einreihte, die bei mir ein gewisses Talent fürs Theater zu erkennen glaubten.

Heute merke ich erst richtig, wie sehr dieser schöne Beruf für mich förderlich war, besonders da ich ja eine Mätresse und von Hause aus eine Komödiantin war. Als man mir aber ein festes Engagement vorschlug, hielt ich das für unter meiner Würde. Das Bett war mein einziges Heil. Dort allein befriedigte ich meine Begierden und mein Herz. Ich schätzte es so hoch, daß jedes Mal, wenn mein Oberst mir durch einen Soldaten einen Brief bringen ließ, dieser Soldat, gleichgültig ob jung oder alt, das Recht hatte, mich zu lieben.

Alles wäre also sehr angenehm und erheiternd gewesen, wenn ich nicht nach Ablauf von drei Monaten eine Geschlechtskrankheit von der schlimmen Art bekommen hätte. Als ich merkte, was ich mir geholt hatte, machte ich mich ohne viel Lärm davon. Eine goldene Uhr, die ich verkaufte, verschaffte mir das nötige Geld für die Rückreise nach Paris.

Dieser Entschluß war ohne Einschränkung sehr klug, denn ich war mir nicht sicher, ob ich meinem Oberst vertrauen konnte, der sich bester Gesundheit erfreute. Ganz natürlich war es, daß ich jetzt eine grenzenlose Angst vor ihm hatte, nachdem ich ihn wahrscheinlich mit derselben Geschlechtskrankheit infiziert hatte.

Man sieht, daß mein Aufenthalt in Rouen sehr kurz war. Trotzdem verlief er nicht ohne Abenteuer. Davon könnte ich mehr als eines erzählen, wenn ich nicht Angst hätte, die Personen zu kompromittieren, mit denen ich in dieser Gegend eine schlüpfrige Liebesbeziehung hatte.

Jeder versuchte mich an diesem Ort von meinem Oberst zu trennen, denn man muß offen und ohne Heuchelei sagen, daß jeder Mann in Rouen ein teuflisch guter Beischläfer ist. Das habe ich reichlich erfahren, und ohne die verdammte Geschlechtskrankheit wäre ich vielleicht noch heute in dieser Stadt, wo die Wollust das oberste Gesetz ist, besonders für die jungen Leute.

In der öffentlichen Kutsche, die mich nach Paris brachte, saßen ein junger Mann von achtzehn Jahren, ein Barnabitermönch und ein junges Mädchen, das ohne Zweifel sein Kind in Paris gebären wollte. Diese letztere Person, ebenso eine Dirne und ein Mönch oder Pfäfflein passen zusammen wie die Faust aufs Auge. Die Reise war deshalb sehr lustig. Ohne mich damit zu amüsieren, das Mädchen mit dem dicken Bauch zu foppen, fiel ich über seine Hochwürden, den Barnabitermönch, her. Im allgemeinen lieben Dirnen sehr diese Art von Gewändern. Ist das so falsch?

Ohne Zweifel nicht. Es ist ganz und gar in Ordnung, auch wenn vielleicht andere nein dazu sagen. Ja, seine Hochwürden war wahrhaft ein Teufel. Mit mathematischer Strenge kann ich es beweisen, denn ich habe ihn infiziert. Und dazu kam es so: Als wir in Mandes angekommen waren, zog er mich beiseite und fragte mich, weshalb ich ihn so sehr und am falschen Ort verspotte.

»Gütiger Gott!« erwiderte ich schnell. »Weshalb treibt Ihr es nur mit Männern?«

»Welche Beleidigung!« sagte der Kuttenträger. »Seid Ihr, mein Mädchen, so einfältig, daß Ihr solche Geschichten glaubt? Doch weiß ich jetzt wohl, daß man Euch gründlich von diesem Irrtum befreien muß. Setzt Euch hierher, ein Dienst an Eurem Nächsten wird bei Euch einen Sinneswandel bewirken!«

Sogleich brachte dieser Kerl etwas zum Vorschein, das von Manneskraft strotzte und sehr gut aussah. Dann hob er meinen Rock hoch und nahm mich, ohne daß ich Zeit hatte, »Vorsicht« zu schreien. Ja, ich gestehe, ich bin tüchtig hergenommen worden. Wenn alle Barnabitermönche so gut in Form sind wie mein Reisegefährte, dann ist man zu Unrecht über sie erbost, außer wenn man annimmt, daß er noch kein Ordensgelübde abgelegt hatte.

Am nächsten Morgen wollte dieser junge Mann es wieder so versuchen. Obgleich er nicht gänzlich ein Tor war, war er doch so einfältig, daß er nur einen Eingang kannte. Ich war verpflichtet, ihn gewissenhaft auf die Folgen hinzuweisen. Da er schön, jung und unverbraucht war, wollte ich nicht, daß er durch meine Krankheit entstellt würde. Deshalb ließ ich ihn einen Weg nehmen, den ich sonst einem Barnabitermönch verweigert hätte.

Dieser Weg wird ja seit undenkbarer Zeit begangen, ja seit der Schöpfung der Welt. Man findet ihn auch bei den sogenannten Kirchenvätern und weiß also, daß es ihn schon immer gab und daß er ganz offen in Rom, ebenso in Petersburg, Berlin, Wien, London und Stockholm, kurz überall gesucht wird. Noch besser: Sogar die Päderastie wird von den Staatsoberhäuptern, Prinzen, Monarchen und anderen Personen offen ausgeübt! Das Schlimmste dabei aber ist, daß diese verdorbenen Männer, die solch ruchlosen Neigungen huldigen, ihrer Lust mit wenigen Kosten in gewissen Ländern frönen können. In Deutschland und in anderen bekannten Ländern Europas läßt sich jeder Soldat auf Wache dazu benutzen.

Doch ich schweife ab!

Ich will mich jetzt wieder meiner Person zuwenden! Ihr wißt also, daß der junge Mann, um es frei heraus zu sagen, mir eine sagenhafte Freude verschafft hatte.

Hätte ich besser bedient werden können? Konnte eine Dirne eine schönere Reise machen?

Schließlich kam ich in Paris so glücklich wie nur möglich an, ohne daß ich unterwegs nur einen Augenblick Langeweile spürte.

Mein Barnabitermönch bedankte sich bei mir tausendmal. Allem Anschein nach nahm er in seine Zelle eine ordentliche Syphilis mit. Allerdings weiß ich nicht, ob seine Mitbrüder ihm Dank dafür wußten!

Um zu erfahren, was aus dem jungen Mann werden würde, ermahnte ich ihn beim Abschied, mich manchmal zu besuchen. Ich gab ihm die Adresse meiner Schneiderin an, die nahe der Kirche Saint-Eustache wohnte. Mit großer Freude nahm sie mich jedes Mal bei sich auf.

Ja, diese Frau, sie war wahrhaft eine Freundin. Natürlich habe ich ihr auch von meiner Geschlechtskrankheit und meinen anderen Abenteuern erzählt. Sogleich mietete sie mir eine Wohnung in der Rue Saint-Avoye, wo ich durch die Bemühungen des berühmten Arztes Quertant Audoucest innerhalb eines Monats völlig von den Folgen meiner Krankheit geheilt wurde.

Danach hörte ich keineswegs auf, mich in der Öffentlichkeit zu zeigen. Vielmehr trat ich jetzt in Paris wie eine richtige Dirne auf. Sehr viele Leute verachten das Viertel Marais. Was mich aber anbelangt, fand ich es vorzüglich für mein Gewerbe. Das Beamtenpack bevölkert es zu allen Jahreszeiten. Marais ist sozusagen ihr zweites Zuhause. Ein Beweis dafür ist, daß ich sie in großer Zahl zu mir strömen sah. Sie kamen alle zur Dumoncey, um sich zu amüsieren und zu erquicken. Dies war der Name, den ich bei meiner Ankunft in Marais angenommen hatte, weil der Name Morantcour, den ich vorher geführt hatte, meiner Ansicht nach geändert werden mußte. Ja, das gestehe ich ein.

Das Liebesleben mit den Beamten hätte mir mehr Spaß gemacht, wenn sie weniger pedantisch gewesen wären. Sie haben auch eine so alberne Ausdrucksweise! Ohne Zweifel ist sie eine Folge der verdammten Pedanterie. So nennen sie beispielsweise den letzten Stoß: Entlassung aus dem Arrest, den ersten: Arrest mit Ausgangserlaubnis, da sie ihn ja immer wieder hineinstecken.

Wie seicht ist doch eine solche Ausdrucksweise! Aber

wahrhaft, das Geld dieser Beamten entschädigte mich für viele Dummheiten und Albernheiten. Noch eines will ich über diese Personen sagen, bevor ich das Thema beende: Die Beamten – ich spreche weniger von den höheren Rängen – haben mir in Marais ein Höchstmaß an Lust verschafft. Ich habe in diesem Viertel vollkommen von ihrem Geld gelebt. Ohne sie hätte ich nicht die Tat der Nächstenliebe vollbringen können, durch die ich, wie man bald sehen wird, mich in sehr gerechter Weise gegenüber der Schneiderin aus der Besserungsanstalt in Le Havre de Grace erkenntlich zeigte.

Als ich eines Tages im Kloster der Benediktiner war, um vielleicht alte Bekannte wiedersehen zu können, fiel mein Blick auf eine Frau, die zwischen zwei Gardesoldaten stand. Wie groß waren meine Überraschung und mein Erstaunen! Ich glaubte, meine teure Schneiderin wiederzuerkennen, deren Unglück mir so große Sorgen gemacht hatte.

Ich sah ihr in die Augen, deren wirrer Blick mir genug sagte, so daß ich dieser Frau ein Zeichen gab. Als sie mich dann erkannte, zeigte sie mir ihre ganze Freude.

Ich schlug ihr vor, mit mir wegzugehen, aber sie gab mir mit ein paar Worten zu verstehen, weshalb ich sie, ebenso wie mich selbst, in Schwierigkeiten bringen würde, wenn sie auf der Stelle diese beiden verfluchten Soldaten verlassen würde. Ich begnügte mich deshalb damit, ihr meine Adresse zu geben.

Zwei Tage gingen vorüber, ohne daß ich meine Schneiderin sah. Am dritten Tag kam sie endlich um 10 Uhr morgens und warf sich zu meinen Füßen. Ich bat sie aufzustehen und umarmte sie herzlich. Danach bat ich sie, sich neben mich zu setzen trotz des schrecklichen Zustandes, in dem sie sich befand. Ohne Unterwäsche und in schmutzigen Kleidern war sie ohne Zweifel ein Beispiel für die Unbeständigkeit der menschlichen Verhältnisse.

Ein trauriger und verschämter Gesichtsausdruck schien ihr Herz zu verschließen.

Sie wollte sprechen, aber man sah, daß die Verwirrung sie zurückhielt und ihr die Worte abschnitt. Ich bemerkte das rasch. Damit sie es sich bequem machen und mir ihr Vertrauen schenken konnte, ließ ich sie ihre Lumpen ablegen und gab ihr all das, was sie benötigte, um sich zu bekleiden. Nachdem diese traurige und lästige Zeremonie beendet war, sagte ich ihr viele nette Dinge, wie am Schluß dies: »Ich will von Herzen gern, meine gute Freundin, daß Ihr heute bei mir bleibt!«

»Ach!« antwortete das Mädchen, wobei sie einen tiefen Seufzer ausstieß, »Ihr habt mir das Leben zurückgegeben!«

Dieser Seufzer, der ihr so ganz natürlich entschlüpfte, brach den Damm. Sogleich zeichnete mir meine Schneiderin ein so zu Herzen gehendes Gemälde ihres Unglücks, daß ich sie bitten mußte, nicht weiterzuerzählen. Ich bat sie auch, mir nicht mehr von solch schrecklichen Dingen zu berichten. So wurde meinen Ohren der widerwärtige Bericht von unerhörten Grausamkeiten erspart, die die Gardesoldaten bei ihr mit unglaublicher Brutalität verübt hatten, als sie das Allgemeine Hospital verließ.

Jetzt wäre hier wahrscheinlich eine gute Gelegenheit, zu schildern, was die Verbrecher von Gardesoldaten gemacht hatten. Diese Schilderung würde hinreichend vervollständigt durch das, was die unglückliche Schneiderin mir erzählte. Ich schaudere vor Schrecken, wenn ich nur an diese Monster denke.

Man möge es mir erlassen, in Einzelheiten auszumalen, was es an Schrecklichem gibt und was man aus der Alten und Neuen Welt von abscheulichen, grausamen und brutalen Ereignissen berichten kann.

Soviel nur soll der Leser wissen, daß unsere Schneiderin in den grausamen Krallen und gierigen Händen dieser scheußlichen Leuteschinder war. Sie war eines der bejammernswerten Opfer der Prostitution. Die Freuden dieses Berufes schienen sie beharrlich zu meiden oder sie stellten sich nur ein, um sie krank und zu einer täglichen Freude dieser mitleidlosen Geier zu machen. Auch beendete sie sehr rasch ihre Laufbahn. Die neuen Lebensumstände, in die ich sie versetzte, waren für sie die einzige Veränderung ihres traurigen Schicksals. Es bescherte ihr noch eine Krankheit, durch die das unglückliche Mädchen, nachdem es zwei Monate bei mir gewesen war, bedeckt am ganzen Körper mit Geschwüren, in eine andere Welt versetzt wurde. Ihr achtundzwanzigstes Lebensjahr hatte sie noch nicht vollendet.

Doch freue ich mich noch heute für dieses arme Mädchen, daß ich ihr wenigstens ein paar unbeschwerte Tage vor ihrem Tode verschafft habe. Ich will aber diesen Abschnitt beenden, denn mir kommen die Tränen, und will weiter von mir sprechen.

Der Bezirk Marais gefiel mir also wegen der großen Zahl und Güte der Freier sehr gut. Jeden Tag kam ich auf meine Kosten. Denn von größtem Interesse für mich war, daß ich gut bezahlt wurde. Das kann ich beweisen. Ich hatte nämlich berechnet, wieviel mir jede amouröse Bewegung einbrachte, und fand, daß ich mich niemals für weniger als 1 Écu echauffierte.

Welche Freude machte mir diese Art zu leben! Ich hätte es noch lange so getrieben! Bestimmt! Wenn es nur nicht diese verabscheuungswürdigen Wesen gegeben hätte, die man zu Recht »Spürhunde der Bordelle« nennt und im Volksmund »Knebelbärte«. Diese Sorte von Menschen ist geschaffen worden, um uns zu quälen. Ohne sie wäre eine Dirne sehr glücklich und zufrieden wie eine Königin! Nur mit einer Kupplerin oder Modistin würde es ein Mädchen sehr weit bringen, wenn man es nicht ausnutzen würde.

Das eigentliche Talent eines »Knebelbartes« ist es nämlich, sie diesem Ziel zuzuführen.

Ich hatte das Unglück, von einem Mann dieser Art entdeckt zu werden. Er versuchte es zunächst bei mir auf die freundschaftliche Art. Er war ein schöner Mann und gut gebaut. Ich glaubte zuerst, ich hätte eine vortreffliche Entdeckung gemacht, und himmelte diesen elenden »Knebelbart« an, ohne ihn zu kennen. Er bestärkte mich in dem Glauben, daß ich bei ihm das glücklichste Mädchen auf der Welt sei, Bedingung wäre aber, daß ich ihm seine Wohltaten belohnte. Was waren diese angeblichen Wohltaten? Kann man es glauben und würde ich es selbst glauben, wenn ich es nicht am eigenen Leibe erfahren hätte?

Sie bestanden darin, mich von ihm auf gröbste Art benutzen zu lassen. Dieser Kerl war geradezu versessen darauf. Wenn ich mich ihm diesbezüglich widersetzte, veränderte er seine Sprache und zeigte sein wahres Wesen: »Na schön, du Hure«, sagte er dann wütend zu mir, »wenn du nicht sogleich alles tust, was ich will, dann lasse ich dich von einer Polizeitruppe in das Allgemeine Hospital führen!«

Allein schon bei dem Wort »Hospital« standen mir die Haare zu Berge, denn eine Dirne fürchtet nichts so sehr wie dieses Haus des Elends. Ich kannte es zur Genüge aufgrund der Beschreibung, die meine Schneiderin mir davon gab. Sie war zu ihrem Leidwesen zweimal dorthin gebracht worden. Deshalb stimmte ich dem zu, was mein ruchloser »Knebelbart« von mir wollte. Ich bestand aber auf einer Bezahlung. Darauf gab er mir zur Antwort, ich könnte die Hure von Dienerin zu ihm schicken und er würde ihr 10 Louis geben. Im Vertrauen auf seine Worte schickte ich mich an, dem »Knebelbart« meine Dienste zukommen zu lassen, wie er es liebte. Da sagte er zu mir: »Nein, meine Schöne, nicht so! Leg dich auf den Rücken!«

Ich war sehr zufrieden damit, daß er es diesesmal anders haben wollte, und öffnete sehr schnell meine Schenkel. Zwischen diesen nahm mein Hurenbock Platz. Kaum hatte er aufgehört, da sagte er zu mir: »Auf, Nutte, und jetzt den Rest!«

Kaum hatte er diesen Satz beendet, da näherte er sich schon meinem Mund. Ich saugte an ihm, und als er genug hatte, sagte er zu mir: »Oh! Meine Königin, wir wollen uns jetzt schön amüsieren und unsere Kräfte stärken! 10 Louis sind ein guter Lohn dafür, daß du uns jetzt ein gutes Abendessen herrichten läßt!«

Da ich wie immer gutmütig war, gab ich meiner Kupplerin Weisungen. In kurzer Zeit war alles beschafft, damit wir bis zwei Uhr morgens mit Trinken und Essen die Zeit verbringen konnten.

Danach verließ mein „Knebelbart« mich. Er schwor mir hoch und heilig, daß ich mich auf sein Wort verlassen könnte. Um das eben zu prüfen, schickte ich gegen 11 Uhr am nächsten Morgen jemanden zu ihm. Der Lump wartete schon lange, wie er sagte, auf meine Kupplerin, um ihr ein Briefchen mitzugeben. Da sie glaubte, einen Wechsel erhalten zu haben, brachte sie mir diesen Brief ganz außer Atem. Ich nahm ihn ihr schnell aus den Händen, doch man kann sich mein Erstaunen vorstellen, als ich das folgende las:

»An die Dumoncey!
Lisette ziert sich, warum eigentlich? O weh! Ich verstehe es nicht!

Denn niemals habe ich bei einer so üblen Person geschlafen!«

Man kann sich leicht meine Gefühle vorstellen, als ich sah, wie ich von diesem Mann, der unter mir stand, behandelt wurde. Ich sage ausdrücklich »unter mir«, denn ich schätze ohne Frage den Kaufmann höher ein als den Makler. Die Dirne aber verkauft ihren Körper und der »Knebelbart« verkuppelt ihn. Ich wußte nicht, wie ich vorgehen sollte. Gleichwohl war es nötig, sich zu rächen, oder aber ich würde meine Selbstachtung verlieren.

Mit Versen! Wie sollte ich antworten?

In meinem Zorn kam ich auf einen Einfall. Sogleich schrieb ich auf demselben Papier einige Zeilen, welche ich meinem »Knebelbart« zuschickte.

»Ich schwöre bei Apollo,
daß ich Deiner Muse nicht mißfallen habe!
Ich habe einen Leib,
der so beschaffen ist,
daß sich Deine Kräfte daran erschöpfen!«

Es waren die einzigen Verse, die ich jemals in meinem Leben gemacht habe. Sie sind nicht besonders gut, aber sie beweisen wenigstens, daß der Zorn sehr häufig der Gott der Dichter ist. Ich hätte besser getan, sie für mich zu behalten, denn sie brachten mir folgende Antwort ein:

»An die Dumoncey!
Entweder habe ich mich in meiner Rechnung getäuscht,
oder wir sind beide quitt:
Wenn Du mich erschöpft hast, wird Dein Leib bald eitrig sein.«

Ich muß gestehen, als ich die letzten Zeilen sah, war ich rasend vor Wut.

Was wollte er damit sagen? Mein Leib wird eitrig sein! Hat der Lump mich infiziert? Hat er mir meinen Körper verhunzt? Hat er mir nicht die Lust verleidet, indem er mich so benutzte?

Der Schurke! Der Verbrecher! Wenn ich ihn erwische ...!

»Aber was soll das«, fügte ich hinzu, als ich mich wieder mit meiner Kupplerin unterhielt. »Leider, was soll diese nutzlose Wut? Geh, meine Liebe, zu Doktor Quertant-Audoucest! Sage ihm, er soll mich schnell besuchen! Ich kann nicht länger diese schreckliche und bedrückende Ungewißheit ertragen, in der ich mich jetzt befinde!«

Dieser Mann, den ich eben nannte, war ein Arzt, der bei mir schon einmal ein ähnliches Leiden geheilt hatte. Wenn ich mich nicht irre, habe ich das schon früher erwähnt.

Er kam kurz darauf zu mir und fand mich sehr niedergeschlagen vor. Deshalb versuchte er mich zu trösten. Was das Briefchen anbelangte, das ich ihm zeigte, begnügte er sich zu sagen: »Nur das ist eine Geschlechtskrankheit, die ein Arzt festgestellt hat. Ob er sie wirklich hat, mein Fräulein, ist eine andere Sache. Schont Euch nur und nehmt diese Arznei!«

Nach diesen Worten gab er mir ein Rezept für die Apotheke, und ich beschloß, mein Vorderteil für einige Zeit sorgfältig zu verschließen. Übrigens sagte mein Arzt, daß ich ihn bei den geringsten unzweideutigen Symptomen rufen sollte. Dann ging er weg.

Während des Rests des Tages verfluchte ich den erbärmlichen Halunken von »Knebelbart«, bis gegen neun Uhr abends meine Kupplerin einen jungen Mann zu mir führte, der gut gebaut und prächtig gekleidet war. Er war höchstens zwanzig Jahre. Bei seiner Ankunft erwachte ich aus meiner Schläfrigkeit. Ich betrachtete ihn wie eine Planke nach einem Schiffbruch. Er sollte mir nützlich sein, und dieser junge Mann, der gierig nach Lust war, stürzte sich auf mich, wie wenn er von Sinnen wäre. Ich spielte zunächst ein wenig die Spröde. Um mich schneller zu bekommen, warf er 3 Louisdors auf den Tisch.

»Gut, daß ich beim Glücksspiel eine Zwölf gezogen habe«, sagte er. Als ihm dieses Wort entschlüpfte, hatte ich noch mehr Grund, mich spröde zu geben. Ich machte es tatsächlich so gut, daß er noch weitere 3 Louisdors zwischen meine Brüste steckte.

Das weiß der liebe Gott, mit welcher Freude ich danach meine Röcke hochgehoben habe! Zuerst warf ich mich aufs Bett und bewegte tüchtig meinen Hintern. Der junge Mann war aufs beste mit mir zufrieden. Um mir das zu beweisen, küßte er mich überall. Hoffentlich hat er sich dabei nicht angesteckt! Kann man es schlecht finden, daß ich diesen jungen Mann nicht informiert habe über den Schlund, in den er hineintauchte?

Man kann sagen und denken, was man will. Ich brauchte Geld. Deshalb hütete ich mich, etwas zu verraten. Es hätte mir auch wenig Skrupel gemacht, wie ich glaube, selbst einen Kardinal zu infizieren.

Übrigens, wenn ich einen Fehler in den Augen bestimmter Sittenrichter gemacht habe, dann wird man bald genau sehen, mit welcher Großherzigkeit er mir von dem jungen Mann verziehen wurde, der mich, bevor er ging, tausendmal küßte.

Als mein so edler Freier weggegangen war, war ich ein wenig gefaßter und dachte an meinen Arzt. Ich bekenne ohne Umschweife, daß ich der Vorsehung danke, daß sie mir jemanden geschickt hatte, der mich von meiner Syphilis heilte, vorausgesetzt, es war wirklich eine. Dies war nicht mehr lange zweifelhaft, denn meine Zweifel diesbezüglich wurden nach Ablauf von 15 Tagen zur Gewißheit.

Ich ließ sogleich meinen Arzt rufen, der mir ein Medikament gab und mir ausdrücklich jeden Umgang mit Männern verbot. Da dieser Bursche nichts mehr als ein Schwuler war, machte dieses Verbot aber keinen großen Eindruck auf mich.

Im übrigen konnte ich mich auch nicht einer neuen Lustpartie entziehen, von der ich bald berichten werde.

Der liebenswürdige Kavalier, von dem ich oben gesprochen habe, besuchte mich eines schönen Morgens wieder. Als ich ihn eintreten sah, zweifelte ich nicht im geringsten daran, daß er wegen meines teuflischen Leidens zu mir komme, um mir die Einrichtung zu zerschlagen. Das ereignete sich manchmal bei meinen Kolleginnen.

Der junge Mann bemerkte ohne Zweifel meine Angst, denn um mich zu beruhigen, beeilte er sich zu sagen: »Du hast mich infiziert, Kleine, das stimmt doch? Ich habe mir nämlich eine ordentliche Syphilis geholt. Es trifft sich aber sehr gut und kommt mir gelegen. Ob ich mir nämlich die Syphilis bei dir oder einem anderen Mädchen hole, ist doch gleichgültig!«

Der Leser wird vielleicht glauben, daß ich übertreibe oder daß ich ihm bei diesem Ereignis nicht die Wahrheit erzähle. Um dies also zu bekräftigen, muß ich jetzt noch hinzufügen, daß ich verschiedene Male junge Leute kennengelernt habe, die nicht in die Provinz zurückkehren wollten, ohne daß sie eine zünftige Syphilis hatten.

Aber kehren wir doch, wie man hochtrabend sagt, zum Helden meiner Geschichte zurück.

Der fragliche Kavalier bemerkte sodann noch folgendes:

»Kleine, halte dich heute abend bereit! Wir werden sechs Personen sein, alles junge Leute, und so bitte ich dich, sie dieselbe Stellung wie mich einnehmen zu lassen. Es sind Kerle, an denen ich mich rächen will. Das wird sehr lohnend für dich sein, noch besser aber ist, daß sie dich Zug um Zug bezahlen werden.«

Dieses Gespräch ging für mich vorteilhafter aus als die Reden, die man im Kronrat und in den Parlamentshöfen hält!

Mein junger Mann zögerte dann keine Sekunde, um wegzugehen, damit ich ja Zeit habe, mich noch vorzubereiten und meine Toilette zu machen, die ich an diesem Tag sehr nötig hatte.

Meine Freunde kamen tatsächlich zur festgesetzten Stunde. Sie gehörten zu den besseren Kreisen und waren wie Adelige gekleidet. Zuerst machten sie mir galante Komplimente, und man unterhielt sich eine Weile, gleichsam als Vorspiel.

Danach beschloß man, richtig anzufangen, was mir sehr angenehm war. Wenngleich die einzelnen Szenen auch lüstern sind, scheint es mir doch notwendig, hier Einzelheiten mitzuteilen.

Zwei junge Männer warfen mich zunächst aufs Bett. Der eine legte sich unter mich, der andere auf mich, und so groß war unsere Wollust, daß wir drei Sprünge bis fast zur Decke machten.

Die zweite Szene war anders. Ein neuer junger Mann trat als Mitbewerber auf. Währenddessen küßten mich die beiden, die zuvor tätig gewesen waren, zur gleichen Zeit auf die Brüste.

Es folgte jetzt noch eine dritte Szene, auf die ganz normale Art, dann bedurfte aber auch eine Dirne einmal der Ruhe. Man verbrachte eine Stunde am Kamin, um sich zu unterhalten oder besser, um sich zu erregen, denn weiß der Teufel, wo sie das alles herkramten, was sie über die natürliche und unnatürliche Art zu lieben sagten.

Endlich, nach vielen lobenden Bemerkungen über die Wollust im allgemeinen, vereinten wir uns nochmals alle sechs zu einer ineinander verschlungenen Gruppe, die sinnliche Liebe jeder Art symbolisierte. Nach diesem Unternehmen zahlten all meine Liebhaber genau einen Louis für jeden Akt, sechs Livres für Wein und Heizung und außerdem noch pro Person 24 Sous für die Dienerin.

Besuche wie diese, wenn sie sich öfters wiederholen, hätten mir rasch ein bequemes Leben ermöglicht. Der mir das alles verschafft hatte, war wirklich ein galanter Mann. Ich lernte ihn zwei Tage nach dieser schönen Lustpartie noch genauer kennen.

Ich erhielt einen Brief, den ich dem Leser mitteilen will. Ich vermute, ohne lange zu zögern, daß mein tapferer und edler Kavalier der Verfasser ist. Wer denn anders erwiese mir soviel Nächstenliebe?

»Brief an die Dumoncey.
Es ist nicht klug von Euch, mein Fräulein, dort zu bleiben, wo Ihr gerade seid. Ihr wißt das, oder wenigsten solltet Ihr die Gründe kennen. Versucht deshalb durch eine rasche Flucht aus Eurer augenblicklichen Wohnung dem Unheil zu entgehen, das man Euch vielleicht als gerechte Rache zugedacht hat. Man sucht Euch!«

Nachdem ich mehrmals diesen anonymen Brief gelesen hatte, quälten mich auf einmal tausend grausame Gedanken. Schließlich entschloß ich mich, sofort das Viertel zu wechseln, und schickte meine Kupplerin los, um etwas zu suchen. Nachdem sie weite Wege zurückgelegt hatte, fand sie für mich ein Zimmer mit einem Kabinett in der Rue Saint-André-Des-Arts, wo ich sehr rasch ohne viel Lärm mein Hab und Gut hinbrachte. Ich war sehr verärgert, daß ich den Stadtteil Marais verlassen mußte, denn es gibt hier genug Gelegenheiten für eine Dirne, die sich anpaßt.

Doch was sollte ich machen?

Das Hospital, das ich so fürchtete, stand ständig vor meinen Augen und war in meinem Geist gegenwärtig, der von einer Furcht gelähmt schien, die, wie man sagt, oft schlimmer als das Übel selbst ist. Man sieht aber auch ein, daß es absolut notwendig war, einen Entschluß zu fassen. Ich faßte ihn tatsächlich, obgleich ich Tränen in den Augen hatte.

Ich hatte also eine neue Bleibe im Quartier Latin. Als ich dort angekommen war, war meine erste Sorge, mich gründlich heilen zu lassen. Tatsächlich nämlich hängt bei den Dirnen wie bei den großen Persönlichkeiten alles vom ersten Auftreten ab. Man muß immer und überall ehrenhaft erscheinen, wo man zum erstenmal auftritt. Da ich genug Geld hatte, konnte ich mich einige Zeit ausruhen und nichts tun. Mein Arzt half mir dann auch sehr schnell, und ich befand mich bald in einem solchen Zustand, daß ich mich den Streitern, die die heilige Mutter Kirche mir beschaffte, stellen konnte; sowohl den Rednern mit der erhabenen und fast unverständlichen Sprache dieser guten Mutter als auch allen anderen Bürgern.

Ich könnte einen ganzen Folianten füllen, was die Mönche betrifft und alle meine Abenteuer mit Pfaffen. Das hieße aber, all diese Abenteuer berichten, die ich mit so vielen Geistlichen, Domherren, Abbés und Mönchen hatte. Doch halte ich es für besser, sie aufzusparen, um ein Buch, getrennt von dem jetzigen, daraus zu machen. Ich begnüge mich damit, nur einige Streiche dieser Mönche zu erwähnen, damit meine hochgeschätzten und geachteten Mitschwestern ihre Fähigkeiten und ihren heuchlerischen Charakter kennenlernen.

Alle in meinem Viertel wurden von mir genau geprüft. Das kann ich von mir behaupten: Karmeliter, Franziskaner, Jakobiner, Prämonstratenser, Kapuziner, armselige Pfaffen, Schulmeister, Professoren, Küster, Studenten, ja auch die Einpauker kamen alle ohne Einschränkung, um mir ihre Opfer zu bringen.

Unter den verschiedenen Streichen dieser frommen Leute und den köstlichen Stunden, wo ich auf meine Kosten kam, werde ich drei der schönsten auswählen, die bestimmt dem Leser Freude machen.

Ein junger Abbé, der jüngst erst aus Saint Severin gekommen war und in einem finsteren Kolleg der Universität wohnte, kam eines Tages in der löblichen Absicht zu mir, mich zu lieben. Er hatte noch nie Verkehr mit einer Frau gehabt, und ich hatte eine maßlose Freude, ihn seine Arbeit verrichten zu sehen. Hinterher ließ er sich in einen Sessel fallen und sagte: »Bei Gott! Das also war es?«

Dann machte er sich wieder an die Arbeit, aber ohne Geschick und Kraft. Mit einem Stoß meines Hinterns drängte ich ihn in den Gang zwischen Bett und Wand. Ja, eine Dirne hat einen großen Nutzen, wenn sie sich mit Pfaffen vergnügt. Sind sie Schlappschwänze, dann macht sie sich darüber lustig. Anstatt daß ein elender Stutzer sie hin- und herdreht, läßt sie es ihn so treiben, wie er will. Oft kommt noch dazu, daß er nicht kann.

Eines Tages kam einer von diesen Stutzern, als ich gerade bei einem gutherzigen Franziskanerpater meine Arbeit verrichtete. Als dieser Kerl eindrang, fluchte er wie ein Besessener. Der abgekühlte Franziskaner bat ihn zu schweigen, doch der andere drohte ihm daraufhin 50 Schläge mit der flachen Klinge an. Kaum hatte er aber das letzte Wort gesagt, als der gute Pater ohne viel Umstände aus seiner Tasche eine gediegene Pistole zog und zu diesem Kavalier sagte: »Wenn du dich bewegst, schieße ich dir eine Ladung in den Kopf, du armseliger Möchtegern!«

Der Stutzer war erstaunt und sagte kein Wort. Auf der Stelle schloß er mit seiner Hochwürden Freundschaft, so daß sie bald alle beide zusammen mit mir schliefen. Der Franziskaner bediente mich zweimal, ohne an sich selbst zu denken. Ich will gestehen, daß ich diese Tat höher schätzte als die Drohung mit der Pistole. Als der Franziskaner schließlich auch fertig war, sagte er zu mir: »Liebling, ich lasse dich jetzt mit diesem Herrn allein. Ich muß in mein Kloster zurückgehen! Es ist unbedingt notwendig, daß ich gehe. Ich ärgere mich auch darüber, aber es geht nicht anders!«

Vergeblich bat ich ihn, bei mir zu bleiben, er wollte aber nicht zustimmen. Doch hatte er beschlossen, seinen Bettgefährten zu foppen. Das gelang ihm vollkommen durch folgende Posse: Als der Mönch aufgestanden war, verschloß er sorgfältig den Bettvorhang. Er umarmte mich, als ob wir die besten Freunde wären.

»Ich will mich ankleiden«, sagte er. »Was euch, meine Kinder, anbelangt, fahrt mit eurem Spiel schön fort und schlaft dann, das habt ihr bestimmt nötig!«

Nach dieser zärtlichen Aufforderung kleidete er sich tatsächlich an und ging weg. Aber wie?

In einer Hose aus Samt, Strümpfen aus schwarzer Seide, einem feinen Hemd mit Ärmelknöpfen. Das alles gehörte dem Stutzer.

Der war ganz überrascht! Er machte nämlich beim Aufstehen einen großen Krach, als er sah, daß er gezwungen war, die Hose eines Bettelmönches anzuziehen. Ich konnte mich nicht mehr zurückhalten, lauthals zu lachen.

Wahrlich, das waren mir einige Schläge mit der flachen Klinge wert. Einer Frau und überhaupt einer Dirne kommt es nicht darauf an. Sagt man nicht manchmal, daß die Mönche für die Bordelle nicht geschaffen sind?

Damit man noch weiter ihre vortrefflichen Talente kennenlernt, genügt eine andere Geschichte, die für meine Behauptung ausreicht und den letzten der drei Streiche darstellt, die ich versprochen habe.

Ein Jakobinermönch war in mich vernarrt, ohne daß ich ihn ertragen konnte. Mehr als sechs Monate hatte er mir schon schöne Augen gemacht, ohne daß er mich dorthin bringen konnte, wo er wollte. Als er endlich erschöpft einsah, daß ich nicht zu seinen Diensten stand, schickte er mir eines Tages folgendes Gedicht, das ich der Öffentlichkeit mitteile, wenngleich dieses Gedicht nicht zu den wohlklingendsten gehört. Aber ich habe wenige Gedichte gesehen, worüber sie auch immer handelten, die so deftig gestaltet waren. Aber weshalb sollte dazu ein Mönch nicht fähig sein, wenn er geil ist und wenn er soviel Rachsucht, Eifersucht, Wut und Liebe, die in Haß verwandelt wurde, empfindet?

Ode
Der erzürnte Liebhaber

I

Du! Der Du in mich
Ströme der Leidenschaft schüttest,
Du! Für den sich die Dirnen schön machen,
der die Weiber die Röcke hochheben läßt!
Du! Der Du die meisten Männer ermattest
und wieder geil machst
und leicht Ihnen einen Steifen schaffst.
Mächtiger Gott aller Liebhaber
Komm und hilf mir!
Priap: Deine Anwesenheit allein
lindert das größte Unheil!

II

Philis, du scheinst mir geboren zu sein,
um unsere Sinne zu befriedigen.
Philis, deren Bestimmung man darin sieht,
sich all unser Lob zu erhalten,
leiste mit all Deinen tapferen Waffen Widerstand!
Vergeblich! Vom Zauber Deiner Reize
wird meine Wollust angezogen!
O weh! Kann man es toller treiben?
Philis hat für einen schönen Fick
nur Gleichgültigkeit und Verachtung übrig!

III

Was soll ich sagen? Das unwürdige,
lüsterne Weib sieht,
daß ich, da ich mich in einer verzweifelten Lage befinde,
um ihr besser meine Zärtlichkeit zu beweisen
meine Kraft und Männlichkeit zeige.
Aber anstatt mir meinen Saft zu nehmen,
läßt diese Hure meine Hand eine Pflicht verrichten,
die ihr besser zustünde!

IV

Großer Gott! Um dafür Rache zu nehmen
laß geschehen, daß Philis in meinen Armen
das Vergnügen mit dem Teil sucht,
der ihren Reizen fehlt!
Laß geschehen, daß von ihrer Grotte die Flamme
hochsteigt bis zu ihrer Seele!
Mach, daß Philis, beraubt ihrer Sprödigkeit,
ein Bürge meines Ruhmes ist
und zur köstlichen Ehre des Sieges
meine Zierde mit tausend Tränen benetzt.

V

Aber nein! Eher geschieht, daß die Undankbare
in einem Augenblick der Verzweiflung
wegen mir sich unschicklich betastet,
ohne daß es mich berührt und erregt.
Möge der Einlaß ihrer Grotte sie
dazu zwingen, meine Manneskraft zu begehren!
Aber mache auch, daß dann mein Werkzeug
plötzlich zu Eis wird!
Wie lustig werde ich mich dann
über ihr Pförtlein machen.

Ohne Zweifel ist man erstaunt über das letzte Wort. Denn man kann mit Verstand und Logik das Wort »Pförtlein« nicht gebrauchen, wenn man damit meinen einzigartigen Körperteil meint, da die Dienste, die ich immer so mutig auf mich genommen habe, ihm vollständig diesen Namen genommen haben. Für die Zukunft aber bleibt ihm der schmeichelhafte Name »Pforte«, den ich schon bei dem Kleinod der Schwester Prudence gebraucht habe, als ich von ihr sprach.

Der Jakobinermönch begnügte sich übrigens nicht damit, mir diese Ode zu schicken, sondern er kam selbst am Nachmittag des gleichen Tages, ging auf mich zu, packte mich am Kopf, warf mich dann aufs Bett, biß mich wie ein Hund und schickte sich an, erbarmungslos sein Schwert in seiner ganzen Länge bei mir hineinzustecken. Das hinderte mich aber nicht daran, daß ich seinen Bohrer ergriff und ihn sehr heftig umdrehte. Sein Instrument war so erregt, daß das genügte, ihn völlig zur Ruhe zu bringen! Dann schickte ich diesen Mönch weg, der so wenig befriedigt war, wie er gekommen war, indem ich mit dichterischer Begeisterung die so bekannten Worte eines vortrefflichen Sprichwortes zitierte: »Wenn jeder Priester vom Altar lebt, dann lebt jede Dirne vom Bordell!«

Wahrlich, ich hätte ihn ein wenig freundlicher behandeln sollen, denn ich fand die kleine Ode geistvoll. Aber eine Dirne macht sich nicht viel aus Geist, wenn sie keine Lust hat, mit irgend jemandem zu schlafen, besonders mit einem Mönch, gegen den mein Herz, wie ich glaube aber sicherlich auch meine Pforte, eine Abneigung haben. Dazu war er noch ein Mann, dessen Knauserigkeit bekannt war!

Da ich, wie man sieht, so häufig von Priestern besucht wurde, hätten sie nicht – o weh! – mich durch ihre Gebete vor einer kleinen Geschlechtskrankheit schützen können?

Diese Krankheit brachte mich dazu, daß ich, da ich nicht wußte, was ich tun sollte und nur darauf wartete, wieder frische Gesichtsfarben zu haben, meine Memoiren in dieser Zeit schrieb. Unter anderen Umständen wäre sie mir viel zu kostbar dafür gewesen.

Verfluchte Krankheit! Grausame Gebrechlichkeit, die mir das bißchen Anmut nahm, das ich von der Natur empfangen hatte! Sie stellte mich vor die Wahl, entweder Kupplerin oder keusch zu werden. Die zweite Möglichkeit, so denke ich, ist sicherlich nicht die schlechteste. Der Leser wird dieser Meinung zustimmen. Vom Sparpfennig kann man besser leben als vom Sündenbett. Je weniger Gefahren dabei sind, desto günstiger ist es.

Ob ich aber die eine oder andere Möglichkeit wähle, werde ich der Öffentlichkeit mitteilen, wenn ich ihr einen vollständigen Bericht von meinen Abenteuern im Quartier Latin gebe. Viele interessante Anekdoten – man kann sie auch sehr pikant nennen – werden darunter sein.

Ich beende dieses Werk jetzt und bitte alle, denen es gefällt, meine Memoiren gut aufzunehmen. Sie sind wahr, das ist ihr Vorteil!

Inzwischen nehmt, lieber Leser, liebe Leserin, mit Wohlwollen dieses kleine Gedicht an, das ich euch widme.

Madrigal

Ein nützlicher Wunsch

Richtet nur einen Wunsch an Euren Schöpfer,
ja wirklich! Den habt Ihr nötig!
Nämlich daß Ihr alle
einen gesunden Geist
und den dazugehörigen
gesunden Körper habt!

Keineswegs besitze ich die Kühnheit zu behaupten, daß dieses Madrigal ein Produkt meiner dichterischen Leidenschaft ist. Ich muß euch gestehen, liebe Leser, daß es eine Parodie ist, die bei weitem besser, als ich es machen kann, verfaßt wurde von meinem Herausgeber, einem berühmten Lehrer, der Juvenal, den großen römischen Satiriker, sehr gut kennt.